John Edgar Wideman

Himmel unter den Füßen

John Edgar Wideman

Himmel unter den Füßen

Eine Liebesgeschichte

Aus dem Englischen
von Uda Strätling

Claassen

Die Originalausgabe erschien 1998 unter dem Titel Two Cities *bei Houghton Mifflin Company, New York, USA.*

Der Claassen Verlag ist ein Unternehmen der Econ Ullstein List Verlag GmbH & Co. KG, München.

ISBN 3-546-00182-6

Satz: Franzis print & media, München
Druck: Bercker, Kevelaer

OMAR WIDEMAN
1971–1992

In memoriam
Wir haben nicht genug getan.

Inhalt

John Africa vermißt

Er las die Bedeutungsangabe noch mal: *Freigehege in parkartiger Anlage zur Haltung lebender Tiere; auch Zoologischer Garten; <umg.> hektisches Treiben, Gewimmel; Freitags geht es am Busbahnhof zu wie im Zoo*. Nippte daran. Ließ Duft und Geschmack langsam ihre Wirkung entfalten, wie nach dem ersten heiß heruntergestürzten Schluck Kaffee morgens im Diner. Yes. Mmm-hmmm. *I like it like that*. Die Wörter geben genau das her, was er erwartet. Machen nicht zuviel Worte. Nicht zuwenig. Yes. Mmm-hmmm. So mußte es sein. Daß ihn die Wörter an einen vertrauten Ort führten, als hätten sie sein Geheimnis sowieso schon gekannt, genau gewußt, was er suchte, und geduldig gewartet, bis er sie fand. Der Ort in seinem Kopf entsprach dem Ort, den ihm die Wörter aufschlossen. Zoo war Gestank, Gebrüll, Gitterstäbe, Glaswände, Gaffer, Verwahrte und Wärter. Viele Gelegenheiten und Orte und Bilder, zu viele, um sie alle im Kopf zu behalten, aber alle immer auch Zoo, wie es die Wörterbuchwörter behaupteten, und es war gut, diesen Zoo jederzeit aufsuchen zu können, ihn hier auf diesen Seiten zu finden, greifbar und nicht greifbar, dieser andere Ort, schwarz auf weiß, wo Wörter und Bedeutung immer blank sind wie ein Kinderpopo, selbst wenn die Windel voll ist.

Bevor sie die Wohntürme für die Studenten des technischen College hochgezogen hatten, konnte man von Powelton Village aus unbehelligt nach Norden gehen, bis zum Zoo, oder nach Osten zum Kunstmuseum. Ohne daß es von erschrockenen, im Winter eingemummten, im Sommer halbnackten jungen Weißen wimmelte, die dir im Weg standen, dich irritierten, dich ignorierten. Denen, die aussahen, als würden sie dich am liebsten erschießen, und denen, die aussahen, als würden sie am liebsten gleich mitgehen. Denen, die dich mit offenem Mund ansahen, als könnten sie sich nicht entscheiden, ob du vorübergehst oder nicht, ob sie dich lieben oder hassen sollen, oder ob es schlicht schade ist um ihre kostbare junge Zeit, sich so anzustellen wegen eines Gespensts, wegen eines Hirngespinsts, eines schwarzen Mannes, der zwischen den Bienenstöcken der Studenten durchzieht, eines schwarzen Mannes, der wohl nichts Besseres zu tun hat als herumzuspuken, wo er nicht hingehört. Und denen, die sich schnell abwenden, als würde ihnen vor die Nase gehalten, was sie sich am Abend zuvor eingebrockt haben, wirklich das letzte, woran sie gleich morgens als erstes erinnert werden wollen.

Besser, im Rudel durchzuziehen wie die jungen Männer. Schwerer zu schikanieren als einen allein. Besser, mit John Africa über studentisches Terrain zu stromern, am frühen Abend und frühen Morgen. Der Zwischzeit, wenn der Tag anbricht oder zur Neige geht, im Zwielicht von Morgen- und Abenddämmerung. Nicht Tag und nicht Nacht, sondern dazwischen, sagte John Africa. Verstehen Sie, wie das Zwischgold zwischen den Schenkeln der Frauen, nicht Klit und nicht Kimme, sondern dazwischen, sagte er. Mmm-hmmm. Sie, mein Freund, haben Sinn fürs Dazwischen. Selbst hinterher wie der Hund hinterm Knochen. Hat Zeiten gegeben, da war ich mehr Hund als

Mann. Immer auf der Jagd nach dem Zwischgold. Verstehen Sie. Wenn die Sonne aufgeht und wenn sie sich bettet. Zwischen den Zeiten. Zwischzeit.

Bevor es die Wohnheime und den Sturm der Blicke gab, als er mit John Africa noch zum Zoo oder zum Museum spaziert war, hörten die Häuserzeilen von Powelton Village irgendwann auf, und dann kam dort am Rande des Viertels jede Menge nichts. Abrißgelände, leerstehende Lagerhäuser, lange, flache Schuppen, die Flugzeughangars glichen, schwere Gitterzäune mit Stacheldraht oben, die hektarweise vor sich hin rostenden Schrott abschirmten. Eine Niemandsland-Abkürzung zur Spring Garden Street Bridge und über den Fluß rüber nach Downtown. Lauter Lastwagen und nur gelegentlich Autos, die durch das Labyrinth der Schleichwege voller verlassener, nirgendshin führender Sackgassen und Schlaglöcher rumpelten. Er hatte sich immer gefragt, was auf den Lastwagen wohl drauf war. Alles unsichtbar in Containern, deren Ecken genau auf die Ecken der Anhänger paßten. Kisten in Kästen in Kisten. Sattelschlepper ohne Fahrhäuser huckepack auf Flachwagen, die unter ihm und John Africa über die Gleise rollten, wenn sie zur Zwischzeit auf der Spring Garden Street Bridge stehenblieben.

Hinter dem Vollwandteil der aufgeständerten Brücke, den Schulkids Jahre später mit glutfarbenen Visionen der Stadt ihrer Träume schmücken würden, blieben er und John Africa meist stehen, stützten sich aufs Geländer und blickten hinab in den still daliegenden Fluß. Darauf war Verlaß. Daß Wasser den Fluß hinabfloß. Still unter die Brücke glitt. Wäre sonst keine Brücke, oder, wenn darunter nichts wäre, was überbrückt werden muß. Aber du siehst trotzdem nach, sicherheitshalber. Wirfst, während du dich aufstützt, rasch einen Blick übers Geländer. Hinter dir scheppert die Brücke, als ginge sie kaputt. Ein Laster donnert über die Stahlplatten, die die Stadt auslegt, anstatt die Brücke endlich mal anständig zu reparieren, ein für alle Mal. Aber nein. Hier einen Flicken. Da einen Flicken. Flicken über Flicken, wie alles in Powelton. *Shake, rattle and roll. Shake, rattle and roll.* Reimt sich auf *can't do nothing to save your soul,* oder etwa nicht. *Your doggone soul.*

John Africa fort, aber noch nicht. Bleiben Sie noch ein Weilchen, mein Freund, lassen Sie mich nur eben nachsehen, ob der Schuylkill noch unter uns herfließt. Himmel färbt sich stumpf morgengrau, smogschmutzig abendgrau. Hinter mir bricht ungesehen ein hängergroßes Stück Himmel weg, schlägt mit sechzehn leerschleudernden Rädern auf eine der Stahlplatten auf. Eine unsichtbare Welt oben, so ungewiß wie die unsere, da reißen sich schon mal Riesenstücke los, zerdeppern deine Welt und rasen weiter, ehe du dich versiehst. Du brauchst dich nicht umdrehen, um an das Loch im Himmel zu glauben, den ächzenden Stahl. Das siehst du dem grauen Tumult über dir an, wie schnell es dazu kommen kann.

Ellbogen auf dem Geländer; John Africa, zum Greifen nah an deiner Seite, mit dem Rücken dagegen, so daß ihr euch ins Gesicht seht, nur ist das Gesicht unscharf, ein verhüllter Schatten in einem Spiegel in einem dunklen Zimmer, und du weißt, er ist müde, hat diese Welt über, aber du sagst, Bleiben Sie noch ein Weilchen, mein Freund, ich muß heute morgen unbedingt mit Ihnen reden – Ellbogen halten dich aufrecht, und du schaust ins Grau hinaus, dicke Luft um dich herum, Luft, aus der sich John Africas Züge nicht lösen wollen, um noch mal sein Gesicht zu bilden.

In so einem Grau kann sich alles mögliche verbergen. Etwas Lastwagengroßes schwimmt herbei, stillvergnügt wie ein Walfisch, bis es hinter dir auf eine schlechte Stelle donnert, *shake, rattle and roll.* Brücke bebt. Eiswürfelkaltes Wasser, das sie dir auf die heiße Haut sprengt, als sie aus dem See gespritzt kommt und ihr schwarzes Schlangenhaar schüttelt. Daß du nicht weißt, sollst du vor Schreck brüllen oder lachen. Nur weißt, daß du große Lust hast, ihr auch was zu tun, daß sie vor Schreck brüllt und vor Lachen und dir wiederum was tun will, was dich brüllen und lachen macht.

Alles mögliche kann im Himmel losbrechen, ist alles da, diese Stadt und alle Städte, die diese Stadt nicht sein kann, dort oben hinter den Lagen Grau, Blau, hinter sämtlichen Farben des Sonnenuntergangs und Sonnenaufgangs, hinter schwarzen Tunneln, hinter stürzenden, schlingernden, schwindelnden Lichtstrudeln.

Manchmal bist du ohne jeden für dich oder ihn erkennbaren Grund mit John Africa mitten auf der Brücke wie festgenagelt stehengeblieben, bis dich irgend etwas wieder in Bewegung setzte. Freisetzte. Ein Zug, der unten auf den Gleisen durchrumpelte. Ein Flugzeug so weit und so lautlos oben, daß du dich fragst, was dich überhaupt veranlaßt, hochzublicken und den weißen Zwillingsstreifen zu entdecken, den du dort oben erwartest. Ein Streifenwagen, der lauernd vorbeischleicht. Daß es die Cops sind, weißt du, ohne dich umdrehen zu müssen. Der Streifenwagen verlangsamt die Fahrt, und der Sog seines Zögerns entzieht dir den Boden. Unter dem bleiernen Gewicht ihrer Gedanken, während die Cops noch überlegen, ob sie dich schikanieren sollen oder nicht, knickt die Brücke fast ein. Wenn sie finden, daß du hier nichts zu suchen hast, hast du hier nichts zu suchen. Ganz egal, wie alt und harmlos du bist, wenn sie beschließen, dir eine Lektion zu verpassen, die du so schnell nicht vergißt, tut sich die Erde auf, fällt man durch, fällt weiter und weiter, und wer weiß, wo du landest.

Flügel. Die Seiten 2078 und 2079 des Wörterbuchs breiten sich vor ihm aus wie Flügel. Ein Flügelpaar, in dem du das Gesicht bergen kannst. Doch sein Blick wandert. In der rechten Spalte der einen Seite *Zone, Zombie*, in der linken *Zodiakus*. Auf Seite 2079 rechts *Zoroaster, Zucchini*. Links oben *Zoogeographie* – die Bedeutung dieses komisch aussehenden Wortes in den fett-schwarzen Lettern müßte er eigentlich kennen. Er zerlegt *Zoogeographie* in zwei Teile, und jeder kommt ihm bekannt vor. Zoo. Geographie. Beide Wörter, die zu dem neuen zusammengeschoben sind, versteht er, aber Zoogeographie bleibt ihm ein Rätsel, es sei denn, er nimmt es auseinander, und wenn er es tut, ist er so schlau wie zuvor, also liest er nach. *Als Teilgebiet der Geobiologie die mit der Ökologie eng verknüpfte Wissenschaft und Lehre von der Verbreitung der Tiere auf der Erde und von den Ursachen, die dieser Verteilung zugrunde liegen*.

Jedes Wort eine Geschichte, und wie leicht könnte er mehr Zeit, als er hat, darauf verschwenden, ihnen allen nachzujagen. Ob es nicht vielleicht doch eher Erschöpfung war als die sprichwörtliche Neugier, die der Katze zum Verhängnis wurde. John Africa hätte es gewußt. Zwinkern. Katzengrinsen, das besagt, Was immer mich von hier fortgerissen hat, befriedigt kehre ich wieder.

Letzter Eintrag auf der vorletzten Seite des Wörterbuchs: *Zugunruhe*. Nur kurz gucken. Kurzer Blick auf dieses seltsame Wort, verspricht er sich, mehr nicht. *Durch genetisch programmierte innere Faktoren und äußere Einflüsse wie Lichtintensitätsab- bzw. -zunahme beim Vogel ausgelöster Zustand erhöhter Unrast und Erregung, der den Vogelzug einleitet*.

Statt umzublättern und mehr von der Geschichte zu enthüllen, wirft er das dicke Buch zu. Was er heute morgen sucht, wird er in keinem Wörterbuch finden. Er versucht, sich an einen bestimmten Moment zu erinnern, einen bestimmten Himmel, und sie beide auf der Brücke, wie sie dastanden, den Streifenwagen im Rücken, der immer langsamer wurde. Den Fluß genau so heraufzubeschwören, wie er an jenem Tag war, in dem Moment, der keinem anderen gleicht, davor oder danach. Kann er, wenn er sich konzentriert, John Africas Gesicht erkennen, seine Stimme hören. Gibt es nicht vielleicht ein Zauberwort, *Abrakadabra, Sesam öffne dich*, mit dem der Augenblick zurückzuholen wäre, oder wühlt er in der Grabbelkiste der Kleiderkammer der Salvation Army, fleddert in zerlumpten Altkleidern, mit denen wirklich niemand mehr das Geringste anfangen kann.

Chinaman, Chinaman
Sitting on a fence
Trying to make a dollar
Out of fifteen cents.

Was hatte John Africa an jenem Tag auf der Brücke gesagt. War es, was immer es gewesen sein mochte, Vorbereitung auf diesen Augenblick, diesen Morgen gewesen. John Africa war fort, und mit ihm alles, was er vor einem Jahr auf einer Brücke gesagt haben mochte. Worte, die sich im weiten Raum verloren, von dem er geglaubt hatte, er liege hinter ihm, sei erledigt, doch jetzt, im Raum, der sich vor ihm auftut, braucht er erneut den Klang von John Africas Stimme. Konnten die Toten wiederauferstehen, wenn einen die Erinnerung beschlich. John Africas Tote, die Toten der grauen, sterbenden Stadt.

Manchmal, solange er die Dinge einzeln betrachtet und mit jedem Frieden schließt, sind sie glasklar. Sobald er aber versucht, sie zusammenzufädeln, ist es eine ganz andere Geschichte. Nützt nichts, daß dieser oder jener Moment ihm vertraut erscheint. Verloren ist er, verloren, wenn er den Punkt auszumachen versucht, an dem sie doch eigentlich verknüpft sein müßten. Komisch, aber wahr. Er lebt lange genug, um jede Menge Puzzleteile angesammelt zu haben, lang genug, um zu wissen, daß es ihm nie gelingen wird, sie zusammenzufügen.

Alles hängt miteinander zusammen; es gibt keinen Zusammenhang. Zwei wahre Aussagen und jede für sich genommen sinnvoll, aber zusammen geben sie ihm Rätsel auf. Es hat eine Zeit gegeben, da stand er mit John Africa auf der Spring Garden Street Bridge. Heute sitzt er in einer anderen Stadt, allein in einem Zimmer im Cassina Way. Damals und heute. Zwei Städte. Er glaubt, sie für sich genommen, eine um die andere, zu begreifen, aber jetzt. Was ist jetzt. Keine Worte für das, was diese Zeiten trennt und verbindet. Erkennen kann er nicht, nur bezeugen. Und der Bogen, den er mit seinem Zeugnis spannt, bringt ihn der Lösung des Rätsels nicht näher, der Wahrheit damals erlebter Momente, der Wahrheit jetzt erlebter, und er immer irgendwo schlecht und recht dazwischen, sich selbst zunehmend fremd, wahrhaftig ein Zwischwesen.

Armer John Africa. Tot. Den Kopf hätten die von der Polizei nie gefunden, heißt es. Am Morgen nach dem Brand, heißt es, als die verkohlten Trümmer noch glühten, der beißende Geruch des Rauchs noch in der Luft hing, das städtische Räumkommando in der Osage Avenue Nummer 6221 mit Bulldozern und Kranwagen anrückte und schaufelweise den ganzen verbrannten Mist wegbaggerte, um ihn auf die Müllkippe zu karren, da wurde zwischen den Reißzähnen eines Baggerlöffels, heißt es, eine Hand oder ein Bein oder so durch die Luft geschwenkt, und da drosselte der Baggerführer, heißt es, den Motor, setzte den Baggerlöffel ab und fand genug Leichenteile in seiner verkohlten Ladung, um sagen zu können, ein Toter. Sagen zu können, John Africa.

Sein wandelnder Gesprächspartner tot, und doch war John Africa heute morgen genauso wie am Tag der Meldung im Radio derjenige, den er dringend fragen mußte, was passiert war. Was hast du getan, mein Freund. Warum haben sie getan, was sie dir angetan haben.

Was ist das nur für eine Welt, in der wir leben, John Africa. Wo sie Häuser zerbomben. Frauen und Kinder bei lebendigem Leib rösten. Einen erschießen, verbrennen, zerhacken, im Baggerlöffel durch die Luft schwenken.

John Africa würde es wissen. John Africa würde etwas dazu sagen können. Was Vernünftiges, was dir half, damit fertig zu werden, dafür sorgte, daß es nie wieder dazu kam. Spielte keine Rolle, daß es doch John Africa selbst war, der gebrochen in der eisernen Baggerfaust lag. John Africa würde es wissen und sagen, was wir jetzt tun sollen.

Mein Kopf haben die Motherfucker schließlich nie gefunden, oder. Schaufelweise Knochen und krosse Schwarte. Hätte jeder sein können. Hätte Kentucky Fried Chicken sein können. Viva Zapata, ihr Motherfucker. An den Film erinnern Sie sich doch bestimmt noch, Mr. Mallory. Mit Marlon Brando auf seinem stolzen weißen Hengst und den Soldaten, die dachten, sie hätten ihn kurz und klein geschossen, *ra-ta-ta-boom*, aber das Pferd bäumt sich auf, *Hi-ho-Silver, away*, und Zapata prescht ab in die Berge. *Gingerbread man. Catch me if you can. Motherfucker. Hi-ho Silver, away.*

Sie stehen auf der Brücke und reden über das schreckliche Feuer. John Africa und seine Move-Familie, Männer, Frauen und Kinder, eingeäschert, Asche zusammengekehrt, in Säcke geschaufelt, auf den Schuttplatz gefahren, auf den Müll gekippt. Er stiert mit leerem Blick in den grauen Himmel, wartet, was John Africa noch dazu meint. Das ist die Zeit, die er zurückhaben will. Warum können sie nicht zurück, das Massaker verhindern, ehe es beginnt.

John Africa warnen. Wappnen. Gegen etwas, was noch nicht geschehen ist. Doch geschehen. Er braucht John Africas Hilfe. Wörter, die aus Sinnlosigkeit Sinn herauslesen. Erinnert sich an den verblüffenden Anblick eines Zugs, der aus lauter gelben Dieselloks bestand, Rücken an Rücken ratterten sie auf den Gleisen unter ihnen durch. Ruß von der Brücke als Tätowierung an seinen Fingern, Ruß rot wie Blut, und er hatte versucht, es am Geländer abzuwischen, wo es herkam. Du machst eben weiter, du mußt weitermachen. Weiterziehen. *Move.* Dein Leben leben. Ihm Raum schaffen, Raum für das, was du zu begreifen glaubst, Raum für das, was du nie begreifen wirst. Raum wie in dem grauen Himmel, wo alles mögliche Platz hat.

Auf der Brücke war der Himmel nicht nur oben. Er lauerte hinter ihm, neben ihm, ließ John Africa kaum Raum. Himmel, der vor ihm hing, schmutziger Vorhang, durch den du auf die Hochhäuser im Zentrum glotzt wie der Affe durchs Gitter im Zoo. Himmel zu deinen Füßen, auf deinem Hemd und zwischen den Zehen. Himmel im himmelgrauen Fluß unter dir. Überall und nirgends. Du bohrst einen Finger hinein. Himmel bohrt den Finger in dich. Bulldozer und Kräne und Kipplader, verbrannte, zerschrammte Erde, alles konnte aus dem Grau hervorrumpeln, dich zerschmettern, begraben, deine Knochen unter rasselnden Kettenrädern zu Asche mahlen.

Er braucht John Africas beruhigende Stimme, seinen Sinn und Verstand. Einen Augenblick Klarheit, den es vielleicht niemals gab, damals nicht, heute nicht, aber er braucht ihn, vermißt ihn schmerzlich, und weil er doch kein Gott ist und sich Wünsche nicht einfach erfüllen kann, muß er an einen solchen Augenblick glauben dürfen, gestern oder vor Jahren oder eines schönen Tages. Irgendwo, irgendwann in seinem Leben, das dahinfließt wie der graue Schuylkill fließt und fließt, muß es einen

Augenblick von exakt der Gestalt geben, die er annehmen muß, um zu dem zu passen, was er sucht.

Dogman. Ihm war nie ganz wohl dabei, wenn er zu John Africa Dogman sagte. Dogman, Name eines Hollywood-Halb-und-Halb-Wesens, Werwolf oder bedauernswertes Geschöpf mit einer derart spukhäßlichen Hundevisage, daß die einzige Art, damit fertigzuwerden, darin bestand, das Häßliche zu benennen. Nicht leugnen, was du mit eigenen Augen siehst, aussprechen, wovor man, wenn man sich zufällig auf der Straße begegnet, die Augen ja doch nicht verschließen kann; also spucks aus, brings hinter dich, gib der Häßlichkeit einen Namen, *Dogman*, und vielleicht ist der Fall damit erledigt und wir brauchen uns damit schon mal nicht mehr herumzuschlagen.

Dogman ist aber kein Name, Mr. Mallory. Sondern das, was ich tue. Die Leute nennen mich Dogman, weil sie mich jeden Tag Hunde ausführen sehen. Ein ganzes Heer Hunde. Also sagen die Leute, Da kommt Dogman. Wäre ein Hund für sich, wenn sie sagen würden, Da kommt Africa. Da kommt meine Wenigkeit. Aber so weit sind sie nicht, also sagen sie Dogman. Da kommt Dogman.

So ähnlich müssen alle mal zu ihren Namen gekommen sein. Verstehen Sie. Die Leute sehen, was einer macht, sagen es, und das bleibt hängen. Schreiner. Maler. Schuhmacher. Jäger. Schneider. Renner. Haben dich mit irgendwas hantieren sehen oder in Zusammenhang mit Dingen, die mit deiner Arbeit zu tun haben. Steinen. Holz. Gold. Oder sehen dich hinter deinem Daddy hertapsen. Ah, da geht Johns Sohn. Jacks Sohn.

Die Leute löhnen, damit ich ihnen die Hunde ausführe. Mehr Joggen als Gehen. Die armen Viecher sind fast immer eingesperrt. Im Haus eingeschlossen oder im Hinterhof an der Kette. Die wissen kaum noch, was laufen heißt. Ich helf ihnen auf die Sprünge. Für mich ist das eigentlich keine Arbeit. Ich lauf sowieso jeden Morgen mit unserer eigenen Meute. Leg ich eben ein paar Extrarunden ein. Hält mich fit. Hält die Hunde bei Laune, daß sie nicht den ganzen Tag jaulen und nerven. Eigentlich müßte hier in Powelton mal einer auf die Idee kommen, mit den Leuten zu laufen. Verstehen Sie. Jeden Tag ein paar Stunden Auslauf im Park. Die Stimmung wäre hier um einiges besser, das versichere ich Ihnen.

Wir von der Move-Bewegung trainieren alle hart. Männer, Frauen, selbst die Kinder. Trainieren eisern. Sind schon im Park, wenn die Welt sich noch rekelt. Vor Tag und Tau schon am Dehnen und Joggen, üben Yoga und Nahkampf. Machen uns fit für den Kampf. Für alles bereit. Schwangere. Kleinkinder. Alle trainieren. Alle früh aus den Federn und bei jedem Wetter draußen.

Er sieht John Africa ins Grau entschwinden, dann gibt das Grau John Africa wieder her. Wenn man feste, sportgestählte Körper verbrennt, ob der Rauch angenehmer riecht, als wenn schwabblige qualmen.

Er erinnert sich, wie er als Kind ins Regenwasser spuckte, das gluckernd am Kantstein entlangeilte. Seinen Eisstiel hineinwarf und sich fragte, wohin der treibt. Ein Teil von ihm schwimmt mit, läßt sich davontragen, weiter und weiter. Ein anderer bleibt stehen und fragt sich, wo die Dinge denn am Schluß alle bleiben, fragt sich, wie lange die Reise dauert und was man unterwegs wohl zu sehen kriegt.

Er reißt Dogman, der jetzt federleicht ist, vom Fußgängerteil der Brücke. Wirft ihn über das blutige Geländer, und Dogman trifft ohne Klatschen und Spritzen auf, landet sacht auf dem Rücken, um die Lippen ein Lächeln, wie sie es ihm im Bestattungsinstitut verpaßt hätten, wenn sie den Kopf gefunden und ihm das Satinleichentuch ums Kinn drapiert hätten wie bei dem armen kleinen Emmett Till, damit es für die, die am Sarg vorbeigehen, so aussieht, als hingen Kopf und Körper zusammen. Der alte Dogman sieht aber gut aus, flüstert ein Trauergast. Das tut er, pflichtet sein Nachbar bei. Als würde er schlafen. Yes. Mmmhmmm. Schlummert friedlich wie ein Baby, landet federleicht im Wasser und treibt langsam mit der Strömung ab, dem fast unmerklichen Sog des Flusses von hier fort, woandershin, wohin weiß der Himmel.

Du rufst ihm nach. Brüllst einen anderen Namen hinterher, weil du Dogman nie leiden konntest, obwohl ihn alle so nannten, und er offenbar nichts dagegen hatte. Du hattest noch einen anderen Namen für ihn, den hast du nie laut gesagt. Nicht John Africa. Einen geheimen, privaten Namen für den heute morgen Vermißten, und in deiner Vorstellung von ihm im Strom des Schuylkill rufst du ihn, du rufst ihn in der Vorstellung, die damit endet, daß du dir sagst, egal, jetzt ist es zu spät, er kann mich nicht hören, und selbst wenn er es könnte, da, wo er hingeht, kann ich nicht mitgehen, selbst wenn ich ihm in den Fluß hinterherspringen wollte. Dein geheimer Name für ihn wird ein ungesprochener Name bleiben, auch der Name, den du nie ausgesprochen hast, kann Dogman nicht mehr einholen.

Nicht der graue Himmel eines regnerischen Tages. Ein Allerweltsgrau, das sich vielleicht, vielleicht nicht aufhellen wird, aufreißen und sich verziehen oder nicht. Dieses Grau ist nicht Wetter. Stadt kennt kein Wetter, sagte John Africa gern. Stadt scheißt dich einfach an. Pißt auf dich. Oder schockgefriert dir die Eier. Mikrowellt dir den Arsch. Stadtgrau ist, als hättest du Wattebäusche in den Ohren, in Augen und Nase. Früher oder später werden sie herausfallen, und dann flutet die Stadt herein, und du bist verloren.

Leute vermissen das Wetter, sagte John Africa. Rennen bis an die Stadtränder, um es zu finden, aber dort ist das Wetter auch nicht. Da mußt du schon richtig weit raus aufs Land. Ins offene Gelände. Keine Häuser, keine Menschen. Wo du Himmel und Erde hast, fließende Gewässer, Bäume und Jahreszeiten. Dort ist das Wetter nicht wie ein Raubüberfall im Drogenrausch.

Sie kommen jetzt häufiger. Diese komischen, schwindligen Ausfälle mitten in dem, was er gerade tun will, Zähne putzen, über eine Brücke spazieren. Vielleicht muß er seinen Freund doch nicht verlieren. Vielleicht bieten gerade diese Ausfälle John Africa die Gelegenheit, wieder an seine Seite zu schlüpfen, so leibhaftig wie die Erinnerung. Eine Wahlmöglichkeit, ein Angebot. Du brauchst nur einen winzekleinen Riesenschritt rüber auf John Africas Seite zu tun. Dir ist schwindlig, weil du an zwei Orten zugleich bist, oder an zu vielen Orten, und vielleicht bist du selbst schuld, daß du hier festsitzt, wo du bist und er fehlt. Die Mühe, die es deinen Körper kostet, einfach nur einen Fuß vor den anderen zu setzen, eine sichere Trittstelle zu finden oder beim Durchqueren des Zimmers nicht gegen den Stuhl zu laufen, einfach nur durch die Türöffnung zu kommen, ohne dir die Schulter zu stoßen, die ganze, kinderleichte Arbeit, die du sonst bewältigst, ohne daran einen Gedanken zu verschwenden, sie stockt, wird schwer, verwirrend, tückisch. Die Karte in Kopf und Händen verschwimmt, die vielen Tausend Bilder, die deine Augen knipsen, um deine Schritte zu lenken, Ohren und Lungen. Zehn Karten auf einmal oder plötzlich keine. Ein Schuh versinkt quatschend im Sumpf, der andere schlittert auf Eis. Du hast heißen, heulenden Wüstenwind im Gesicht. Du weißt nicht, ob du rennst oder stillstehst.

Wenn du ihn hörst, ihn hinter dir spürst, an deiner Seite, wenn dir wieder klar wird, wie leicht alles auch ganz anders sein könnte, dann siehst du eine Welt weiter- und weiterfließen mit ihm darin und mit dir, aber nicht das Feuer, nicht die rasselnden Maschinen, die Tote aus der einen Grube in die andere schöpfen, und wenn dir bewußt wird, wie leicht es wäre, wie begierig du danach bist, ihn in einer anderen Welt zu sprechen, die diese sein könnte, aber nicht ist, dann verlierst du die Orientierung, zappelst wie ein Fisch am Angelhaken.

Deine Hände zittern, du verlierst das Gleichgewicht, du bist außer Atem. Zwei Städte, zwei Orte zugleich. Bricht die Brücke entzwei. Geht der Schwindel vorüber. Vielleicht sind Schwindel und Hilflosigkeit gar nicht vorübergehende Fehlleistungen des Körpers. Vielleicht ist es die Wahrheit, die über dich kommt. Das plötzliche Gewicht der Wahrheit, ihr plötzliches Fehlen. Du hältst inne, weil nicht nur mit deinem Körper etwas nicht stimmt, auch draußen stimmt irgend etwas nicht mehr. Kein Oben, kein Unten. Kein Nah, kein Fern. Dein Körper läßt dich nicht deshalb im Stich, weil er die Dinge falsch sieht. Nein, endlich, endlich sieht er sie richtig. Sag ja dazu. Sag ja. Laß los.

An dem einen Ende der Brücke, wo die 34th Street in die Spring Garden mündet, sind auf dem bröckelnden, von Schlaglöchern durchsetzten Asphalt Stahlplatten ausgelegt. Ein Bäckerwagen, der es eilig hat, sprengt die morgendliche Stille, Reifen rütteln wie Preßlufthammerstöße über die Stahlflicken. Er starrt ins stille Kielwasser des entschwindenden Lasters.

Kann die Stille die Brücke reparieren, die Stelle auf etwa dem zweiten Drittel, wo die Vollwände aus Stahl enden und das Geländer beginnt, über das du dich mit John Africa hinauslehnst. Wenn der Fluß stehenbliebe, wenn er still würde und klar wie eine Regenpfütze, könntest du dann ein Steinchen hineinwerfen, daß das Spiegelglas zerspringt, und würde dann ein Zittern über die Wasseroberfläche laufen, das eine Bild löschen, ein neues hervorzaubern, einen Ring aus dem vorigen lösen, ihm hinterherjagen, sich selbst.

Bei Edgar's getanzt

Als er in der Tür Platz macht, damit sie sich vorbeischlängeln und vorausgehen kann, und dabei den Kopf einzieht, als würde er eine niedrige Höhle mit höckriger Decke betreten und nicht jemandes Zuhause, findet er sich in einem Haus wieder, in dem er selbst gelebt haben könnte, ein Haus aus Geschichten vor seiner Geburt, dem Haus der Mutter seiner Mutter, in dem er erst tot war, dann ein Säugling in der Wiege weicher Frauenarme, dann ein kleiner Junge, der sich wie wild vorm Dunkel fürchtete, weil sein Großvater zu den modernden Toten gegangen war und mit ihnen im Schatten lauerte. Sie flüstert, sie macht Lärm, damit er keinen macht, macht pscht, als glaubte sie, er hätte dem trauten, unbehaglichen Dunkel etwas zu sagen, das ihn umschließt, dem muffigen alten, im Putz gefangenen Geruch, gefangen seit seiner Kindheit, denn er kennt ihn, kann ihn benennen, sein eigen nennen. Hat sich denn in den vielen Jahren nichts geändert, seit er zuletzt hier im Dunkeln aufgewacht ist, neben sich im Bett den kleinen Bruder, dessen hinterhältige Fürze sich mit gezücktem Messer auf der Suche nach einem Opfer durch die Luft stahlen wie Serienkiller. Sie schiebt ihn die Treppe hinauf. Seine Hand findet das Geländer, das seit damals wartet, vierzig Jahre die vertraute Form bewahrt hat, um die sich jetzt seine Finger schließen.

Er versucht, sich an die Anordnung der Zimmer zu erinnern, wer wo geschlafen hat, was in den einzelnen besenkammerkleinen Winkeln vorging. Damals konntest du schon im Eingang ganz am anderen Ende vom Haus den Eisschrank sehen, seine nackten eckigen weißen Schultern, und ein Stück vom o-beinigen Herd, der an der Ofenseite auch weiß war und im Dunkeln schimmerte, nur das Dunkel jetzt kommt ihm dichter vor in diesem pechschwarzen Schuhkarton, in dem außer ihr noch jemand leben muß, sofern eine gelbe Lichtritze unter einer Tür als Lebenszeichen zu werten ist, zusammen mit Schnarchgeräuschen und ihrem Pscht.

Ihm scheint, daß seine Augen sich langsam an die Dunkelheit der oberen Diele gewöhnen und im Dunkel noch dunklere Formen ausmachen, eine Karte, auf die er sich verläßt, weil er schon mal hier war, hier oder an einem anderen Ort, der diesem sehr ähnelt, aber dann verschieben sich die Formen, er gleitet durch etwas hindurch, was er für eine massive schwarze Wand vor seiner Nase gehalten hat. Es konnten doch Dinge, gegen die er früher gelaufen oder über die er gestolpert war, nicht immer noch da sein, oder. Doch nicht Spielzeug auf dem Fußboden, kein wackliger, unter Mänteln begrabener Kleiderständer, keine Truhe, wo die Großmutter Bettwäsche, Handtücher und eingemottete Decken verwahrte. Keine Kartons voller Comics. Keine Stiefel am Fuß der Treppe, wo sich sein Großvater jeden Abend niederließ und sie auszog, bevor er die Küche betrat. Arbeitsstiefel, verkrustet, mit gelösten Senkeln, die dort unangetastet stehenblieben, weil die Großmutter sagte, sie müßten doch gleich zur Hand sein, wenn sein Großvater von den Toten zurückkehrte, um sie zu schnüren.

Wahrscheinlich hatte die Stadt die alten Cassina-Häuser längst entkernt und von Grund auf saniert. Nichts mehr wie früher. Er unterdrückt ein säuerliches Aufstoßen. Im Widerschein, der sich unter einer geschlossenen Tür hervorstiehlt, steht ihre Silhouette plötzlich in Flammen. Die alten Zeiten, entkernt und gehäutet, nichts mehr da als Gespenster, die es hier sowieso nie oder nur in der Einbildung des dummen Jungen gab, der er einmal war.

Engelchen, was braucht so ein großer Junge noch ein Licht. Das Licht hält dich bloß wach. Versuch doch heute nacht mal ohne zu schlafen.

Ob in dem erleuchteten Zimmer am Ende des Flurs auch so ein Angsthase kauert. Starr im hintersten Bettwinkel, Licht wie eine Decke über den Kopf gezogen.

Was hat er sich damals gedacht. Und was hat er hier verdammt noch mal heute nacht verloren, so betrunken und sein Schwanz so hart, daß es ihm egal ist. Erwachsener Mann, und verstört wie der Angsthase von einst. Schleicht hier durchs Haus einer Fremden, die jung genug ist, seine Tochter zu sein.

Solltest dich schämen, Junge. Wann wirst du endlich vernünftig. Wenn du deinen kleinen Bruder noch einmal aufweckst, bist du die verflixte Taschenlampe aber endgültig los, hörst du.

Als sie die Tür öffnet, ist er vorübergehend geblendet, aber gleich darauf weiß er wieder, weshalb er sich so verrenkt hat, alle Bedenken in den Bar-Dunst geschlagen, um so weit zu kommen. Eine eher kleine Frau in einem sehr kurzen grünen Kleid. Fast mager, zerbrechliche schmale Schultern und dann so einen kleinen, knackigen runden Po und vorne genug, um das schlichte Kleid gut zu füllen. Gegen elf war sie bei Edgar's aufgelaufen, hatte einen Barhocker bestiegen, die hübschen dünnen Beine übereinandergeschlagen. Stunde lang überdacht, übertrunken, zu ihr hingeschielt, ihrem Blick standgehalten, nicht weggesehen, als sie sein Interesse endlich bemerkte, und dann war er aufgestanden, hatte neben ihr den Ellbogen auf den Tresen gepflanzt, dicht genug, um ihr Parfüm zu riechen und auch den Bourbon, den sie schon gekippt hatte. Glatte braune Haut unter den gekreuzten Trägern ihres Rückendekolletés. Vorn hochgeschlossen, so daß ihr hübsches Köpfchen auf dem Kragen saß wie eine Blume auf ihrem Stengel.

Jones. Robert Jones, Miss.

Und wie nennen Sie Ihre Freunde, Mr. Jones. Robert. Bobby. Rob.

Ihren Namen nur halb gehört vor Parfüm, vor Augen. Eigentlich nur, daß es ein fremd klingender Name war, hoffentlich sagt sie ihn bald noch mal, und dann merkt er ihn sich und vergißt ihn nie wieder, niemals.

Dann sagt sie, Ja. Warum nicht. Ich tanze gern. Und dann hatten sie dreimal zum selben letzten langsamen Abschlußschieber getanzt, den Edgar irgendwen immer wieder auflegen ließ, obwohl er seinen Laden längst dichtmachen wollte. An den Wochenenden gibt es einen DJ, aber es ist Donnerstag, das heißt, wer Musik will, braucht Münzen, und irgendwer wollte, und Edgar ist wohl gut drauf, daß er den Irgendwen immer wieder nachwerfen läßt. Edgars altmodische Musikbox mit all den altmodischen Nummern. *Mann, Edgar, wo treibst du bloß diesen Steinzeitscheiß auf.* Edgar so alt wie er, plus minus. Bestückt seine Box mit den Scheiben aus den Teenytagen von einst, als sie die Straßen unsicher gemacht haben, den wilden Jahren, Dells, Spaniels, Imperials, Five Royales, Five Satins, Louis Berry, Diablos.

Edgar, Mann, laß doch die alten verstaubten Scheiben. Leg mal was Neues auf. Damit wir zur Abwechslung ein paar scharfe Girls in diesen Antikschuppen locken.

Und was machst du dann, Bruder, wenn hier die hübschen jungen Hühner rumflattern.

Das gleiche, was er jetzt macht, wo wir Hübschen hier darben. Niemandem einen ausgeben als immer bloß sich selbst. Und wenn er genug gekippt hat, die Platte auf dem Tresen ablegen und schlummern.

Edgar hatte den Schieber also noch mal laufen lassen. Dann noch ein letztes Mal. Mit jedem Mal wird sie in seinen Armen schläfriger, anschmiegsamer. Kleines Bündel Knochen, das sich kaum noch regt, ihr überraschend voller Busen nestelt heiß an seinem Bauch, seine Arme, lang auf ihrem Rücken, drücken sie immer fester, Handgelenke gekreuzt, Hände locker, daß seine Fingerkuppen ihre Hüften streifen, während sie sich wiegen.

Neuerer Song. Alter A-Cappella-Doo-Wop. Riesenhit einer angesagten Truppe aus Philly. Soviel wußte er, wußte jeder, der Fernsehen guckte, Radio hörte. Wenn er aber je mitgekriegt hatte, wie der Song hieß, hatte er es vergessen. Brauchte es nicht wissen, um zu wissen, daß er den Song bestimmt wieder hören und noch lange summen und dem Bann seines warmen, weichen Schmelzes erliegen würde, wenn er ihr aus dem Flur in das helle Zimmer folgte, das sie betreten hatte.

Oh baby. Oh. Oh. Hatte ihr Ja oder Nein gar nicht abwarten brauchen, war alles längst klar, als der Song zum zweitenmal einsetzte und sie sich nach dem ersten nicht losgelassen hatten.

Eine kleine Kristallampe mit plissiertem Papierschirm auf dem Nachttisch neben ihrem Bett hatte den gelben Streifen am Ende der oberen Diele auf den Fußboden gemalt, ihn geblendet, als sie die Tür öffnete. Bett leer. Kein kleiner Angsthase unter der Bettdecke. Dann schiebt sie den Lampenschirm tiefer, und das Licht schlägt an der Wand hinter dem Bett einen Bogen, verscheucht die Schatten, schafft Raum für das Dunkel, das nachdrängt, als er eintritt.

Mach sie zu, Baby. Er dreht sich nach der Tür um. Seine Faust schließt sich um den Knauf. Er dreht und drückt, schiebt die Tür leise ins Schloß. Klicken des Schlosses, als es einschnappt, und Klicken des Schalters, mit dem sie das Licht löscht, sind eins. Wo sie eben noch gestanden hat, hübsche Frau, lächelnd im grünen Kleinmädchenkleid, sieht er nichts. Ihm bleibt schier das Herz stehen. Er rührt sich erst, als er einen Reißverschluß hört, das Rascheln des grünen Schimmerkleids, das am Körper und über den Kopf hochgeschält wird, gewichtloses Seufzen, als es zu Boden fällt.

Irgendwer wird zuerst wach. Vielleicht er, weil er nach allem, was er intus hat, pinkeln muß. Er will nicht raus, zählt die Fingerbreit V.O. und tiefen Züge Iron City, stöhnt innerlich, weil er sie nicht mehr zusammenkriegt. Wie viele, willst du wissen, schreit seine Blase, kann ich dir sagen, zu viele. Oder vielleicht ist zuerst sie wach, wälzt sich herum, schiebt ihre Hüfte in seine, wünscht ihn weit weg oder aber, daß wieder die süße Sirupnummer abgeht. Jedenfalls beide wach, als sie plötzlich senkrecht im Bett sitzt. Whoa, denkt er. Schon die Vorstellung, daß sich jemand gleich morgens als erstes so schnell bewegt, tut ihm glatt in den Knochen weh. Auf nacktem Fußboden nackte Fußsohlen pattapatta. Pissezischen. Klospülung läuft und läuft. Landet wieder im Bett, als hätte jemand mit den Händen einen Steigbügel geformt und sie geworfen. Sein Magen hüpft. Verdammt, Mädchen. Was ist, Baby. Wo finde ich das Klo. Das siehst du schon. Hab die Tür auf- und das Licht angelassen. Dacht ich mir schon, daß du gleich nach mir fällig bist. Was du alles weißt. Ich habe dich doch die Zähne zusammenbeißen hören. Mußte dringend, aber ich wollte dich nicht wecken. Verbindlichen Dank, Sir. Ein rücksichtsvoller Mann, das gefällt mir. Bitte, das Bad ist frei. Mach nicht mein Bett mit deiner Rücksicht voll.

Von dort, wo er breitbeinig über der Kloschüssel steht, kann er alle vier Badezimmerwände berühren. Die Wand hinter der Wanne mit etwas Lehnen und Dehnen. Keine Regale, keine Ablagen. Eine Plastikhaarbürste, Kamm und Handspiegel haben auf dem Spülkasten gerade Platz. Plastikduschvorhang mit Segelbooten. Plastikflaschen aufgereiht auf dem Wannenrand. Halter mit gelbem Handtuch. Am Wannenrund ein steifgetrockneter Waschlappen von derselben Farbe. Keine Anhaltspunkte dafür, daß sie hier nicht allein lebt, allerdings auch kaum Platz für die Sachen von noch jemand. Hinter seiner Schulter in der Ecke quillt schmutzige Wäsche aus dem hüfthohen Strohkorb, den er erst bemerkt, als er sich zum Gehen wendet. Schmutzige Wäsche, und er hat sich nichts dabei gedacht, in einem fremden Haushalt nackt rumzuspazieren, bis er die Wäsche sieht und von ihm nichts dabei ist.

Komisch, oder, da siehst du eine Frau, und prompt fängt der alte Geilozähler an zu fiepen, fiep, fiep, fiep, was das Zeug hält, und sie sieht so scharf aus, daß du glatt deine eigene Großmutter verkaufen würdest, wenn du der Frau nur mal unter den Rock schielen dürftest. Als nächstes liegt sie arschnackt neben dir im Bett, und du wankst ohne auch nur zurückzublicken zum Pissen raus. Alles, was das Herz begehrt, deine Traumfrau, da liegt sie, in ihrer ganzen Pracht, und du streckst nicht nur nicht die Hand nach ihr aus, sondern guckst sie nicht mal an. Vielmehr denkst du auf dem Weg zum Pott an eine andere Frau, und dein Ding besitzt die Frechheit, hinter dem Rücken der Traumfrau, bei der du nicht bist, steif werden zu wollen.

Nur keine Panik, Bruder. Was sollst du dir deswegen einen

Kopf machen, wenn du nichts dagegen tun kannst. Das Tier in dir, Hundenatur. Männer hecheln nun mal immer hinter dem einen her. Frauen wissen das. Sollen die Männer es doch lieber zugeben.

Ha, du bist wohl Experte auf dem Gebiet, was. Du als Dogman.

Moment mal, so nennen sie mich, weil ich Hunde ausführe, nicht, weil ich mich aufführe wie einer. Ich will dir mal was sagen. Gab Zeiten, da bin ich auch auf allen vieren hier rumgetrabt wie ihr Jungs, hab an jedem Hinterteil geschnuppert, das stillhielt. Das Bein gehoben und an jeden Baum, Busch, Wasserhydranten gepinkelt, der nicht schnell genug aus dem Weg ging. Aber das war einmal, so bin ich nicht mehr. Läuft nicht mehr. Man muß die Schwestern wertschätzen. Dein Schlong ist kein Taktstock. Auch kein Schlagstock. Keine Lakritzstange. Kein Schießprügel, in den Billy the Kid seine Kerben macht. No way. *Zeugung, Bruder. Wertschätzung. Das Leben schenkt dir die Fähigkeit, Leben zu geben, dich zu vermehren.*

Scheiß drauf. Will mich nicht vermehren. Ich will verkehren.

Der Verkehr ist auch ein Geschenk. Für die gedacht, die du liebst.

Klar, Mann, klar. Problem ist nur, daß manche von uns die Damen alle lieben.

Und deshalb bist du ein Hund. Erliegst deiner Hundenatur.

Wuff. Wuff. Wuff. Wenn schon Hund, dann wenigstens Top Dog. Wau-wau, wuff-wuff.

Wollt ihr wohl Ruhe geben. Wie soll ich da meine Geschichten im Blick behalten, Mann. Ruhe. Was führt ihr euch bloß schon den ganzen Nachmittag so auf.

Yo. Sweet Emmalee. Vergiß doch die blöden Weißen da im Fernsehen, Süße. Komm her auf meinen Schoß. Kenne eine viel bessere Geschichte. Geschichte von einer einäugigen Schlange.

Fick dich, Ricardo.

Sag ich doch, Süße. Yeah. Wuff-wuff. Wau-wau.

Sie sitzt aufrecht im Bett. Lampe brennt. Laken bis zum Kinn hochgezogen.

Jetzt besser, Baby.

Aber ja. Und noch besser, wenn ich dich da wie eine Prinzessin thronen sehe.

Lüg mich nicht schon am frühen Morgen an. Komm mir nicht mit so einem Scheiß. Dir geht es besser, weil du deine Blase geleert hast. Und weil du eine Nummer geschoben hast. Dir brummt der Schädel garantiert genauso wie mir nach zuviel schlechtem Edgar-Whiskey. Heute morgen und gestern abend sind zwei Paar Sandaletten. Die Nummer mit mir hast du im Dunkeln geschoben, Sugar. Gestern abend hättest du mich auch mit Buckel, Bart und Pferdegebiß genommen. Das Glück ist blind, Mister. Und das ist es, was du heut morgen siehst. Daß du eine Blindlandung hingelegt hast. Was ich davon gehabt habe, weiß ich, und es war gar nicht schlecht. Also brauche ich heute morgen keine Lügenmärchen, mitgenommen, wie ich mich fühle und aussehe.

Whooa. Moment mal. Gnade. Ich habe doch bloß ...

Gnade war gestern, mehr ist nicht drin. Du hast nämlich was umsonst bekommen, verstehst du. Weil mir danach war, genau wie dir. Einfach so. Umsonst. Ab sofort wird dich alles teuer zu stehen kommen. Jedes bißchen.

Verdammt noch mal recht behalten hat sie. Stehe da mit eingekniffenem Schwanz und verschlagener Sprache neben dem Bett, und sie dreht sich ganz zu mir herum. Läßt sogar das Laken los, so wild gestikuliert sie ihren Mist mit den Händen. So eine Frau habe ich in meinem Leben nicht gesehen. Fuchtelnde Hände, blitzende Augen, Augen an den Brüsten, Augen am Bauch und Augen an den Schultern, weil nämlich jedes stolze braune bißchen dieser Frau, von der ich den Blick nicht wenden kann, frech zurückstarrt. Ganzes Stadion voller Augen, und ich niggernackt an der Linie und das Stadion tobt, als würden sich die Zuschauer jeden Augenblick auf den Platz stürzen und mir an den Arsch, wenn ich nicht beide Freiwürfe mache.

Stand da und weiß nicht, ob ich zerfließe oder zu Stein werde. Dem Gefühl nach beides. Formlos wie eine Pfütze. So bombenfest gefesselt, daß ich nicht mal mehr blinzeln kann.

So fing es an, und so ging es weiter. Sie neunundneunzig Yards Volldampf voraus, ich hinterher stolpernd, verzweifelt bemüht, mit kleinen Hinkeschritten den Abstand zu verringern. Und mit wachsender Begeisterung.

Was ich von dem ersten Tag nach der ersten Nacht nie vergessen werde, ist, wie wir eigentlich gar nicht mehr aus dem Bett herauskamen, als sie mich endlich wieder reingelassen hatte. Und was ich auch nie vergessen werde, wie sie auf meinem Schoß sitzt und ich sie wiege, sie kuschelt und klammert, und ich denke, nichts dran an der Frau, klein wie ein Kind. Ich halte sie fest, lege mich ins Kissen zurück, das ich mir am Kopfende vom Bett in den Rücken gestopft habe, wiege dieses Kind und singe, singe dieser Fremden vor, die doch gar nicht fremd sein kann, schließlich liegen wir schon zwei, drei Leben nackt beieinander, und da wurde ich ein anderer Mensch, ein vollkommen neuer Singmensch, wie in keinem Leben zuvor, und sie lag zusammengerollt in meinen Armen und begann auch ein neues Leben, dieses Baby, und ehe ich richtig begriff, daß ich sang oder summte, rutschte mir irgendwie ein Schlaflied heraus, von ganz früher, von meiner Mutter, eigentlich bloß, weil ich friedliche Wiegegeräusche machen wollte, mehr nicht, und da geht sie warm in meinen Armen auf wie ein frischgebackenes Brot, Bruder, bis ich nicht mehr singen kann oder was immer ich da zu tun glaube, weil ich mit einmal ihre Zunge im Mund habe, und klein ist sie nicht mehr, sie ist himmelweit gewaltig, groß und warm und weich und leicht wie Sommerluft. Wir beide. Nur wir beide. Dann eins. Ein Gesang, und jeder Ton getroffen.

Und noch was werde ich nie vergessen. Besser, ich rücke einfach damit raus. Die Tränen. Habe ihr die Brust naßgemacht wie ein Baby. Ich, vom Leben gebeutelter Fünfzigjähriger, muß lachen und weinen, weil ich jedes, aber auch jedes dieser fünfzig Jahre gebraucht habe, um sie zu finden und mich so gut zu fühlen.

Je mehr ich erzähle, desto mehr fällt mir ein, und wenn ich ehrlich bin, habe ich jede Minute von unserem ersten gemeinsamen Tag parat, und wenn ich mir nicht erlaube, an das alles zurückzudenken und euch oder mir selbst die Geschichte von A bis Z zu erzählen, dann ganz allein deshalb, weil der Tag noch nicht um ist, und daß er um ist, will ich gerade nicht, und deshalb liege ich da noch im Bett und warte, was wohl als nächstes kommt. Versteht ihr. Selbst wenn ich wollte, könnte ich nicht vergessen. Und ich wollte, Freunde, ich habe alles versucht. Blieb mir ja nichts anderes übrig, als zu vergessen und weiterzumachen, aber das ist eine andere Geschichte. Der Tag würde auch kommen. Und anderes danach. Aber wovon ich erzählen wollte, waren die Tränen. Tränen, die genauso zu mir gehörten wie das Singen, das ich völlig vergessen hatte bis zu dem Tag in ihrem Bett. Als würde mir aus dem Nichts plötzlich ein Festschmaus vorgesetzt. Gourmetsachen, die ich noch nie gesehen habe, kenne nicht mal die

Namen und wäre nie drauf gekommen, daß ich weiß, wie man sie ißt. Aber es ist angerichtet, und ich laß mich nicht zweimal bitten. Sieht aus, als könnte ich endlos essen und als kämen immer noch mehr und bessere Gänge, als eine Stimme, Stimme wie früher die knarzigen Radiostimmen von Gruselsendungen, ihr wißt schon, welche ich meine, sagt, Junge, wenn du aufhörst, Junge, mußt du sterben.

Ich mitten im Schlemmen, und da ertönt diese Stimme, die mir die Kehle zuschnürt und mir das Gefühl gibt, in der Todeszelle zu sitzen, und dieses köstliche Mahl ist meine Henkersmahlzeit, Gefängnisleiter und Wärter gucken schon auf die Uhr, zählen bis zur Ziellinie runter, wo das Festessen zu Scheiße und Pisse und Kotze wird, die sie mit dem Schlauch abspritzen, wenn der Leichenwagen vorfährt.

Stimme gibt ihren Senf drauf und wendet sich anderem Unheil zu, hinterläßt in meinem Mund ihren schalen Geschmack. Aber wegen sowas weine ich nicht. Daß bei allem irgendwann nur Scheiße übrigbleibt, macht mich schon mein Leben lang fertig. Bin eben einer, der sich mit allem fertig macht. Mit dem Leben. Mit dem Sterben. Aber ich weiß, daß es im Leben so ist, *die* alte Leier war es nicht.

Kopf auf ihrem Schoß. Augen bis fast unter die Lider verdreht, damit ich in ihre Augen hochsehen kann, und was sehe ich in ihren Augen, daß sie nicht anders ist als ich, als wir alle hier draußen, die wir allen Grund haben, uns fertigzumachen, verdammt guten Grund anzunehmen, daß wir unsere Nackenschläge schon abkriegen. Ihre Augen verraten, daß ihr Nackenschläge nicht fremd sind, daß sie weiß, wie verdammt hart es werden kann. Weiß, was für eine gute Sache das zwischen mir und ihr ist, weiß, daß es kaum was Schöneres gibt, aber letztlich nicht viel zu sagen hat. Versteht ihr. Eben noch da und schon wieder weg. Pfft. In Luft aufgelöst. Nichts.

Und da will ich auf einmal nicht, daß die Welt ist, wie sie ist. Geht ja noch, daß ich als beinharter Typ in einer Welt lebe, wo es eben so läuft. Ich komme klar damit. Muß damit klarkommen. Und bei ihr sagen mir die Augen, daß sie, klein wie sie ist, auch irgendwie klarkommt. Aber in ihrem Fall geht das nicht. Sie besteht nur aus Knochen. Zarten kleinen federleichten Knochen. Weichen Stellen, wo ich den Kopf hinbetten, die Hände wärmen kann. Stellen, wo ich mich verlieren, luststöhnend auflösen kann, aber bei den zarten Knochen und der samtweichen Haut tut es mir leid, daß mein dicker Schädel so schwer wiegt. Ich greife hoch und umschlinge sie. Komme mir vor, als hinge ich kopfüber, nur mit den Zehennägeln festgekrallt, ein gutes Gefühl, als gäbe es keinen Ort auf Erden, wo ich lieber wäre, aber ich muß mich verdammt gut festhalten. Nicht zu fest. Sie vorsichtig drücken. Ihre Rippen befingern. Die Hände über ihre schmalste Stelle gleiten und auf dem festen Fleisch ihrer schlanken Hüften ruhen lassen. Ich finde, sie verdient eine bessere Welt als die, auf der wir hier festsitzen. Und frage mich, wie jemand eine Welt erschaffen kann, die diesen Atem und diese Knochen zermalmen könnte, die in meinen Händen schweben.

Ihr Herz schlägt knapp über meinem Ohr. Kaum merkliches Zucken und Gurgeln im Innern. Schon da fing sie an, mir zu fehlen. Fehlte mir die blitzschnelle Art, wie sie aus ihrer Betthälfte schoß. Bekam ich Angst. Verlor die Fassung. Wollte das Gesicht an ihrer Brust bergen, als würde sie nicht mitkriegen, wenn sie mich nicht sah, daß ich die Fassung verlor. Aber ich zitterte, konnte nicht an mich halten, beweinte ihr die Brust.

Die Nacht hatte es also in sich, und der Tag nicht minder, und alles, was war, kehrt wieder, wenn ich es wiederkehren lasse, aber das kommt nicht in Frage, ich verrate höchstens hier ein bißchen was, da ein bißchen was. Alles auf einmal rauszulassen würde mich endgültig fertigmachen. Dann gäbs kein Halten mehr. Würde die Geschichte mich einholen, ehe ich ein Ende gefunden habe, und mich einfach verschlingen.

Mit ihr über die Schwelle eines Hauses im Cassina Way zu treten, war, als würde er über eine Zeitschwelle in die Vergangenheit treten, eine Vergangenheit, die er glaubte vergessen zu haben. Sein Auto hatte er gegenüber von Edgar's weiter oben an der Avenue abgestellt. Als sie die Bar verließen, hatte sie ihn untergehakt und ihren Körper alle paar Schritte gegen seinen sinken lassen, ein Lehnen, ein Wanken, als würden sie immer noch tanzen und er vermeintlich führen, bis er auf den Kantstein und den Wagen zuhielt und sie ihn zurückzog.

Komm schon, Baby, zu mir ist es nicht weit. Laß uns zu Fuß gehen.

Aber ich steh doch da drüben. Wir können den Wagen nehmen.

Laß uns zu Fuß gehen. Ich muß mal ein paar Schritte gehen.

Und auch ihm tat die Nachtluft gut. Nahm ein bißchen den Knick aus den Beinen, dem Hirn. Weichen und wanken gilt nicht, Junge. Setz die Sache jetzt nicht in den Sand. Wo immer diese umwerfende Frau an seinem Arm hinwollte und wie, ihm war es recht. Solange sie dort zu zweit allein wären.

Avenue ausgestorben. Wenn überhaupt ein Wagen vorbeifuhr, merkte er es nicht. Sie folgten in umgekehrter Richtung seinem früheren Schulweg. Manchmal hatte ihn seine Großmutter bis zur Ecke Hamilton Avenue begleitet. Ihm Geschichten über die Leute erzählt, die dort mal in den kleinen Seiten- und Hinterstraßen gelebt hatten.

Wie die Denkzettelfrau, die die nagelneue Kirche der Adventisten in Brand steckte, weil man ihr das Grundstück genommen und das Haus abgerissen hatte, um sie zu errichten. Mr. Samuels, der Müllmann, der im Hof ein Pferd hielt. Clyde Hollinger, der Onkel seiner Mutter, Herrenfriseur, der hundert Pickelhaubensoldaten des Kaisers mit seinem Maschinengewehr niedergemäht hatte, bevor es ihn selbst erwischte, sein Name steht auf der Gedenktafel vorn an der Homewood Library.

Später dann, als er größer war, trödelte er auf dem Weg von der Schule meist noch mit seiner Clique. Wenn sich die Jungs nach und nach an ihren Türen absetzten, fragte er sich, ob die, die in den Häusern aus Großmutters Geschichten wohnten, dieselben Geschichten kannten, die sie ihm erzählt hatte. Fragte sich, was wohl die Frau neben ihm, junges Ding eher, von diesen Straßen wußte, den Häusern, den Menschen, die in ihnen gelebt und das Zeitliche gesegnet hatten. Wußte sie, daß seine Familie im Cassina Way gewohnt hatte, bevor sie überhaupt geboren war. Bevor er geboren war. Spürte sie, während sie ihn den Cassina Way hinabzog, die plötzliche Spannung in seinem Arm, Spannung, die teils Ergebung, teils Staunen war, ein kurzes Zwacken der Angst, daß er womöglich noch gar nicht lebte, bloß ein Geist war, der aufsteigen und davonschweben müßte, wenn sie seinen Arm losließ. Cassina Way. So tief in seiner Erinnerung vergraben, daß er vergessen hatte, daß es den Ort wirklich gab. Diese armseligen Bretter und Backsteine. An den Cassina Way dachte er eigentlich nie, wenn nicht zufällig jemand darauf zu sprechen kam. Und selbst dann erinnerte ihn der Name vor allem daran, wieviel er vergessen hatte, wie weit er gekommen war. Eine enge, gepflasterte Durchfahrt an Hinterzäunen und Hintergärten vorbei, Hinterhöfen und Hintertüren. Zur Hälfte waren die Hintertüren zugleich Haustüren, denn die schmalbrüstigen, zweistöckigen Häuser der Cassina-Zeile, die sich über zwei Blocks erstreckte, waren verwachsen wie Siamzwillinge, und jede zweite Familie wohnte nach hinten raus, zur Durchfahrt. Cassina Way war ja die ganze Zeit dagewesen, er hatte es bloß verdrängt, wie überhaupt die ganze alternde, zerfallende Nachbarschaft. Einschließlich seiner selbst. Cassina Way war eine Haut, die er abgestreift, derer er sich entledigt hatte. Wie sollte er jetzt wieder in sie hineinschlüpfen.

Einen ganzen Block und einen halben waren sie die Durchfahrt hinabgegangen, bevor ihm das Fehlen der Pflastersteine auffiel. Lagen sie unter dem Asphaltfluß, auf den das Licht der Straßenlaternen fiel, sich ausbreitete, verlor, feucht schimmerndes Band zwischen den Böschungen aus Schatten. Hinter der zweiten Straßenecke war die eine Häuserzeile weg, die eine Wand des engen Korridors, als den er Cassina Way kannte, gebildet hatte. Jetzt konnte man von den Stufen der Nummer 7215 aus, auf denen er so oft gesessen und auf die Kehrseite der Häuser in der Tioga Street geblickt hatte, wo er vor sich hingeträumt und Leben für die Bewohner erfunden hatte, die ihre Hintertüren scheinbar nie benutzten, bis ganz zum Ende der Tioga sehen und noch weiter. In der Tioga Street waren kaum noch Häuser stehengeblieben, die meisten verschwunden, eben wie die, die aus der Sicht des Jungen damals auf den Stufen eine Barriere gebildet und das hintere Ende der Tioga verstellt hatten. Die Häuser an der Tioga waren mit Brettern vernagelt, Ruinen, oder zu Abrißlücken, Kratern, Schuttbergen zusammengeschoben. Die Häuserzeile mit den sechs, sieben Eingängen, die auf der einen Cassina-Seite übriggeblieben war, glich dem vertrockneten Anstandsrest eines Kuchens, den jemand vor langer Zeit weggeputzt hatte.

Sie wühlte in einem winzigen, fischschuppigen Täschchen nach ihren Schlüsseln, das er nicht bemerkt hatte, bis sie zu wühlen begann. Keine Pflastersteine. Keine schützenden Wände. War das wirklich Cassina Way. Vielleicht war das Straßenschild an der Ecke vertauscht worden. Am Haus, in das sie hinein wollten, sah man keine Hausnummer. Vielleicht die 7215, vielleicht nicht. Es hatte sich zuviel verändert. Außenverkleidung sah neu aus. Keine Pflastersteine. Ganze Straßenzüge waren planiert worden, jetzt erinnerte er sich. Straßenkreuzungen komplett ausradiert. Am Horizont endlos immer gleiche Siedlungshäuser. Wo waren die Häuser mit den Veranden. Nicht die armseligen zwei Zementstufen, die aus den hinteren Eingängen an der rückwärtigen Durchfahrtseite von Cassina ragten wie vorgeschobene Unterlippen, sondern betonierte Veranden mit Eisengeländern, Holzveranden mit dicken Pfeilern, Backsteinveranden mit grüngestreiften Aluminiummarkisen, Veranden, wo die Menschen sitzen konnten und ihre Füße nicht in so eine dreckige Durchfahrt hängen mußten, die zu niemand gehörte. Veranden, bei denen du dir vorkamst wie beim Schaufensterbummel Downtown, brauchtest bloß die Tioga hinaufschlendern oder die Susquehanna hinunter, jedes Haus anders, in jedem andere Leben, Welten vom schmucklosen Eingangs-Einerlei von Cassina entfernt, obwohl du doch bloß um die nächste Ecke und die Straße hinauf mußtest, um Häuser mit Veranden zu finden.

Keine Geheimnisse mehr im Cassina Way. Keine Verstecke. Wer da, wer treibt sich im Dunkeln herum und hat nichts Besseres zu tun, als ihm nachzuspionieren. Altem Wolf, der sich ins Hühnerhaus schleicht. Sind die strengen Blicke, die genau verfolgen, wie er etwas tut, was er lieber lassen sollte, die eigenen. One-night-stand. Blutjunges Ding im Vergleich zu ihm, er weiß von ihr nichts, nur daß sie ihn scharf macht und er einen Ständer reitet, *boing, boing, bop,* als wäre er ein Blinder auf einem Pogostock.

Legt sich schon die Geschichte zurecht, die er den Jungs von dieser Nacht erzählen wird. Weiß selbst nicht, wie mir das passieren konnte. Mißbilligendes Kopfschütteln, aber angeberisch auch, stolz, mit fünfzig genauso ein Draufgänger zu sein wie mit fünfzehn. Klasse, die Frau, eine Schau. Und ich sage mir noch, Viel zu jung für dich. Weißt ganz genau, das kann nur böse enden. Verbrennst dir die Finger, oder sie sich. Womöglich gibt es Kinder. Mietrückstände. Einen eifersüchtigen Ex-Mann oder eine dieser Zum-Abgewöhnen-kalt-erwischt-Krankheiten. Oder Drogen. Junkie-Freund, der mit der Kanone im Kleiderschrank wartet und dich überfällt, kaum daß dir die Hose in den Kniekehlen hängt. Dir mit dem Schießprügel zu guter Letzt noch den schwarzen Arsch grün und blau drischt. Passiert doch so viel. Besonders alten Trotteln, die sich für unwiderstehlich halten und auf Frischfleisch aus sind. Aber Mann, wärt ihr an meiner Stelle gewesen und hättet gesehen, wie die in ihrem kleinen grünen Kleid bei Edgar's reingewippt kommt, Mann, ihr hättet auch nicht nein sagen können.

Ja, ja, die Hundenatur, sagt Dogman.
Zustimmendes Bellen von den Jungs am Tresen. Wuff-wuff.

War Anfang Juni, um meinen Geburtstag herum, als ich sie kennenlernte. Die Woche zuvor hatten wir diese Hitzewelle gehabt. Ganze Woche hundstageheiß, als wäre August. Ein Tag Regen, und es kühlt wieder ab. Dann ein Tag mit fliegenden Wolken. Ich weiß noch, wie ich hochgesehen hab und gedacht, Mann, die haben es aber eilig. Hohe, schnelle, langgestreckte weiße Wolken, aber sonst endlos viel Blau nach dem Regen. Kein Backofen mehr und trotzdem abends warm genug, daß du das Sakko nicht gebraucht hast, das du aus reiner Gewohnheit dabei hattest, war immerhin erst Anfang Juni und konnte abends kühl werden. Gibt im Grunde kein besseres Wetter. Sommer, ohne daß du rumläufst wie ausgewrungen. Knapp vor der schweißtreibenden Sommerhitze, und du kannst nicht anders, du mußt daran denken, was früher zwangsläufig folgte, nämlich den ganzen Tag Basketball und in der Gluthitze da draußen auf dem Hartplatz brutzeln wie knuspriger Speck in der Pfanne. Asphalt glüht so unter deinen All-Stars, daß du genausogut barfuß spielen kannst. Macht nichts, ist irgendwie ein gutes Gefühl. Warst nicht zu bremsen. In den Sommern, als du spielen konntest, bis die Sonne unterging, dann losziehen und die Nacht durchmachen. Voll Saft. Voll jugendlicher Kraft. Als nichts darauf hindeutete, daß es je anders sein würde, daß du eines schönen Junimorgens aufwachen würdest und dir wünschen, wünschen, daß du nur einen dieser langen, heißen Tage wiederhaben könntest, diesen Saft wiederhaben, wieder abheben, hochgefedert von verläßlich starken Beinen, fliegen, ganzen Tag in Bewegung, und du nicht im Traum daran dachtest, daß sich ein Deut ändern könnte, daß du ein ganz anderer werden könntest und die schönsten Stunden die Erinnerung an Zeiten würden, die nicht wiederkehren. Versteht ihr. Jedenfalls habe ich sie am Abend nach so einem wetterstrahlenden Junitag kennengelernt. Einem Tag mit so kleinen Stromschlägen und leisem Prickeln. Ja Mann, ist wieder soweit. Also nichts wie raus auf den Court und Action. Langsam heißlaufen – nächste Runde, gebe heute Segelstunde, ha, euch jungen Angebern, kann euch gern ein paar Moves zeigen, zum Korb hochsteigen. Sorry, Kleiner. Setzen. Der nächste, bitte. Wer nimmts mit mir auf. Yeah. Am Abend nach einem Junitag von dem Kaliber, und ich hänge ganz friedlich ab, genehmige mir den einen oder anderen Schlummertrunk bei Edgar's, und

Wamm. Muß mal wieder der Teufel seine Hand im Spiel haben, *devil with a green dress on.*

Lag vollkommen falsch. Und richtig. Ist doch immer so, oder.

In dem schmalen Haus im Cassina Way, ehe er überhaupt daran dachte, Frauen zu bumsen, ehe ein kleiner Bruder eintraf und sich in seinem Königreich breitmachte, waren da schon Frauen gewesen, Frauen, die ihm mehr gaben als die ganze Vögelei die ganzen Jahre danach. Seine Mutter, seine Großmutter, diese oder jene hübsche junge Tante, die zwischen Jobs oder Liebhabern oder Ehemännern kamen und gingen oder nach Hause eilten, um im Notfall zu helfen oder sich helfen zu lassen. Fürs ganze Leben verdorben von diesen Frauen, die ihn nach Strich und Faden verwöhnten, den erstgeborenen Sohn, und neben dem Großvater der einzige Mann in einem reinen Frauenhaushalt, was jeder Frau für alle Zeiten alle Aussichten verdarb, mithalten zu können mit dem, was seine Mutter, ihre Schwestern und ihrer aller Mutter ihm geboten hatten. Eine Welt von Frauen, die offenbar allein dazu da waren, ihm zu dienen. Ihm Süßigkeiten aus dem A & P mitzubringen, Spielzeug von Murphy's Five and Dime an der Homewood Avenue, ihn auf den Schoß zu nehmen, seinen Kopf auf ihre Busen zu betten und ihm Geschichten vorzulesen oder für ihn zu singen. Frauen, die sich um die Gunst rissen, ihm ein Lächeln entlocken zu dürfen.

Er sitzt auf den Stufen der Nummer 7215. Sein Großvater bereitet in der Küche Schweinskutteln zu. Schweinskutteln sind das einzige, was der Großvater anschleppt, wo seine Großmutter streikt. Die Katzenwelse mit den Barteln, die er fängt, die putzt sie, zerlegt die Vögel, Kaninchen, Opossums und Waschbären, die er erlegt. Was immer sein Großvater aus den blutigen, ausgebeulten Taschen seiner Jagdweste zieht, sie nimmt es entgegen und zaubert daraus etwas, was einem schon in der Pfanne oder im Ofen das Wasser im Mund zusammenlaufen läßt. Aber Kutteln. Nicht mit mir. Ich beschmier mir doch nicht die Hände mit deiner Schweinerei. Nicht mit mir. Wenn du Gekröse essen willst, Mister, kannst du das Zeug gefälligst selbst putzen und kochen und meine Küche wieder tipptopp aufräumen. Sag rechtzeitig Bescheid, weil ich nämlich gehe, wenn mir der Stinkkram ins Haus kommt.

Richtig schlimm wurde es mit den Schweinskutteln erst, wenn sie kochten. Vorm Kochen war es schon schlimm genug, so, daß es ihm die Tränen in die Augen trieb, wenn er sich in die Küchentür stellte und zusah, wie sein Großvater sie ausschabte und zerkleinerte und unters laufende Wasser hielt und wieder schabte und schließlich zum Wässern in einen Topf warf. Denselben gesprenkelten blauen Topf, in dem sie schon die ganze Nacht gewässert worden waren, nachdem sein Großvater sie, in braunes Packpapier eingeschlagen, vom Schlachter mitgebracht hatte. Denselben schwarzbödigen blauen Topf, in dem sie gekocht würden. Im Schweinskutteltopf, In den mir nichts anderes kommt, hörst du, nichts da, nicht mit mir, nicht in meiner Küche, sagte sie. Interessiert mich nicht, wie gut du den Topf schrubbst, schieb ihn wieder unter den Abguß, weg damit, ganz nach hinten. Wehe, wenn der mir die Sachen auch nur berührt, die ich in meiner Küche benutze.

Weißer und weißer. Mit jedem Wässern und Schaben und nicht zuletzt Sieden, das die Luft so verpestete, daß du das Haus verlassen und dich auf die Stufen raussetzen mußtest und nur hoffen konntest, daß dein Großvater nicht zu schlimm nach Schweinskutteln riecht, wenn er da drinnen fertig ist und rauskommt, um dich auf den Schultern um den Block zu tragen.

Er mußte über zwanzig werden, bis er irgendwo anders – vielleicht Neujahr bei Elaine und Harold, wo er verkatert, aber auch schon wieder ein bißchen high und bei seinem zweiten oder dritten kühlen Bier vorm Fernseher hing, während die einzelnen Superbowl-Spiele auf einem Bildschirm verschwammen, der alle paar Minuten schlappmachte und das Bild wegrutschen ließ, so daß er sich fragte, als es wieder hochrollte, ob er dasselbe oder andere Spielfelder und Spieler vorbeiflimmern sah – schließlich soweit war, daß er Schweinskutteln kosten konnte. Ißt du nun was von meinen Kutteln oder nicht. Oder muß ich dazu Kaldaunen sagen, damit sie einem War-ein-Jahr-auf-dem-College-Neger wie dir munden. Ein winziges Eckchen von jemand anderes Teller, kleiner, keilförmiger Lappen, den er sich trotzdem nicht anders denn als Schweinevorhaut oder schrumpelige Rosette eines Schweinearschlochs denken konnte, so daß er wartete, bis er dachte, es sieht keiner mehr hin, und den ersten Schweinskuttelbissen auf der Gabel unter Langbohnen und Grüngemüse begrub, mit Chilisauce der Marke Louisiana Red besprengte und sich dann rasch in den Mund schob. Weiche nugatfarbene Mitte einer gehäuften Gabelladung von dem, was so eindeutig zu seinen Leibspeisen gehört, daß er auch dann nicht verzichten würde, wenn jemand behauptete, es wäre gerade eine Kakerlake drüberweggehuscht, höchstens einmal kurz blasen. Trotzdem, kauen mochte er nicht. Hatte einfach alles auf einen Satz hinuntergeschlungen und nicht viel mehr geschmeckt als Altbekanntes, höchstens noch Salz und rotes Cayenne-Feuer. Hatte irgendwann neuen Anlauf genommen – vielleicht noch am selben Nachmittag oder bei einer anderen Neujahrseinladung. Da allerdings hatte er mit der Zunge, und wo die war, war der Rüssel nicht weit (wo sollte der sonst sein), Kostproben aller Ritzen und Fugen von Frauenkörpern genossen und begriffen, daß zuvor übergangene oder gemiedene Stellen so vertraut waren und dem Haus im Cassina Way, wo er Kind war im Paradies von Frauenhänden und Frauenaugen, warmer Haut und Düften und melodischen Stimmen, so nah, wie er nur je wieder zu gelangen hoffen konnte. Die ravioligroßen Kuttelkrollen mit einem Spritzer Chilisauce, die er kaute und zerbiß, hatten nichts von dem tränentreibenden Schweinestallgestank des Hauses, in dem sein Großvater Schweinsgekröse gekocht hatte, sondern vom appetitkitzelnden Duft aus fremdem Ofen, und wenn du den Ofen aufmachst, um nachzusehen, was da köchelt, dann weißt du, es ist mit Liebe zubereitet und weitet dir die Nase, daß du tief einatmest, den Duft mit dir reden und dich lehren läßt. Neue und alte Gerüche werden verbunden, ohne ihre Unverwechselbarkeit einzubüßen, verwandeln sich gegenseitig, verwandeln dich.

Sie sagte, Hat sich allerhand verändert, seit du hier im Haus gelebt hast. Wenn überhaupt. Weiß ja nicht, ob ich dir das glauben soll. Könnte sein, ja. Die Bruchbude ist wahrscheinlich schon seit Noah bewohnt. Ist bloß komisch, die Vorstellung, du hier im Haus. Wette, du warst ein niedlicher kleiner Kerl. Wette, du warst ungezogen. Wette, sie haben dich nach Strich und Faden verwöhnt. Ist nicht unbedingt so, daß ich dir glaube, behaupte aber auch nicht direkt, daß du lügst. Spielt auch keine Rolle, oder. Inzwischen ist es ein anderes Haus. Kein Haus voller Frauen. Gibt nur mich. Sonst waren alle, die hier mal mit mir gewohnt haben, männlich, Männer und Jungen. Meine beiden Söhne, mein Mann. Mr. Mallory, der unten das Vorderzimmer hat. Wäre froh um Frauengesellschaft gewesen. Jetzt sind bloß noch ich und Mr. Mallory übrig. Als ich meinen Marcus verloren hatte, ist Kwami, mein

Ältester, ausgezogen. Keine Ahnung, wo er geschlafen hat. Ab und zu kam er vorbei. Zum Essen, verstehst du. Was der essen konnnte, der Junge. Das Höchste war Thunfisch-Mayonnaise auf Toast. Zu jeder Tages- und Nachtzeit. Bei seinem Bruder Marcus waren es, als er noch klein war, Haferflocken. Hat mich ganz verrückt gemacht mit seinen Haferflocken. Konnte kochen, was ich wollte, hat bloß die Nase gerümpft. Haferflocken, Mom. Schüssel Haferflocken mit einem Teelöffel Milch und einem Pfund Zucker. Lebte von Haferflocken.

Solange ich hier bin, nur Jungen und Männer. Männer, die auf kleine Jungen, kleine Jungen, die auf Macker machten. Und eine Frau, die sich die Hacken abgerannt und verzweifelt versucht hat, ihnen den Unterschied zwischen Mann und kleinem Jungen klarzumachen. Als wüßte ich Bescheid. Als hätte man ihnen überhaupt eine Chance gelassen. Als wäre nicht klar gewesen, daß ich mich so oder so aufreiben würde beim Versuch, hinter den Unterschied zu kommen. Daß es mir das Herz brechen würde, wie ihnen ja auch.

Dieses Halbhaus im Cassina Way hat alle Männer verloren, wie viele andere Haushalte hier in der Nachbarschaft. Übriggeblieben sind Kinder und Frauen.

Komisch. Sooft ich schon von Frauen gehört habe, die sich Wohnung und Kindererziehung teilen, ich wüßte keinen einzigen Fall, wo Männer sich zusammengetan und Kinder versorgt hätten. Jedenfalls nicht in diesen Halbhaushalten im Cassina Way. Jede Menge Mütter und Schwestern und Großmütter und Urgroßmütter und Tanten und Schwägerinnen, die sich hier abrackern, ihr undankbares Pack junger Dickköpfe durchzubringen, aber sag selbst, hast du schon mal von einem Haushalt gehört, in dem Männer Mädchen großgezogen haben. Weiß allerdings auch nicht, ob ich mir das aus der Nähe angucken wollte, selbst wenn es das gäbe. Was soll dabei schon anderes herauskommen als eine schwer verkorkste Schwester. Früher oder später würde sich einer von denen ja doch an sie ranmachen. Männer, die einem armen Mädchen ständig auf die Pelle rücken. Und was nachts womöglich abgeht, sobald das Licht aus ist. Weiß nicht, was schlimmer wäre, Männer, die ein Mädchen nachts alleinlassen und sich herumtreiben, oder Männer, die daheim bleiben und sich an sie ranmachen. Würden das arme Ding doch um den Verstand bringen, wenn nicht ums Leben.

Wuusch, sagt sie. Sagt, Da sitze ich eines Abends im Bett, blättere noch in einer Zeitschrift, damit ich endlich müde werde, als auf einmal – *wuusch* – die Klospülung geht. Da reißt es mir aber das Kreuz aus den Kissen und die Haare zu Berge wie dieser albernen Comic-Katze, wenn der Blitz einschlägt. Herz bricht Rekorde, so rast es. Trau mich kaum, mich zu rühren, aber mein Blick fliegt wie wild kreuz und quer durchs Zimmer, denn soweit ich weiß, ist außer mir und Mr. Mallory, und der verläßt nachts nicht sein Zimmer, niemand im Haus. Außerdem hat er unten einen Nachtstuhl; gerauscht hat es bei mir, direkt hinter der Wand, und wer zum Teufel treibt sich mitten in der Nacht oben auf meinem Klo herum. *Entschuldigung, hallo,* brülle ich. Doch, im Ernst, genau so, ob du es glaubst oder nicht. *Entschuldigung, hallo,* zu irgend so einem Vergewaltiger oder Einbrecher oder vollgedröhnten Scheißnigger, der so dreist ist, erst noch aufs Klo zu gehen und in aller Ruhe zu spülen, eh er sich hier über mich im Bett hermacht. *Entschuldigung, hallo.* Als würde der Mörder, wenn ich nett zu ihm bin, die Sache schnell hinter sich bringen und mir nicht ganz so weh tun. Vor lauter Angst mehr Quieken als Brüllen, erst mal, aber als ich dann noch mal loslege, ist es laut genug, daß es die Cops unten auf dem fünften Revier hören müßten, laut genug, Mr. Mallory von den Toten zu wecken.

Keine Antwort, also habe ich dort bestimmt eine Minute lang vor mich hin geschlottert, mein ganzes Leben vorbeifliegen sehen, und war ja keine Galavorstellung, mein Leben, eigentlich eher ein ziemlicher Flop, weshalb ich an dem Abend auch nicht einschlafen konnte, aber es war immerhin mein Leben, das einzige, das ich kriegen würde, also habe ich mir das Kochmesser geschnappt, das ich unterm Bett bereithalte. Shit, habe ich gedacht, los jetzt. Jetzt oder nie. Vielleicht ist der Eindringling ja so freundlich, einem rostigen, gezackten Kochmesser Rede und Antwort zu stehen, wenn mein *Entschuldigung, hallo* ihn nicht interessiert.

Mach die Tür auf, nichts. Nichts mehr, nur das Klo, das wie immer so blöde läuft nach dem Spülen, bis es sich bequemt aufzuhören. Im Flur, so wie es aussieht, keine Menschenseele außer mir, und da schlottere ich erst recht. Merke, daß ich splitterfasernackt bin. Schnappe mir meinen Morgenrock. Reiß die Badezimmertür auf und metzel erst mal alles, was mir in die Quere kommt, mit dem Kochmesser nieder, ehe ich nach dem Lichtschalter greife. Nichts. Und zum Glück auch nirgends Platz zum Verstecken. Bin durch alle Zimmer gegangen. Habe überall im Haus Licht gemacht. Bin einen Augenblick vor Mr. Mallorys Tür stehengeblieben und habe gehorcht. Mußte über mich selbst lachen. Was, wenn der arme Mann den Kopf raussteckt und mich da wie Espenlaub mit dem Kochmesser in der erhobenen Hand zittern sieht. Aber auch von dort kein Mucks, hinter der Tür bloß sein Schnarchen und rasselnder Atem.

Ich weiß bis heute nicht, was in der Nacht war. Entweder hat ein Gespenst Gespensterscheiße runtergespült, oder das dämliche Klo hat sich selbst gespült. Verstehst du. So, wie ein Haufen Lumpen sich angeblich selbst entzünden und einen im Schlaf einfach abfackeln kann. Und wenn sich was ganz allein in Brand setzen kann, ohne Streichhölzer, ohne Hilfsmittel mit einmal in Flammen stehen, dann kann sich doch wohl auch ein Klo von selbst spülen. Lach nicht, Mann. Hast du vielleicht eine bessere Erklärung. Warum sollte ein Klo oder meinetwegen sonstwas nicht irgendwie so einen Druck aufbauen, es leid werden, immer zu warten, bis jemand daherkommt, und statt dessen einfach von sich aus tun, wozu es nun mal da ist.

Habe es seitdem nie wieder von selbst spülen hören. Rülpst hin und wieder und läuft und rieselt, aber von selbst gespült hat es sich nie wieder. Vor Angst fast ins Bett gemacht das eine Mal. Und glaub mir, ich habe mich nicht verhört. Geträumt auch nicht. Und das Ganze erfunden auch nicht. Hör bloß auf zu grinsen. Wenn es ein Geist war, warum sollte der spülen müssen. Geisterscheiße würde man doch sowieso nicht sehen. Genausowenig, wie du ein Geist sehen kannst, wenn der nicht gesehen werden will. Warum sollte sich also ein Geist die Mühe machen, zu spülen. Vielleicht stinkt Geisterscheiße, auch wenn man sie nicht sieht. Was grinst du so blöde. Du denkst, ich spinne, was.

Ja, ja. Schüttel du nur den Kopf. Kann ich dir kaum verdenken, wenn du glaubst, ich wär nicht ganz richtig da oben. Männer haben mich um den Verstand gebracht, als es noch welche gab. Und jetzt werde ich ohne Männer erst recht irre.

Mag sein, daß ich nicht in genau diesem Haus aufgewachsen bin, aber in einem ganz ähnlichen. So einem, wie dieses früher mal gewesen sein muß. Ich habe mich vor der Dunkelheit gefürchtet. Meine Mama hat immer ein Licht für mich brennen lassen. Daran mußte ich denken, als wir die Treppe raufgekommen sind und ich unter der Tür Licht gesehen habe. Da habe ich mich gefragt, ob hier immer noch ein kleiner Angsthase wohnt, wie ich damals einer war.

Mein Licht. Das lasse ich für mich brennen. Wo sich Klos nachts schon von allein spülen und Frauen tagtäglich so schlimme Dinge passieren, hört man doch im Radio, lasse ich ein Licht brennen, wenn ich abends weggehe. Gehe kaum noch weg. Weißt nie, wer sich an dich ranmacht. Wer dir vielleicht nach Hause folgt. Ist auch mit Licht nicht viel besser, aber ein bißchen. Der alte Mr. Mallory schläft wie ein Toter, wenn er erst mal schläft. Der Arme, rechne ohnehin täglich damit, daß er entschläft. Morgens und abends lausche ich, wie gesagt, immer einen Augenblick, ob er auch wirklich noch atmet. Jedenfalls wäre der keine große Hilfe. Kommt mir eher vor wie ein Spukgeist im Haus als ein Mitbewohner. Aber er ist Veteran und kriegt jeden Monat pünktlich seine Beschädigtenrente. Kann man die Uhr nach stellen. Und mir überweisen sie mein Geld direkt von seinem Konto. Ruckzuck habe ich meine Miete.

Ein blaues Zimmer. Sozialwohnungsbau-Babyblau von der gleichen Möchtegernfröhlichkeit wie die anderen Wohnblockfarben – Pink, Grün, Gelb –, Farbe so dünn, daß du durchgucken kannst, Farbe, die jemand hastig hingeklatscht hat, der auf Nimmerwiedersehen verschwindet. Alles im selben windigen, verwaschenen Blau. Wände, Decken, Türen. Ein Zimmer, das mit dem Doppelbett praktisch voll ist. In der einen Ecke ein Frisiertisch mit Puppenhausschubladen und Spiegel, einem untergeschobenen Hocker. Direkt neben der Tür eine Kommode so hoch wie die zwei Schubfächer und darauf ihre Anlage und darauf einer dieser Mini-Minifernseher. Gleich beim

Frisiertisch ein begehbarer Kleiderschrank, der so überquillt, daß die Tür nicht mehr zugeht, und außen auch noch Kleiderberge, daß die Tür aussieht wie der bucklige Kleiderständer damals in der Diele vom ehemaligen Cassina-Haus, das möglicherweise dieses ist, nur ausgehöhlt, dünnwandig und von oben bis unten wasserblaß gestrichen. Wenn du hinter ihrem Bett gegen die Wand boxen würdest, wäre deine Faust gleich im Nachbarschlafzimmer. Wetten, daß man heute noch genauso wie damals riechen kann, was am Arschende des Nachbarhauses Wand an Wand mit dem Arschende von diesem gerade gekocht wird. Und keine Fenster in der seitlichen Außenwand, obwohl die Nummer 7215 das letzte Haus der Zeile war. Je ein schmutziges Glasquadrat oben und unten im Luftschacht zwischen den Häusern, sonst die von vorn nach hinten durchgehenden Wände wie bei allen anderen auch.

Nichts ist genau gleich, aber alles vertraut. Beengte, leere kleine Zimmer genau wie damals zu seiner Zeit. Leer, weil der ganze Krempel (Kleider, die gerade niemand paßten, aber vielleicht nächstes Jahr), der ganze Mist, der nicht funktionierte und nie repariert werden würde, der Kram, den man täglich brauchte und irgendwo verstaute, nicht reichte. Nicht hinten und nicht vorne reichte, nicht zum Leben und zum Sterben auch nicht. Nie reichte, um unbesorgt essen und schlafen und dich bedecken und waschen und pissen und scheißen zu können. Kein Platz für die notdürftigsten Dinge. Einfach nur vollgepfropfte Leere und kein Platz, frei zu atmen. Nicht mal genug Platz für das, was hinten und vorne nicht reichte, wo sollte man da mit was extra hin, wenn dir ein Glücksfall mal was extra bescheren sollte und du dafür Platz schaffen müßtest.

Oft hatte er vorn auf den Stufen gesessen und sich die vielen schönen Extrasachen zusammengeträumt, die er gern gehabt hätte, manchmal erflehte, auch wenn er wußte, daß im Haus im Cassina Way kein Platz war, und selbst wenn Gott oder der Teufel ihm die Sachen hinhielte, müßte er sie ja doch wieder hergeben, bevor er reinging, oder.

Kein Platz im Haus für die Leere, die er so dringend füllen wollte. Und jetzt lag er wieder hier, erwachsener Mann in einem billigen Bett in einem schäbigen Zimmer, aus dem er in sechzig Sekunden mit den bloßen Händen Kleinholz machen könnte. Die Wände eintreten. Licht hereinlassen.

Sie tut, was sie kann, um das blaue Zimmer ordentlich und nett zu halten. Es duftet nach ihrem Parfüm, ihren Toilettenartikeln. Bunte Flakons, Tiegel und Tuben werden im Frisiertischspiegel verdoppelt, ähnlich wie im großen goldumrandeten Spiegel hinter der Bar bei Edgar, wo Flaschen um Flaschen nachrücken, Gläser um Gläser – so werden Edgars Quellen nie versiegen. Liebevoll hat sie farbenfrohe, afrikanisch aussehende Stoffe drapiert. Vorm Fernseher und unter der Lampe auf dem Tisch neben dem Bett. Im Fach unter dem Nachttisch, wo sie eine Bibel aufbewahrt, liegt ein weißes Deckchen mit Spitzen. So beengt er sich vorkommt, so betrogen in der durchsichtigen Schäbigkeit des Zimmers, er fühlt sich doch an die Hand seiner Mutter erinnert, erkennt die Hand seiner Großmutter und Tanten in den Kleinigkeiten, den kleinen Extras, die nichts ändern, die was voll ist noch voller machen, aber gleichzeitig Raum schaffen, Raum, der ein Segen ist, weil er ihre Handschrift, ihre Spuren trägt. Raum, wie ihn Frauen schaffen. Raum, der ihn ruft, für ihn freibleibt, Raum für seine Träumereien auf den Vorderstufen mit Blick auf die Backsteine und Bretter im Cassina Way gegenüber.

Na, träumst du wieder, Spoonboy. Ts, ts. Paß lieber auf, Mr. Spoon, sonst sind gleich die Zehen weg. Man weiß nie, was da unter den Pflastersteinen lauert.

Sein Großvater nannte ihn Spoon oder Spoonhead oder

Spooner oder Spoony oder Spoonboy oder sonstwas Ungereimtes, was sich auf Spoon reimte wie Spoon-doonooney-roon. Weil so einen großen Niggerbabyglatzkopf habe ich mein Lebtag nicht gesehen. Schädel rund und blank wie ein Löffel. Bist und bleibst für mich Spoon.

Der Junge hat einen Namen, schimpft mich deine Mama, Hand in die dürre Hüfte gestemmt heißt soviel wie, Fällt dir ein, wo er den guten christlichen Taufnamen hat. Aber ich sag, Nichts zu machen, Glatzkopf bleibt Glatzkopf, Spoon bleibt Spoon. Wird für mich genauso Spoonhead bleiben, wie du immer mein Zuckerpüppchen sein wirst, Miss Bin-kein-Baby-mehr-hab-selbst-Eins Elizabeth Alfreeda Jones.

Mein Großvater hatte behauptet, unter den Pflastersteinen wäre China. Und Fische so groß, daß sie eine Elritze wie dich in einem Haps verschlingen. Gibt welche, die sind so groß, daß sie gleich die ganze Nummer 7215 schlucken könnten. Den ganzen Cassina Way schlucken könnten. Wenn du da einen Angelhaken reinhängst, wer weiß, was du fängst. Oder was dich fängt.

Da auf der obersten Stufe, Füße auf der untersten in Sicherheit und nicht auf losen Pflastersteinen, die einem womöglich die Zehen wegbissen, brachte er sich bei, im Mund eine Ladung Spucke zu brauen und zu rühren und sie schließlich durch die Lücke zwischen seinen Vorderzähnen fast so weit zu schleudern, wie der Großvater seinen Tabaksaft spuckte. Die Spucke seines Großvaters machte auf dem Pflaster dunkle Flecken. Das Schwarze, in das er selbst beim Spucken zielte. Und seine eigene nasse, weiße Spucke ritt genauso auf den Treffern vom Großvater huckepack, wie er auf Großvaters Schultern den Cassina Way hinunterritt, quer über das Abrißgrundstück und die Susquehanna oder Tioga hinauf zu den Häusern mit den Veranden.

Nach seinem Schlaganfall mußte der Großvater gestützt werden, wenn er vor die Tür auf die Stufen wollte, um seinen Prince Albert zu priemen, wo er doch nicht mehr priemen sollte, und in die enge Cassina-Durchfahrt zu spucken, obwohl die Frauen bettelten, er solle nicht spucken, das täten nur einfältige Nigger, bettelten und beknieten ihn, als wären nicht sie diejenigen, die ihm auf die Stufen hinaushalfen, als wüßten sie nicht ganz genau, wozu er es mit den Schmerzen aufnahm und hinauswankte, als wüßten sie nicht ganz genau, was er tun würde, nämlich kaum, daß sein Hintern auf die Stufen gesackt war, den Beutel Prince Albert aus der Brusttasche vom Hemd ziehen. Im letzten Sommer mit dem Großvater war sein ausgespuckter Tabakglibber mit Blut vermischt gewesen, Blut getröpfelt, Blut gehustet worden, leuchtende Spritzer Rot. Voller Angst rechnete er damit, daß ein gewaltiger Hustenanfall seinen Großvater schütteln und er von den Stufen purzeln könnte, wo er zerklatschen würde, genauso zerklatschen wie die Spuckebomben. Dann würde der Großvater zwischen die Pflastersteine sickern, wo die Riesenfische mit ihren Dolchzähnen ihre lauernden Kreise zogen.

Er liegt in seinen Kissen und erfaßt das blaue Zimmer mit einem einzigen Blick, das ganze unsichtbare Haus, vertraut, nicht vertraut; wie sich alles änderte, nichts änderte. Alter Mann, verängstigter kleiner Junge. Wo zum Henker war er. Warum bebte er innerlich, rüttelte das Herz an den Rippenstäben, wie das Herz seines Großvaters gerüttelt und geschüttelt haben mußte, bis es zersprang. Der Whiskey. Der junge Frauenkörper, der ja ja ja sagte, und sein eifrig antwortender Körper, der sich rhythmisch mit ihrem bewegt hatte, wieder und wieder, als gehörten die Arme und Beine und der Mund und der Schwanz und das Herz nicht zu dem alten Kopf, der es eigentlich besser wissen mußte, eigentlich nicht so hoch hinaus fliegen durfte, so pfeilschnell, so waghalsig dicht am Abgrund, ach was in den Abgrund, verdammt. Ja. Du weißt es besser, aber Mann, Mann, es geht doch, oder. Ja. Die halbe Nacht mit ihr auf, trinken und rummachen, reden, weinen, singen, und jetzt flattert das Herz, zuckt, sagt, Sag ich doch, Alter, oder sind es bloß Blähungen, oder hat er wieder Angst, nur diesmal, daß sie nicht durch die blaue Tür zurückkehren und noch mal ja sagen könnte. Ja. Ja.

Ich bin der älteste, vier Jahre älter als der Bruder, der nach mir kam. Die anderen beiden sind zwei Jahre auseinander, also haben wir alle immer zusammen gerade oder ungerade Jahre. Meine Brüder und meine Schwester sehe ich nicht oft. Ehrlich gesagt haben wir den Kontakt verloren, wenn es überhaupt noch viel Kontakt gab, als wir erst von zu Hause ausgezogen waren und getrennte Wege gingen, aber ich denke an sie, und wenn ich an mein Alter denke, fühle ich mich ihnen näher, wenn ich meine Jahre zähle und ihre ausrechne, was ich in letzter Zeit häufiger tue.

Vier Jahre lang Einzelkind, männliches Kind in einem Frauenhaushalt, hat gereicht, mich fürs ganze Leben zu verderben. Dachte, ich würde immer der einzige sein. Paßte mir nicht, als sich noch andere breitmachten. Liebte sie, klar, werde sie immer lieben, so wie man eben Familie liebt, aber ich glaube, besonders gern hatte ich meine Brüder und meine Schwester nicht, jedenfalls nicht, bis ich erwachsen war und aus dem Haus. Konnte mir eher leisten, sie zu mögen, als wir nicht mehr alle zusammengepfercht waren, uns gegenseitig auf dem Pelz hockten. Als wir an verschiedenen Orten lebten, uns selten sahen. Wenn ich jetzt raufrechne, unsere Jahre abzähle, fehlen sie mir. Wenn ich könnte, würde ich noch mal von vorne anfangen und mit ihnen anders sein. Aber ich würde natürlich vieles anders machen, wenn ich die Zeit zurückdrehen könnte.

Ich bin auch die älteste. Zwei jüngere Schwestern. Chantal. Yolanda. Auch zwei so traurige Geschichten, die du bestimmt nicht hören willst und an die ich gar nicht denken will heute morgen. Ist überhaupt noch Morgen. Können jedenfalls so tun, hm. Solange wir hier noch im Bett rumlümmeln.

Ich war froh, als ich ein Schwesterchen kriegte. Konnten meinetwegen gar nicht genug sein. Hätte auch gern einen kleinen Babypuppenbruder gehabt, zum Spielen und Bemuttern. Meine Schwestern und ich sind vom Alter her ganz nah beieinander. Mama war die reinste Babymaschine. Kam mir jedenfalls eine Zeitlang so vor. Wirfst deine Münzen rein, und prompt kommt das nächste niedliche Colaflaschenbaby rausgerutscht. Bis Nummer vier nach uns dreien zu schnell rausgeflutscht kam, tot rausgeflutscht kam und Mama gleich mitnahm, er oder sie, uns Kindern hat nie jemand gesagt, ob es ein Junge war oder Mädchen. Totgeburt, insofern eigentlich egal. Ob Mädchen oder Junge. Mama konnten wir nicht mehr fragen. Auch weg. Den Daddy konnten wir nicht fragen, weil uns niemand gesagt hat, wer der Daddy ist. Einer von unseren Daddys war es nicht. Ich und Chantal haben wahrscheinlich denselben und Yolanda einen anderen, und die kannten wir kaum, aber das hätten wir wohl gehört, wenn es einer von denen gewesen wäre, dieses letzte Mal, als Mama daran starb, daß sie von irgendeinem Mann ein Kind kriegte. Wieder so traurige Geschichten, von denen ich heute morgen gar nicht anfangen wollte. Was ich eigentlich sagen wollte, Mädchen sind anders. Kommen anders zur Welt. Gab für mich nichts Schöneres, als meinen Schwestern eine kleine Mutter zu sein. Selbst noch ein Kind, aber ich habe sie mit großgezogen. War nicht nur Spielerei, ich habe mich um Dinge gekümmert, für die sonst niemand Zeit hatte oder keine Lust, weil wir doch eigentlich nirgends richtig hingehörten, zu niemandem richtig gehörten, besonders, als Mama dann tot war. Wenn ich es mir heute überlege, denke ich, daß meine selige Mama auch nicht oft für uns da war, selbst wenn sie da war. Als sie dann für immer fort war, haben uns andere aufgenommen, mal Verwandte, mal nicht, mal aus Herzensgüte, mal, weil uns das Pflegegeld auf den Fersen folgte.

Ich habe meine kleinen Schwestern geliebt. Habe sie gebadet. Angezogen, ihnen die Haare gekämmt, sie gefüttert, ihnen die Stinkepos abgewischt, als eigentlich noch Erwachsene diese Dinge für mich hätten tun müssen. Bin vor Kummer fast gestorben, als die Fürsorge uns getrennt hat. Puh. Komme einfach nicht los von den traurigen Geschichten heute morgen. Oder was immer wir für eine verdammte Tageszeit haben.

Komm her, du alter Mann. Hast dich gestern weiß Gott nicht wie ein Tattergreis aufgeführt, hm. Hast du denn heute morgen noch was von der guten Glut für mich übrig. Halt mich, Baby. Flüster mir was ins Ohr, was nicht traurig ist.

Und vielleicht habe ich da für sie gesungen. Obwohl – wahrscheinlich eher nicht. Genau besehen muß das mit dem Singen später gewesen sein. Ja, viel später. Längster, schönster Tag meines Lebens und doch im nächsten Atemzug schon vorbei. Heftigen, hitzigen Atemzug.

Dann bin ich eingenickt, aufgewacht, halb Schlaf, halb Traum, hätte nicht sagen können, ob Sekunden oder Stunden vergingen. War mir gleich. Dachte, es wird dunkel draußen, aber schwer zu sagen, wo es im Zimmer keine Fenster gab und das ganze Haus sowieso dunkel. Selbst bei Tag. Und ob gerade Tag oder Abend wurde, ich hätte es nicht sagen können.

Irgendwann müssen wir zwischendurch aufgestanden sein, denn wir haben eine warme Mahlzeit zu uns genommen, und irgendwer muß sie ja zubereitet haben. Außerdem erinnere ich mich, ihr den knochigen Rücken eingeseift zu haben, während sie in der Wanne saß. Höre sie noch immer hinter mir kichern und planschen, während ich an Hebel und Innenleben vom Spülkasten herumfummele, als könnte mich meine komplette Unkenntnis nicht daran hindern, das Rätsel der nächtlichen Klospülung zu lösen. Ich werkel also, fluche, verwünsche das Scheißding, komm ihm mit Mojo-Drohungen, soll sich unterstehen, sie noch mal so zu erschrecken.

Snacks haben wir im Bett gegessen, Wein getrunken, Dame gespielt. Haben uns arschnackt gegenüber gesessen, während sie erst mir, dann ich ihr die Zehnägel schnitt. Hat mir in dem Bett sogar aus ihrer Bibel vorgelesen, ungelogen. Sie wäre nicht unbedingt gläubig, hat sie gemeint, aber wenn sie ganz unten am allertiefsten Punkt von der Talsohle wäre, dann würden ihr die Worte helfen, wieder klarzusehen, ihr helfen, hat sie gemeint, mit Dingen fertigzuwerden, mit denen sie glaubte, nicht fertigwerden zu können. Bibelworte wären manchmal wie Musik. Besser als Radio hören, meinte sie. Sie hätte immer gern gelesen. Immer gern Bücher zur Hand gehabt. Hätte ihr bloß nie jemand gesagt, daß die Bibel auch nur ein Buch ist. Sie hätte gedacht, das wäre was Kirchliches, und mit Kirche und Kirchgängern hätte sie nichts am Hut. Sagte, sie hätte es immer gehaßt, geschrubbt zu werden, bis ihr die Haut brannte, und dann in die Kirche geschleift, früher in frommen Pflegefamilien.

In der Kirche habe ich mich am alleralleinsten gefühlt, in der Kirche gehörten ich und meine Schwestern erst recht nirgends und zu niemand dazu. Drei dünne schwarze kleine Mädchen in häßlichen, abgelegten Kleidern von anderen. Drei Schwestern ohne Namen. Oder zu vielen verdammten Namen. Verschiedene Daddys, verschiedene Pflegefamilien. Konnte mir ja selbst die vielen Namen nicht merken, wie sollten es da andere können. Denen war es doch sowieso egal.

Sonntags in der Kirche hat mir meine Mama am meisten gefehlt. Sie hatte eine Haut wie schwarze Butter, so wahr ich hier sitze. Riesengroße braune Augen, weit auseinander, und so schläfrige Backenknochen.

In der Kirche hatte ich immer Angst, ich würde wo gegenrempeln oder über meine eigenen Füße fallen. Wäre meine Mutter bei uns gewesen, alles hätte ganz anders ausgesehen. Beruhigendes Flüstern, eine sanfte Hand, die uns über den langen roten Läufer im Mittelgang nach vorn in eine der ersten Reihen stupste. Tut eurer Mama den Gefallen und seid hübsch brave Engelmädchen, hätte sie gesagt, und wir wären die reinsten Engel gewesen.

In der Kirche wäre sie sich schlecht vorgekommen wegen soviel Schlechtigkeit in ihrem Leben, Dinge, an denen sie nichts ändern konnte und für die sie sich schämte, sagte sie. Und ich sah das kleine Mädchen vor mir, von dem sie mir erzählte, sah es bibbern, als stünde es nackt vor der Kanzel und wüßte vor Scham nicht, wohin.

Die ganzen Geheimnisse, von denen niemand wissen sollte, sagte sie, die vielen häßlichen Dinge, die uns andere angetan hatten, denen wir nichts wiedertun konnten … die Leute, die da in der Kirche saßen, wußten Bescheid, sie wußten Bescheid und haben nichts unternommen, einfach nur zugesehen.

So gemein geguckt, gemeine Sachen gemurmelt, gerade laut genug, daß man es verstehen konnte, gerade laut genug, um dich wissen zu lassen, daß sie dir unter die Kleider gucken konnten. Sehen konnten, daß deine Unterwäsche Löcher hatte, deine Haut grau war, von Wanzen zerstochen, deine Kopfhaut grindig, wo du sie immer wieder aufgekratzt hast.

Aber die Bibel ist nicht die Kirche. Bloß ein Buch, sagte sie. Gehört niemand. Nicht Gott, nicht Jesus, nicht den Geistlichen und nicht den Gläubigen. Die Wörter gehören allen. *Altmodische, melodische Wörter, denen sie mit dem Finger auf der Seite folgte. Wörter, die sie schmecken und riechen konnte, wenn sie den Lesefinger heimlich an die Lippen hob. Wörter wie der Geruch am Finger, wenn sie an sich herumgespielt hatte, ein Geruch, der auch den ganzen Vormittag in der Schule blieb, wenn sie die Hand schützte, nichts und niemand drankommen ließ.*

Reib mal da. Ja. Und jetzt riech an deinen Fingern, Baby. Mein Geruch. Ich. Was mir geblieben ist.

Ich habe immer gern gelesen, aber als mir meine Söhne genommen wurden, konnte ich es lange einfach nicht mehr, nicht mal Zeitung, nicht mal Zeitschriften. Habe erst wieder damit angefangen, als ich wieder Gesellschaft brauchte, in einem Gebrauchtbücherladen habe ich mir eine schöne alte Bibel besorgt und einen Bibelatlas mit vielen Bildern. Habe mir außerdem ein dickes Wörterbuch gekauft. Hat soviel Wörter, daß es fast so schwer ist wie ich.

Also habe ich wieder angefangen zu lesen. Durch die Bibel werde ich wohl nie durchkommen. Aber ich habe keine Eile. Zeit ist so ungefähr das einzige, was mir bleibt.

Hier, das ist sie. Schön, nicht. Und das ist die Stelle, die ich dir vorlesen will.

Ich stöhne innerlich und denke, Scheiße. Bitte nicht. Verschone mich mit dem Scheiß. Spar dir das für die Sonntage auf. Laß doch einen alten Sünder wie mich damit in Frieden. Mach nicht kaputt, was sich so gut anläßt. Wär schade drum. Komm mir nicht auf die Heilig-heilig-Tour, Baby. Und ich so blöd, mich wegen eifersüchtigen Freunden und Krankheiten zu sorgen oder daß mich so ein durchgeknallter Crackhead überfällt, dabei schafft sie mich locker mit ihrer Bibel.

Was machst du für ein Gesicht. Nicht gerade dein Schokoladengesicht, kann ich dir sagen. Paß auf, daß es dir nicht stehenbleibt. Ich habe nicht vor, deine teuflische Seele zu retten. Geht hier nicht um Kirche und Glauben. Nicht um Jesus. Nur um mich und die meinen. Etwas, was du über mich wissen sollst.

Da sehe ich, daß es eine Bibel mit so seidenpapierdünnen Seiten ist. Weicher rötlicher Einband und ein langes rotes Seidenbändchen, das in die Heftung mit eingenäht ist, mit dem du deine Stelle wiederfinden kannst. Als ich sie jetzt die Seiten aufschlagen und glattstreichen und das Bändchen in der Ritze geradeziehen sehe, sehe, wie sie mit dem Finger über die Seite bis zur gesuchten Stelle fährt, fast ohne das Papier zu berühren, da weiß ich, warum ich, Bibel hin oder her, wünschte, dieser Tag und ihre Hände würden nie aufhören.

Eine letzte Sache verrate ich euch noch von dem Tag. Ihr kennt doch die alte Anglerschote von dem Monsterfisch, der vom Haken geflutscht und entkommen ist. Wie der Angler, der sie erzählt, schummelt, wie er die Hände jedesmal, wenn er zeigen will, wie groß der Fisch war, weiter und weiter auseinanderhält. Na ja, ist schon irgendwie eine komische Sache. Ich habe es erst begriffen, als ich sie gefunden und wieder verloren hatte. Der Typ lügt nicht. Er spürt, wie die Leere zwischen seinen Händen wächst, jedesmal, wenn er die Geschichte erzählt, jedesmal, wenn der verflixte Fisch ihm wieder entwischt. Versteht ihr, das Komische ist, daß das arme Schwein recht hat. Egal, wie weit er die Lügenhände auseinanderhält, er hat recht. Erzählt die reine Wahrheit.

Klagelieder

Warum kann ich es aber auch nicht gut sein lassen. Mir war nach Sex, den habe ich bekommen. Warum konnte ich es nicht dabei lassen. Spricht mich ein älterer Typ an, netter Kerl, sieht nett aus, hat bestimmt eine nette Frau, die gerade mal ein paar Tage weg ist, er also einsamer Wolf auf der Pirsch, was sie nicht weiß, macht sie nicht heiß, Gelegenheit zu einer schnellen Nummer. Genau das, was ich selbst suchte. Kleinen Quickie, heißen One-night-stand, und fertig. Am Morgen auf. Und davon.

Mmm-hmmm. Kleine ganz private, gar nicht jugendfreie Nummer fällig. Mehr als fällig. Überfällig. Monatelang kaum Kontakt, Körperkontakt mit einem Kerl schon gar nicht. Zu angeschlagen. Kam mir immer noch vor wie ein Zombie. Dachte, mir würden die Leute an der Nase ansehen, was alles Schreckliches passiert war, was für eine miese Mutter ich war, daß ich meine Söhne einfach so verlieren konnte. Ohne Kinder eigentlich gar keine Mutter. Witwe obendrein, weil es ja auch keinen Mann gab. Trauerspiel von Kerl, den ich geheiratet habe, hat sich zwar erst im Knast angesteckt, trotzdem habe ich einen Aids-Test machen lassen, und ich weiß, da ist nichts, aber so kam ich mir vor, wie eine Aussätzige, als hätte ich offene

Stellen im Gesicht, daß alle gleich gewarnt sind, bloß weg hier, weiten Bogen.

Na ja, jedenfalls sitze ich eines Abends da, habe gerade gegessen und mir mein kleines Glas Paisano-Chianti gegönnt, und der Schwachsinn im Fernsehen ist weniger zum Einschlafen als zum Schreienddavonlaufen, und plötzlich ist die Vorstellung, es den ganzen Abend mit mir allein aushalten und mich selbst bemitleiden zu müssen, schlimmer als die Angst, daß die Leute mit dem Finger auf mich zeigen. Kein großes Geheimnis, was mich in ein uraltes grünes Minikleid scheuchte, fünf Jahre alt bestimmt, und dazu Stöckelschuh, *irresistible you*. Mich zum Beten brachte, ungelogen, während ich badete und mich aufhübschte. Beten, daß mir ein feiner brauner, nicht zu kleiner Kerl mit so einem Lächeln, das sich Zeit läßt, und nicht zuviel Bauch, großen Händen und sauberen Fingernägeln über den Weg läuft, beten um einen, bei dem es nicht erst so ein Riesenpalaver gibt um Gummi oder nicht. Beten um einen, bei dem das ganze Theater wahrscheinlich gar nicht nötig wäre, weil er vernünftig und anständig ist, weil er Achtung vor Frauen hat und auch vor sich selbst, der aber trotzdem darauf besteht, und zwar von sich aus. Beten um einen anständigen Fick. Klar, ich weiß auch, daß da oben im Himmel kein weißer Mann mit langem Rauschebart sitzt und Gunstbeweise und Trostpreise verteilt, aber irgendwie ist das so eine Angewohnheit von mir, wenn ich ganz dringend was will und mir was wünsche, was von vornherein ziemlich hoffnungslos ist, zu denken, *Hilft nur beten*. Mein ganzes Leben schon höre ich links und rechts Leute beten, um dies beten, das beten, das, was ihr Herz siedend heiß begehrt, wo sie doch eigentlich ganz genau wisssen, daß sie es nicht kriegen werden, trotzdem besteht ihr Herz stur darauf, dasselbe Herz, das ihnen zuflüstert, Wird ja doch nichts.

Ziemlicher Reinfall, könnte man also sagen. Aber manchmal, so alle paar Jubeljahre, entpuppt sich ein Reinfall als reiner Glücksfall. Wunsch ging in Erfüllung, Gebet wurde erhört. Zeichen und Wunder. Einen netten Mann habe ich da abgegriffen, und wir haben die Nacht durchgevögelt, daß uns Hören und Sehen verging. Da hätte ich doch dankbar und zufrieden sein können und die Sache auf sich beruhen lassen. Aber nein. Fehlanzeige. Am Morgen keine Rede von auf und davon, der Kerl ist den ganzen Nachmittag geblieben und die nächste Nacht auch. Konnten es gut miteinander, und da haben wir was angefangen. Oder sagen wir lieber, konnten nicht mehr aufhören. Mich hatte es mal wieder ganz schön erwischt, wer sein Herz öffnet, gibt sich gefangen.

Warum muß ich aber auch genau das finden, was ich gesucht habe. Worum ich gebetet habe. Oder wenn, warum konnte ich es nicht gut sein lassen. Manchmal denke ich, Spinnenfrau, das wäre die Lösung. Den Kerl zu Tode ficken. Selig lächelnd liegen lassen und dich wichtigeren Dingen zuwenden.

Meine Geschichte in einem Buch wiederzufinden hat mir ganz schön angst gemacht. Jetzt fange ich wirklich an zu spinnen, habe ich gedacht. Hatte sie doch erlebt, die Spinner, die dir ständig mit der Bibel kommen, mit der Kirche. Mein Fall waren sie nicht, diese Leute, die konnten nämlich verdammt gemein sein. Dir Schlimmeres antun als der Dreck, der hier dealt und die Brüche organisiert. Bei denen weißt du wenigstens, woran du bist, du weißt, es ist unrecht, sie wissen, es ist unrecht, aber die Bibelfreaks, die meinen doch allen Ernstes, sie sind grundsätzlich im Recht. Im Recht, wenn sie dich schlagen. Im Recht, wenn sie dich hungrig ins Bett schicken. Im Recht, wenn sie kleine Schwestern trennen, die auf der ganzen Welt sonst nichts und niemand haben. Meinen, sie schulden überhaupt niemand Rechenschaft, diese Gerechten, diese aufrechten Selbstgerechten, sie scheißen auf das, was andere denken. Gott Gott Gott mit ihnen bei allem, was sie dir tun. Gott und die Bibel. Bibel ist die Keule, die sie gegen dich schwingen, wenn du ihnen nicht in den Kram paßt, und das bei Kindern, die sich doch gar nicht wehren können.

Von der Sorte habe ich mir rein gar nichts erwartet. Aber schließlich hatten sie die Bibel auch nicht gepachtet, oder. Also habe ich angefangen, in der Bibel zu lesen, und ich las weiter und weiter, weil das, was ich las, mir zu denken gab und mir half, mit dem Wahnsinn fertig zu werden, der mich zerriß. Ich dachte, ich seh nicht recht, als ich da in der Bibel meine Geschichte wiederfand.

Ich habe nie drüber nachgedacht, was es heißt zu schreiben. Mann. Ich lernte gerade erst halbwegs lesen, aber plötzlich habe ich mich gefragt, ob andere, Frauen in Detroit meinetwegen oder Cleveland oder Philadelphia oder Los Angeles in Kalifornien, die auch Söhne verloren haben, ob die wüßten, wovon ich rede, wenn ich meine Geschichte aufschreibe.

Dumm bin ich ja nicht. Nach allem, was ich durchgemacht habe, ist es keine Frage mehr von dumm oder schlau. Geht nicht um dumm oder schlau. Als meine Söhne tot waren und ihr Daddy auch, habe ich irgendwann festgestellt, ich will trotzdem leben. Mußte ganz von vorne anfangen. Lernen, mir die Zähne zu putzen, lernen zu atmen, lernen ganz einfach durchs Zimmer zu gehen, lernen zu schlafen, lernen aufzuwachen. Ganz egal, was ich war, bevor ich meine Familie verlor, dumm oder schlau, danach hieß das überhaupt nichts mehr, dumm oder schlau, weil ich es plötzlich mit einer ganz neuen Welt zu tun hatte und ich lernen mußte, anders zu sein oder unterzugehen. Die alte Art schlau konnte in der neuen Welt dumm sein, und die alte Art dumm auf einmal ganz schlau. Was ich damit sagen will, ich war nicht etwa durchgeknallt, als ich anfing, in der Bibel zu lesen. Kein Glaubensfreak wie diese *holy rollers*. Die Bibel war ein Buch. Und nichts weiter. Wörter. Und nichts weiter. Ein Buch, das mir Menschen aufgedrückt haben, von denen ich die allerwenigsten leiden konnte. Leute, die mir als Kind weh getan haben. Also nichts von wegen Halleluja, *Lawdy, Lawd*, mein Licht und mein Heil. Von wegen. Eher so etwas wie nachts irgendwo draußen im Dunkeln, wo es friedlich und still ist, wie früher Westinghouse Park, bevor die Gangs sich dort breitgemacht haben, friedlich und still und außer dir weit und breit keine Menschenseele, du kannst nicht schlafen, weil dir so viel im Kopf herumgeht, mußt dich und deine Gedanken ein bißchen bewegen, bist im Park unterwegs, und da siehst du, so mehr aus dem Augenwinkel, ein Glühwürmchen aufflammen wie ein Streichholz, da, noch eins, und da und da und da. Nicht viele. Gerade so viele, daß sie dir auffallen, gerade so viele, daß du einen Augenblick stehenbleibst und dich fragst, warum. Warum sind sie da. Warum tun sie das. Wie tun sie das. Ping. Ping. Winzige blinkende Augen im Dunkeln. Endlich mal was, was nicht du ist. Was dich nicht weiter beachtet. Was seinen eigenen Kram macht. Aber du siehst sie, sie sind genauso im Park da wie du, also hat das, was sie tun, vielleicht auch mit dir zu tun.

Die Bibel ist kein Ouija-Brett, das deinem Finger zeigt, wo es langgeht. Ich habe immer einfach in der Bibel geblättert, bis ich hängenblieb. Dann ein bißchen von dem gelesen, was da stand. Manchmal ergaben die Wörter gar keinen Sinn. Lauter komische Namen, ganze Listen von Namen, vielleicht Namen von Menschen, vielleicht Namen von Städten, von Ländern, von Stämmen, was weiß ich. Die sich umbrachten, hervorbrachten, was weiß ich.

Manchmal stieß ich morgens beim Blättern auf eine richtige Geschichte. Las eine Weile, bis ich wußte, wer mit wem oder gegen wen. Neugier. Kennen wir doch alle. So ähnlich, wie ich früher Schule geschwänzt habe, weil ich die Soaps gucken wollte und dahinterkommen, was diese komischen Weißen eigentlich immer haben. Manchmal bin ich in der Bibel auf Stellen gestoßen, die ich schon mein Leben lang kenne, wie *Der Herr ist mein Hirte, mir wird nichts mangeln*. Das gibt eine Art Musik, und auf die achte ich mindestens genauso wie auf die Worte. An manchen Tagen lullt mich das richtig ein, und wenn ich die Bibel dann weglege, habe ich keinen blassen Schimmer, was ich da eben gelesen habe, ich weiß nur, daß es mich bewegt hat, mich packt und nicht losläßt.

Kannst du dich an die alten Frauen erinnern, die in der Kirche diese Art Heilsarmeehäubchen trugen, kaum noch Haare, kaum noch Stimme hatten, aber alle Verse aller Lieder kannten und vorsangen, damit das Lied weitergeht, weitergeht, auch wenn es keine Wörter mehr hat, und dann summen die alten Frauen und alles summt mit, weil keiner will, daß es zu Ende ist, alles summt noch lange und weit über die Wörter hinaus, und dabei wird das Lied immer besser und besser, und das Versesummen, wenn es keine Wörter mehr gibt, das ist das Allerbeste.

Von den Klageliedern Jeremias habe ich beim ersten Mal nicht viel gelesen, aber die Stelle habe ich mir gemerkt. Warum ich das Bändchen gerade da zwischen die Seiten gelegt habe und warum ich die Stelle gleich am nächsten Morgen wieder aufgeschlagen habe, kann ich nicht sagen. Vielleicht wegen dem Wort Klagelied. Irgendwie bin ich bei dem Wort hängengeblieben.

Klagelied ist komisch, oder. So doppelt. Mit Lied verbinde ich eigentlich was Fröhliches, und das dann zusammen mit klagen, also Leid klagen. Konnte mir keinen Reim darauf machen. Also habe ich erst mal im Wörterbuch unter Klagelied nachgesehen, und da stand was von Schmerz und Trauer, von Untröstlichkeit. Da stand, es könnte ein Lied oder Gedicht sein, aber nichts Fröhliches. Da stand, mit einem Klagelied könnte jemand sein ganzes Leid hinausschreien, damit andere den Schmerz in ihm drin hören. Da war ich vielleicht fertig. Kein Wunder, wo mir das Herz doch vor Schmerz ganz verstopft war. Als ich dann das zweite Mal die Klagelieder Jeremias aufschlug, habe ich alles gelesen, habe keinen Vers ausgelassen. Ist kein langes Buch, das Buch Jeremias. Aber mir, weil ich so fertig war, kam es vor, als würde ich auf Händen und Knien über ein Nagelbett kriechen, über glühende Kohlen hier von Homewood ganz bis Downtown. Gezittert habe ich. Mich gewunden beim Lesen. Und trotzdem mit wehem Herzen halbwegs Frieden schließen können.

Ich hatte meine Geschichte gefunden. Mein Lied. Bin so darin versackt, daß ich es mit der Angst zu tun kriegte. Vielleicht hatte ich sie wirklich nicht mehr alle. Daß ich unbedingt die Nase in ein Buch stecken mußte, wo ich doch wußte, ich sollte lieber raus, raus, raus. Die Tür aufstoßen und wieder in die Welt treten. Aber ich wollte mich gar nicht in der Bibel verstecken. Nur für das, was zu tun war, erst mal wappnen. Ich habe lange Selbstgespräche geführt. Versucht, in Dingen einen Sinn zu sehen, wo keiner drin war, da konntest du drehen und wenden und dran rütteln, wie du wolltest. Was zum Beispiel mit meinen Jungs passiert ist. Warum hat man sie mir erst geschenkt und dann genommen. Was war da schon meine Liebe wert, wenn sie sie keine Sekunde länger am Leben halten konnte. Warum wuchs hier das Böse und gedieh, während der Nachwuchs umkam.

Irgendwann hatte ich das Schlimmste überstanden und

fing an, wieder ein bißchen unter die Leute zu gehen, auf die Stimme im Innern zu horchen, die leben wollte, wieder eine lebendige Frau sein. War mit dem Sterbenwollen durch, und eins, was ich mit rübergerettet habe, sind die Klagelieder Jeremias, dieses Buch über Menschen, die das Leben so beutelt, daß sie darum beten müssen, überhaupt Grund zum Beten zu haben.

Wenn ich mit dir hier so liege, bin ich dem Glück nah wie lange, lange nicht mehr. Du brauchst mir nicht zuzuhören. Mach die Augen zu, wenn du willst. Schlaf, wenn du willst, Baby. Du hast mir vorgesungen. Jetzt will ich dir was vorsingen. Du hast geweint. Jetzt will ich mich ein bißchen an deiner Schulter ausweinen.

Darum weine ich so, und meine beiden Augen fließen mit Wasser…

Meine Kinder sind dahin; denn der Feind hat die Oberhand gekriegt.

Ein Sohn ist beim russischen Roulette gestorben. Der andere mußte dran glauben, als ein Drogendeal platzte, mit dem er gar nichts zu tun hatte, weil es aber irgend jemand büßen mußte, haben sie eben ihn erschossen, es war sonst gerade niemand zu Hause. Ihr Daddy ist im Knast an Aids gestorben. Wenn du mich fragst, wie es möglich ist, daß ich in nur zehn Monaten drei Männer verliere und jetzt allein mit Mr. Mallory in diesem Spukhaus sitze, weiß ich darauf keine Antwort, ich kann nur sagen, es ist eben alles anders gekommen, und ich kann doch die Karten auch nur spielen, wie sie gemischt werden, ich bin nicht besser und nicht schlechter als andere, was passiert ist, ist passiert, und ich bin noch da, brauchst mich nicht bemitleiden, aber paß auf, mach dich auf alles gefaßt, wenns kommt, dann mit Macht, und glaub mir, gibt kein Knopf zum Abstellen.

Jungs sind die Härte, Bruder. Schwarze Jungs haben schon bei der Geburt den Kopf voller Beulen von der Wand, gegen die sie rennen, und je schwärzer die Jungs, je mehr gegen die Wand, scheint mir, und wenn sie sich dabei den Kopf nicht selbst zurechtrücken, schlagen sie sich die Dickschädel weich, und dann haben sie im Matschhirn bald keine anderen Gedanken als sich mit dicken Titten zu trösten, liegen weggetreten da und nuckeln an einer Brust oder schlagen ihre schwarzen Brüder grün und blau. Und damit hat es sich dann; nur, wenn du die Mutter bist, bist du am Schluß grüner und blauer als deine Jungs. *Auch was ich leid für Ungemach*, heißt es doch in irgend so einem Lied.

Können sie denn nichts dafür, können sie nicht mehr aus sich machen. Klar können sie, und die meisten versuchen es ja auch. Heulen sich bei dir aus, heulen, wenn sie dir weh tun, heulen, wenn sie anderen weh tun, heulen, wenn sie sich selbst weh tun, heulen, wenn sie es zum Verrecken nicht lassen können. Alles traut unser verrücktes Land ihnen zu, außer Mitbürger und menschliche Wesen zu sein. Nennt schwarze Jungs Versehen, und da wundert es mich nicht, wenn ich neulich lese, Besserung und Sicherung ist die Wachstumsbranche schlechthin.

Hast du schon mal jemand im Knast besucht. Finsterstes Mittelalter, dunkle, düstere Verliese. Stirbst jedesmal ein bißchen, wenn du durch die Kontrolle mußt, stirbst vor Angst, daß es anfängt zu fiepen, weil du nicht an den Drahtbügel im BH gedacht hast, die Nieten an der Jeansnaht, du würdest dich am liebsten in Luft auflösen, alles, alles, wenn nur dieses Piep, piep, piep aufhört, die Lügenmaschine, die dich schuldig spricht, unwert dieses Drecksloch, diese Hölle zu betreten, die zu nichts anderem da ist, als den Abschaum und Ausschuß zu erledigen, zu dem zufällig dein Sohn, Bruder, Onkel, Kerl, Vater gehört, der am Boden sein wird, wenn du nicht durchkommst, der von Wärtern umzingelt in der Sammelzelle steht und vornübergebeugt seine Arschbacken breitzieht, während von seiner Seele wieder und immer noch wieder was abstirbt, weil er weiß, daß die Teufel ähnlichen Mist auch mit dir machen, dir keine Faser innere Kraft, keinen Fetzen Würde lassen mit den Schikanen, die sie draufhaben, um dich aufzuhalten, abzuhalten, jede Aussicht darauf kleinzuhalten, daß irgend jemand auch nur halbwegs intakt den Besucherraum erreicht. Schikanieren den Besucher genauso wie den, der für den Besuch lebt, und wenn eure Besuchszeit endlich, endlich beginnt, geht viel zu viel von eurer kostbaren, knapp bemessenen Zeit damit drauf, daß ihr verkrampft seid oder stumpf, daß ihr zappelt oder zankt und euch fragt, ob sich der ganze Akt eigentlich lohnt.

Everybody plays the fool, wie es in dem Song so schön heißt, *no exceptions to the rule*. Beide Male habe ich mir alle Beine ausgerissen, alles für meine Jungs getan, sie von ganzem Herzen geliebt, alle beide. Aber sobald sie zur Tür rausspazieren, ist alles anders. Nur du, du bist so blöd, dich an die Hoffnung zu klammern, daß es dieses eine Mal nicht läuft wie sonst, daß ausnahmsweise du Schwein haben wirst, ausnahmsweise sie Schwein haben werden, obwohl du es besser weißt, denn wenn es erst mal aus deinen Händen ist, aus deinem Blick, dann ist alles möglich, auch das Schlimmste, weil nämlich das Böse sie mit offenen Armen empfängt, sie zu seinen Kindern macht, das Böse nimmt sie dir, nimmt sie an die Hand, und bald ist es so, als hätte es die Zeiten, als sie noch deine Kleinen waren, nie gegeben, nur lebt dummerweise die Erinnerung an deine kleinen wehrlosen Jungs, die die Mutter brauchen, in deinem Herzen fort, du hast so einen Spiegel im Herzen, darin siehst du sie und darin siehst du auch dein eigenes Gesicht, klein und hilflos und nur ein Schatten seiner selbst ohne deine Kleinen, die du jetzt viel dringender brauchst, als sie dich jemals gebraucht haben.

Schnell, es geht alles so schnell. Erstgeborenes Kind, Junge oder Mädchen, und es kommt dir vor wie der Anfang der Welt. Du vergißt, für wen du dich eben noch gehalten hast, vor der Geburt deines Kindes. Sobald du dieses winzige neue Wesen zum erstenmal siehst, das es Sekunden zuvor noch nicht gegeben hat, nur in deinem Körper, und dem es jetzt freisteht, die ganze Welt zu erobern, fängt etwas in dir an zu singen, dankt, dankt für das Wunder, das dich hat aufplatzen lassen, brüllen lassen, dir Schmerzen bereitet und dich verwandelt hat, dich mehr und besser gemacht hat, während ein anderer Teil verstummt, Augen kullerrund vor Angst und vor Kummer, totenstill wirst du und lauschst der Zukunft, die sich wie ein Riß durchs dünne Eis zieht, auf dem du dastehst mit deinem einzigartigen frischgeborenen Bündel.

Typen baggern dich doch schon an, da hast du noch von nichts Ahnung. Wie wärs mit uns beiden Hübschen. Hau ab, Mann. Flachlegen und Flatter machen, das ist es doch, was Typen früh, ganz früh lernen, und Spielregeln lernst auch du, fetzen und flachsen und flirten, geht hin und her, hat erst mal alles nicht viel zu sagen, nur Spiel, auf der Wippe rauf und runter; bis dein dicker Hintern eines Tages vom Boden nicht mehr hochkommt, ein Baby in jedem Arm, und wippen ist nicht mehr so witzig ohne den Höhenflug und ohne den Mitwipper, und da ist es aus mit dem Spiel und aus mit dem Spaß, dein Sugar hat längst die Flatter gemacht und spielt C.C. Rider bei irgendeiner anderen Fotze.

Wie habe ich das überstanden. Wie. Schwer manchmal, wenn ich hier mit einem Becher Kaffee auf meinem Bett sitze, verdammt schwer, an meine beiden Jungs zu denken, alle zwei erschossen mit nur neun Monaten dazwischen, und dazu ihr jämmerlicher Daddy, der im Knast zu Haut und Knochen verfault ist und verreckt, schwer zu glauben, daß ich so ein Jahr wirklich überlebt habe. Mußte mein gutes schwarzes Kleid aus dem ganzen Verhau in diesem blödsinnig vollgestopften Kleiderschrank vorwühlen, abbürsten und die Falten alle einzeln bügeln, schwer, schon beim erstenmal verdammt schwer, aber wenn ich geahnt hätte, daß ich es bald wieder tun muß, wieder hören muß, wie die Leute im Bestattungsinstitut tuscheln, *Da kommt sie, das arme Kind trägt schon wieder Trauer*, wenn ich vorher gewußt hätte, was noch kommt, wie ich es heute weiß, ich glaube nicht, daß ich das durchgestanden hätte, *no way*, mehr als ein Schlag auf einmal wäre nicht drin gewesen, hätte ich schlicht nicht verkraftet, hat mich so schon jedesmal, wenn ich das schwarze Kleid wieder vom Bügel zog, alle Kraft gekostet, es auszuschütteln, abzubürsten, nach Knitterstellen zu suchen, es übers Bügelbrett zu breiten und die Falten zu plissieren, ganz langsam, erst eine, dann noch eine und noch eine und noch eine, jede irgendwie ein Segen, weil ich beschäftigt war, mit dem Bügeln beschäftigt, denn mehr als eine Falte auf einmal hätte ich nicht gepackt, und vielleicht ist das die Art und Weise – die einzige, könnte ich mir vorstellen –, wie man sowas, wenn überhaupt, überlebt.

Innen drin bin ich noch ganz angeknackst. Bis jetzt habe ich auch nie versucht, jemandem zu erklären, wie es ist, wenn du dich meinetwegen gerade unterhältst, über irgend etwas, ganz egal, mit jemand, den du gut kennst oder auch nicht gut, und es plötzlich passiert, mitten im Gespräch, wenn es kalt, kalt und weiß und heiß hinter deinen Augäpfeln explodiert wie bei einem Blitzlicht, nur zigtausendmal heller und verdammt viel kälter als irgend so ein x-beliebiges Blitzlicht, nur Licht und kein Laut, Lichtblitz, wie es einen geben würde, wenn du diese ganze Stadt zu einer Kugel zusammenknautschst, klein zusammenquetschst wie eine Zitrone, die dir dann wegflutscht und in einem grellen Atomblitz wieder aufpoppt, der dir den Hinterkopf wegreißt. Aber trotz Feuerwerk und der ganzen Verwüstung zuckst du kaum mit der Wimper, und die Person, mit der du sprichst, sieht das Licht nicht. Und statt daß es dich umhaut wie einen gefällten Baum, überraschst du dich selbst, weil du nämlich mit dieser Person vor deiner Nase weiterredest, als wäre nichts gewesen, denn schließlich ist das, was gerade in deinem Kopf zündet, nur das Licht, das dir aufgeht, so daß du mal wieder, nicht zum ersten, nicht zum letzten Mal und meist gerade dann, wenn du am wenigsten damit rechnest, wie vor den Kopf geschlagen dastehst und begreifst, daß deine Kinder tot sind und du noch am Leben.

Einen Gangboy soll er getreten haben, heißt es, soll den Jungen im fairen Kampf geschlagen haben, heißt es, soweit du fair nennen kannst, was abgeht, wenn ein Haufen Typen von der einen Gang ein paar Typen von der anderen auflauert, jedenfalls soll mein Sohn den Jungen ordentlich verdroschen haben, aber dann getreten, heißt es, als er am Boden lag, nur, was erwarten sie denn, wenn die Homeboys rumstehen und johlen und ihn aufhetzen, weil er groß und stark ist, wie sein Daddy früher mal war, eben einer, mit dem nicht zu spaßen ist, wenn er mal loslegt, im Grunde ein gemütlicher, gutmütiger Such-von-mir-aus-kein-Streit-Typ wie sein Daddy, bis er auf irgendwas drauf ist oder es jemand zu weit treibt und er durchdreht und dann zu allem fähig ist, auch einen Gegner, der schon am Boden liegt, zusammenzutreten und zu bespucken, aber bringt man denn deshalb jemand gleich um, haben sie meinen Jungen wirklich deshalb kaltblütig erschossen. An seiner Apartmenttür geklopft, dieselben wie bei der Schlägerei die Woche davor, die immer gleichen beiden Gangs, die sich bekriegen und killen, Cowboys und Indianer, dieselben Jungen, die schon zusammen in Windeln rumgewackelt sind, und diesmal geht es um Dope, heißt es, aber vielleicht auch um die Schlägerei. Kkk-kalt. Mit einer abgesägten Schrotflinte haben sie draufgehalten, als mein Sohn an die Tür kam. Schon tot, bevor er auf dem Boden aufschlug, aber einer hat seinen großen Körper trotzdem noch getreten, noch mal und noch mal, *Du weißt schon wofür, du weißt es genau.*

Die Geschworenen haben meinen Mann schuldig gesprochen, schuldig in allen Anklagepunkten. Der Richter hat das Urteil gesprochen, lebenslänglich ohne Bewährung. Also auf mich gestellt, junges Ding allein im Gerichtssaal mit einem Kind auf dem Arm und dem nächsten unterwegs. Der Dschungel, in dem du leben mußt, hört ja nicht deshalb schon auf, Dschungel zu sein, weil du dir Mühe gibst, anständig zu bleiben und dich und deine Kinder über allerschlimmstes tödlich stinkendes Dschungelwasser zu halten. Wenn ich mit dem Schlüsselbund klimpere, greift mein Sohn danach, wie es jeder niedliche, blankäugige, neugierige Junge tut, und genauso wird er den Rest seines Lebens nach allem greifen, was glänzt, und es haben wollen, bis er schließlich ins Leere greift und kapiert, daß das, was vor seiner Nase wie Gold glänzt, die Zellenschlüssel sind, die er von drinnen durch die Gitterstäbe betrachtet.

Klagelied. Bei dem Wort, das mich stutzig machte, dachte ich einerseits an *lamentieren,* andererseits an Lieder, Musik, was Fröhliches mit so einem Guter-Ding-Swing-Sound, an Schellen, Tamburine und so lange, kurvige Ziegenbock-Hörner, verstehst du, so Zeug, mit dem sie in Bibel-Filmen Musik machen. Lester & The Lamentations – so einen Blödsinn dachte ich mir dabei, weil ich von *lamentieren* auf diese La-la-la-Namen kam, die sich Vokalgruppen immer gerne geben. The Temptations oder Sensations oder Sweet Inspirations. Lester Latino & His Fabulous Lamentos. Ich konnte doch nicht ahnen, keinen blassen Schimmer, auf was ich mich da einließ, als ich in der Bibel die Klagelieder Jeremias aufschlug.

Mitgespielt

Gibt nichts, was er hätte tun können, daß ich ihn noch mehr liebe. Liebte ihn genug. Mehr als genug für uns beide und für immer, und das hätte er doch sehen müssen, tun sie aber nie. Meinetwegen mußte er sich nicht besser machen, als er ist, aber Männer kapieren einfach nicht, daß Liebe Liebe ist, und wenn es so ist, ist es genug. Männer müssen immer was beweisen. Oder wollen von dir Beweise. Also bin ich an dem Tag mit zum Basketball-Court, obwohl ich es hätte besser wissen müssen, einfach um bei ihm zu sein, weil er es gern wollte. Warum müssen Männer sich aber auch immer aufspielen.

Schwer für mich, da am Hartplatz auf einer Bank zu sitzen und zu denken, daß zwischen den Jungs und Männern da draußen vielleicht die sind, die meinen Sohn umgebracht haben. Schwer, schwer, weil ich meine Jungs da draußen bei den anderen sehe, wie sie schwitzen, rumrennen, Scheiß reden, Kinder, wieder einen Tag außer Gefahr, wieder einen Tag in Sicherheit, solange sie sich bloß um einen Ball balgen. Sie springen, sie fliegen, hetzen einander über den Platz, als wär Krieg da draußen, decken, doppeln, rempeln und stoßen, brüllen wie vor Lust. Protestieren, jaulen. Hauen sich. Fallen sich um den

Hals. Jungs in allen Größen, Formen und Farben; der da könnte leicht mein Sohn sein, der andere da der, der ihn niedergestreckt und getreten hat.

Einen von ihnen, einen, der es sein könnte, könnte, starrt sie so lange und penetrant an, daß er zurückstarrt und einen Augenblick aus dem Tritt kommt, wieder der wird, der er ist, wenn ihm das Spiel nicht gerade erlaubt, sich zu vergessen. Bruchteil einer Sekunde opfert er ihrer Neugierde, lange genug, um sie wissen zu lassen, daß auch er neugierig wird, und wenn Basketball jetzt nicht wichtiger wäre ..., dann wieselt er los, sprintet dem Tennisschuh-Sturm hinterher, der *plap plap plap* an ihrer Bank vorbeiballert.

Er ist es nicht, aber er könnte es sein. Sie behält ihn im Auge, den schmalen dunklen Keil seines bloßen Rückens, die langen, schweißglänzenden Muskeln seiner Arme und Beine, die im Knoten verknäulter Körper verschwinden, vielerlei Körper, aber vieler ähnlicher, einem Gewühl von Gliedern, das unter dem Netz hochwächst, höher drängt, noch höher.

Einer hat ihn. Grunzt, als er den vom Brett prellenden Ball mit der einen Hand aus der Luft fischt und die andere gleich draufklatscht, laut wie Pistolenknallen auf den erbeuteten Ball klatscht, als wollte er ihm was antun. Aus dem Pulk unterm Korb spritzen Spieler weg. Der Riese, der den Rebound erobert hat, hält den Ball mit beiden Händen gepackt, reißt ihn mit ausgefahrenen Ellbogen seitlich hin und her, Katz, die die Maus schüttelt, dann springt er beidbeinig ab, bringt den Ball hinter den Kopf und passt ihn quer über den Court einem Mitspieler zu, der frei steht und ihn versenkt, bevor ihm irgend jemand auch nur nahekommt.

Der, der punktet, legt ihn nicht einfach ab, er steigt auf einer unsichtbaren Leiter hoch, hoch, bis der Ball in seiner Armbeuge über dem Ring schwebt. Mit seinem Regenbogenstirnband und den überweiten Shorts, die ihm um die Knie flattern wie lila Flügel, bleibt er am blauen Himmel aufgespießt wie ein Schmetterling, Schnappschuß, ihr ins Gedächtnis gebrannt, Mann im Flug wie ein Vogel, der vielleicht für immer dort in der Luft stehenbleiben wird, jedenfalls immer dann, wenn sie diesen Tag im Park wieder heraufbeschwört, selbst wenn er den Ball im nächsten Augenblick durch die Reuse hämmert und breitbeinig landet, wo der Ball auch landet, ihn schützt, als hätte er ein Ei gelegt, und sich nun dieses Ei greift und es mit einem *Zu spät-zu spät*-Grinsen sachte an der Distanzlinie ablegt wie der Gingerbreadman, den keiner einholen kann.

In einem Wachtraum war sie auch mal so hoch geflogen, höher sogar, hatte in der Luft einen Purzelbaum geschlagen, keine Eile gehabt, jemals runterzukommen. Bis sie doch wieder mit beiden Beinen auf dem Boden stand, höchste Zeit, ihre Kinder einzufangen, die mühelos mit ihr da durch die Luft gesegelt waren. Die Jungs lachen, sie rufen ihren Namen und fliegen dabei Loopings am blitzblauen Himmel. In ihrem Traum jongliert sie mit ihnen, wirft sie hoch in die Luft, immer höher und höher. Springt hinterher, hört das Kreischen und Quietschen, das Lachen und Rufen. Aber dann fallen sie immer schneller. Zu schnell. Ihre Hände sind Wasser. Ihr ganzer Körper. Wasser, auf dem sie aufschlagen, in dem sie ertrinken.

Hey, Mann. Wie gehts, Mann. Lange nicht mehr gesehen. Schlag ein, Mann, auf die alten Zeiten. Yeah. Astrein. *Come on*. Noch mal. Yeah. *Right on*.

Siehst gut aus, Mann. Geht dir wohl Gold, was, mit der hübschen Lady hier als Begleitung. Gut, gut. Yeah. Mmmhmmm. Ma'am, ich bin Tyrone, und wenn Sie die alten Knacker mal satt haben … verstehen Sie … können Sie uns Jüngeren jederzeit gern Ihre Telefonnummer geben.

Hey, Miss, nun lachen Sie doch, ich mach ja bloß Spaß. Mich dürfen Sie nicht zu ernst nehmen. Ich heiße Tyrone. Ty. Ihr Kerl ist ein ganz alter Kumpel. Kennen uns ewig. Bin natürlich längst nicht so verknöchert, aber wir kennen uns urewig, stimmt doch, oder. Wie gehts, Mann. Die Jungs fragen so oft nach dir. Wo ist eigentlich Pops abgeblieben. Wieso läßt sich Pops gar nicht mehr blicken. Schön, dich mal wieder zu sehen, Bruder. Tut richtig gut. So viele Veteranen haben sich ja hier draußen nicht gehalten.

Hi Ty. So sieht man sich wieder. Machst immer noch eine gute Figur auf dem Court. Schön, mal wieder hier zu sein, aber wir kommen bloß zum Zuschauen. Zuschauen und lästern, wenn die Rookies deinen fetten Hintern vom Platz fegen.

Da kannst du heute lange warten, Mann. Schlechte Karten. Ich hab heut eine scharfe Truppe beisammen. Richtiges Verhältnis von alten Hasen und jungen Beinen. Dich könnten wir auch noch gut einbauen, Kumpel. So einen alten Playmaker immer. Wie siehts aus. Paar lockere Korbleger. Ich muß sowieso mal verschnaufen. Na, los. Lauf. Seh ich doch, daß es dich juckt. Ich paß schon auf, daß dir keiner an deine Süße hinraspelt.

Kugelrunder Bowlingkugelkerl. Breites Grinsen. Kurze Stummelbeine in abgeschnittenen Jeans, Schenkel, die aus allen Nähten platzen. Puddingknie mit Grübchen. Aber leichtfüßig trotz Hängebauch und viel Hintern. Die Sorte, die selbst auf der Tanzfläche für eine Überraschung gut ist, das sieht sie sofort. Würde sich drauf verstehen, mit seinen Pfunden zu wuchern, Speck und Shimmy in Beat umzuwiegen.

Na los, Pops, gönn dir den Spaß. Du wirst doch nicht rumsitzen wollen, bei dem, was hier läuft.

Jetzt umringen ihn auch andere aus Tys Team, er strahlt und versucht gleichzeitig, ernste Männermiene zu machen, klatscht erhobene Hände ab, schlägt hier und da jemand kumpelhaft vor die Brust, allgemeines bäriges Umarmen, das Übliche eben. Kleine Jungs. Kinder. Immer dasselbe.

Anders nackt, als er jetzt im Taghellen sein T-Shirt hochschält. Anders als bettnackt. Anders als die nackten Oberkörper der Jüngeren. Seine Beine sind genauso stramm und muskulös wie ihre, aber sein entblößter Oberkörper ist kompakter, anders. Bei den Jüngeren wirkt die bloße Haut blank wie Teer, Messing, Bronze, wie Gold. Manche haben überhaupt keine Haut, bestehen aus nichts als dicken Muskelplatten zwischen Schweißnähten, Stränge von innen nach außen gekehrt. Schwarze Engel, Schwarzdrosseln. *Four and twenty blackbirds baked in a pie*. Hieß doch so in dem Kinderlied. Schwarze Engel, köstlich kroß gebackene Schwarzdrosseln, und dieser Hartplatz der Backofen, der ihnen den Schweiß aus den Körpern treibt, Schritt und Hosenboden ihrer Shorts tränkt, als hätten sie abgespritzt oder sich bepißt oder bluteten in der feurigen Glut des Ofens.

Und er anders, weil sie Lachen und Glucksen, Husten und Rasseln in seiner breiten Brust gehört hat, Stöhnen und Schnaufen, weil ihre Zunge seine winzigen Brustwarzen kennt, das angegraute Haar, weil sie die Speckröllchen am Bauch gekitzelt, gezwackt und gestreichelt hat, seine Rettungsringe gepackt. Das macht seine Nacktheit jetzt anders. Sie weiß, daß er sterblich ist. Die anderen sind allem gewachsen. Dem Mord an ihren Söhnen waren sie schließlich auch gewachsen. Und waren ihre Söhne da draußen in der Hitze und dem Gelärme und Gerenne auf dem Court nicht auch ihrem eigenen gemeinen Tod gewachsen, das Spiel ging doch weiter. Affe tot hieß noch lange nicht Klappe zu, Ende der Vorstellung. Auch nicht zwei Affen. Ihre Söhne tauchen zwischen diesen anderen

Körpern auf und wieder unter. Fliegen hin und her. Schnell, tot. Todschnell. Schnell tot. Schnell.

Es bezieht sich. Der Himmel ist jetzt spülwassergrau, von dieser Nichtfarbe wie fast immer in der Stadt, nichts Neues, nur fällt das Grau heute auf, weil der Himmel bis gerade eben noch so hübsch blau war. Der Court, der Park werden grau wie Liebe, wenn sie erlischt. Auch nichts Neues, so schäbig grau, wie es meist wird, wenn es zwischen zwei Menschen nicht mehr so läuft. Grau, wie es wahrscheinlich früher oder später immer aussieht, wenn du nicht gerade zu den zwei Menschen gehörst, die am Anfang des gemeinsamen Glücks stehen, und dir eine Zeitlang den Luxus erlaubst zu vergessen, wie schmal der Grat ist zwischen strahlendstem Blau und Grau. Nichts für ungut, sagt sie. Aber schließlich erzähle ich hier die Geschichte, und weil ich ja mehr oder weniger weiß, wie sie endet, rutscht mir vom Ende was nach vorn in den Anfang. Und trotzdem ist wahr, was ich erzähle. Es zogen wirklich Wolken auf. Als ich das letzte Mal hingesehen hatte, waren sie noch klein, weiß, flockig und lose gezupft, dann plötzlich Wolken in den verschiedensten Grautönen, dunkler und dunkler, türmen sich dort oben in der Luft auf wie drei bis vier von diesen Riesenhochhäusern Downtown, schieben sich zusammen, schließen auf, werden größer und größer. In so einer Natursendung, die ich gern sehe, haben sie erzählt, daß riesige glühende Inseln aus Stein tief drunten in der Erde aneinanderrucken und -rempeln und -reiben und daß daraus irgendwann Erdbeben entstehen. Aus den dicken schwarzen Wolken, die jetzt überm Westinghouse Park aufragen, werden Blitz und Donner entstehen, Erdbeben im Himmel.

Jetzt sehen ihm die anderen Spieler schon ähnlicher. Grauer. Kleiner. Das Spiel ist lahmer geworden, schlampig, alle sind mit einem Auge beim Himmel. Dann legen sie wieder einen Zahn zu. Als wüßten sie, daß ihnen nicht mehr viel Zeit bleibt. Jetzt grinst niemand mehr. Luft ist dicker. Schuhsohlen quietschen. Ball prellt lauter. Alle außer Atem und halten doch die Luft an. Das ist jetzt für ihn das dritte Spiel, obwohl er lieber nicht spielen sollte. Beziehungsweise versuchen zu spielen.

Beim ersten jeweils ein paar Minuten dabei, am Anfang und am Ende. Da hatten Tyrone und seine Mannschaft noch leichtes Spiel. Beim nächsten war es nicht viel anders, wieder der reinste Spaziergang, und er knapp nach der Hälfte eine ganze Weile mit auf dem Platz. Einmal geschickt abgelegt. Paar Rebounds erobert. Einmal nach drei schnellen Seitenwechseln vornübergebeugt, keuchend an seinen Shorts rumgezupft. Einen gegnerischen Paß abgefangen. Langpaß zu einem zum Korb ziehenden Spieler. Konnte sich durchaus sehen lassen, fand sie. Schon in Ordnung, fand sie. Alles in Ordnung, er gönnte sich den Spaß, ohne sich zu schaden. Bißchen einsam hier allein auf der Bank mit ihren Erinnerungen an ihre beiden Söhne, aber es geht schon, vor allem, als er sich keuchend, schweißgebadet, stinkend, zittrig neben sie auf die Bank wirft und niedliche Gummigrimassen schneidet, während er die Stellen befühlt, wo es weh tut, einen Muskel ausstreicht, sich reckt wie ein Bär nach dem Winterschlaf. Geht ihr gut dabei. Kann es laufen lassen, mitgehen. Bis er anfängt, sich aufzuspielen. Den Helden spielen zu wollen. Der er nicht ist. Der er nicht sein muß.

Wolken ziehen auf. Wo kommen die so plötzlich her. Und wieso. Wie kann es hier unten windstill sein, während sich über unseren Köpfen ein Sturm zusammenbraut.

Rain, rain, go away, little Johnny wants to play.

Sie muß ans Beten denken, daran, wie alle ständig um irgendwas beten, bloß vergessen sie, auch darum zu beten, daß alles gutgeht, wenn sie tatsächlich bekommen, worum sie beten. Die Leute vergessen, daß das, worum sie beten, ihnen weh tun kann. Sie glauben, sie könnten schon umgehen mit dem, worum sie beten. Die Leute wünschen sich was, beten um was und vergessen, um Schutz zu bitten. Was nützt dir das, was du hier auf Erden hast, viel oder wenig, wenn du schutzlos bist und dich nicht daran freuen kannst. Wozu überhaupt irgendwas haben, wenn du das, was du hast, nicht sicher hast. Und wenn nichts sicher ist, hat es auch keinen Zweck zu beten. Dann kannst du die Dinge genausogut nehmen, wie sie kommen.

Gelegenheit zu einer guten Partie, obwohl er längst übers Alter für solche Spiele hinaus ist, reicht ihm nicht. Er will mehr. Und als er mehr bekommt, als er auf dem Court durchaus seinen Mann steht, will er noch mehr. Er bildet sich ein, er kommt damit durch, bekommt seinen Willen, bis sich herausstellt, daß er schutzlos ist. Hat die Chance bekommen, um die er gefleht hat, und war nicht zufrieden. Wollte mehr, hat auch das noch bekommen, und dann, plötzlich, wie ich mit meinen zwei wunderschönen Söhnen, ist er schutzlos.

Lieber Gott. Sowas passiert auch nur hier. So eine Scheiße passiert nur hier. Andere Leute leben nicht so. Sterben nicht so. Schon wieder, passiert es schon wieder, wird mir schon wieder ein Mann entrissen.

Anfang und Ende des ersten Spiels mit dabei, Großeinsatz im zweiten, bis er sich humpelnd vom Platz schleppte und schwer auf den verschwitzten Fleck an ihrer Seite sinken ließ, wo bis gerade eben noch Tyrone gesessen hatte.

Bleib doch jetzt hier bei mir, Baby. Warst große Klasse. Bin stolz auf meinen All-Star. Habe dich strahlen sehen, als du den Jumper versenkt hast. Und ich dachte, dir kommt das Frühstück hoch, als du in der Ecke am Zaun hingst. Aber ich habe dich die ganze Zeit angefeuert. Go. Go. Yeah. Yeah, die ganze Zeit. Hast es immer noch drauf, hm.

Staune selbst über mich. Bestimmt seit einem Jahr nicht mehr Full Court gespielt. Dribbel ab und zu ein bißchen, spiel mal zwei gegen zwei. Mehr nicht. Hatte gar nicht vor zu spielen, bis Ty damit anfing.

Yeah. Klar. Zufall, daß du Tennisschuhe und Shorts anhattest, als wir nur zum Zuschauen gekommen sind.

Wußte gar nicht, was ich sagen soll, als Ty meinte, Los Alter, zieh ab. Aber du bist ja schnell wieder drin, wenn du erst auf dem Court stehst. Aus der Puste, aber die Beine machen noch ganz gut mit. Gehe ja auch fast jeden Tag. Ziemliches Tempo. Ein paar Meilen immer. Jogge am Wochenende mit den Jungs ums Wasserreservoir im Highland Park. Und schaffe es fast immer, morgens meine Pushups und Sit-ups und Dehnübungen zu machen. Hätte trotzdem nicht gedacht, daß ich das so locker wegstecke.

Sah gut aus. Da kannst du jetzt ruhig bleiben, wo du bist, gute Figur, gutes Gefühl, hier bei mir auf der Bank. Übertreibs nicht, Babe. Fängt jeden Augenblick an zu regnen, und dann ist sowieso Schluß. Weiß gar nicht, wo die vielen Wolken so schnell hergekommen sind. Was hast du mit deinem Bein. Was machst du ständig an deinem Bein rum.

Ach, nichts. Irgend jemand hat mich in die Wade getreten. Bißchen empfindlich, mehr nicht. Aber Mann. Gutes Gefühl, mal wieder zu spielen. Gibt bestimmt Muskelkater, fit oder nicht. Was solls. Gehört dazu. Auch das Bein. Paar Eiswürfel, kurz hochlegen, und dann hat sich das wieder. Nehm ich für eine gute Partie gern in Kauf.

Scheint dir richtig Laune zu machen.

Weißt du, warum. Tut gut, mal den Krieger rauszukehren. Brauchst gar nicht zu gucken. Klingt idiotisch, gebe ich gern zu, wie der letzte Macho-Mist, aber wenn du Basketball spielst, bist du Krieger. Und wie oft haben wir Kerle hier schon noch Gelegenheit, Krieger zu sein.

Wenn du das Spiel erst beherrschst, vergißt du die Moves nicht. Basketball kann ein Blinder spielen – mit dem nötigen Kampfgeist. Wenn du den hast, gehorchen Arme und Beine automatisch.

Na schön, tapferer Krieger. Solange du mich nicht zwingst, deinen Kriegerarsch hier auf der Bank festzunageln.

Mit vier Körben vorn im zweiten Spiel, als er vom Platz gehumpelt kommt. Halten ihren Vorsprung und gewinnen mit fünf Punkten. Im nächsten Spiel viel enger. Tyrones Mannschaft führt, wird eingeholt, gerät zwei Treffer in Rückstand, geht wieder in Führung, dann Gleichstand, und da rennt Tyrone gegen das Standgerüst vom Zielbrett. Neun-neun, Partie geht bis elf, kein Deuce-Spiel. Warten zu viele andere Teams auf ihre Chance. *Next, who gots next.* Platz für die nächsten Herausforderer. An die Regeln, die er ihr erklärt, kann sie sich von damals noch dunkel erinnern, vom Gerede ihrer Jungs und von noch früher, als sie hier mit ihrer Mädchenclique durch den Park gezogen und vorm Court auf- und abflaniert ist und sie alle so getan haben, als interessierte sie überhaupt nicht, was die Jungs so trieben oder sagten.

Auszeit, als Tyrone gegen das Standgerüst läuft. Wälzt sich ächzend, fluchend auf dem Asphalt, Rücken rund wie eine Schildkröte, ein stämmiges Bein an die Brust gedrückt. Winkt ab, als ihm welche auf die Füße helfen wollen. Rappelt sich hoch, humpelt ein paar klitzekleine Babytrippelschritte, wie sie es bei einem erwachsenen Mann noch nie gesehen hat, unsicher und mit sichtlicher Überwindung. Bis er die Bank erreicht hat, geht es schon besser. Mit dem Rücken zum Platz beugt er sich vor und flüstert.

Du mußt für mich einspringen, Pops. Zählen auf dich, Pops. Zweimal durchziehen, das schaffst du doch. Tu es für mich, Mann. Gib alles, was du hast. Die anderen Motherfucker im Team ziehen vor den Blauen den Schwanz ein.

Paar Spieler der gegnerischen Mannschaft tragen blaue Tücher um den Kopf, wie früher manche zum Schutz kostbar entkrauster Frisuren. Waren in zwei spuckeblanken dicken mitternachtsblauen Schlitten vorgefahren. Schnieken Schlitten. Geldschlitten. Waren zu mehreren angerückt. Riefen *next* und drängelten sich einfach vor, scheiß auf die Teams, die schon warten. Zwei spielten gar nicht mit, lümmelten sich auf die Bank an der Stirnseite vom Court. Ganze Bank für sich allein. Die vorher voll besetzt gewesen war wie alle anderen auch, sich aber wie durch Zauberei leerte, als die Türschläge der Schlitten knallten und die blauen Banger lässig und lachend drauf zusteuerten.

Warum müssen Männer immer die Helden markieren. Das hatte sie ihn schon am Morgen fragen wollen, als er sagte, Laß uns doch in den Park runtergehen. Konnte sich ausrechnen, wie es kommen würde. Komisch irgendwie, als sie ihn seine Tennisschuhe zuschnüren sah, in ein Paar Shorts steigen und sich ein verwarztes, ärmelloses T-Shirt überziehen. Irgendwie hatte es ihr auch geschmeichelt. Daß er gern ein paar von den Jährchen abschütteln wollte, die vielleicht zwischen ihnen beiden stehen könnten.

Wir brauchen eben alle unsere Lügen, oder nicht, richtig faustdicke manchmal, hatte sie sich selbst auf die Frage geantwortet, die sie ihm doch nicht stellte. Lügen, um weitermachen zu können. Kein Zuckerschlecken, das Leben da draußen, und warum sollte sich da nicht jeder sonstwas zurechtträumen, wenn es ihm über die Runden half, sein gutes Recht. Das leuchtete ihr ein, das machte sie selbst. Man konnte es sich nicht immer leisten, der Wahrheit nackt ins Gesicht zu sehen, ganz zu schweigen von den vielen, vielen Malen, wo man die Wahrheit gar nicht kannte. Ging niemand sonst an, wenn du dich selbst belügen mußtest, weggucken, so tun, als wäre nichts weiter, bis du eben soweit warst, dich der Sache zu stellen. Aber die Lügen, die Männer erzählten, um aufzutrumpfen, die kleinen, kleinlichen, selbstsüchtigen Lügen und die Scheiße, die sie verbreiteten, um andere zu bestehlen, verletzen, verarschen, das waren Lügen, die allen das Leben schwer machten.

Der arme Kerl gab wirklich sein Letztes, aber es war auch ziemlich das letzte. Alle, eigentlich. Hat er sich noch mal aufgerafft, weil ich dasaß. Wollte er mir was beweisen, wo ich keine Beweise brauchte. Ging es um den Kriegermist. Glaubte er das wirklich.

Warf daneben. Airball, Airball, ging das Gejohle los. Rempelte einen an. Stolperte und legte sich hin, als der, den er deckte, abschloß. Dribbelte sich den Ball selbst auf den Fuß und brüllte Foul. Du hast mir den Arm weggeschlagen. Freiwurf.

Erzähl keinen Scheiß. Von wegen Foul. Du hast die Ellbogen ausgefahren, Nigger. Fuchtelst rum wie ein Cop mit dem Schlagstock. Von Foul keine Rede, bis du die Pille verloren hast.

Du foulst schon die ganze Zeit.

Wieso sagst du dann nicht gleich an. Wieso wartest du, bis du die Pille austrittst. Weil du mit deiner Ellbogennummer beschäftigt warst.

Du hast mich gefoult. Freiwurf.

Quatsch Foul. Scheiße. Du packst es bloß nicht mehr. Geh nach Hause, Alter. Das ist nichts mehr für dich.

Freiwurf.

Plötzlich steht der Oberblaue von der Bank auf dem

Platz, pflanzt sich vor meinem Kerl auf. Zieht den Hemdzipfel hoch, greift in seine übergroße Hängearschhose.

Ball für Blau, alter Null-Nigger. Wenn mein Homey Blau sagt, heißt das Blau, verstanden.

Fuck, Mann. Wer hat dich denn gefragt. Fuck, Mann. Für wen hältst du dich eigentlich. Hier einfach mitten ins Spiel zu platzen. Fuck, Mann. Halt du dich da raus.

Yo. Auszeit. Auszeit, sag ich. Nigger will wissen, für wen ich mich halte. Siehst du das. Siehst du diesen Magnum Revolver, alter Null-Nigger. Der macht mich zum Schiedsrichter, All-Star, NBA-Commissioner. Macht mich zu Jesus, zum Paten, Gottvater. Gilt auch für dich, Nigger. Damit du weißt, für wen *du* mich zu halten hast, Motherfucker. Mir gehört dieser Scheißpark hier. Mir gehört alles, was du hier siehst. Du gehörst mir. Deine Mama und deine Großmama gehören mir. Mir gehört das Storchenbeinflittchen da drüben, neben der du jetzt lieber wieder deinen alten Niggerarsch parken solltest.

Siehst du hier diesen 357er Magnum Revolver, alter Null-Nigger. Sollte ihn dir in die große Klappe schieben, dir das Maul ein für allemal stopfen. Aber mir ist schon die eine Kugel zu schade. Für einen Fliegenschiß wie dich. Abbauspieler, abgetakelter Motherfucker, und jetzt geh mir bloß aus den Augen, Abbau-Nigger, sonst überlege ich es mir noch anders.

Wenn ich Blau sage, gilt Blau. Damit du Bescheid weißt.

Er drückt zweimal ab. Laut. So laut. Zweiter Schuß trifft den Ball. Da schrei ich. Andere auch. Gehen in Deckung, rennen, brüllen.

Geht nach Hause, Nigger. Ausgespielt. Blau gewinnt. *Blue rules*. Gegen Blau kann keiner anstinken. Geht nach Hause, Amateure. Es regnet gleich. Den alten Null-Nigger hier laß ich leben, weil er es einfach nicht besser weiß. Heute jedenfalls. Aber leg dich noch einmal mit Blau an,

Motherfucker, und ich mach dich alle. Weil ich All-World bin. Der Boss. Herr über diesen gottverdammten Park. Hörst du mich, Nigger. Diesen Furz von Park mitsamt allen Niggern darin. Geht nach Hause, Nigger, bevor ich es mir überlege und euch noch was anderes auf die jämmerlichen Ärsche regnen lasse.

Dir blieb entweder weglaufen oder langsam, langsam zurückweichen oder sitzenbleiben wie ich, vor Schreck wie gelähmt mit angehaltenem Atem, und ihn nicht aus den Augen lassen, seinem wirren Gerede lauschen, sehen, wie er in die Luft schießt und mit dem langen Silberrevolver rumfuchtelt, und dir denken, wenn dein Herz überhaupt lange genug zu hämmern aufhört, daß du denken kannst, Wieder so ein Dopehead, dessen Tage jetzt schon gezählt sind, oder du konntest still wie ein Stein dasitzen, in die dunklen Wolken raufglotzen und denken, Vielleicht kommt der Kerl von da oben, wo auch die Stürme herkommen. Handelt bei allem, was er tut, im höheren Auftrag, und vielleicht stimmt deshalb das, was er sagt, ganz genau. Vielleicht liegt wirklich alle Macht in seinen Händen. Vielleicht sagt er die reine Wahrheit. Spricht aus ihm was Großes, wie es aus dem Donner spricht. Platzhirsch, der King, tatsächlich Gebieter über Leben und Tod. Läßt grinsend seine Truppe abtreten, gemächlich zu den blauschwarzen Schlitten zurückschwengeln. Revolver jetzt am herabhängenden Arm auf die Erde gerichtet. Schimpft vor sich hin. Dann zielt er mit der unbewaffneten Hand auf die Bank, sichtet am Lauf des Fingers entlang. *Peng, peng* – ahmt wie ein Kind lautmalerisch Schüsse nach. Nietet bei seinem Phantasiegemetzel links und rechts Leute um.

Wartet der Himmel vielleicht, bis er alle umgelegt hat, wartet, daß er sagt, Bitte sehr. Ich bin fertig, regne du nur. Wasch das Blut weg.

Groß wie Eier, die ersten Tropfen, als sie schließlich fallen, gar nicht so, als kämen sie von oben, sie springen aus dem Asphalt, spritzen schwarz um seine weißen Tennisschuhe. Sie hört die Tropfen einzeln aufschlagen. *Prap. Prap.* Dunkle Löcher im Asphalt, klatschen den Court voll, und sie muß an den Großvater denken, von dem er ihr erzählt hat, den alten, toten Mann, der seinen Tabaksaft in den Cassina Way spuckte, von genau den Stufen aus, die sie jeden Tag nimmt. Wie aus Kannen gießt es jetzt um den Schießer, aber nicht ein Tropfen wagt ihn zu berühren, während er sich mit diesem cool schlurfenden, schulterzuckenden Alle-Zeit-der-Welt-Gang, diesem Meine-Zeit-meine-Welt-Gang zum Wagen bewegt.

Der Regen trifft mich. Ein Riesentropfen nach dem anderen. Es brennt, heiß, kalt, heißkalt. Als würde sich jemand weit oben im Himmel krümmen und heiße, naßkalte Tränen weinen. Und da merke ich wieder, wo ich bin. Ich schlottere auf einer Bank im Westinghouse Park und lasse mich naßregnen. Höre wieder Schüsse. Zischen eines sterbenden Basketballs. Geräusche, die zu laut sind für meinen Schädel, die mir die Knochen in den Ohren brechen. Menschen sehe ich keine mehr, die blauschwarzen Schlitten sind längst weg, längst wie Haifische vom Kantstein geglitten. Nein, nein, denke ich, nicht schon wieder, mir sind doch die Männer längst ausgegangen. Kein Zweck hier dumm rumzusitzen, mich klatschnaß regnen zu lassen, diese ganzen Tränen von wem anders einzustecken. Und da sehe ich ihn am anderen Ende der Bank stehen, dahinter, so naß wie ich selbst, hält sich an der Bank fest und starrt auf den leeren Hartplatz hinaus, auf dem schon die Pfützen stehen, Pfützen, die zittern, wo die Tropfen einschlagen.

Sieht aus, als würde er genauso schlottern wie ich, aber

vielleicht liegt es daran, daß ich so zittere und alles verzittert sehe.

Warum bin ich nicht zu ihm hingestürzt, als er da draußen auf dem Court stand, warum habe ich nicht die Arme um ihn geworfen, ihn vor dem verrückten Jungen mit der Knarre beschützt – diesmal selbst die, die draufgeht. Nimm mich. Bitte, nimm mich. Nicht wieder einen meiner Männer. Warum bin ich statt dessen hier sitzengeblieben und habe es geschehen lassen. Sitzengeblieben, als wärs ein Film im Fernsehen. Ein Film, den ich schon mal gesehen habe, weil ich doch schon vorher weiß, was kommt. Kalt und heiß vor Wissen. Hilflos vor Wissen. Bin ich deswegen nicht zu ihm hin, habe ich deshalb nicht versucht, ihn zu beschützen, und den Silberrevolverhelden angefleht, nicht zu schießen, die Kugeln angefleht, mich zu treffen. Hatte ich den Film schon zu oft gesehen, um noch zu glauben, ich könnte am Lauf der Dinge auch nur das Geringste ändern.

Schon längst Blut an den Händen. Sein Blut, brauche mich gar nicht von der Bank zu bewegen, um darin zu ersaufen.

Warum sagt er nichts. Sieht er dasselbe wie ich, sieht er sich dort hinten in der Ecke neben dem eingedellten Ball liegen, den der Treffer dort hingeschossen hat. Sieht er wie ich die Leiche. Weiß er, wessen Leiche es ist. Noch eine schwarze Leiche von vielen auf nassem Asphalt. Die verrenkt daliegen, auf und unter der Erde. Er spricht nicht mit mir, und ich kann nicht sprechen. Was würde mein schlotternder Körper wohl für Töne rausbringen, wenn ich versuchte zu sprechen, Worte zu finden. Aufheulen. Wenn ich jetzt zu sprechen versuchte, könnte er meinen Körper aufheulen hören.

Als er schließlich kommt und sich neben mich sacken läßt, landet sein Körper auf der Bank, als wäre er mindestens von dort oben gefallen, wo die weinenden Augen im Himmel sind. Was würde wohl jemand bei klarem Verstand von uns denken. Zwei klatschnasse Idioten, die sich im strömenden Regen auf einer Parkbank umklammern. Jetzt erst höre ich Donner, ganz nah und näher, aber kein Grund zur Beunruhigung, was kann uns das anhaben, diese Pustel aus fernem Grummeln nach den Schüssen im Ohr. Ist ja gut, ist ja gut, sagt er, sagt es wieder und wieder zu wem auch immer, irgend jemand, vielleicht sich selbst, vielleicht mir. Ist ja gut, ist ja gut, immer wieder und wieder, und ringt dabei nach Luft, ist ja gut, als müßte er befürchten, daß es doch nicht mehr gut wird, wenn er aufhört, es zu sagen. Aber er hört auf. Und dann höre ich nur noch Schnaufen. Dann ruhigeres Atmen. Und dann fragt er mich, ob es jetzt gut ist, als wären die Worte die einzigen, die es noch gibt, die einzigen, mit denen er uns über die Runden retten kann, bis er andere findet.

Scheiße, Mann. Scheiße, gottverdammte Scheiße. Ich kann nicht aufhören zu zittern. Du warst so gut wie tot, eben. Ich dachte, er schießt dich tot.

Komm, Baby. Laß uns gehen. Aus dem gottverdammten Regen raus. Sieh dich doch an. Du bist ja klatschnaß.

Er wollte dich abknallen, und ich bin einfach sitzengeblieben und habe zugesehen. Alle haben einfach zugesehen. Zugesehen oder sich verpißt. Hätten einfach zugesehen, wie er dich abknallt.

Hat keine Toten gegeben. Er hat mich nicht abgeknallt. Es ist vorbei. Wir sollten sehen, daß wir hier verschwinden. Nun komm, Mädchen. Reiß dich zusammen.

Ich habe dich da auf der Erde liegen sehen. Da drüben. Habe dich da in die Pfützen bluten sehen. Dein Blut in den kalten, dreckigen Pfützen.

Ich ziehe dich jetzt hoch. Nicht – nicht – nicht. Bitte.

Nicht wehren. Schieb mich nicht weg. Ganz ruhig. Komm, ich helf dir hoch.

Warum mußtest du bloß mitspielen. Warum mußte er rumballern.

Es ist vorbei. Hörst du, Baby. Es ist vorbei. Wir müssen gehen. Sehen, daß wir aus dem gottverdammten Regen rauskommen.

Scheiße. Scheiße. Scheiße.

Sie läßt sich auf die Füße ziehen. Als sie einigermaßen sicher auf den Beinen steht, will sie am liebsten weglaufen. Weg von diesem Ort. Weg von ihm. Wenn sie schnell genug rennt, können die Regentropfen sie nicht kriegen. Ihr nicht die Haut versengen. Ihr nicht die Haut abziehen, daß das Frieren und Brennen nach innen dringt. Wenn sie schnell genug wegläuft, weit genug weg, in eine andere Stadt, in ein anderes Leben, muß sie nicht zusehen, wie er sein Leben aushaucht. Muß nicht morgen hierhin zurückkehren, weil sie ihn sucht, um ihn trauert, obwohl die Pfützen Blut in der sengenden Sonne längst weggetrocknet sind.

Es geht schon wieder. Sie kommt sich dumm vor, im strömenden Regen schlotternd möglichst ruhig auf diesen Mann einzureden, als regnete es gar nicht, liefe ihr nicht das Wasser übers Gesicht, quatschte nicht in ihren Schuhen. In Striemen, in Strömen. Dicke Tropfen, die sie blinzeln machen, als sie nun das Gesicht hebt, um Lebwohl zu sagen. Bis eben jetzt, da sie beschließt, daß sie es muß, hat sie nicht gewußt, daß sie Lebwohl sagen würde. Nicht gewußt, daß Tropfen an ihren Wimpern hängen. Nicht gewußt, daß sie ihm auch das andere sagen würde, was noch gesagt werden muß und was sie auch meint, im Guten wie im Schlechten bis zur Stunde ihres Todes.

Ich liebe dich, Baby. Liebe, liebe, liebe dich. Aber ich kann keinen Toten mehr lieben. Ich habe meinen letzten

Toten geliebt. Ich verkrafte es nicht. Es wäre mein Tod. Ich liebe dich, aber ich muß dich lassen, Baby.

Sie sieht, daß er ihr nicht glaubt, nicht versteht, was sie sagt, was sie nicht sagt. Sie hört sich lange genug an, was er dagegen hält, um zu begreifen, daß er gar nicht verstehen kann.

Legt ihm einen Finger an die Lippen und bringt ihn zum Schweigen. Lächelt. Drückt einen Kuß auf ihre Fingerkuppe und die Fingerkuppe an seine Lippen. Formt lautlos die Worte, *Ich liebe dich,* und *Lebwohl,* ehe sie sich umdreht und geht.

Wie lange her. Welcher Finger war es. Natürlich weiß sie es. Sie hat ihn bewahrt. Geschützt. Den Abdruck seiner feuchten Lippen, vom Regen, von ihrer eigenen Spucke, hat ihn an die Nase geführt, die Lippen. Geschnuppert. Geschmeckt. Der Klang dieses Fingers, wie er sich von seinen Lippen durch die Luft dorthin bewegt hat, wo sie ihn bewahren wird, das ist der Klang, wird sie eines Tages jemandem sagen, von meiner Liebe und vom Loslassen, und wenn du den so hören könntest, wie er in mir drin klang, dann wüßtest du, wie sich die Klagelieder anhören.

Du willst sagen, sie ist einfach auf und davon und hat dich da stehenlassen. Wo ihr zwei angeblich schwer verliebt seid und das alles, da läßt sie dich einfach auf dem Trockenen sitzen.

Im Regen stehen, Mann. Hast du nicht gehört. Er hat gesagt, junge Hunde hätte es geregnet. Also wohl kaum auf dem Trockenen.

Wer hat dich denn gefragt, Baxter. Der Bruder versteht mich schon.

Wie soll dich bitte überhaupt jemand verstehen, du Nuschelnigger, wenn du immer alles verdrehst.

Du bist doch derjenige, der hier nicht richtig zuhört, Klugscheißer.

Mann, ich will dein Geseier nicht mehr hören, verstehst du, reine Zeitverschwendung …

Hey, hey. Geht hier um eine ernste Angelegenheit, Mann, und ihr führt euch auf wie die Clowns. Ruhe jetzt. Laßt den Bruder in Ruhe ausreden.

Das hat man davon, wenn die Weiber anfangen, in der Bibel zu lesen. Werden sie bockig. Lassen sich von niemand mehr was sagen. Als nächstes kriegst du bei so einer zu hören, zieh mit oder zieh Leine. Bockbeinig, biestig. Wie diese Wiehießsienochgleich, ihr wißt schon, die Lady, der sie gesagt haben, sieh dich nicht um, wehe, du siehst dich um, aber sie muß ja ihren Willen haben, klar, also sieht sie sich um, und prompt wird sie zu einer Säule irgendwas – Stein, Feuer, Pancakes – was weiß ich, geschieht ihr recht.

Salz, Trottel. Einer Salzsäule. Verdammt. Da erzählt mein Kumpel hier, wie er die Liebe seines Lebens verliert, und du mußt mit so einem abgefahrenen Scheiß daherkommen.

Hey, wollte doch bloß helfen, Mann. Nichts für ungut, Bruder, aber mit diesen Herz-Schmerz-verliebt-verloren-Geschichten sind doch sämtliche Mottenkisten voll. Wenn du damit noch jemand hochreißen willst, mußt du die Sache schon ein bißchen aufjazzen. Bißchen Pfeffer. Und Salz. Ha. Kann gar nicht mehr sagen, wie oft ich diese Dramen selbst durchgemacht habe. Bei mir sind es allerdings immer die Weiber, die sich am Ende die Augen ausweinen, und ich über alle Berge. Zu meinen Glanzzeiten habe ich von einem Ende von the Burgh zum anderen Herzen gebrochen. Schwarze Herzen, weiße Herzen, alle Herzen bunt durcheinander. Schon immer für Chancengleichheit gewesen als Herzensbrecher.

Als Furzbrecher, meinst du wohl. Bei der heißen Luft, die du hier abläßt.

Hey, Brüder. Laßt den Mann doch zu Ende erzählen.

War doch zu Ende, oder nicht. Sagte doch, sie hätte ihn auf dem Trockenen gelassen.

Nicht auf dem Trockenen. Das war der alte unredselige Landneger da drüben, der hat das gesagt.

No way. Hab ich nicht. Warum suchst du immer Streit mit mir, Monroe.

Ist ja egal, wer das gesagt hat. Sie hat ihn sitzenlassen. Darum geht es doch. Aus der Traum, oder.

Nicht ganz. Dachte auch, daß es aus ist. Wollte nicht, daß es aus ist, aber sah ja so aus, als würde sie mir da keine Wahl lassen. Hat Abschied genommen. Gruß und Kuß.

Habe mit allen Mitteln versucht, sie umzustimmen. Bin bei ihr zu Hause aufgelaufen. Hab tausendmal angerufen. Geschrieben. Ihr Zettel unter die Tür geschoben. Gewartet, bis sie das Haus verläßt, und sie auf der Straße abgepaßt, aber nichts, keine Reaktion. Hat nie einen einzigen Piep gesagt. Durch mich hindurchgesehen, als wäre ich Luft. Nach einer Weile kam ich mir blöd vor. Wie ein liebeskranker Kater herumzustreichen. Brachte mir nichts und sie nicht dazu, es sich anders zu überlegen. Machte sie bloß fertig und mich zum Idioten, also habe ich aufgehört, sie zu nerven. Und mich verrückt zu machen. Dachte, wenn ich sie in Ruhe lasse, sieht sie es mit der Zeit vielleicht anders. Kriegt Sehnsucht nach mir und will mich wiedersehen. Mußte ich glauben. Was zwischen uns beiden war, war zu gut, um sich nicht zu sehnen, oder. Konnte gar nicht anders sein. Wo ich selber fast umkam vor Sehnsucht nach ihr. Mußte mich an der Vorstellung festhalten, daß es ihr auch schwerfällt.

Habe es auf die aufdringliche Tour versucht, dann mit Warten. Habe es mit Stolz versucht und mit Wut, habe versucht, mir zu sagen, Scheiß drauf, wenn mich die Zicke nicht will, ich brauch sie auch nicht. Hat alles nichts genutzt. Zog sich zwei, drei Monate hin, und ich dachte schon, ich hätte das Ganze nur geträumt. Wie konnten wir uns erst so nah sein. Und dann pffft, nichts mehr. Schluß. Behauptet, sie kann die Vorstellung nicht ertragen, mich zu verlieren. Behauptet, mich zu verlieren würde sie umbringen. Und behandelt mich prompt, als wäre ich schon tot und nur ein Gespenst.

Monatelang Funkstille. Dann ruft sie an. *Mr. Mallory ist dahingegangen. Bitte komm. Hilf mir. Bitte. Komm bitte schnell.*

Mr. Mallory

Sehr geehrter Mr. Giacometti,
Sie kennen mich nicht. Das können Sie nicht und werden Sie wohl nie. Ich heiße Martin Mallory. Ich lebe in den Vereinigten Staaten von Amerika und spreche nur Englisch. Sie werden diese Zeilen vielleicht gar nicht lesen können, und ich bitte um Verzeihung, daß ich Ihnen mit meinem Brief Ihre kostbare Zeit stehle, ob Sie ihn lesen oder nicht.

Ich bin ein großer Bewunderer Ihrer Kunst. Als ich das erste Mal auf Abbildungen ihrer Skulpturen stieß, bin ich am selben Tag noch in die Bücherei gegangen, um mehr zu erfahren. Und je mehr ich las, um so mehr wollte ich wissen. Seit diesem Tag dient mir Ihr Werk bei der eigenen Arbeit als Vorbild.

Meine Arbeit besteht darin, Fotos zu machen. Ich bin kein Künstler, aber Ihre Kunst lehrt mich täglich neue Möglichkeiten, meine Kamera einzusetzen. Möglichkeiten, die nicht einfach sind, die wahrscheinlich über meine Kraft gehen werden, bevor dabei brauchbare Bilder herauskommen, aber ich bin Ihnen zutiefst dankbar, Mr. G.

Dankbar für das, was Sie über Köpfe gesagt haben oder vielmehr den Kopf Ihres Bruders Diego, glaube ich, aber

Sie meinten alle Köpfe, nicht wahr, Ihren so gut wie meinen, als sie sagten, sie werden um so fremder, je länger man hinsieht. Sie sagten, daß sich ein Kopf im Nu wandelt, kaum daß man kurz wegschaut und wieder hin. Keine zwei Mal derselbe Kopf ist.

Und da ahnte ich, weshalb ich so entmutigt war und drauf und dran, das Bildermachen zu lassen. Kaum waren die Fotos nämlich entwickelt, blieb von dem, was ich zu sehen geglaubt hatte, als ich auf den Auslöser drückte, keine Spur mehr oder kaum was. Von Ihnen habe ich gelernt, von vornherein mit Enttäuschungen zu rechnen. Sie haben Ihr Scheitern gestanden, mehr noch, begrüßt. Sie haben gesagt, eine Welt, die sich ständig wandelt, läßt sich unmöglich abbilden. Sehen ist Freiheit, haben Sie gesagt. Kunst gibt vor zu sehen, hält Sehen an. Was sie sehen, können Künstler nicht kopieren, haben Sie gesagt. Sie fertigen Kopien ihrer Erinnerungen an oder kopieren die Kopien der Erinnerungen anderer Künstler.

Selbst wenn man ein Modell leibhaftig im Atelier sitzen hat, haben Sie gesagt, kann man nicht abbilden, was man sieht. Die Augen müssen wählen. Müssen zwischen Modell und Abbild entscheiden. Eins von beidem aus dem Blick verlieren. Sobald man sich vom Modell abwendet, um ein Porträt oder eine Figur aus Ton anzufertigen, führen einem Erinnerung und Gewohnheit die Hand, nicht das Auge. Jedes Hinkneten oder Wegkneifen, jeder Umriß, jeder Schatten, alles wird nach der Erinnerung gebildet. Das Modell ist immer was anderes und woanders.

Muß ich also aufhören, in meinen Bildern Spiegel sehen zu wollen. Werden sie immer Erinnerungen, Wünsche, Träume bleiben. Wirklich und unwirklich. Mein und auf seltsame Weise nicht mein. Vor vielen Jahren habe ich, aus vielerlei Gründen, deren Erläuterung ich Ihnen, Mr. G., wenn Sie so freundlich gewesen sein sollten, bis hierhin zu lesen, ersparen will, beschlossen, allein zu leben. Habe die Einsamkeit und den Schmerz, mich von anderen Menschen abgesondert zu haben, auf mich genommen, nur um dann, als ich anfing zu fotografieren, feststellen zu müssen, daß diese anderen in mir weiterlebten. Manchmal, wenn ich Abzüge neuer Aufnahmen vor mir auf dem Tisch ausbreite, frage ich mich erstaunt, wer die Dinge bloß so gesehen hat. Wer in meinem Körper eingesperrt ist. Wer durchs Schlüsselloch der verschlossenen Tür späht. Wenn die Blende das Licht einläßt, sind dann meine Augen offen oder geschlossen.

Von Ihnen habe ich gelernt, daß die Welt unsichtbar wird, wenn man scharf genug hinsieht, scharf, wie es ein Künstler ja muß. Wie aber schließen Sie mit dieser unsichtbaren Welt Frieden, mit dem, was ungesehen bleibt, da ist und nicht da. Wie schaffen Sie es, die Spannung des Unsichtbaren in Ihrem Werk sichtbar zu machen. Wenn ich meine Fotos scharf betrachte, beginnt eine schreckliche Leere an ihren Rändern zu nagen, durchbohrt mit dem Finger verschwommene Bildmitten, und mich. Ich komme mir vor wie ein Blinder, der die Kamera auf eine Welt richtet, die er nie sehen wird, deren er sich nie sicher sein wird, selbst wenn er seine Fotos dann in Händen hält.

Haben Sie nochmals Dank für Ihr Beispiel. Dank für Ihren scharfen Blick auf die Welt, dafür, daß Sie verlieren und trotzdem nicht wegsehen, etwas aus nichts zusammenstückeln und das Verlorengegangene bedenken.

Über seinem eigenen Schnarchen hört er sie draußen an seiner Tür horchen. Was sie in Wirklichkeit hört, ist das Pfeifen, Rasseln und Röcheln des Asthmas und nicht Schnarchen, aber für sie da draußen vor der Tür bleibt sich das gleich. Er weiß ganz genau, daß er nicht döst und nicht schnarcht, weil er nämlich seit Stunden wachliegt, wünscht, daß er schlafen könnte, und sich zur Ablenkung Bluestexte ausdenkt. *Met myself this morning, flying through my own front door / Met myself this morning, flying through my own front door/ Ohh-whee, ohh-whee, mama / Ain't leaving my happy home no more …*

In seinen weitschweifigen Wachträumen hat die Stadt viele Straßen, dann eine, dann eine hintere Veranda, von der Seitenstraße aus gesehen, in der er viele Städte, viele Jahre zuvor stehenbleibt, um über einen hohen Bretterzaun auf die Verandastufen zu spähen, wo sie wie eine Momentaufnahme im hellen Morgenlicht sitzt, Ellbogen auf die Knie gestützt. Dünne Minnie-Maus-Fesseln, die du knicken könntest wie Streichhölzer, nackt und aschgrau unter dem Saum des langen Hauskleids. Was hatte sie wohl für Schuhe an. Schuhe, Schuhe. Schuhe trug schließlich jeder. Was für ein Gesicht. Ihr Kopf ist gebeugt. Augen liegen im Schatten. Sie hat das spindlige Gewicht nach vorn verlagert, wo die Ellbogen sich in ihre Schenkel bohren. Beine gespreizt, wie sie es auf dem Klo tut. Würdest du als unartiger Knirps mit geschorenem Kopf auf der untersten Stufe hocken, könntest du ihr unter den Rock schauen.

Er sieht weg, damit er nicht zu genau darüber nachdenken muß, was ihre verschatteten Augen wohl sehen. Verliert sie aus dem Blick. Schon weg an diesem hellen Morgen. Die Frau, die Ehefrau auf der sonnigen hinteren Veranda eines schiefen zweistöckigen Braucht-Farbe-Holzhauses in Washington, D.C. vor dem Krieg. Sie würde ganz bestimmt nie barfuß aus dem Haus treten, und doch sieht er rotlackierte Zehennägel, das Geflecht der Adern auf hohem Spann. Sie ist zu jung, zu schmalhüftig für die vielen Kinder, die sie gebären wird, seine, andere, Kinder, die leben werden, tote, die es nicht können, alle noch im Schoß des Woolworth-Hauskleids schlummernd, unter dessen Saum Fußknöchel vorstochern, die so leicht zu knicken wären wie Streichhölzer.

So still wie jener Morgen war nichts sonst auf der Welt. So fern. So nah. Diese und andere Botschaften trägt der schwebende Traum heran.

Worüber sie gesprochen haben, weiß er nicht mehr, worüber vielleicht gestritten, vorher, drinnen, im Erdgeschoß, in dem sie zur Miete wohnten, in einer Küche, die nach Kaffee roch und dann dem nasebeißenden Dutch Cleanser, mit dem sie den Rand der Spüle bestäubte, um die Kakerlaken zu vertreiben. Was immer gesagt worden war, es hatte auch sie vertrieben, raus auf die Veranda, hatte jede weitere Diskussion abgewürgt, so daß sie nicht mit ihm und er nicht mit ihr redete, als er sich auf den schiefen Holzstufen an ihr vorbei zur Arbeit verdrückte. Sich am Tor nicht umdrehte und winkte. Wie sonst immer, wenn er ging, ob sie auf den Stufen saß oder drinnen im Haus, im Küchenfenster zu sehen war oder nicht. An diesem Morgen, im Traum, hatte er sie wissen lassen wollen, wie er sich in letzter Zeit fühlte, was er sich laut zu sagen nicht überwinden konnte. Wer wollte über sowas schon reden. Wieso sollte sie von Leere und Entfremdung hören wollen. Daß er sie morgens, kaum hatte er gewinkt und sich entfernt, aus dem Gedächtnis verlor. Daß er, sobald er ihr den Rücken gekehrt hatte und von der Veranda getreten war, keinen Gedanken mehr an ihr Zuhause verlor, ihr gemeinsames Leben, was sie den ganzen Tag tat, wie sie es oder mit wem sie es tat, bis er sie wiedersah. Das behielt er für sich. Wer wollte das schon hören. Warum also mußte er es ihr am erinnerten Morgen so unbedingt offenbaren.

Wenn man nicht bei ihnen war, waren die Menschen so gut wie tot. Was konnte er dafür, wenn es ihm im Innersten so ging. Und bis er sich sicher sein konnte, daß sie nicht tot waren, hielt er lieber Abstand, erwartete lieber nichts, baute Enttäuschungen vor.

Wenn er lange genug über den Zaun spähte, würde sie früher oder später den Kopf heben. Aber wenn sie ihn ertappte. Würde sie ihm dann an den Augen ablesen, wie traurig der Tod eines geliebten Menschen war. Und was würde er in ihren braunen Augen erkennen. Sich selbst, auch tot. Warum zogen ihn die Geheimnisse in den Augen, den Fenstern der anderen so an. Verfolgten ihn die gelben Rechtecke, die abends in den engen Häusern des Viertels aufleuchteten. Warum drängte es ihn, fremdem Leben und Treiben zuzusehen. Sehen ohne gesehen zu werden. Belauerte er, im leeren Dunkel schwebend, das häusliche Leben anderer, weil er sich ein solches Leben für sich selbst nicht vorstellen konnte, an Körper und Gefühlen angebunden, mit anderen in Berührung, von anderen berührt.

Wie ein Laken an der Leine spannte sich das Hauskleid zwischen ihren Knien. Ein straffer Vorhang, und hätte er darunter gelugt, würde er dann alle Tage gesehen haben, die ihnen und ihrem versprengten Haufen Kinder auflauerten. Tage, die sich zu Jahren dehnten, waren die eine Art Tod, Jahre, die zu Minuten zusammenschnurrten, die andere.

Wie hatte er sie so leicht vergessen können. Aus den Augen, aus dem Sinn. War es ein Dreh, den er sich selbst beigebracht hatte. Oder kamen alle so zur Welt, und einige fanden dann den Dreh des Erinnerns und Empfindens, andere nicht. Woher dies Vergessen. Vergessen, was in seinem Leben wirklich, was wichtig war. Vergessen zu empfinden. Und woher heute morgen auf einmal das Erinnern.

Manchmal, wenn man beim Lesen ein Eselsohr in die Seite machte, um die Stelle zu markieren, wußte man noch genau, wenn man das Buch wieder zur Hand nahm, wo man aufgehört hatte und was bis dahin passiert war, und manchmal erschien einem alles fremd, als hätte man das falsche Buch erwischt, ein Buch, in dem gerade jemand anders las, der zufällig auch die Angewohnheit hatte, Seiten umzuknicken, oder ein Buch, das man vor Jahren mal angefangen, dann aber weggelegt und vergessen hatte, so daß einem jetzt alles außer der mißhandelten Seite komisch vorkam.

Großer Andrang an Träumen heute nacht. Der traurige Verandatraum nur einer im Gedränge. Bei den meisten konnte er sich kaum an Einzelheiten erinnern, aber zwei hatten sich auf seltsame Weise vermischt und waren hängengeblieben. Im ersten war er aus einem anderen Traum erwacht, in dem ihn ein Bär verfolgte. Und diesen Bärentraum erzählte er einer Person, die er nicht wiedererkannte. Es war sehr wichtig, diese fremde Person davon zu überzeugen, daß der Verfolgungstraum mit dem Bären kein gewöhnlicher Traum, sondern eine Vorahnung war, eine Warnung. Es wollte ihm nicht recht gelingen, dem Fremden zu vermitteln, welcher Schrecken, welche Bedrohung und Dringlichkeit von dem Bärentraum ausgingen. Dann wurde der Traum wahr. Allein ging er eine ländliche Straße hinab, als zwei große, geifernde Farmhunde, ein Deutscher Schäferhund und eine noch größere buntscheckige Promenadenmischung, sich von ihren Ketten losrissen und ihm nachsetzten. Davonlaufen war zwecklos, innerhalb von Sekunden hätten sie mit langen Krallen seinen Rücken aufgerissen, hätten sich ihre Fänge um seine Waden geschlossen. Er schrie um Hilfe – Hundebesitzer, irgend jemand mit einem Stock, einer Flinte. Seine Blicke flogen verzweifelt hin und her, suchten ein Haus, in das er sich retten, einen Baum, auf den er klettern könnte. Und dann sah er etwas durchs Weidegras direkt auf sich zuhetzen, etwas, das er zunächst für einen weiteren Hund hielt, bis sich das Tier vor seinen schreckgeweiteten Augen streckte, größer wurde und sich zum gewaltigen, spitzschnäuzigen Grizzly aus dem vorigen Traum auswuchs.

Obwohl er Todesangst litt, empfand er prickelnde Genugtuung; er hatte allen Grund gehabt, sich Sorgen zu machen: Der erste Traum hatte diese lange Schrecksekunde prophezeit – ein Fenster im Traum, in das er die selbstgerechte Freude eines *Sag ich doch, sag ich doch* quetscht, ehe er zerfetzt und bei lebendigem Leibe aufgefressen wird. Und einen Augenblick lang die Hoffnung, daß Hunde und Bär übereinander herfallen und abgelenkt werden, so daß ihm Zeit bleibt, die Hütte zu erreichen, die jetzt wenige Schritte voraus aufgetaucht ist. Er hämmert wild an die Tür, rennt ums Haus herum und sucht Einlaß. Scheiße, denkt er im Laufen, Scheiße. So kurz vor der Rettung und keiner zu Hause, alles verrammelt. Plötzlich sitzt er drinnen und sieht nach draußen, trinkt Tee mit einem alten, ärmlichen weißen Südstaatler und dessen junger, schwarzhaariger Frau, während draußen heulende Hunde, ein fauchender Bär, ein Mob mit Gewehren, Funkgeräten, Megaphonen und Taschenlampen herumwuseln.

Wie lange horchte sie schon an seiner Tür. Hatte sie dagestanden, während er träumte. Konnte sie den Geschichten folgen, die sich von Traum zu Traum spannen. Konnten Stimmen und Tiergeräusche die Donnerschläge seines Herzens, das Rasseln des Asthmas übertönen. Wahrscheinlich hatte sie kaum mehr als eine Minute das Ohr an der Tür gehabt. Wollte bloß feststellen, ob ihr Mieter noch lebte. Eines Morgens würde er sie reinlegen. Den röchelnden Atem anhalten, sich die Nasenlöcher zukneifen. Sie zwingen, auf ein Lebenszeichen zu warten und warten und warten, bis ihr nichts anderes übrigblieb, als zu klopfen, noch mal zu klopfen und noch mal. Lauter. Seinen Namen zu rufen. Mr. Mallory. Mr. Mallory. Zu brüllen und schließlich zur Tür hereinzuplatzen.

Morgen, Miss. Er würde sie splitternackt empfangen, bekleidet allein mit seinem Morgen-Miss-Grinsen.

Nein. Nein, das würde er nicht. Er mochte sie. Wohnte gern bei ihr im Haus. Mochte ihre Angewohnheit, nach ihm zu horchen. Sein Schutzengel. Solange er sie draußen im Flur horchen hörte, wußte er, daß er noch nicht tot war. Was sollte er ihr da so einen üblen Streich spielen. Er mochte die junge Frau. Machte sich Sorgen. Wußte wirklich nicht, woher sie die Kraft nahm, die schlimmen Dinge zu überleben, die ihr passiert waren. Eines Tages würden sie sich mal in Ruhe unterhalten müssen. Oft unterhalten.

Hier war es viel besser als im Senioren-Hochhaus, wo jede Woche, so schien es ihm wenigstens, eine hustende, trübäugige, wundgelegene, eine krebsende, halbtote, siechende Seele den Löffel abgab. Dort hatte sein Zimmer neben dem Aufzug gelegen. Durch die pappdünnen Wände waren ihm die Neuigkeiten zugeflogen. Wer krank war, vermißt oder heimgegangen. Wer Besuch bekam und wer nicht. Was es heute wieder in der Kantine gegeben hatte und genießbar zu nennen ein Skandal war.

Jedesmal, wenn die Türen des Aufzugs aufrappelten, gongte es leise. Läuten, das die armen Leutchen wecken sollte, die einschliefen, sobald ihre Lider schwer wurden. *Ping-ping* für die, deren Augen zu schlecht waren, um noch die übergroßen Ziffern erkennen zu können, die mit jedem Halt erneut aufleuchteten. Läuten für die, die vergaßen, den Knopf zu drücken. Für die, die auf den Knöpfen Klavier spielten. Letzter Aufruf für die, die gar nichts mehr hörten, während sie geradewegs in den Keller glitten und durch den Hinterausgang gleich in den Leichenwagen. Oder den, der sich nicht überwinden kann, überhaupt noch einzusteigen, weil er nicht wieder ins Gesicht gehauen und ausgeraubt werden will, sobald er unten aussteigt.

Ping-ping für die alte Dame, die nicht weiß, was es geläutet hat, was die Leuchtziffern besagen, die ihr Exil verwirrt, diese krankenhausbettgroßen, urinverpesteten Boxen, die auf und absteigen, deren Türen ächzend aufgleiten, für was. Läuten für eine, die weder beim ersten noch dritten noch fünften Halt in ihrem Stockwerk aussteigen wird, vielleicht nie, wenn nicht irgendeine gute, weniger verwirrte Seele sagt, Meine Liebe, ich glaube, das ist Ihrer, nicht wahr, und sie an der Hand rauszieht.

Eine hatte er Mrs. Mumbles getauft. Jeden Tag, bis sie beim beschwerlichen Aufstieg auf einer der steilen Straßen, die das Hochhaus umlagerten, bei Glatteis ausrutschte und sich den Oberschenkelhals brach, hatte sie ihren Sonntagsstaat angelegt, mit allen Schikanen, Hut, Handschuhen, Nylonstrümpfen, hohen Absätzen, hatte Puder aufgetragen und sich eisern, bei jedem Wetter, etwas vorgenommen, einen Besuch, einen Botengang oder eine Busfahrt, mit Seniorenkarte, ohne eigentliches Ziel, Hauptsache, raus aus dem verdammten Kasten. Ernste, geschäftige, o-beinige Odetta Eleanor Washington, eine winzige Person, die er Mrs. Mumbles taufte, weil sie unentwegt vor sich hinmurmelte, die großen Glupschaugen überall, ebenso die fliegenden Hände, ganz in eine Unterhaltung vertieft, von der sie sich durch niemanden lange ablenken ließ. Man sah förmlich die Comic-Sprechblasen voll Wörter über ihrem Kopf schweben, die außer Mrs. Mumbes selbst niemand hörte. Sie stiegen auf, trieben dahin und davon, während die gute Mrs. Mumbles verbissen versuchte mitzuhalten, die Aufmerksamkeit ihr bekannter Stimmen zu erhaschen, die sie dumm und dämlich reden, Leute aus dem wirklichen Leben vor dem Hochhaus, Familie und Freunde, die jetzt aus irgendwelchen grausamen Gründen nicht mehr antworten wollen.

Wo waren sie jetzt. Seine ganzen verlorenen Ladys. Die

arme Mrs. Mumbles mit ihrem zertrümmerten Hüftknochen, die blinde Miss Gillingham, die junge Frau auf den Verandastufen, die seine Frau war. Früher war ihm sein Leben keineswegs als tanzende Seifenblase erschienen, sondern als Ölspur, die er hinter sich herzog. Er leckte Leben wie ein inkontinenter Greis. Es stank. Der säuerliche Schlafgeruch dieses letzten Bettes, dieses letzten Zimmers. Er schwirrte durch anderer Leute Leben wie ein Virus. Laugte sie aus, besudelte sie, hinterließ seine Spur. Inzwischen wußte er es besser. Inzwischen bezweifelte er, ob er je was gesagt oder getan hatte, was für irgend jemand den geringsten Unterschied machte.

Kartons voller überbelichteter Schnappschüsse, nicht entwickelter Negative, nicht abgeschickter Briefe. Und da lag er nun mit seiner faltigen Haut in ungewechselten Laken, Getriebe seines Körpers kurz davor, zu blockieren und ihn auf seinen letzten Gang zu schicken, liegt zusammengerollt im Bett, Decke überm Kopf, und horcht, ob die junge Frau ihm verrät, ob er lebt oder tot ist. *Lawdy, Lawdy*, lebt oder tot ist, und er kann sich immer noch nicht aufraffen, aufzustehen und ans Werk zu gehen, das er auch dann nicht vollenden könnte, wenn er mehr Leben besäße als man Katzen nachsagt.

Er hat von ganzen Städten gehört, die ersäuft wurden wie kleine Kätzchen. Bewohner evakuiert, durch Sirenen und Läuten, *ping-ping*, aus ihren Häusern getrieben, von ihren Farmen gescheucht. Ganze Orte in den Tälern Neuenglands in Stauseen für durstige Städte verwandelt. Orte, die laut Beschluß von irgendwem niemand mehr brauchte, also wurde ein Staudamm eingeweiht, wurde tiefliegendes Land geflutet. Bewohner wochenlang durch Sirenen und Läuten gewarnt. Jahre später gehen abends die Lichter der ersäuften Städte immer noch an, heißt es, Sterne in schwarzem Wasser.

Sehr geehrter Mr. Giacometti,

ich schon wieder. Mr. Mallory. Ich bin enttäuscht, aber auch erleichtert, auf meinen ersten Brief keine Antwort erhalten zu haben. Ich hatte ihn erst einmal beiseite gelegt. Ich wollte ihn nämlich bei kühlerem Kopf noch mal lesen und eine endgültige Version abfassen, die hoffentlich gelungener wäre als die erste. Als wüßte ich es nicht besser, als hätten Sie nicht gezeigt, wie unsinnig es ist, Zeit und Kraft zu verschwenden, indem man endlos herumdoktert, um einer Sache den Anschein von etwas ein für allemal Fertigem zu verleihen. Als könnte überhaupt irgend etwas fertig sein, solange wir leben und atmen und Augen haben zu sehen. Eitelkeit, der Wunsch, bei Ihnen Eindruck zu schinden, einen vollendeten Brief zu schreiben, veranlaßten mich, ihn noch zurückhalten. Und dann wurde mir klar, daß ich gar nicht weiß, wo ich ihn hinschicken muß. Nicht einmal weiß, ob Sie noch leben.

Aus verschiedenen Lebensbeschreibungen hatte ich lange Jahre in Paris in Erinnerung, internationale Anerkennung, eine schwere Krankheit, möglicherweise Krebs, und eine Reise, Ihre einzige, und zwar in den sechziger Jahren in dieses Land, nach New York, zu einer Ausstellung im Museum of Modern Art, danach nichts mehr, was jüngeren Datums gewesen wäre. Nichts über Geburts- oder Todestag. Doch das entmutigt mich keineswegs, ich empfinde das ganz im Gegenteil als befreiend, besonders die Vorstellung, daß Sie sich jenseits aller Worte befinden, denn das weist meinem Wunsch, Ihnen zu schreiben, den rechten Platz zu, außerhalb der normalen Tag-für-Tag-Zeit in einer Dimension, wo ihre Figuren leben, wo sie starr und tanzend, Eisen und Fleisch, als Augenblicksache des Betrachters in die Zeit eingehen und aus ihr heraus.

Wie kann ich bloß Fotos machen, die dazu einladen, sie zu umrunden wie eine Ihrer schmalen, gestreckten Frauengestalten auf ihren Sockelplatten. Ich möchte, daß die Leute meine Fotos aus verschiedenen Blickwinkeln sehen, viele Motive im angebotenen Motiv sehen, eine von ungezählten Arten zu sehen, so sehen, daß es um so mehr zu sehen gibt, je länger sie hinsehen. Ich strebe die größtmögliche Dichte der Erscheinungen an, Mr. Giacometti. Und knipse und knipse und knipse. Lagen um Lagen übereinander. Hier wird nicht eine besondere, beispiellose, verborgene Sicht gesucht oder zum Vorschein gebracht. Hundert Belichtungen ohne weiterzuspulen. Eine von vielen. Viele in einer. Sollte ich jemals gut genug werden, dann sollen meine Fotos die Leute ermahnen, die Welt um sie herum lebendig zu halten, sich selbst im Auge des Sturms der schwindelnden Auflösung lebendig zu halten.

Unsichtbare Ansichten. Das ist es, was mich an Ihrem Werk fasziniert. Sie zwingen mich zu sehen, was nicht da ist. Fehlende Zutaten zu sehen, die ich selbst beisteuern muß, wenn ich es wage.

Ich hoffe, das klingt nicht rätselhaft oder einfach dumm. Mich bewegt, was Sie tun, bewegt mich so, daß ich verstehen möchte, warum. Und es Ihnen mitteilen. Das mit den unsichtbaren Ansichten meine ich so: Unsere Augen fertigen Schnappschüsse an. Wie eine Kamera. Tag für Tag zig Millionen Bilder. Viel zu schnell, um mitzählen zu können. Jedes Bild ist sofort wieder weg, spurlos verschwunden. Aber aus diesen Schnappschüssen setzen wir eine ganze Welt aus Dingen zusammen, die Gewicht und Form haben, sich bewegen, von Dauer sind. Wir glauben an sie. Verlassen uns auf sie. Sehen da draußen eine von uns unabhängige Welt. Aus Gewohnheit wird Gewißheit. Wir vergessen, daß Seele und Geist die Welt aus lauter flüchtigen Blicken zusammenbauen. Wir vergessen unsere Macht. Vergessen, daß ein scharfer, schiefer Blick oder ein Wegsehen alles verändern.

Ihre Kunst, Mr. G., ist eine Mahnung. Erst neulich mußte ich an Sie denken, als ich in einer Zeitschriftenannonce die Abbildung eines vergrößerten *I* sah. Ohne die Bildunterschrift hätte man nicht erkannt, was das sein sollte. Es war nichts als ein Raster aus lauter Punkten und weiteren Punkten, die in die Punkte gepunktet waren. Punkt, Punkt, Punkt; Punkt um Punkt; Punkt im Punkt, wie die Schnappschüsse, die unsere Augen machen.

Ein Säugling weiß noch, daß die Welt verschwindet, wenn er die Augen schließt. Er schreit, er zittert am ganzen winzigen Körper. Man muß ihn fest in den Arm nehmen und wiegen und wiegen, bis alles wieder gut ist. Er weiß, daß die Welt weg ist, und brüllt, damit man weiß, daß er es weiß. Braucht seine Zeit, bis er dahinter kommt, wie die meisten von uns, wenn wir Glück haben. Daß es keinen Zweck hat, deswegen einen Aufstand zu machen, man muß die Welt eben als Erinnerung festhalten, solange sie weg ist, und dann stellt sie sich meist von selbst wieder ein. Kinder lernen Wörter und Geschichten, und ehe man sich versieht, sind sie wie alle anderen. Lernen, daß das, was früher passiert ist, mit dem verbunden ist, was jetzt passiert und genauso dem, was noch passieren wird. Lernen diesen ganzen Lug und Trug. Und dann kommen Sie daher, Alberto Giacometti. Moment, sagen Sie. Zerlegen wir das Ganze mal. Was heißt erinnern, sagen Sie, was heißt das, ein Mann. Ein Bild. Schauen wir doch mal genauer hin, sagen Sie. Sind bloß Punkte, und in diesen Punkten wieder Punkte und in denen noch mehr Punkte bis hin zum Schwindel, in dem selbst die Punkte verschwinden. Sie machen mit Ihrem Taschenspiel unser Falschspiel zunichte. Lassen uns in einem Blizzard schwarzer Punkte stehen. Keine Geschichte. Kein Bild. Keine greifbaren kleinen Stehaufmännchen auf Ständern. Heulen und Zähneklappern mal wieder.

War Ihnen eigentlich klar, daß Sie Afrikaner modellierten, Mr. Giacometti. Schmale, hochsteißige Watusi-Krieger, die eine städtische Straße hinabstaksen, eine Kreuzung im Augenwinkel des Betrachters überqueren, Ihre fliegenden Gestalten mit den Stahlkabelbeinen und Bleiklötzen statt Füßen, dabei leichter als Luft, unsichtbar, sobald eine Passantin abrupt stehenbleibt und sich umdreht nach dem, was sie beim flüchtigen Blick über die Schulter meint, womöglich wirklich gesehen zu haben.

Als sie sagte, Mr. Mallory ist dahingegangen, war mein erster Gedanke der Basketball, den diese miese Type im Park gekillt hatte. Ich meine damit nicht das Geballer, sondern wie der Ball einen Satz gemacht hat, als hätte ihm ein unsichtbarer Fuß einen ordentlichen Tritt verpaßt, obwohl doch der Ball da ganz friedlich auf dem Court saß und keiner Fliege was tat. Diesen Satz machte und abzischen wollte wie ein getretener Köter, aber nicht schnell genug war. An den Zaun eierte, einen letzten, jämmerlichen Furz tat, den ich zu hören glaubte, aber wahrscheinlich nicht, weil der Ball zu weit weg war, außerhalb vom Spielfeld, sich ganz hinten an den verbogenen Maschendrahtzaun verkrochen hatte, um still zu verrecken. Dieser Ball stand mir so klar vor Augen, daß der ganze Nachmittag zurückkehrte, der Park, das Rumspazieren mit ihr, die Nacht, die wir vor dem Rumspazieren zusammen verbracht hatten, alles im Bild vom Ball, der einen Satz machte und über den Asphalt schubberte, während die Luft entwich. Und so hörte ich auch die ganze Luft aus dem Haus im Cassina Way entweichen, als sie sagte, Mr. Mallory ist dahingegangen. Luft raus, und jetzt stürzte die Welt ein, Schluß Ende, ein Ende, mit dem sie nicht fertig wurde, so daß im Cassina Way die Wände eingedrückt wurden und einstürzten, nicht mal mit Getöse, nein, wie Videozeitlupe ohne Ton und sie, mit dem Telefonhörer in der Hand auf der Bettkante, kam nicht schnell genug weg.

Zuerst dachte ich, ich rufe lieber gleich noch mal an und frage, was überhaupt passiert ist und was ich tun kann. War aber dann so schlau, es bleiben zu lassen. Wenn sie hätte reden wollen, wäre sie drangeblieben und hätte geredet. Der Gedanke, daß sie vielleicht mehr wollte als reden, war fast zu schön, um wahr zu sein, und daran wird es wohl auch gelegen haben, daß ich zögerte, daß ich eine verdatterte Minute lang dasaß und den Hörer anglotzte, als könnte sie daraus hervorgekrochen kommen oder ich hineinkriechen. Kann gar nicht sagen, wie oft ich mir in der Zwischenzeit vorerzählt hatte, ich hätte endlich begriffen, daß ich sie nie wiedersehen würde. So oft anscheinend, daß ich das Märchen selbst glaubte, denn als ich ihre Stimme hörte und wünschte, ich hätte Flügel und könnte gleich in den Cassina Way rüberschwirren, habe ich mich noch gewundert, wie hartnäckig ich mir das vorgemacht und was für Verrenkungen ich veranstaltet hatte, daß ich mir so eine faustdicke Lüge abkaufe.

Sooft ich auch im Cassina Way gewesen war, Mr. Mallory hatte ich ein einziges Mal gesehen, und das nicht mal dort im Haus und auch ohne zu wissen, daß er es war, bis er zweimal seinen Namen nannte. Gehört hatte ich den Kerl bei ihr im Haus oft genug. Immer, wenn ich unten zur Tür rein oder rausging, hörte ich es in seinem Zimmer in den verrosteten Luftröhren rasseln. Mr. Mallory pfiff wirklich auf dem letzten Loch, kann ich euch sagen. Andererseits, wären da nicht die Husterei und das Keuchen gewesen, ich hätte gedacht, sie hat ihn erfunden, damit sie dort in dem Haus ein bißchen Gesellschaft hat. Hätte ich ihr nicht verdenken können, nach allem, was sie durchgemacht hat. Und ich hätte es ihr genaugenommen auch nicht verdenken können, wenn dasselbe für mich galt.

Jedenfalls, was dem einen schlechte Nachrichten, sind dem anderen gute. Tat mir schon leid für Mr. Mallory, aber ich war froh, daß die schlechte Nachricht sie dazu bewegt hatte, bei mir anzurufen. Froh und voller Angst. Und auch wenn ich ihn nicht gekannt hatte, auch wenn er alt und krank gewesen war und wahrscheinlich fällig, leid tat es mir schon.

Auf dem Weg hin versuchte ich mich zu erinnern, wie der alte Mann ausgesehen hatte. War Winter gewesen bei unserer Begegnung, bitterkalt, und er war natürlich wie alle anderen, die auf der Post Schlange standen, dick eingemummt. Die Riesenfensterscheiben auf der Post waren ganz beschlagen vom Atem der vielen Leute. Blind wie Milchglas. Von der Straße aus muß der Anblick an diese riesigen, wolkigen Fischtanks im Highland Park Zoo erinnert haben. War kurz vor Weihnachten, also rappelvoll. Lange Haarnadelschlangen zwischen Tür und Schalter, da war vielleicht was los, wie früher Samstag abends, als der Spirituosenladen da drin war und noch nicht einen Block weiter in die größeren Räume gezogen.

Typ hinter mir, einer, mit dem ich früher ab und zu Basketball gespielt habe, erzählt mir, daß ein Sohn jetzt den Abschluß am Fach-College macht und seine Zwillingstöchter auf der High School zu den Besten gehören, während ihr kleiner Bruder, der Jüngste, der auf die Junior High geht, einfach nicht spurt. Dickschädel. Läßt sich von niemand was sagen. Muß mit dem Kopf durch die Wand. Schwänzt die Schule. Treibt seine arme Mutter noch zur Verzweiflung. Manchmal möcht ich dem kleinen Rumtreiber ordentliche Arschprügel verpassen. Verstehst du. Ihm ein bißchen Vernunft in den Hohlkopf hämmern. Früher haben uns die Alten doch gleich eine gelangt, wenn wir frech wurden. Eine gute alte Tracht Prügel hat noch nie jemand geschadet, oder. Und manchmal geholfen. Nicht halb so schlimm wie der Schlamassel, in den du höchstwahrscheinlich geschlittert wärst, wenn dich nicht mal jemand beiseite genommen und dir den Kopf zurechtgerückt hätte. Den Dickschädel. Aber dann schreit seine Mutter, Wehe, du schlägst mein Baby. Versteh ich ja, und wahrscheinlich würde es auch gar nichts nützen. Außerdem wird Kamal allmählich eine Nummer zu groß für mich. Bei dem Dickschädel würde der sich womöglich noch mit mir prügeln wollen. Und dann. Dann müßte ich ihm weh tun oder er mir, und dann wäre die Sache sowieso gelaufen, oder. Vielleicht sollte ich ihm seine aufsässigen Arschknochen brechen. Kann er sich ein paar Monate im Gipsbett besinnen. Mann, die Kids heute, die machen dich fertig. Kannst froh sein, daß du dich mit sowas nicht rumschlagen mußt.

Als wären sie zur Bekräftigung bestellt worden, platzen zwei Jungs rein. Umdrehen brauchst du dich nicht, um mitzukriegen, daß jemand die Tür aufdrückt, der kalte Wind, der dir durch die Klamotten fegt, verrät es auch so, aber weil ich halb seitlich Snobs zugewandt stehe, Snobs hieß er jedenfalls bei uns auf dem Court, sehe ich zwei Kids in genug Kapuzenkram für acht und diesen überweiten Hosen und Godzilla-Turnschuhen reinschwengeln, sich umsehen und arschstracks auf den Schalter zuhalten, als wäre im ganzen Laden außer ihnen weit und breit keine Menschenseele.

Was bilden sich diese Minifucker eigentlich ein. Snobs sagt es zwar nur zu mir, aber laut genug, daß es die Umstehenden hören; schließlich haben alle die zwei jungen Männer Ton-in-Ton in ihren blauen Football-Parkas registriert, Gang-Farben, und im Laden wird es stiller als fünf Fuß unter der Erde.

Noch stiller, als sie am vorderen Ende der Schlange angekommen sind, die Anstehenden vollkommen ignorieren, sich lässig auf den Schalter aufstützen und ihre Wünsche kundtun. Von irgendwoher wird Snobs ein Pscht zugezischelt, mehrere Leute versuchen, mit kleinen Kopfbewegungen auf sich aufmerksam zu machen, auf den Lippen ein stummes *Nur nicht aufregen,* weil Snobs vom Leder zieht, noch nicht besonders laut, aber bei der Grabesstille ist das, was er sagt, wahrscheinlich im ganzen Raum zu hören. Wenn, läßt es die beiden Gangbanger kalt. Sind mit dem beschäftigt, was sie hergeführt hat. Mittelschwere Jungs in XXL-Größen. Die Köpfe in Kapuzen, Wollmützen über die Ohren gezogen, was sollen sie da groß hören, selbst wenn sie sich mal keine Walkmen ins Hirn gestöpselt haben.

Ich war im Krieg, Mann. Habe den ganzen Tag lang auf Leute geschossen und die auf mich. Und da soll ich diese Wichser hier reinspazieren und sich vordrängeln lassen. Was ist bloß mit euch allen los. Warum knöpft sich nicht mal jemand die kleinen Nigger vor. Die brauchen doch dringend eine Tracht Arschprügel.

Cool bleiben, Bruder. Stehen Frauen und Kinder und alte Leute hier rum. Willst doch nicht, daß jemand zu Schaden kommt. Steht nicht dafür, Bruder.

Was soll das heißen. Wer soll denn zu Schaden kommen. Glaubst du, ich hab Angst, daß die Wichser mir was tun könnten.

Anderen vielleicht, Bruder. Und vielleicht haben andere Angst. Sieh dich doch um, Kumpel. Ich weiß ja, wie dir zumute ist. Ich knirsche auch mit den Zähnen. Schande ist das. Mir stinkt es genauso, glaub mir.

Ich lege Snobs eine Hand auf die Schulter, pflichte ihm bei, ja und Amen. Wenn Zeit wäre, würde ich ihm vom Silberrevolver erzählen und dem ins Jenseits beförderten

Basketball. Von meiner Wut. Der Galle, die mir hochkam. Davon, wie ich dem Idioten mit der Knarre fast an die Gurgel gegangen wäre. Aber eben nur fast. Und mich anschließend für meine Feigheit verachtete, weil ich nicht bereit war, mir eine Kugel einzufangen, wenn nötig. Wie ich vor Scham bebte, gedemütigt, weil ich es nicht drauf ankommen ließ. Scham und Ohnmacht, von denen mir auch jetzt der Hals dick wird. Aber auch diesmal weder die Zeit noch der Ort. Für meine Geschichte. Für einen Heldentod oder überhaupt Tote.

Immer mit der Ruhe, Mann. Weißt ja nicht, was sie unter den weiten Klamotten bei sich tragen. Und wenn sie nicht bewaffnet sind, dann ihre Homeys, und von denen steht ein ganzer Haufen an der nächsten Straßenecke, wo sie immer abhängen. Bis an die Zähne bewaffnet. Die haben alle Knarren und benutzen sie gerne, und denen ist scheißegal, wen es trifft. Platzen glatt hier rein und verwandeln die Post in einen Schießstand. Geht nicht um dich, Snobs. Geht nicht um dich und nicht um die. Geht um Schußwaffen, Schießereien, Opfer.

Während die anderen sich Mühe geben, Snobs runterzuholen, durchbohrt er mit seinem Blick blaue Parkarücken. Augen schmal. Mund schmal. Grimmige Killervisage von einem Gesicht. Adern schwellen an seinem Hals, Atem geht schwer. Als er sich ganz zu mir umdreht und mir ins Gesicht sieht, stehen Tränen in seinen Augen.

Vergiß die Schwachköpfe, Snobs. Sind dumme Jungen. Wissen es nicht besser. Scheiß drauf. Laß gut sein.

Eine alte Frau in der Nachbarschlange, die ihn die ganze Zeit im Auge behalten haben muß, schiebt sich zu uns rüber, baut sich dicht vor Snobs auf, zupft ihn am Ärmel. Sie drückt ihm die behandschuhte Hand, dann klopft sie ihm auf den Rücken und legt ihm die Hand auf die Schulter, so wie ich davor auch.

Sie sind ein guter Junge, junger Mann. Das weiß ich. Das wissen wir alle. Eine eher zierliche Person, recht helle Haut, Haar unter einer Plaidmütze mit flauschigem Bommel versteckt. Gegen die bittere Kälte trägt sie mehrere Schichten Kleidung übereinander, und mit den weißen Plastikstiefeln darunter sieht sie aus wie ein plustriger Pinguin.

Als sie an ihren Platz zurückschlurft, hat sich Snobs immer noch nicht richtig eingekriegt, nimmt sich aber zurück. Schaut nicht hoch, als die Jungs nach erfolgreich beendeter Mission in ihren Monsterjacken vorbeischwengeln oder vielmehr watscheln und mit den Schlägen ihrer arschbeutelnden Hosen den dreckigen Fußboden aufwischen.

Verzeihen Sie. Wenn die jungen Herren vielleicht einen Augenblick Zeit hätten. Darf ich mich vorstellen, Mallory. Ich heiße Martin Mallory, und ich hätte gern gewußt, ob Sie mir gestatten würden, Sie zu fotografieren.

Alter Mann mit einer Einkauftstüte oder vielmehr, den vielen Laschen in seiner Hand nach zu urteilen, drei oder vier Tüten ist den Blauparkas in den Weg getreten. Plötzlich eine Unruhe in dem Laden, daß ich den Namen von dem alten, schäbig gekleideten Kauz erst mitkriege, als er ihn wiederholt. Martin Mallory, und da kriege ich endgültig weiche Knie da auf der Post, als ich den Namen höre und mich mein Verlust wieder anspringt und zum Frosch im Hals wird, alles wie gestern, als würde mir gerade erst dämmern, daß sie weg ist, und inzwischen hält der Alte den blutjungen Gangbangern die Hand hin.

Nach einer langen, unendlich langen Pause, nachdem die Jungs sich zugenickt und Blicke gewechselt haben, die ich wegen der Kapuzen nicht deuten kann, streckt einer betont langsam eine Faust vor und stubst den Fäustling des Alten.

Ich bin Fotograf, Sirs. Oder hoffe, einer zu werden. Wenn Sie erlauben, würde ich sehr gern ein paar Schnappschüsse machen.

Wieder unentzifferbare Blickwechsel, Achselzucken, Fingerzeichen und Kopfrucken. War, wie gesagt, vorher schon totenstill da auf der Post, aber nicht annähernd wie diese neue Art still. Wahrscheinlich denken alle, was ich auch denke. Ach du Scheiße. Gerade, wo du glaubst, das Schlimmste ist überstanden, Gott sei Dank hat sich niemand angelegt, ist diesmal niemand zu Schaden gekommen, die hitzköpfigen, platzkragigen, wie Bomben tickenden Banger sind fast draußen, und da muß ausgerechnet so ein vertrottelter alter Knochen aus dem Nichts auftauchen und Streß machen.

Dauert höchstens eine Minute, Sirs. Wenn Sie eben erlauben, daß ich die Kamera zücke. Nur schnell scharf stellen, und dann lasse ich Sie auch gehen. Sie brauchen sich nicht extra aufbauen, ich schieße meine Bilder, während Sie weitergehen. Und Sie tun einfach so, als wäre ich nicht da.

Danke. Sie haben doch zugestimmt, oder, das verstehe ich doch richtig. Sehr liebenswürdig. Es dauert auch wirklich kaum eine Minute.

Allgemeines erleichtertes Aufseufzen. Die ersten wenden sich schon wieder ab vom Eingang, wo der alte Mann mit den Jungs verhandelt. Doch noch mal gut gegangen. Trotz allem. Sie haben ihn nicht umgerempelt, er hat sie nicht übers Vordrängeln belehrt. Hier und da hofft vielleicht noch jemand, daß der Alte eine Mach-10 aus seinen vielen Einkaufstüten zerrt und die Gangbanger alle macht, aber die meisten sind nur zu gerne bereit, sich wieder um das Anstehen und ihren eigenen Postkram zu kümmern.

Und ich. Ich kann den Blick nicht von Mr. Martin Mallory losreißen, ihrem Mr. Mallory, der für mich bis eben, als ich ihn zum zweitenmal seinen Namen sagen hörte, nur ein Name gewesen ist. Groß. Noch größer mit seiner uralten krausen Kosakenlammfellmütze. Schlank. Nicht zu übersehen, daß er unter dem weiten Armeerestbestandsmantel hager ist. Hohe, zerfurchte Stirn, kleine Augen. Eine sehr große Nase. Nicht mehr groß wie komisch, sondern längst schon eigenwillig, markant. Als wäre die Nase zuerst dagewesen und hätte sich schon so breitgemacht, daß die anderen Gesichtszüge zusehen mußten, wo sie bleiben. Jetzt streift er die löchrigen Fäustlinge ab, stopft sie sich in eine der tiefen Taschen des riesigen Mantels. Hände in Übergröße wie die blauen Parkas, wie sein beachtlicher Zinken.

Verzeihung, die Herren. Darf ich Sie, wo wir schon dabei sind, was fragen. Sie sind doch unsere Soldaten, unsere blauen Krieger, nicht. Wo waren Sie, als wir Sie gebraucht hätten. Als das Polizeiheer John Africa und seine Leute angriff, als sie Frauen und Kinder hinschlachteten und unser Viertel niederbrannten. Da hätten wir Sie wirklich gebraucht. Wo waren Sie.

Was laberst du da, Alter.

Say what.

Sagen Sie es mir. Bitte. Ich hätte die Antworten gern auf meinen Fotos.

Bist high, Nigger, oder was. Paß auf. Sag was gegen Blau, und du kannst deine Tüte gleich überm Kopf tragen. Mit Loch.

Da hätten wir Sie gebraucht. Genau wie jetzt auch. Bitte, reden Sie, reden Sie mit mir.

Ausgetillt, der Alte.

Was ziehst du für ein Zeug durch, Alter. Muß megastark sein.

Mafucker ist komplett durchgeknallt, Mann. Fucked.

Sie wiegen die Köpfe und machen mit den Fingern Zeichen, jede Menge hektischer, fuchtelnder Drohgebärden, und ich weiß nicht, ob sie sich den Alten jetzt vorknöpfen wollen oder sich bloß für die Fotos spreizen, aber dann zieht es wieder heftig, und weg sind sie. Mr. Mallory schrumpft, packt seine Balgenkamera weg und stellt sich wieder ans Ende der Schlange, eine weitere eingemummte Gestalt unter eingemummten Gestalten, die versuchen zu tun, was getan werden muß, und an einem bitterkalten Dezembernachmittag nicht zu erfrieren.

Knarren und Bilder, Mr. G. Die mit den Knarren beherrschen das Bild. Sie sagen, ihr Bild sei das einzig wahre Bild, *The Big Picture*. Friß oder stirb, sagen unsere lieben Mitbürger. Ihr großartiges Bild ist auch nur ein Schnappschuß, aber die mit den Knarren sagen, So ist die Welt, immer gewesen, wird immer so sein. Vergiß alles, was du sonst zu sehen und hören und riechen und berühren glaubst. Mehr als ihr *Big Picture* brauchst du nicht zum Leben.

Meine Kamera schießt, ist aber keine Knarre. Und selbst wenn sie eine wäre, wäre sie nur eine. Peng, peng. Ich bin tot.

Peng. Peng. Tot, ob ich Fotos schieße oder nicht. Die das Bild beherrschen antworten mit einer Salve Atombomben, ballern mich und meine kleine Platzpatronenkamera in tausend Stücke.

Als Mr. Mallory den Kopf zum Sterben auf ihr Kissen bettet, flüstert er ins leere Zimmer, Tut mir leid. Tut mir so leid. Flüstert es dem weichen Versinken zu, wo ihr Geruch strenger wird, je tiefer er sich hinabgräbt, schämt sich, in diesen intimen Winkeln zu wühlen, wo er nichts zu suchen hat, tot oder lebendig, ihren Frisiertischschubladen, dem überquellenden begehbaren Kleiderschrank, Schmuckkästchen, Kleidern, Schuhen und schließlich ihrem Bett, wo ihre Spucke und Spuren und Hitze zwischen den Laken und auf dem Kopfkissenbezug eine Landkarte gezeichnet haben, eine geheime Kopie, die zu genau dem gleicht, was sie abbildet, als daß er sie ohne ihre Erlaubnis berühren dürfte, weil es zu sehr so ist, wie sie ohne Erlaubnis zu berühren, hier in ihrem Bett zu keuchen und wühlen und sich zu wälzen, wie ein Hund sich wälzt, wenn er im Wald frisches Aas findet und närrisch wird über die feuchte tote Haut, sie sich umlegt und zu dem macht, wonach er giert. Es ist ihm peinlich zu sterben, wo zwangsläufig sie ihn finden muß, er weiß, daß sie schockiert, enttäuscht, beschädigt sein wird, stellt aber zu seinem Erstaunen fest, daß ihm Peinlichkeit, Beschädigung, Entdeckung egal sind, das alles spielt keine Rolle, kann ihn nicht aufhalten, nicht jetzt, nicht vor vielen Leben, als er im Dunkeln auf den Knien durch Fenster spähte, jetzt kommt es nur darauf an, den Kreis zu schließen, wie leicht es letztlich doch ist, mehr Jahre zurückzugehen, als er zählen kann, bis zur ersten Frau, mit der er das Bett teilte, der Frau, die er heiratete und sitzenließ, die vorm Krieg in der schiefen Häuserzeile hinter dem hohen Zaun seine Kinder zur Welt brachte. Sie ist hier, an seiner Seite. Schläft in dem Kissen, das er umklammert, das ihn in Schlaf ersäuft. Ihrem Schlaf. Schlafgeruch der Frau, die in diesem Haus lebt, diesem blauen Zimmer, das er bis jetzt nie betreten hat, in dem Bett, auf das oder in das er nie seinen ächzenden alten Körper gelegt hat, um zu wühlen, zu graben, als müsse er sich eingraben, ehe der Donner der feindlichen Artillerie über ihn kommt.

Er hält inne und fragt sich, welche Frau. Welches Gesicht, welche Ohren und Augen. Tut mir leid. Tut mir so leid.

Beide Frauen haben ihre Männer verloren. In der einen

Geschichte dreht es sich um ihn, in einer anderen nicht, aber es tut ihm leid, so leid, genauso, als drehte es sich jedesmal um ihn, wäre immer er derjenige, der nicht mehr da ist. In einer Geschichte besitzt er keine Kamera. In einer anderen hat er aufgehört zu fotografieren, die verstaubte Kamera in den Einkaufstüten klagt ihn Tag für Tag an, und er kann nur flüstern, Tut mir leid. So leid.

Warum muß es immer Leidtun sein. Leidtun im Leben, Leidtun im Sterben. Wem gehört es, wer hat das Wort erfunden, das er sich hier, am Ende angelangt, vorsingt, in einem fremden Bett, einem fremden Haus, in dem er als Lauscher an der Wand eines fremden Lebens überlebt, Aasfresser, der zwischen den Straßen und Blocks dieser Stadt herumstreunt und von dem lebt, was er gelben Rechtecken entwendet. Er hofft, daß sie ihm vergeben werden, die, die er bespitzelt hat, die er nicht berühren kann, aber verletzt. Er bittet jedesmal um Vergebung. Verspricht, für das, was er ihnen nehmen muß, weil er nicht anders kann, im Gegenzug etwas zu geben. Sich mit den Fotos zu revanchieren, die er aufnimmt, seit er beim Poker seine Kamera gewonnen hat. Die Lichtecken, durch die er im Sucher blickt, sind das, was er im Gegenzug geben würde, wenn er wüßte, wie, wenn er ihr helles Wasser in Händen halten könnte, in den kugeldurchsiebten Blechnäpfen seiner Fotos.

Er hat den Bettüberwurf und die Laken zurückgeschlagen, seinen nackten Körper in die Kuhle gerollt, wo sie schläft, sich an den dort gehorteten Düften gerieben, ihr Parfüm mit den Fingern auf seinen Wangen verteilt, in die Poren einmassiert, damit er sie mit jedem Atemzug innen und außen riecht, jedem eisenbitteren, brennenden Schleimklumpen, den er aus seinen maroden Lungen hochholt.

Welche Frau, welches Mädchen bittet er, ihm die rauhe trockene, nie mehr ganz sauber zu kriegende Haut zu vergeben, die schuppt, obwohl er sich so gut er konnte gewaschen und zurechtgemacht hat, sie soll nicht auch noch damit fertig werden müssen, daß sein räudiger Gestank ihr das Bett verseucht. Tut ihm leid, daß er heimlich in ihren Sachen gewühlt hat, sich heimlich in ihr Bett gewühlt hat, oder tut ihm leid, daß er sich nicht erinnern kann, wer hier lebt. Wen er sitzengelassen und vergessen hat. Sanfte Augen, sanfte Stimmen, Haar und Haut eins und eine, keine, irgendeine. Wer wird diesen letzten Schnappschuß vom alten toten Mann im zerwühlten Bett in einem leeren Zimmer sehen, den er nur für sich, für sonst niemand aufnimmt. Klick.

Ist alles in Ordnung, Mr. Mallory. Wer ruft da vor seiner Tür. Er wird so tun, als wüßte er es. So tun, als könnte er antworten, tun, als formten seine Worte den Traum.

Ja, ja, alles in Ordnung, Miss. Dummer alter Körper hört bloß nicht auf zu husten. Muß immerzu belfern und bellen. Aber das hört schon wieder auf. Alles zu seiner Zeit. Hoffe, daß ich Sie mit dem Gebell nicht wachhalte, Miss. Beiße nicht, belle um so besser.

Sie haben mich nicht geweckt, Mr. Mallory. Wenn ich erst mal schlafe, weckt mich so schnell nichts mehr. War noch auf, und da hab ich Sie gehört. Dachte, ich sehe mal schnell nach Ihnen.

Danke. Klingt furchtbar, ich weiß. Aber es ist nichts weiter. Ein Hustenanfall. Vergeht gleich wieder.

Kaum sind die Worte halbwegs raus, beutelt es ihn wieder, schüttelt ihn ein so heftiger Hustenkrampf, daß es ihn im Bett senkrecht hochreißt, hin und her wirft wie eine Puppe, die ein Teufel tanzen läßt.

Sie stößt die Tür auf. Das erste Mal, seit sie ihm das Zimmer vermietet hat, denkt er noch, als er im Schatten am Fußende des Bettes ihr Gesicht hüpfen sieht.

Geht es auch wirklich, Mr. Mallory.

Sobald er wieder sprechen kann, nachdem er in die Dose gespuckt hat, die er neben dem Bett aufbewahrt, nachdem er sich Augen und Nase am Ärmel des Nachthemds abgewischt hat, weil er nicht will, daß sie sein blutiges Schneuztuch sieht, bedankt er sich erneut für die Nachfrage, schiebt sich im Bett weiter hinauf, nickt und lächelt, so breit er eben kann, widerliches altes Bild des Jammers, das er dieser jungen Frau darbieten muß, die so unerwartet überrennt, was er für die uneinnehmbare Schwelle seines Zimmers gehalten hat.

Kann ich Ihnen etwas holen, Mr. Mallory. Irgendwelche Medikamente, die Sie nehmen, wenn es schlimm wird.

Nein, Miss. Vielen Dank. So sicher, wie ein Anfall kommt, geht er auch wieder. Läßt sich bloß manchmal Zeit.

Sind Sie ganz sicher, daß ich nicht irgend etwas für Sie tun kann.

Haben Sie längst. Indem Sie die Freundlichkeit besitzen, zu einem alten kranken Mann ins dunkle Zimmer zu kommen. Sie haben schon sehr viel getan. Danke.

Dann gehe ich wohl besser wieder. Aber rufen Sie, wenn Sie irgendwas brauchen. Versprechen Sie mir das. Ich bin bestimmt noch eine ganze Weile auf.

Nun, Miss ... wo Sie schon da sind, vielleicht könnten Sie mir einen Augenblick Gesellschaft leisten, das wäre schön. Wenn Sie meinen, Sie sind sowieso noch auf.

Klar, Mr. Mallory. Klar. Leiste Ihnen gern einen Augenblick Gesellschaft, wenn ich nicht störe.

Ganz im Gegenteil. Nur will ich nicht lästig sein. Nur einen Augenblick.

Sie sind kein bißchen lästig, glauben Sie mir. Heute ist sowieso eine Wachnacht. Ahnte es schon. Ich sagte Ihnen doch, wenn ich erst mal schlafe, kriegt mich so schnell nichts wieder wach. Das stimmt auch. Für die Schlafnächte. Und zum Glück sind die meisten Nächte ja Schlafnächte, aber manchmal, ähnlich wie bei Ihnen vielleicht mit dem Husten, überkommen mich diese Wachnächte. Nichts zu machen. Dann bin ich wach und bleibe wach, und wenn ich noch so müde bin, und wenn ich mir noch so viel Mühe gebe einzuschlafen, nichts zu machen. Deswegen habe ich sie gehört. Weil heute mal wieder eine Wachnacht ist.

Tut mir leid. Er hört es sich sagen, und die Worte klingen so vertraut, *leid, leid,* an eine Frau gerichtet, aber nicht die junge Frau in dem Schaukelstuhl mit der geraden Sprossenlehne, den er aus dem Heilsarmeelager voller angeknackster Altmöbel hat. Ausrangiertes, Ausgesetztes, alles im rauchigen Lichtkegel eines unerwarteten Oberlichts dick mit Staub, mit Spinnweben, Spinnetzen überzogen.

Tochter, du erinnerst mich an eine, die ich vor langer Zeit kannte, lange bevor du zur Welt gekommen bist. Wahrscheinlich noch vor der Geburt deiner Mutter.

Dann erwischt es ihn wieder. Schüttelt ihn ein Hustenkrampf. Das Zimmer dreht sich, nimmt die rostige Farbe von Blut an und platzt. Feurige Flecken und Blitze zucken und züngeln im rosa Nichts vor seinen geschlossenen Augen.

Sie hat etwas gesagt, er hat es nicht gehört. Das Wort *nett* war darunter, die übrigen hat sein Husten versprengt. Er fürchtet, er hat sie vertrieben. Sein Sprühregen aus Krankheit und Alter in diesem Zimmer, auf sie herabregnend. Kein Wunder, daß sie geflüchtet ist, kaum daß er den Kopf mit einem Ruck und mit zugekniffenen Augen herumgerissen hat. Aber, nein. Sie reicht ihm ein hohes Glas Wasser, das sie aus ihrem Eisschrank geholt haben muß, denn es faßt sich kühl und lindernd an, ist kalt an seinen Lippen. Es fröstelt ihn, als das kalte Wasser langsam in seinen Magen kriecht, er schlottert vor der Eiseskälte dieses unerwarteten Geschenks.

Zu kalt.

Nein, nein. Tut dem alten heiseren Hals gut. Er schluckt gierig. Die Anstrengung des Schluckens, der Schock der Kälteschauer, die durch Schultern, Brust und Bauch rieseln, kosten ihn alle Kraft. Er muß Fieber haben. Kopf leicht und leer, eine Wüste.

Noch etwas Wasser, Mr. Mallory.

Danke. Ich habe genug. Und verzeihen Sie, wenn ich so starre, aber es ist unglaublich, wie sehr Sie ihr ähneln. Einer Frau, mit der ich einmal verheiratet war. Irgend etwas an Ihnen erinnert mich. Immer noch verheiratet, muß man wohl sagen. Habe sie seit Jahren nicht gesehen, aber da wir nie entheiratet wurden, soweit ich weiß, ist sie wohl dem Gesetz nach immer noch meine Frau, oder. Eigentlich gleichen sie ihr nicht. In Wahrheit weiß ich auch gar nicht mehr genau, wie sie aussah. Aber die reine Wahrheit ist auch das nicht. Ich erinnere mich an bestimmte Handgriffe, und dann ist sie da, mittendrin in meinen Erinnerungen, aber nicht so, daß ich sie deutlich sehen könnte. Nicht daß ich noch oft an sie denke. Wozu. Sie wäre jetzt ganz anders, oder nicht. Alt, wie ich. Wenn sie noch lebt. Sie sind wie ein Schnappschuß von ihr in jung, ein Foto, das ich noch nicht kenne und das vielleicht auch gar nicht sie zeigt, aber es versetzt mich in die Zeit damals zurück, und dann weiß ich wieder, was für Gefühle ihr Gesicht in mir ausgelöst hat.

Ein-, zweimal kurzes abgehacktes Husten, und er weiß wieder, daß es noch nicht vorbei ist. Er räuspert sich und sagt, Wasser war gut. Belle noch, aber geht schon besser. Das heißt, wenn es besser ist, Ihnen die Ohren abzukauen als Sie anzubellen.

Wie hieß sie denn.

Hoffentlich halten Sie mich jetzt nicht für ein Ungeheuer, aber ich muß gestehen, ich weiß es nicht mehr. Oder wußte es bis eben nicht mehr. Habe ihren Namen seit Jahren nicht ausgesprochen. Hätte nicht gedacht, daß ich ihn noch im Kopf habe, bis Sie gefragt haben und er mir plötzlich wieder einfiel. So lange ist das her. Wieviel ich doch vergessen habe. Flowers. Edith May Flowers, bevor sie Mrs. Mallory wurde. Hübscher Name, nicht. Bin froh, daß er mir wieder eingefallen ist. Hätte es nicht gedacht, bis Sie gefragt haben und ich den Namen doch hochholen konnte. Staune über mich selbst. Wissen Sie. Wie man staunt, wenn man ganz unten in der Schublade was wiederfindet, von dem man gar nicht mehr wußte, daß man es verlegt hat.

Gab es Kinder.

Ja. Die müssen inzwischen auch alt sein. Viel älter als Sie. Würde sie nicht erkennen, wenn sie mir auf der Homewood Avenue begegneten. Kleinkinder für mich. Allezeit niedliche Kleinkinder mit Patschhändchen. Schoßkinder, die in ihren Armen schliefen. In meinen. Vollendete kleine Zehen und Finger. Krumme Beinchen, weiß nicht, warum ich immer an Schildkröten denken mußte. Würde sie mit langen, geraden Beinen im Eilschritt auf der Straße nicht erkennen. Kleinkinder. Hoffe, daß sie am Leben geblieben ist. Daß unsere Kleinen keine Waisen wurden.

Wie traurig. Das tut mir leid, Mr. Mallory.

Wieso Ihnen, Kind. Der traurige Fall bin doch ich. Habe sie sitzenlassen, meine Kinder, meine Frau. Seitdem laufe ich als trauriger Fall durch die Welt. Eine alte Geschichte, die ich jahrelang nicht erzählt habe. Meinte nicht den Teil meines Lebens mit ihr, als ich sagte, daß Sie ihr so gleichen. Edith May Flowers. Erst der Name beschwört den traurigen Teil. Und der allertraurigste bin ich selbst. Ich hatte ihren Namen vergessen.

Fällt mir schwer zu begreifen, wie Sie sowas vergessen

können. Den Namen Ihrer Frau, Namen von geliebten Menschen. Aber Sie sagen ja selbst, es ist lange her. Da frage ich mich, was ich in fünfzig Jahren noch weiß, wenn ich so lange lebe. An welche Namen ich mich noch erinnere. Ich glaube, ich weiß es. Fast möchte ich sagen, in diesem Moment bin ich ganz sicher, daß ich es weiß, aber eigentlich läßt sich das nicht sagen, oder.

In vielem wie sie. Sie hätte auch Wasser gebracht. Wenn sie einen alten Mann husten hörte, hätte sie sich auch Sorgen gemacht, selbst bei einem Fremden. Weichherzig, ein guter Mensch, und scheu, zurückhaltend wie Sie. Schon ihr Gang verriet, daß sie dem Boden unter ihren Füßen nicht traute. Alle beide gebrannte Kinder, die wissen, daß die Erde sich plötzlich auftun kann, einen verschlingen oder hängen lassen, und rings um einen herum, so weit das Auge reicht, nichts als ein riesiges schwarzes Loch. Aber sie hätte auch geklopft. Geklopft und auf mein Herein gewartet. Sie hätte sich Sorgen gemacht, was sich hinter der Tür tut, aber sie wäre draußen stehengeblieben und hätte gewartet.

Sie haben sie verlassen.

Keine Wahl. Glaubte, ich müßte gehen, wenn ich leben wollte. Habe mich gestohlen. Wie ein entlaufener Sklave. Mich selbst gestohlen, und der Preis dafür war, meine Familie zu verlassen, meine Leute.

Wieder Krämpfe, die speiende, sprühende Hilflosigkeit. Dann lange nichts, als wären beide Menschen im Zimmer erst mal fassungslos, sprachlos angesichts der Wucht des Hustenanfalls. Mit geschlossenen Augen beobachtet er, wie sie ihn beobachtet, hört den Schaukelstuhl knarren, die Stille, wenn er anhält, Stille, die wächst, dahintreibt, vergißt, was als nächstes kommen müßte, was zuvor kam, das tiefe, ruhige Atmen des Zimmers, stilles Einatmen, Ausatmen, Treiben.

Tochter. Hat er das Wort nur gedacht oder ausgesprochen. Sie rührt sich nicht. Hört halb oder gar nicht mehr hin. Wenn er ihre Aufmerksamkeit überhaupt hatte fesseln können, jetzt ließ sie nach. Auch er hatte das Interesse verloren an dem kranken, sterbenden Alten, dem sie freundlicherweise zu Hilfe geeilt war. Warum sollte er ihr die Freundlichkeit so schlecht vergelten. Warum mit den Ketten und Schellen und Stacheln seiner Geschichte rasseln. Wenn er sich ja doch nicht erinnern konnte, wie sie erzählt werden mußte. Er hatte seine Geschichte verfehlt, so wie das mit dem Namen eine Verfehlung war, so wie seine Fotos das verfehlten, was seine Augen sahen. Wer war dieses Kind, das in einem Schaukelstuhl mit gerader Sprossenlehne langsam, ganz langsam vor und zurückschaukelte. Er legt ihr ein Kind in den Bauch, in die dünnen Arme. Vor und zurück. Glatte Haut und vollendete knochige Glieder. Ihr Gesicht das Gesicht einer anderen, fort, überlagert, wiedergeboren. Er hatte sie Tochter genannt. Es war ihm so rausgerutscht. Beziehungsweise war das, was er sie im Kopf schon eine Weile nannte, sich aber nicht laut zu sagen traute. Angst, er könnte sie vertreiben. Wer wollte schon einen sterbenden alten Mann, einen Mann ohne Geschichten, die er noch vernünftig zu erzählen verstand, zum Vater haben, zum Großvater. Unter welchem schlammverkrusteten Stein war dieser Kerl bloß hervorgekrochen. Er hatte sie sitzenlassen. Ihm war nicht zu trauen. Warum sollte sie seine Waisentochter sein wollen. Warum sollte sie noch mal in die dünne Luft über dem schwarzen Loch treten, das er vor ihren Füßen ausbreitet.

Tochter.

Geht es besser, Mr. Mallory. Jetzt werden mir doch die Augen schwer. Vielleicht kann ich jetzt doch schlafen. Geht es. Ich glaube fast, ich bin eben schon mal kurz eingenickt.

Ja, es ist schon viel besser. Gehen Sie ruhig ins Bett. Sie haben mehr als genug getan.

Rufen Sie aber, wenn Sie was brauchen. Das müssen Sie mir versprechen. Und rufen Sie richtig laut.

Er drückt sich das dreckige Tuch auf den Mund, dessen er sich geschämt hat und das er bis jetzt, ganz zuletzt, wo sie sich zum Gehen wendet, nicht vorziehen mochte. Sie tätschelt einen seiner unter dem Bettzeug aufragenden Füße. Er braucht das Tuch, um den bellenden Husten zu unterdrücken, der vom Schleim kommt, der ihm den Rachen hinabtröpfelt, ein Reiz, den er nicht bezwingen kann, nur manchmal zähmen, indem er die Halsmuskeln anspannt, grunzt, die Luft aus den Lungen preßt, ein Röcheln und Pfeifen, das er jetzt mit seinem Schneuztuch kaschiert, damit er sie nicht noch tiefer in seine traurige Geschichte hineinzieht.

Könnt euch vorstellen, wie es mich gerissen hat, als ich Mr. Mallory auf ihrem Bett aufgebahrt fand. Das Bett, das ich wenige Monate zuvor erobert hatte. Als würdest du deinen Alten im Bett deiner Frau ertappen. Oder in deinem Liebesnest deine Mama. *Great googa-mooga*. Was zum Teufel geht hier vor. Liegt da schwarz, wie dieser ganze Tag es ist, in ihrem Bett. Der abgedrehte alte, hackhustende, barsch-arschige, schrumpelschwanzbockstinkende Kerl, im Adamskostüm in ihr Bett gekuschelt, Arme um ihr Kopfkissen geschlungen, große, dunkle Flecken, wo er dran genuckelt hat wie an einer Brust, schwarze Flecken, als hätte er zugebissen, bis Blut floß.

Mann, war ich sauer. Dann tat er mir leid. Wer will schon so sterben. Deine ganzen alten Drecksackgeheimnisse vor aller Welt bloßgelegt.

Sie hätte das Laken gleich vom Fußende des Betts hochgeschlagen und ihn von oben bis unten zugedeckt, sagte sie. Nackt war er nur deshalb wieder, weil ich ihn insgesamt sehen wollte, nachsehen, ob zu erkennen war, woran er gestorben sein mochte, was das Sterben angerichtet hatte, bei ihm und in ihrem Bett. Als ich das Laken zurückschlug, kam es mir vor, als würde ich an einem fremden Fenster die Jalousie lupfen und reinlugen. Ach was, lugen. Die ganze verdammte Jalousie runterreißen, daß alle Welt sich an Mr. Mallory weiden kann. Der arme alte Mann, denk ich. Und merke, daß ich mir dabei eigentlich genausosehr selbst leid tue. Hatte ich etwa nicht an exakt derselben Stelle gelegen und war fast gestorben. War ich nicht am Abgrund entlanggeprescht, grinsend bis über beide Ohren, weil ich jemand ein Schnippchen schlug. Grinsend, weil es um den Ritt ging, der den Tod leugnet. Esel, jeden Augenblick, jederzeit hätte ich so enden können wie dieser jämmerliche Alte. War näher an den Tod rangeritten, als ich je beabsichtigt hatte, aber war mir scheißegal, wenn ich nur weiterreiten durfte. Nach so einem Höhenflug konnte es nur bergab gehen. Tief, tief hinab vom Gipfel, auf dem ich mich dank dieser Frau schon glaubte, häuslich einrichten zu dürfen.

Sie sieht bei meiner Leichenschau nicht hin. Sitzt, Ellbogen auf die Knie gestützt, auf dem Hocker vorm Frisiertisch, das Gewicht der ganzen Welt auf den schmalen Schultern. Sieht schlecht aus. Wüst. Nicht nach wüstem, wilden Ritt, sondern wüst wie verwüstet. Und wie sollte sie auch nicht wüst aussehen. Hätte mit vollem Recht noch viel schlimmer aussehen können. Wieder ein toter Mann im Haus. Und sie so am Boden, daß ihr nichts übrigbleibt, als noch einen, der für sie eigentlich schon gestorben war, zu Hilfe zu rufen.

Wollte ihn mir eigentlich gar nicht so genau ansehen, und vielleicht war es auch unnötig, und was ich überhaupt glaubte, feststellen zu können, weiß ich selbst nicht, aber angesehen habe ich ihn mir, kurz. Nichts Auffälliges zu sehen, irgendwas, woran er gestorben sein könnte, einzigen Spuren waren die des Alters. Ein sehniger, ausgezehrter Körper, grobknochig, knotig, faltig, vernarbt, herumgestoßen. Noch nicht lang genug tot, um den Frieden des von allem Leid Erlösten auszustrahlen. Ein Körper, der hier und da geschwollen war, hier und da lose, hier und da schrumpelig, da, wo er den Dienst versagt hatte, aufgehört hatte, normal zu funktionieren, aufgehört hatte, normal auszusehen. Ich deckte ihn wieder zu, nicht ohne schlagartig Wissen über seinen toten Körper erworben zu haben, das ich nie vergessen würde. Den welken Sack Hoden, harmlosen Knorpelstummel im spärlichen grauen Kraushaar darüber. Die langen, eingefallenen Wangen, welk wie der Hodensack, graue Bartstoppeln, die wie Stachelschweinborsten durch die trockene Haut piekten, und das noch Wochen tun würden, heißt es ja.

Der kurze Moment reichte, um mir das Gefühl zu geben, daß es mich am ganzen Körper juckte und ich unter die Dusche mußte, obwohl ich ihn kaum angerührt hatte, und da habe ich ihn zugedeckt und bin zu ihr rüber und habe mich hinter sie gestellt, beide den Blick starr auf das bucklige Laken gerichtet, unter dem wir aber jeweils, da bin ich mir ziemlich sicher, etwas ganz anderes sahen.

Ja, dahin, sagte ich und kam mir prompt vor wie der letzte Idiot. Sie sagte kein Wort. Was gab es auch groß zu sagen. Natürlich war er tot. Daß er tot war, wußte sie auch ohne mich. Wußte es verdammt gut, wußte es besser, als ich es je wissen würde. Ich hatte ihm bloß die hohle Hand vor den Mund gehalten. Ihm einen Finger an den Hals gelegt, wo der Puls hätte sein müssen. An seiner Brust gehorcht. Und das, obwohl ich von ihr wußte, wie sie drum gekämpft hatte, ihm wieder Leben einzuhauchen. Seine Lippen auseinandergedrückt und in ihn reingeatmet. Sich auf seinen Brustkorb gestemmt. Sein Herz mit den Fäusten bearbeitet. Längst alles getan, bevor sie bei mir anrief. Sie brauchte keinen Todesexperten.

Er war so kalt. So kalt, als ich ihn hier fand, sagte sie. Ich habe ihn von oben bis unten nach einer Stelle abgesucht, die nicht eisekalt war. Kalt, kalt, kalt. Überall.

Muß mich suchen gekommen sein. Muß gewußt haben, daß es zu Ende geht.

War vielleicht nicht mehr ganz bei sich, weißt du. Ist herumgeirrt, bis ihn die Kraft verließ, und ist hier aufs Bett gesunken.

Nein. Ich glaube, er wußte, was los ist. Ich glaube, er hat mich gesucht. Weil er am Ende nicht allein sein wollte. Weil er wollte, daß ich für ihn da bin. Und das war ich nicht. Weißt du, es war ja anders geworden zwischen uns. Wir haben plötzlich miteinander geredet. Plötzlich war er für mich nicht mehr nur irgendwer. Er hat mir von seinem Leben erzählt. Hat mich gebeten, ihm mit seinen Fotos zu helfen. Die ganzen Kartons in seinem Zimmer. Fotos. Lauter Fotos, alle selbst aufgenommen. Wenn ich sterbe, bevor ich mein Projekt beenden kann, hat er gesagt, mußt du sie verbrennen. Du mußt alles verbrennen. Aber wie kann ich denn. Wie kann ich die ganzen Fotos von dem armen Mann verbrennen.

Ich mußte es ihm versprechen. Ich mußte auch versprechen, nicht hinzusehen. Gibt nichts zu sehen, hat er gesagt. Bloß Negative, hat er gesagt. Verbrenn sie einfach.

Ich versuche, sie vom Hocker hochzuziehen, aber nichts zu machen. Sie wiegt rein gar nichts, nichts als Haut und Knochen, aber selbst mit einem Kran würde ich sie nicht hochbringen. Mir fällt der Regen im Park ein. Sein klatschnasses Gewicht auf ihren Schultern.

Ich lege von hinten die Arme um sie. Halte sie fest. Mache mich zum Mantel, zum Dach, aber der schwere

Regen sickert durch mich hindurch, sie kriegt alles ab, jeden Tropfen, und ich kann sie nur festhalten, dem vollgesogenen Gewicht standhalten, mich am schweren, schweren Vor- und Zurückschaukeln ihrer Schultern festhalten, dem zitternden Rücken vor meiner Brust.

Ich kann doch nicht einfach in sein Zimmer gehen, die Kartons rausholen und verbrennen. Als würde er zweimal sterben. Wie konnte er das von mir verlangen. Wie konnte ich nur ja sagen.

Fotos, die noch kein Mensch gesehen hat. Nicht mal er. Fotos von Wasweißich. Vielleicht sind welche von mir dabei. Ich bin nämlich auch dabei. Er hat auch von mir Fotos gemacht.

Vor drei, vier Monaten habe ich ihn auf der Post mit einer Kamera gesehen. So um Weihnachten rum. Hat ein paar Gangbanger angesprochen und gefragt, ob er sie aufnehmen darf. Daß es Mr. Mallory war, habe ich erst kapiert, als er zum zweitenmal seinen Namen nannte. Sooft ich auch hier im Haus gewesen bin, ich hab ihn ja nie gesehen, weißt du. Nicht ein einziges Mal. Hab ihn oft genug keuchen und röcheln hören, aber gesehen hab ich ihn nie.

Große kastige Balgenkamera in einer Einkaufstüte. Kurz vor Weihnachten, und es wurde ziemlich ungemütlich da auf der Post. Dachte schon, die Kids tun ihm noch was. Aber sie haben Mr. Mallory machen lassen. Ich war völlig fertig. Die ganze Sache. Durchgeknallte Kids, dein Mr. Mallory, und dich so deutlich vor Augen, daß es mir das Herz abschnürte.

Und als der Spuk vorbei war, dachte ich, Hey, den Alten mit seiner Einkaufstüte kennst du doch. Schon oft gesehen. Genau genommen kann ich mich kaum an eine Zeit erinnern, wo er nicht irgendwo herumgegeistert ist. Weißt du, was ich meine. Du gewöhnst dich daran, jemand auf der Straße zu sehen, ihm überall im Viertel zu begegnen, mit der Zeit gehört er einfach zum Straßenbild. Du nimmst ihn gar nicht mehr richtig wahr, achtest nicht weiter darauf, da oder nicht da, letztlich egal. Muß dich erst jemand drauf aufmerksam machen. Mußt über ihn stolpern oder hören, daß ihm was zugestoßen ist, daß er gestorben ist, vorher siehst du ihn gar nicht. An dem Tag auf der Post bin ich jedenfalls ganz gehörig über Martin Mallory gestolpert, fast hätte ich mir dabei das Genick gebrochen.

Früher ist er noch regelmäßig losgezogen. Ganzen Tag unterwegs. Dann immer weniger. Bis schließlich ich ihm die paar Sachen besorgt habe, die er brauchte, und soweit ich weiß, ist er da kaum noch vor die Tür gegangen. Erst vorigen Monat, als die größte Kälte endlich vorbei war, wurde er wieder unternehmungslustiger. Egal, wie schlimm sich sein Husten anhörte, er ist jeden Tag wieder losgezogen, mit seinen doppelt und dreifachen Einkaufstüten und der Kamera drin.

Genau das hatte er dabei, als ich ihn auf der Post gesehen habe. Haufen Einkaufstüten mit diesem großen Kamerakasten drin. Sah eigentlich zu schwer aus für so einen klapprigen Alten.

Wenn ihm nicht gerade sein Asthma zusetzte, konnte Mr. Mallory noch so ziemlich alles. Selbst mit dem schlimmen Bein ist er Tag für Tag durch die Gegend gezogen. Jahre fielen von ihm ab, sobald es um die Kamera ging. Rannte damit rum. Redete davon. Kamera war sein Spielzeug. Und er wie ein kleines Kind. Sobald er mir irgendwas vom Fotografieren erzählt hat, war er wie ausgewechselt. Aufgeregt wie ein kleines Kind. Die Kamera machte einen ganz anderen Menschen aus ihm. Er verhielt sich anders. Sah anders aus. Ging sogar so weit, mit mir zu flirten, als er mich dann fotografiert hat. Und ich albernes Ding konnte mir nicht helfen, ich habe fleißig zurückgeflirtet. War nichts Unanständiges dabei. War mehr so ein scheues, unbeholfenes Schäkern, wie man es sich vielleicht bei einem netten Großvater vorstellen würde. Wollte nicht etwa eine Show abziehen. Wollte überhaupt nichts weiter. Einfach nur so. Hatte seinen Spaß daran, mit mir zu scherzen und schäkern. Mich spüren zu lassen, daß ich eine Frau bin. Und daß er, was immer er sonst sein mag, ein Mann ist, und als Mann findet er mich attraktiv. Hat behauptet, er würde bald auf Brautschau gehen und müßte üben, einer Frau den Hof zu machen. Wollte, daß ich mich beim Fotografieren hofiert fühle. Hat dauernd so altmodisch von Hof machen geredet. Sagte, jeder, selbst ein vertrockneter alter Mann wie er, würde gar nicht anders können als mir den Hof machen.

Damals hast du aber doch gesagt, er würde mit niemandem ein Wort reden. Als würde man mit einem Gespenst zusammenwohnen, hast du gesagt, und hast du nicht sogar gemeint, ihm wäre im Krieg was zugestoßen und seitdem wäre er nicht mehr ganz richtig und würde sich nicht benehmen und reden wie sonst die Leute.

Das wurde anders. Oder vielleicht wurde bei mir was anders. Vielleicht habe ich das Ganze in Gang gesetzt an dem Abend, als es ihm so schlecht ging und ich zu ihm ins Zimmer bin. Danach wurde es anders. Haben wir uns ein bißchen Gesellschaft geleistet. Nicht oft, nicht dauernd. Er ist trotzdem mehr für sich geblieben, aber manchmal kam er eben doch ins Reden. Über Gott und die Welt hat er mit mir geredet. Zeug, wo du nie gedacht hättest, daß er sich auskennt. Und wo er überall gewesen war. Die vielen Menschen, denen er begegnet war. Hat vom Bildermachen geredet. Vielleicht alles gelogen, keine Ahnung. Vielleicht hat er mir Geschichten erzählt, die er aus Büchern hatte. Ganz egal. Geredet wie ein Buch, und ich konnte nicht genug kriegen. Hab einfach gern zugehört. Aber er hat mir umgekehrt auch zugehört.

Fast so, als hätten wir einen Pakt gehabt, nicht zu reden, und als hätte der lange gehalten und wir auch gar nicht anders miteinander umgehen können, als wäre es so eben am besten gewesen, weil jeder von uns seine Ruhe wollte und dem anderen auch seine Ruhe lassen. Und als wären wir das eines Tages leid geworden, und plötzlich haben wir Neuland betreten. Es ist einfach so gekommen. Heimlich, still und leise. Wir haben mit den alten Regeln gebrochen. Und haben erst begriffen, wie gefangen wir im alten Regelkäfig waren, als wir es eines Tages einfach anders gemacht haben und Dinge, von denen ich nie gedacht hätte, daß sie sich ändern könnten, nach und nach doch anders wurden.

Du wirst mich für verrückt erklären, aber irgendwie hatte ich fast die leise Hoffung, daß Mr. Mallory dich und mich wieder zusammenbringen könnte. Ich hatte so die Vorstellung, ich koche mal was richtig Schönes. Beste Essen, was ich kochen kann, und lade dich ein, und dann sitzen wir zu dritt an einem reich gedeckten Tisch wie eine richtige Familie. Lachen und reden, und alles wird gut.

Manchmal bin ich einfach dagesessen und habe mir zusammengeträumt, was ich im Laden besorgen und kochen würde. Überlegt, was dir und ihm und mir am besten schmecken könnte. Kam einfach darauf an, den richtigen Moment abzupassen. Wo wir in Ruhe miteinander reden könnten. Wo er sich mit dir wohlfühlen könnte und du dich mit ihm und ich mich mit euch beiden an den Tisch setzen könnte und wüßte, es wird alles gut. Mir war so, als könnte daraus was werden, wenn ich mir nur ein bißchen Zeit ließ und genau auf das hörte, was Mr. Mallory zu sagen hatte. Und ihm ein bißchen was von dem anvertraute, was ich selbst auf dem Herzen hatte. Was ich vielleicht eines Tages auch dir sagen könnte, wenn ich mir nur ein bißchen mehr Zeit ließ, meine Gefühle und die Worte auf die Reihe zu kriegen.

Da habe ich das Ganze mal wieder von hinten vom Arsch her aufgezäumt, nicht. Zu hoffen, er würde dich zurückbringen. Zu glauben, daß er es könnte. Darauf zu zählen. Es soweit kommen zu lassen, daß ich zuhöre, soweit kommen zu lassen, daß ich wieder zu reden beginne. Pläne zu schmieden. Statt es gut sein zu lassen. Und jetzt ist er auch dahingegangen.

Wie konnte er bloß so schnell so kalt werden. Heute morgen war er springlebendig. Habe ihn in seinem Zimmer schnarchen hören. Ich dachte, es dauert ganz lang, bis man kalt wird.

Du zitterst ja, Baby.

Ich werde die Fotos nicht verbrennen. Mir egal, was ich versprochen habe. Tut mir leid, Mr. Mallory, aber ich bringe es nicht über mich. Bringe es einfach nicht über mich.

Ich sollte jetzt lieber mal telefonieren und irgendwo wegen Mr. Mallory Bescheid sagen. Polizei benachrichtigen und ein Bestattungsunternehmen, vermutlich. Ich hab das noch nie gemacht und du schon zu oft, aber irgendwie müssen wir es langsam mal angehen.

Nein, warte. Bevor du irgendwas unternimmst, brauche ich deine Hilfe. Du mußt in sein Zimmer mitkommen. Ich will nachsehen, was in den Kartons drin ist. Ob da auch wirklich drin ist, was er gesagt hat. Komm bitte mit. Allein schaff ich das nicht.

Jetzt steht sie. Zwischen uns eine Regenwand. Regen durchnäßt das Laken, das den Leichnam des alten Mannes bedeckt. Wenn schon Regen mit Macht, dann soll er doch gleich diesen ganzen grauen Tag mit wegschwemmen.

Sauer. Traurig. Dann wieder sauer. Nicht auf ihn. Was konnte Mr. Mallory dafür, wie die Dinge standen. Klang eher, als hätte er helfen wollen, nicht etwa weh tun. Sauer war ich, weil es wieder alles so schlimm wurde für sie.

Mein Kopf hätte auf ihrem Kissen liegen müssen, Kopf und dazu eine starke Schulter, und nicht ein sterbender Alter als Platzhalter. Was für ein beschissener Platz war denn das schon.

Fotos. Kartons voll mit Bildern, die sie versprochen hatte zu verbrennen. Da konnte sie doch gleich mit dieser Momentaufnahme hier anfangen. An dem jämmerlichen Bild üben, das ich abgab, wie ich stumm und hilflos dastand, während sich in meinem Rücken die dunklen Ecken des Zimmers einzurollen beginnen. Schwarz zu werden, zu rauchen, brennender chemischer Rauch von qualmenden Filmstreifen, gräulicher, ringelnd aufsteigender Rauch. Das Foto krümmt sich, verliert seine Form, schmilzt, erkaltet zu Asche. Regen und Asche bedecken ihr Bett. Verdüstern es, begraben es unter Schlamm. Wenn ich das Laken noch mal zurückschlage, wessen Gesicht sehe ich dann.

Sehr geehrter Mr. G,

kennen Sie Bilder von Mr. Romare Bearden. Er ist ein Landsmann von mir und, wie ich mit Stolz anmerken möchte, von afrikanischer Abstammung wie ich selbst. In Frankreich, habe ich gelesen, ist die Hautfarbe längst nicht so ein Problem wie hier bei uns, also sind Sie und Mr. Bearden sich vielleicht schon begegnet, denn beide haben Sie einige Zeit in Paris gelebt. Vielleicht sind Sie befreundet. Es heißt ja, daß sich in den großen Städten der Welt wie Paris Künstler aller Farben treffen und reden. Diese Vorstellung finde ich sehr aufregend. Solche Begegnungen und Gespräche wären imstande, eine Stadt zu verändern, ihre Geschicke, ihre Zukunft.

Inzwischen sehe ich, daß mein erster Brief an Sie der Versuch war, ein solches Gespräch aufzunehmen, einen Dialog in Gang zu bringen, der irgendwie zu einer tatsächlichen Begegnung führen und den unwahrscheinlichen

Traum wahr werden lassen könnte, als Schüler zu Ihren Füßen zu sitzen.

Ich wüßte zu gern, ob Sie mit Mr. Bearden bekannt sind, weil sein Werk viel mit Ihrem gemein hat. Seine Bilder sind viele Bilder in einem, sie überlagern, überdecken, entdecken sich. Es gibt viele Szenen auf einmal, in einzelnen Gestalten scharen sich viele Menschen. Zeit und Raum sind dichter als sonst. Es ist die Wahrheit dieser Bilder, die ich suche, wenn ich in ein einziges Filmquadrat lauter Lichtschichten übereinander packe. Immer wieder verschiedene Ansichten, je mit ihrem eigenen Muster aus Schatten und Licht, aber auch durchsichtig, so daß immer auch etwas vom Licht und Schatten der Schichten darüber und darunter durchscheint. Wie ein Chor. Jede Stimme ist einzigartig und verändert doch den Zusammenklang, wird selbst verändert, sobald sie mit einstimmt.

Aber was erzähle ich Ihnen da von Chorgesang, wo ich von Musik im Grunde keine Ahnung habe. Auf den Schulen, die ich als Kind besucht habe, haben wir von den Künsten überhaupt nichts erfahren. Statt Notenlesen zu lernen, mußten wir dumme Plantagenlieder über Neger runterleiern, bei denen ich vor Scham am liebsten unter meinen Stuhl gekrochen wäre. Zum Glück hat mir das die Musik nicht verleidet. Ich hab immer genau hingehört und viele Arten von Musik genossen, besonders den Blues, Jazz und die Gospellieder, mit denen ich aufgewachsen bin. Und obwohl ich schlecht in Worte fassen kann, wie, ist mir unsere selbstgemachte afrikanische Musik beim Bilderaufnehmen eine ähnliche Hilfe wie Ihre Skulpturen und die Bilder von Mr. B. Wenn Mr. Thelonious Monk am Klavier ein Solo spielt, dann höre ich, wie sich bekannte Melodien durch seine Musik durchziehen, gegenseitig überdecken und aufdecken, alte Songs, die was ganz Neues singen, Musik, die noch kein Mensch gehört hat.

Wenn ich schon über die Schule schimpfe, sollen Sie auch an einer schönen Erinnerung teilhaben. Einem bebilderten Geschichtenbuch mit griechischen Sagen, das ich so heiß begehrt habe, daß ich es stehlen mußte. Ich träumte davon, die goldene Haut und die gewaltigen Muskeln der halbnackten Götter und Göttinnen zu haben, die tun und lassen konnten, was sie wollten, die über die Welt herrschten und sich genauso zankten und bekriegten wie wir Tag für Tag auf dem Schulhof.

Eine Geschichte hat sich mir besonders eingeprägt. Keine glückliche. Von einer schlangenhaarigen Dämonin, Medusa, deren schrecklicher Blick Männer zu Stein werden ließ. Kennen Sie die Geschichte. Der Held muß eine List ersinnen, um ein Ungeheuer zu bekämpfen, das er nicht ansehen darf, weil ja der Blick tötet. Er hat seinen Schild blank geputzt, bis er blitzt wie ein Spiegel, und als ihn Medusa angreift, erblickt sie ihr Spiegelbild in seinem Schild und wird so harmlos wie eine Statue.

Unvergeßlich war für mich die Zeichnung von Medusas Kopf. Die rotumrandeten Spinnenaugen, der Knäuel zischelnder Schlangen, die sich auf ihrem Haupt winden. An Medusa mußte ich noch Jahre später denken, als ich das Foto eines schwarzen Jungen sah, das mich zu Stein werden ließ. Der Junge hieß Emmett Till, vor vierzig Jahren wurde er in Mississippi von weißen Männern ermordet. Sein zerschlagenes Gesicht und Medusas Fratze verschmolzen zu einem Alptraum, der mich bis heute verfolgt. Medusas Geschichte hat mir von Anfang an keine Ruhe gelassen. Gemein, wie sie war, tat sie mir irgendwie leid. Schließlich war der Held ja nicht deshalb hinter ihr her, weil er die Welt von Übel befreien wollte, sondern weil er ihre böse Macht für sich selbst begehrte. Schlug ihr den Kopf ab und trug ihn dann bei sich, um über seine Feinde zu triumphieren.

Sie kennen die Geschichte wahrscheinlich. Warum erzähle ich sie. Ein Blick, der versteinert und tötet, ist genau das Gegenteil von dem, was Sie tun, oder Mr. Bearden und Mr. Monk. Sie setzen Dinge frei.

Und ich drücke ein ums andere Mal ab, baller Schnappschuß um Schnappschuß Löcher in die Welt, tu so, als würde das nichts ändern, als hätte ich weiter die Hand am Drücker und könnte, die leichte Beute immer im Blick, beliebig oft anlegen. Meine Fotos sind hübsche Postkarten, die Welt ein ordentliches Stilleben. Dabei will ich den Schaden gar nicht verhehlen. Ich will in die Wunde dringen, Schicht um Schicht freilegen wie ein Chirurg, freilegen, was unter der Haut liegt. Dahin gelangen, wo es keine Haut mehr gibt, kein Draußen und Drinnen, keinen Körper. Nur ständige Bewegung in viele Richtungen auf einmal. Ineinandergeschachtelte Schnappschüsse, Noten, die gespielt werden, damit sie davontanzen und anderen Platz machen. Anderen zu der Freiheit verhelfen, sich zu befreien.

Verzeihen Sie mir, wenn ich das so sage, aber Ihre Kunst ist eine verlorene Sache. Sie, Mr. G. und auch Mr. B. und Mr. Monk, verlorene Sachen. Keine Lösungen zu den Aufgaben, die Sie sich gesetzt haben. Und in ihren vergeblichen Mühen sind Sie uns allen, die wir hier auf Erden wandeln, verwandt, uns, denen das, was wir sehen, wenn wir es wirklich sehen wollen, verlorenzugehen droht.

Gibt es in Paris Zigeuner. Wenn ja, möchte ich wetten, daß Ihr mediterranes Blut Sie zu den Zigeunerhöhlen geführt hat. Kennen Sie ihre Flamenco-Musik, das tiefe Singen. Mich erinnert es an den Wechselgesang unserer Gospelmusik. Musik, in der das gewaltsame Unwillkommensein in fremden Landen steckt, der Schmerz von Exil, Krieg, Hunger und Sehnsucht nach einer nie gekannten, nur im Mangel erfahrenen Heimat. Ich höre viellagiges uraltes Leiden in der Musik der Zigeuner, ich höre das, was ich so gern mit meinen Bildern ausdrücken würde, könnten sie singen.

Sie blickt der Gestalt nach, die mit einwärts gesetzten Füßen die schmale Rinne des Cassina Way hinabschlurft. Alt wirkt er heute, ein armer, alter, gebeugter, toter Mr. Mallory. Mit seinen hängenden Schultern, kniesteifen Schritten. Sie muß an seine Geschichte vom Großvater denken, wie er sich nach langen Nächten am Spieltisch heimschlich. Daß die Leute behaupteten, sie könnten dem Großvater ansehen, ob er beim Spiel Glück gehabt hatte oder nicht, weil er im Morgengrauen auf dem Heimweg immer viel älter wirkte, wenn Scheine und Silber der anderen seine Taschen beschwerten. Und die Großmutter pflanzte sich lange vor Sonnenaufgang am vorderen Fenster des Cassina-Way-Hauses auf einen Stuhl und wartete auf seine Heimkehr. In der Geschichte atmet die Großmutter gerade nach Stunden zum erstenmal auf, weil sie endlich ihren Kerl sieht, doch gleich darauf bleibt ihr die Luft ganz weg, denn im Schatten schleicht jemand mit gezückter Waffe hinter dem Großvater her. Wenn die Geschichte jetzt spielte, unmittelbar vor Auftauchen des Bewaffneten, würden sich die Wege von Großvater und Enkel kreuzen. Sie wären fast gleich alt, gleich groß, wie Brüder oder müde, schiefschultrige, trübäugige Zwillinge und in der kopfsteingepflasterten hinteren Durchfahrt in entgegengesetzte Richtungen unterwegs. Und wenn es ginge, würde sie schnell in die Geschichte hineinschlüpfen und die beiden aufmuntern, würde sie laut klatschend High Fives tauschen lassen. Kopf hoch, Junge. Wär doch gelacht, Granddad; weil sie ja weiß, daß der unsichtbare Schleicher im Schatten sein Ziel verfehlen und sich aus dem Staub machen wird, denn in dem Moment, wo er abdrückt, lassen ihn splitterndes Glas und der spitze Schrei einer Frau zusammenzucken. Und sie weiß auch, daß die Hand der Großmutter, zerschnitten und blutend, weil sie die Fensterscheibe zerschlagen hat, um ihren Kerl zu warnen, heilen und die Narbe zu einer Geschichte werden wird, die die Großmutter dem Enkelsohn und die der Enkelsohn eines Tages, viel, viel später, ihr erzählen wird. Weiß, daß sie ihn um dieser Geschichte willen lieben wird, seiner hängenden Schultern und seiner Art, die Füße einwärts zu setzen, auch wenn er ihr dort im Cassina Way alt genug vorkommt, sein eigener nachts heimkehrender Granddaddy zu sein. Und da er sie allein zurückläßt, kommt sie sich so alt vor wie jemandes Großmutter, die am vorderen Fenster wacht.

Dabei weiß sie, daß er sie liebt. Wenn sie je daran gezweifelt hat, dann haben die Ereignisse dieses langen Tages alle Zweifel zerstreut. Als der Leichenwagen kam, um Mr. Mallory abzuholen, hatte er die Papiere ausgefüllt. Die Formulare sorgfältig durchgelesen und erklärt, bevor er sie ihr zum Unterschreiben gab. Hatte sich um die Rettungssanitäter gekümmert, die Krankenwagenleute, die Cops. Hatte bei Wardens angerufen, um Totenfeier und Bestattung zu regeln. Er hatte sich um fast alles gekümmert. Sich verhalten, als wäre er nie abserviert worden. Hatte die Dinge einfach in die Hand genommen, als klar wurde, daß sie es nicht konnte. Ihr die Sache so weit wie möglich erleichtert.

Als es klopfte, hatte sie laut seinen Namen gerufen. Hatte sich in die Arme schließen lassen, als sie sich auf der Schwelle gegenüberstanden. Umfangen wie von einem samtweichen Mantel oder von schützenden Flügeln, wie schon am ersten Abend, als sie bei Edgar's getanzt hatten und sie sich so verdammt gut gefühlt hatte. Sie wußte, daß er das alles tat, weil er sie liebte, und nicht, weil er sie sich in irgendeiner Weise verpflichten wollte, nicht, weil er glaubte, sich ihre Zuneigung durch seinen Beistand zurückkaufen zu können. Hätte er ja auch tun können. Ihr das Gefühl geben, sich zu prostituieren. Ihr das Herz doppelt brechen. Oder sich kühl und korrekt geben, tun, was der Anstand einem Gentleman gebot und was er unter den Umständen auch für ein Findelkind täte. Nichts da. Geschah alles aus sanftäugiger, offenmündig staunender Liebe. Aus jeder unangenehmen kleinen Pflicht, jeder schmerzlichen Aufgabe sprach Herzensgüte, Mir tut auch weh, was dir so weh tut, und das alles würde ich selbst dann so und nicht anders tun, mit blutendem Herzen, wenn du nicht hier wärst, wenn ich dich nie wiedersehen würde.

Schon an der Tür nahmen ihr seine Hände alle Zweifel. Zweifel, die sie nicht wirklich gehegt hatte, die ihr aber recht geschehen wären, weil er ein fühlender, verletzbarer Mensch war wie sie auch, und sie hatte ihn verletzt, doch, das hatte sie, so tief, wie sich nur Liebende verletzen können. Sie hatte ihn an diesem schrecklichen Tag auf dem Basketball-Court stehen lassen. Hatte darauf bestanden, für sich zu sein. Abstand zu halten. Hatte ihn ferngehalten. Ihm jeden Beweis ihrer Liebe vorenthalten. Alle Zeichen überhört, seine ihr nachspürende Liebe. Das Klopfen an der Tür. Die darunter geschobenen Zettel, die Briefe im Kasten. Anruf über Anruf. Die vielen zufälligen Begegnungen im Shop & Save oder auf der Post oder unterwegs auf der Homewood Avenue.

Und nach alledem, und nachdem Mr. Mallory gestorben ist, um sie zusammenzubringen, findet sie immer noch, daß der Zeitpunkt nicht richtig ist, beschließt, daß sie ihn wieder bitten muß zu gehen, und küßt ihn auf die Wange, ein kurzes Picken zunächst nur, bloß kommt sie sich gleich darauf so heuchlerisch vor, daß sie doch noch mit ihren Lippen seine seitlich streift, dann zermalmt, bis es weh tut, und schließlich, als sie wieder sprechen kann, sagt, Einen Tag noch, bitte. Ich muß heute nacht allein sein, morgen reden wir über alles. Bitte ruf mich morgen an, ganz früh. Oder nein, ich rufe dich an. Egal. Einen flüchtigen Kuß noch zur Besiegelung, Kuß, der ihm zugleich die Lippen versiegeln soll, weil sie das, was er vielleicht zu sagen hat, jetzt nicht hören will und kann, seine Einwände, seine Verwirrung, seine neuerliche Verletzung oder einen Gegenvorschlag, Gründe, warum es nicht gut für sie ist, heute nacht allein zu sein, oder einfach die Erklärung, Ich liebe dich, oder Du hast mir gefehlt, egal, was seinem Mund entschlüpfen könnte, sie muß es zurückdrängen, mit ihrem zum Schweigen bringen, mit dem heißen Atem, den sie ihm in die Mundhöhle haucht, verzweifelt und sich dessen so sicher, daß sie keine andere Wahl hat, wie sie es bei ihrem Versuch war, Mr. Mallory doch noch Leben einzuhauchen.

Warum diese Nacht allein, warum hatte sie ihm das abgefordert, sich selbst, warum nahm sie das Risiko in Kauf, ihm noch mal weh zu tun, sich selbst gottweißwarum wieder weh zu tun, fragt sie sich, als die Tür zufällt und sie tatsächlich, endlich, in dem Haus im Cassina Way wieder allein ist.

Sie verkneift es sich, vor Mr. Mallorys Tür stehenzubleiben. Bleibt trotzdem stehen. Und genau wie sie erwartet hat, braucht es seine Zeit, kostet es Überwindung, nicht zu hören, was nicht da ist. Dann entfernt sie sich rasch, hört das Tackern ihrer hohen Absätze, schleudert die Schuhe von den Füßen, und in der Leere klingt ihr Poltern sehr laut.

Kann sie diese Alleinseinnummer eine weitere Nacht durchstehen, wie sie es schon Monate tut. Aber sie muß ja nicht allein sein, oder, wenn sie es wirklich nicht aushält. Sie kann zum Telefon greifen. Zur Tür hinausmarschieren. In ein Taxi springen, und dann hat sich das mit dem Alleinsein. Die feige Tour, wenn sich zeigen sollte, daß sie feige ist. Sie wird es drauf ankommen lassen. Für sich bleiben. Allein mit sich, weil sie jederzeit damit aufhören kann, wenn es sein muß, oder. Wenn er sein muß.

Unfair ihm gegenüber. Aber sie liebt ihn. Also geht es nicht um fair oder unfair. Ihren Mann hat sie schließlich auch geliebt, ihre Söhne. Mr. Mallory geliebt. Gründe waren immer andere, weil es immer andere Männer waren und sie bei jedem eine andere Frau, aber auch ein und diesselbe Frau, die es nicht besser wußte, nicht gewußt hätte, wie sie es sonst machen soll. Eine Frau voller Liebe. Konnte nicht nicht lieben, wenn sie liebte. Und war das, verdammt noch mal, etwa fair.

Draußen ist es noch nicht dunkel, aber drinnen wie immer kaum mehr als eine heruntergelassene Jalousie, ein ausgeknipstes Licht von dunkel entfernt. In dieser dunklen Sackgasse von einem Haus. Diesem Tunnel, in dem jetzt bis auf einen alle Gänge versperrt sind, und sie haut auf die Lichtschalter, während sie die Treppe hinaufeilt (wieso eilen), und dann schlittert sie auch schon auf rutschigen Strümpfen über den Vinylläufer ins Schlafzimmer.

JesusMariaundJoseph. Sie hatte mal irgend jemand irgendwo – eine Weiße war es, ganz sicher, und zwar die erste – die heiligen Namen in dieser Weise rufen hören, zusammengehaspelt, als hätten die drei sich zusammengerottet und sie überrumpelt, wären plötzlich hereingeplatzt, wo sie nichts zu suchen hatten, was sie ganz genau wußten. Heilige, die schuld waren, Heilige, die dir den letzten Rest auf die Last aufpackten, unter der du am Ende eines langen Tages zusammenbrachst. Heilige, die ihr gestohlen bleiben konnten, die sie gefressen hatte, die gefälligst eine verdammt gute Erklärung parat haben sollten, wieso sie, nach allem anderen, was ihr heute zugemutet worden war, *JesusMariaundJoseph*, auch noch fallen und fallen mußte, wieso sie sich zu allem Überfluß jetzt, wo ihr Hintern sich aufs Bett fallenlassen wollte und kein Bett da war, jedenfalls nicht, wo es hätte sein müssen, *JesusMariaundJoseph*, den Bruchteil einer Sekunde rettungslos verloren fühlen mußte. Kracht sie also mit dem Hintern *rums* auf die harten Sprungfedern. Warum mußte sie in solche Ungnade fallen, in die ewige Grube, in dem einen Bruchteil einer Sekunde, der ausreichte, die Handbreit zurückzulegen, wo die Matratze eigentlich hätte anfangen müssen, es aber nicht tat. Denn als sie sich erst fallengelassen hatte, konnte sie nicht verhindern, daß sie weiter fiel als bis zum gewohnt weichen Landeplatz. Und von der unerwarteten Härte wieder hochfederte, von der ihre Hinterbacken brannten. Wieder hochschnellte, als wäre ihr siedend heiß was eingefallen, *JesusMariaundJoseph*, worum sie sich kümmern müßte. Aber nein. Sie war in dem leeren Haus allein. Matratze war weg, das war alles. Kein geliebter Mensch, der sie brauchte, der nach ihr rief. Niemand, nach dem sie hätte rufen können. Nichts zu tun, wo sie schon unfreiwillig wieder auf den Beinen ist, als sich ihr Kleid über den Kopf hochzuschälen. Sich aus der Kommode ein Nachthemd zu holen. Sich wieder zu setzen, vorsichtiger diesmal, im Wissen, diesmal, um das, was fehlt. Dann Strümpfe runterrollen. Ihren Slip runterschieben. Den BH aufhaken und ihn an den Armen hinabgleiten lassen. Sich das lange Baumwollnachthemd über den Kopf ziehen. Sich vorsichtig auf den nackten Sprungfedern niederlassen. Sich ans Kopfende vom Bett hieven, wo die zwei prallen schwarzen Polsterkeile, die sie bei Sears gekauft hat, wie Zwillingsgrabsteine an der Wand ruhen.

Kaum hatte sie das Friedhofswort gedacht, ragten die Polster traurig auf, gruselig, schwarz umflort, aber sie weigerte sich, es ein zweites Mal zu denken. Weigerte sich, vor der Tücke zu kapitulieren, mit der die Dinge vor deinen Augen unversehens andere werden können, sich verwandeln und dich mit einer Wucht umhauen, die du ihnen zuzutrauen vergißt, bis du sie aus leicht verschobenem Blickwinkel betrachtest, ihre Namen veränderst oder verdrehst oder vergißt, bis sie die unvermittelte Wucht von etwas annehmen, das sie gar nicht sind. Dem vielen, was sie sein können, sein könnten. Ursprünglich zwei schwarze Liebesgaben, die sie als Überraschung für ihn gekauft hatte und Geschenk für sich. Für ihn, damit er seinen steifen Rücken anlehnen könnte, für sich zum Aufstützen und Lesen. Bett, das zum Sofa mutierte oder zu einer der Nischen in dem netten Chinarestaurant, wo sie gern saßen und Tee tranken, den ganzen Abend mit angenehm nudel- und shrimpsvollen Bäuchen verplauderten. Sich einen der praktischen schwarzen Keile unters Becken schieben, damit er sie besser essen könnte. Kam nicht in Frage, daß daraus leere, starre Augen wurden. Daß sie zu dem Friedhofswort wurden, das sie gedacht und fast ausgesprochen hätte, weil sie sie plötzlich mit anderen Augen sah, Augen, die in ihrem Bett einen toten Mann gefunden hatten.

Er hatte die Matratze in den Cassina Way rausgeschleift. Ohne zu fragen. Einfach getan. Das Ding die Treppe hinunterhopsen lassen, es in die hintere Durchfahrt gezerrt und aufs benachbarte Abrißgrundstück geworfen, wo es niemanden stören würde, bis er morgen einen Pickup borgen und es auf die Müllkippe fahren könnte. Oder vielleicht würde die verdammte Stadtreinigung das Ding ja wegholen, wenn sie hier endlich mal ihre Arbeit tat und aufräumte. Scheiß drauf. Egal. Als er begriff, was sie vorhatte, daß sie diese Nacht hier verbringen mußte, hatte er die Matratze die Treppe hinunterbugsiert und aus dem Haus, damit sie sie nicht mehr sehen müßte.

Wo willst du denn schlafen, hatte er gefragt.

Und es klang komisch aus seinem Mund, weil es mehr wie eine Frage nach den Monaten der Trennung klang, die er bis zu dem Moment nicht hatte stellen mögen, und komisch auch deshalb, weil die Antwort auf das *Wo* jetzt genauso uninteressant war wie rückblickend, denn seine Sorge galt nicht wirklich dem *Wo*, sondern dem *Wem*, mit dem sie möglicherweise schlafen könnte, wenn nicht mit ihm. Komisch, weil er nicht begriff, was er doch hätte begreifen müssen, daß es, wenn sie nicht mit ihm, sondern mit jemand anders schlief, überhaupt nicht von Bedeutung wäre, für sie nicht und für ihn nicht.

Wo sie schlafen würde, hatte sie sich, bis er danach fragte, nicht überlegt. Doch nicht in einem Bett, in dem Mr. Mallory gerade erst gestorben war, lautete die eine Antwort, die seine Frage beinhaltete und somit sich selbst beantwortete. Aber sie hatte keine Angst. Warum sollte sie sich vor Gespenstern fürchten, mit Gespenstern lebte sie doch schon lange genug.

In meinem Bett, nehme ich an. Wo ich immer schlafe. Er hatte den Blick gesenkt, als sie es sagte, und sich wieder der Erledigung der Dinge zugewandt, die zu erledigen waren.

Mr. Mallory gehören jetzt sowieso alle Betten in diesem Haus. Die zwei, die noch übrig sind. Das in seinem Zimmer und das in ihrem Zimmer, in dem er gestorben ist. Die Betten ihrer Söhne sind weg. Fortgeschafft. Verschenkt oder verkauft, sie wußte es nicht mehr. Wünschte, die Betten hätten sich in Feuerbälle verwandelt. Wären blitzschnell in Flammen aufgegangen, und *wusch*, weg, futsch. So war es aber nicht, und wie es gewesen war, weiß sie nicht mehr, weiß nur noch, daß sie, als der erste Sohn fort war, irgendeine arme Seele, die es nur gut meinte, angebrüllt hatte, *Schaff das Ding endlich raus. Ich ertrage es nicht, daß er nie mehr darin schlafen soll. Würde mich umbringen, mit seinem leeren Bett unter einem Dach leben zu müssen.* Beim zweitenmal noch schlimmer, weil sie sich so tapfer beigebracht hatte, nicht unbedingt damit zu rechnen, daß der zweite Sohn in seinem eigenen Bett schlief. Sie hatte sich an die unzerwühlten Laken gewöhnt, die Leere, sein Fehlen, wenn er die ganze Nacht auf Achse war, tagelang verschwunden, und er noch ein Kind, ihr tolpatschiges Riesenbaby mit dem Dickschädel draußen auf den Straßen in der Scheiße, aber bei ihr war ihm ein Platz sicher, saubere Laken, sauberes Zuhause, und sie sorgte dafür, daß er wußte, daß sie dafür sorgen würde, daß das immer so blieb, was immer sonst kommen mochte, er hatte eine Mutter, die ihn liebte und für einen sicheren Platz sorgte und den verteidigte, ihn auch dann bereithielt, wenn er wegblieb, weil sie ihn nämlich brauchte, sie einander brauchten, oder etwa nicht, jetzt um so mehr, als einzig Überlebende, die letzten beiden, die übrigblieben. Manchmal, an den seltenen Abenden, an denen er es nach Hause schaffte, dauert es – weil sie sich so an sein Wegsein gewöhnt hat –, bis sie glauben kann, daß er es auch wirklich ist. Träumt sie nicht vielleicht nur. Wer ist dieser Riesenkerl, der ihrem Baby das Bett stiehlt. Ein Körper, der für das Bett, in dem er liegt, zu groß ist, und sie ist drauf und dran, den Besen zu holen, ihr Kochmesser, um diesen Streuner zu verjagen. Weil Leere wirklicher ist als dieser große, schnarchende Körper. Sein Fehlen ihn am Leben erhält. Das Gewohnte, auf das Verlaß ist. Ein leeres Bett weniger schockierend als Anblick und Mief von jemand, der mehr Raum einnimmt, als da ist. Nichts Neues also an dem leeren Bett, als auch er totgeschossen wird. Leer, wie es sich gehört, wie sie es zu erwarten gelernt hat. Warum fiel es ihr dann noch schwerer, sich davon zu trennen. Noch schwerer, das zweite Mal demjenigen, der es hörte, zu sagen, *Raus damit. Schaff bloß das verdammte Ding weg.*

Ohne zu fragen, hatte er ihre Matratze von den Sprungfedern gekantet, daß die Kopfkissen kullerten, lange Schleppe Bettzeug hinterhergeschleift wurde, hatte die Matratze zuerst grunzend geschultert, dann hochkant durchs Zimmer und den Flur gesteuert, wie man es bei einem wankenden Tippelbruder tun würde. Dann rumsbums die Treppe hinunter und hinaus in den Cassina Way.

Sie hatte überlegt, ob sie saubere Laken über die Sprungfedern spannen sollte, ließ es aber. Trat die Kissen in den Flur hinaus, das eine mit Sicherheit blutbefleckt, beim anderen wollte sie es gar nicht wissen. Versetzte ihnen noch einen Tritt, und da purzelten sie holterdipolter die Treppe hinab. Sie folgte und stupste sie mit dem Fuß durch Mr. Mallorys Tür. Waren jetzt seine Kissen. So wie die Betten jetzt seine waren.

Wieder oben, wieder auf ihrem Zimmer, *wo willst du denn schlafen*, hatte sie die schwarzen Sears-Polster vom Boden hochgenommen, wo sie Mr. Mallory behutsam abgesetzt haben mußte. Hatte sie Seite an Seite, ein Liebespaar, am Kopfende vom Bett an die Wand gelehnt, wo sie hingehörten. Das würde gehen. So konnte sie mit dem Bett, mit dem Zimmer leben. Konnte die Nacht hier verbringen. Im Sterben hatte er Anspruch auf ihre Kissen erhoben, ihre Matratze, das Bettzeug. Den Rest würde sie behalten, etwas für sich, etwas, was sie nicht hergeben würde.

Welches ist Ihre erste Sprache, Mr. G. Ich nehme an, daß Sie mehr als eine sprechen, weil Sie an einer Grenze geboren sind, wo gleich mehrere Länder aneinanderstoßen. Es heißt, daß die Menschen in Europa häufig mehrere Sprachen sprechen. Aber muß nicht selbst in Europa, wo viele Länder nah beieinander liegen, jeder eine erste Sprache haben. Die Sprache, in der er zu fühlen lernt. Eine Körpersprache der Gerüche, Geräusche, Farben, Bewegungen der Menschen, die sich zuallererst um einen kümmern, wenn man noch ganz hilflos ist, die einem das Krabbeln, Laufen, Sprechen beibringen, die einen halten und anlächeln und füttern und baden und die einem, wenn man Glück hat und geliebt wird, vorsingen, einen wiegen, einen an ihre warmen Körper drücken, bis man vergißt, daß man nicht sie ist und sie nicht man selbst sind. Eine erste Sprache namenloser Gefühle, vieler Gefühle in jedem neu gelernten Wort.

Ich frage deshalb, weil ich auch mehr als eine Sprache spreche. Aber meine erste Sprache hat kein Land, keinen Namen oder viele, größtenteils häßliche. Es ist eine Waisensprache. Sie macht mich zum Waisen, wenn ich sie spreche. Brandmarkt mich als nirgends und zu niemand zugehörig, weil ich diese verachtete, mutterlose, vaterlose Sprache spreche.

Lange Zeit war ich verwirrt, glaubte einfach, was andere über meine Art zu sprechen sagten. Ich mußte mir erst wieder beibringen, mich an die Liebe und die Kraft der Sprache jener Menschen zu erinnern, die mich lehrten zu fühlen und in einem Körper zu leben. Das ist die Sprache, die meine Fotos sprechen sollen.

Welches ist die Sprache Ihrer Kunst. Haben Sie je das Gefühl gehabt, daß sie verhaßt ist, eine Sprache, die Sie befleckt, Sie von anderen trennt, Sie zum Gespött macht, Ihren Bemühungen spottet, andere an ihren Gedanken und Gefühlen teilhaben zu lassen. Hat man Ihnen je gesagt, daß Sie Ihre erste Sprache abstreifen und sich eine andere aneignen müssen, wenn Sie ernst genommen werden wollen. Haben Sie sich je gefragt, ob Ihre erste Sprache überhaupt als Sprache gelten kann. Oder vielleicht nur

Gebrabbel ist, Babysprache, unwissend, Unsinnslaute und -gesten, die unterhaltsam sein mögen, aber allenfalls als Zerstreuung durchgehen, als Kuriosität, eine Minstrelshowsprache, die Sie sich abschminken müssen, wenn Sie erwachsen werden wollen.

Ich muß retten, was die frühesten Stimmen mich gelehrt haben. Ich arbeite hart daran, mich am Leben zu halten, die Stimmen in meiner Arbeit am Leben zu halten. Wußten Sie, daß man inzwischen menschliche Organe verpflanzen kann. Lebern, Nieren, Augen. Manchmal, an richtig guten Tagen, höre ich die Kamera in ihrer Tragetüte pochen wie ein Herz auf Eis, das ich als lebensrettende Spende irgendwohin bringe, und dann glaube ich, daß ich dieses eine Mal, wenn schon nie zuvor und auch nicht in Zukunft, aber diesmal finden werde, was ich suche, was mich schon lange sucht. Ich glaube, ich weiß, worauf ich hinaus will, und die Stimmen, die mich leiten, mir einen Augenblick Gewißheit schenken, sie sprechen meine erste Sprache. Sie würden sie auch verstehen, Mr. G. Und natürlich sind Sie auch dabei, sprechen mir im Chor mit Mr. B. und Mr. M. Mut zu.

Huhu.

Hallo.

Ich bins.

Ich weiß.

Hast du mit einem Anruf gerechnet.

Geschlafen wie ein Toter. Gar nichts gerechnet. Ist denn schon Morgen.

War ein langer Tag, nicht.

Ja. Das war es.

Sollte man doch meinen, daß ich vollkommen k.o. bin. Daß ich so vernünftig bin, mal richtig zu schlafen.

Geht es dir schlecht.

Ist eben eine Wachnacht. Da geht es nicht darum, wie es geht. Ich bin eben wach, das ist das Problem, und mach dich auch noch mitten in der Nacht wach.

Schön, deine Stimme zu hören. Zu jeder Tages- oder Nachtzeit.

Hältst du mich für verrückt.

Kein Stück. Oder nicht mehr als zu erwarten. Aber laß mir ein bißchen Zeit, hm. Mal halblang mit den Fragen, bis ich richtig wach bin.

Habe auch nicht wirklich mit einer Antwort gerechnet. Ich bin ganz überdreht. Sitz hier schon seit Stunden und führe Selbstgespräche, also denk dir nichts. Spiel hier ganz allein Frage und Antwort. Bloß, besonders weit komme ich nicht damit. Ein Schritt vor, zwei zurück eher. Plötzlich wurde mir klar, daß ich hier im Dunkeln sitze und so tue, als wärst du hier bei mir. Und da wollte ich, daß du wirklich hörst, was ich sage. Wollte deine Stimme hören. Nur muß ich lernen, mir selbst zu helfen, verstehst du. Liebe reicht nicht. Liebe allein bringts nicht. Ich muß herausfinden, was außer Liebe noch in mir steckt, worauf ich mich stützen kann. Damit du es weißt.

Ich weiß es.

Nein, weißt du nicht. Weiß doch nicht mal selbst so genau, was ich meine, und ich bin schließlich diejenige, die damit angefangen hat. Nein. *No way*. Du bist ein Mann. Für dich ist das anders. Mit der Liebe. Ein Mann kann lieben. Das heißt, manche haben schon das Zeug dazu. Nur drauf bauen sollten Frauen lieber nicht. Lieber nicht für selbstverständlich halten, weil Männer, die lieben können, sind dünn gesät. Manche Männer haben das Zeug dazu, aber tief vergraben. Meist kommt ihr Kerle nicht mehr ran. Oder versteckt es, weil ihr Schiß habt. Normalerweise kriegt ihr es nicht mehr hin, und wenn ihr euch auf den Kopf stellt. Irgendwann ist es eben zu spät. Aber manchmal ist es noch da, ganz tief unten. Das Dumme ist nur, es steckt da oft fest. Ihr habt es zu tief vergraben, weil ihr zu sehr mit dem dämlichen Mannsein beschäftigt seid. Das Dumme ist, daß Frauen wiederum aus nichts anderem bestehen als Liebe. Fängt am Kopf an und geht bis ganz, ganz weit unten, nichts als Liebe, Liebe, Liebe. Ist das, was eine Frau zusammenhält. Wir können nicht anders. Genausowenig wie ihr mit dem ganzen albernen Getue darum, ein ganzer Mann zu sein.

Mal langsam. Laß mich aufholen. Du mutest einem, der gerade die Augen aufschlägt, ganz schön was zu.

Kommt nicht drauf an, ob du mir folgen kannst oder nicht, weil ich es mir inzwischen anders überlegt habe. Habe dir nur erzählt, was ich lange Zeit gedacht habe und jetzt nicht mehr denke. Gerade weil ich so gedacht habe, mußte ich jedesmal, bei jedem Mann, den ich verloren habe, wieder von vorn anfangen. Und als ich mitansehen mußte, wie du im Park fast erschossen wurdest, wußte ich, daß ich auf dem Pfad nicht mehr weiterlatschen kann. Ich meine wieder von vorn anfangen. Alles geben, alles verlieren, wieder mit nichts anfangen. Gar nichts. Null. *No way*. Es muß in mir doch irgendwas geben, was nicht abstirbt, wenn ich dich verliere. Ging gar nicht um dich. Ich liebte dich damals und liebe dich jetzt. Geht um mich. Geht darum, noch irgendwas zu behalten, einen Halt in mir selbst, wenn es dich nicht gibt.

Kann auf keinen Fall nur um dich gehen. Kriegst nicht meinen Kopf auf einem Silbertablett und nimmst ihn einfach mit, wenn du dich abknallen läßt. Nicht wie meine Jungs das getan haben. Und mein Mann.

So. Kapierst du auch nur annähernd, was ich sagen will.

Schon möglich. Aber du schüchterst mich so ein, daß ich mich gar nicht trau, es zu sagen.

Komm mir nicht auf die Tour. Das hier ist kein Spiel.

Es ist mitten in der Nacht, und mal spuken meine Jungs hier rum, mal Mr. Mallory oder ihr Daddy, Friede seiner traurigen Asche, der mich mit seinem Gesäusel rumkriegen will. Damit muß ich fertig werden. Mit ihnen allen und mit dir auch. Also sag gefälligst was. Erzähl mir irgendwas, was ich hören will oder hören sollte, auch wenn ich es nicht hören will.

Wir machen es ganz, wie du willst. Was immer du willst. Hauptsache, wir machen es zusammen. Mehr kann ich dazu nicht sagen. Ich bin hier, und du bist da, aber ich bin bei dir. Darauf kannst du bauen, da geb ich dir Brief und Siegel drauf. Red weiter, Babe. Rede, bis du einschläfst, wenn du willst. Oder leg auf, und ich höre trotzdem weiter zu, ob du redest oder schnarchst oder die Leitung rauscht.

Hauptsache, ich höre *dich* nicht schnarchen. Ich versuche gerade, dir was Wichtiges zu sagen.

Ich bin hellwach. Und ganz Ohr, Babe. Heut Nacht, jede Nacht. Für dich jede Nacht.

Also hör zu. Als meine Söhne gestorben sind, wollte ich auch sterben. Aber dann habe ich in allerletzter Minute, direkt vorm Abgrund, festgestellt, daß ich doch leben will. Daß ich voll Lebenshunger bin, Lebensgier. Wollte so dringend leben, daß ich mich schuldig fühlte. Erst den einen Sohn verloren, dann den anderen, zwischendrin ist im Knast ihr Daddy gestorben. Wie sollte ich sowas Grausiges überleben. Habe ich auch fast nicht. Andere haben versucht zu helfen. Meine Freunde. Die Freunde meiner Söhne. Aber nach den Bestattungen, als ich den letzten beerdigt hatte, war mir alles egal. Ich habe mich gehenlassen. Die Leute wurden es leid. Die paar wirklich guten Freunde kamen immer seltener vorbei. Bis ich hier mit meinen Gespenstern und Mr. Mallory in diesem Haus eingesperrt zurückblieb. Mr. Mallory, der ja selbst kaum mehr als ein Gespenst war.

Eines Abends hatte ich mich hier quer übers Bett geworfen, nicht müde eigentlich, aber auch keine Lust, wach zu sein, mit so einem miesen Gefühl, wie ein geprügelter Hund, wie früher, wenn ich mich mit meinem Kerl in der Wolle hatte und er es satt war, daß ich an ihm rumstreite, mir eine verpaßt hat und dahin verschwunden ist, wohin er sich eben verzieht, wenn er mich geschlagen hat, rausstampft und die Tür zuknallt. Bin am Boden und weiß, daß ich zum Teil selbst schuld bin, Teil von dem, was mir geschieht, mir selbst zuzuschreiben habe, und denke schon, vielleicht passiert es überhaupt alles nur, weil ich es nicht anders verdiene und kein Mann bei klarem Verstand es mit einer Ziege wie mir aushält, also heule ich, weil er abgehauen ist, heule, weil ich schlecht bin und jetzt allein dasitze in meinem ganzen Elend, das ich mir obendrein selbst eingebrockt habe. Ich seufze und denke, was für ein hoffnungsloser Fall ich doch bin. Seufze noch mal, aber jetzt ist es schon ein bißchen komisch, weil irgendwie auch Erleichterung dabei ist. Er ist weg. Ich muß mich nicht mit ihm herumschlagen, jedenfalls nicht, bis er wiederkommt, wenn überhaupt. Brauch mich, wenn das Baby trotz Gebrüll und Geschrei und Türenschlagen weiterschläft, nur um mich zu kümmern. So unglücklich ich bin, ich bin auch frei. Habe ein bißchen Zeit für mich. Zeit, die zu sein, die ich nicht sein kann, wenn ich immer um ihn kreise. Jetzt ist er irgendwo da draußen unterwegs und baut Scheiße, und ich will zwar nicht hin, aber es gibt eine Art Straße in meinem Kopf. Habe irgendwie ein schlechtes Gewissen, daß es so ist, aber sie ist nun mal da; ich also hin und fühle mich deswegen nicht viel besser, aber schon das bißchen besser hilft mir durch das Schlimmste hindurch. Ich denke an das Türenknallen und wie aus mir die ganze Luft rausgeht und ich ebensogut ein leerer Sack Nichts sein könnte, aber bin ich nicht. Irgendwo in mir steigt ein klitzekleiner Seufzer der Erleichterung auf. *Hey girl*. Kleine Kostprobe, wie anders es sein könnte, wenn die Dinge anders wären. Wenn du dich nur um dich kümmern müßtest, *girl*, also kümmere dich doch mal um dich. Solange du kannst. Solange du atmest.

Liege eines Abends quer überm Bett und denke daran, wie sich dieses Gefühl damals angefühlt hat, endlich allein, Seufzer der Erleichterung, Baby schläft, einmal eine ruhige Nacht vor mir. Denke daran, daß ich mehr bin als nur das, was andere von mir brauchen. Da habe ich begonnen, mir ein kleines Stück von meinem Leben zurückzuholen. Von meiner Zeit. Das ist nun mal das Leben, das ich am Hals habe, so oder so, und wenn es noch so eine Katastrophe ist. Wie komme ich dazu, leben zu wollen, wo man meine Söhne auf der Straße niedergestreckt hat. Aber so war es. Wollte es dringend. Wollte es um jeden Preis. Sie sind weg, aber wenigstens das, was übrigbleibt, wollte ich haben. Und dich will ich nicht, wenn ich dafür das kleine bißchen Selbst hergeben soll, das ich mir erkämpft habe, nachdem ich sie verloren hatte.

Bist du noch da. Hörst du meinem wirren Zeug überhaupt noch zu.

Was glaubst du denn. Solltest mich inzwischen kennen.

Hätte mein Mundwerk wahrscheinlich auch längst angehalten, wenn ich nicht davon ausgehen könnte, daß du für und nicht gegen mich bist. War das nicht der Spruch von deinem Großvater. Im Zweifel für und nicht gegen jemand.

Ja, sein Reden. Hat auch danach gelebt, soweit ich weiß.

Hör zu. Es ist halb vier, vier, und ich bin so müde, daß mir gleich die Augen aus dem Kopf fallen, aber an Schlaf ist nicht zu denken. Verstehst du.

Ja, ich verstehe.

Nein, kannst du gar nicht. Sollst du gar nicht. Du entscheidest dich bloß im Zweifel für und nicht gegen mich, und dafür liebe ich dich, und das ist mehr als verstehen, weil verstehen tu ich mich heut nacht ja selbst nicht, verdammt. Aber zuhören mußt du mir.

Wir machen das schon.

Hältst du mich für verrückt, daß ich hier allein im Bett liege, in dem Mr. Mallory gerade gestorben ist, und mich nach dir sehne, dich brauche und dich, nachdem ich dich erst am ausgestreckten Arm hab verhungern lassen, mitten in der Nacht oder frühmorgens oder wie spät es auch immer sein mag, wecke, damit du zuhörst, wie ich hier wirres Zeug rede. Sag nichts, Baby. Hör bitte einfach zu, bitte.

Ich wollte meinen Jungs eine Super-Mutter sein, die allerbeste. Hab versucht, was zu sein, wovon ich keinen Schimmer hatte, weil ich ja selbst keine Mutter gehabt habe, an die ich mich, abgesehen von der allerallerersten Zeit als ganz kleines Mädchen, noch erinnern könnte. Sie bedeutete mir alles. Sie war vollkommen. Ich glaube, das wollte ich für meine Kinder auch sein. Alles. Und alles ist mehr, als ein Mensch für einen anderen sein kann. Ich war nicht die Engelmutter, an die ich mich erinnerte. Meine Jungs brauchten auch gar keine Engelmutter. Braucht niemand. Und meine Mama, Gott hab sie selig, wär mir, wenn sie am Leben geblieben wäre, auch keine gewesen. Verstehst du. Das gehört mit zu dem ganzen anderen Zeug, was mit dem Tod meiner Jungs zusammenhängt, mit dem Gefühl, sie im Stich gelassen zu haben, aber es ging ja nicht nur um mich.

Erinnerst du dich an die Geschichte in der Bibel, die ich dir vorgelesen habe, von der Stadt, die Gott zerstört hat. Die Menschen dieser Stadt waren nicht besser oder schlechter als andere. Hatten auch reichlich Grund zu bereuen. Reichlich getan, von dem sie genau wußten, daß es unrecht war. Reichlich Fehler gemacht wie wir alle, warum also hat die eiserne Faust Gottes gerade bei ihnen so heftig dreingeschlagen. Warum hat er ihre Stadt zertrümmert. Ihre Kinder getötet, den Menschen alles genommen, sie Hungers sterben lassen. Haben sie sich natürlich auch gefragt. Warum. Stadt weg, Familien weg, und vom Fragen, warum er ihnen alles genommen hat, würde ganz bestimmt nichts davon wiederkommen, und trotzdem sind sie auf die Knie gefallen, Zeter und Mordio geschrien haben sie und um Antwort gefleht. So wie ich um Antwort gefleht habe.

Gehaßt habe ich ihn, den Teil von mir, der flehte. Genauso den Teil von mir, der schuld war. Genauso den leidenden Teil. Gar nichts mehr konnte ich an mir gut finden, als meine Söhne tot waren. Drauf und dran, an meiner eigenen elenden Wenigkeit zu ersticken, wenn ich nicht endlich mit der Schwarzseherei aufhörte. Im Zweifel für und nicht gegen mich war. Also habe ich mich von den Knien erhoben. Habe aufgehört zu fragen, warum. Gab kein Warum. Jedenfalls keins, das mir begreiflich gewesen wäre. Und was hätte ich auch groß davon gehabt. Davon würden meine Jungs auch nicht mehr lebendig.

Und da habe ich mir gesagt, Hoch mit dem Hintern, Mädchen, steh von deinem gottverdammten Bett auf. Mach dir ein Sandwich oder kämm dir die verfilzte Wollkrause oder schrubb das Waschbecken oder lies in der Bibel oder spiel an dir rum, herrgottnochmal. Nimm, was übrig ist. Nimm es. Sei froh, daß was zum Nehmen da ist. Sei dankbar. Schließlich hatte ich doch beschlossen, daß ich leben wollte, oder, selbst wenn die ganze verdammte Welt aus den Fugen geriet. Habe den letzten Zipfel Lebenswillen erhascht. War nah dran, ihn zu verlieren, aber ganz eben doch nicht. Klar habe ich mich geschämt. Klar habe ich mich schuldig gefühlt. Aber bereut habe ich den Zipfel nicht. *No way*. Habe ihn manchmal verflucht, aber dankbar war ich trotzdem. Ist meine beste Seite, die, die du so zum Klingen bringst.

Morgen darfst du das ganze dumme Gerede vergessen, ja. Werden auch so alle Hände voll zu tun haben morgen. Wenn du noch dabei bist. Aber ich glaube schon. Ich liebe dich. Aber ich werde niemandem, weder dir noch sonstwem erlauben, mich noch mal so nah an den Abgrund zu bringen. Ich liebe dich. Aber ich werde nicht jedesmal den Atem anhalten, wenn du losziehst. Und mitziehen und mich umbringen lassen werde ich auch nicht.

Ich hatte das Haus hier voller Männer, wie du, als du Kind warst, die vielen Frauen. Habe meine Männer geliebt, wie du es von deinen Frauen erzählt hast, die dich geliebt haben, verwöhnt. Habe meinen Männern alles gegeben. Nichts zurückgehalten. Und das wußten sie. Wie hätten sie es nicht wissen sollen. Sie gefüttert, ihnen die Sachen gebügelt, halbe Nacht wachgelegen, bis ich hörte, daß sie wieder heil zu Hause waren. Sie bemuttert, wie ich selbst gern bemuttert worden wäre. Sie geliebt, wie in meinen Träumen meine Mutter mich geliebt hätte, wenn sie am Leben geblieben wäre. Sie wußten ganz genau, wieviel sie mir bedeuteten, und machten trotzdem ihren Scheiß weiter – Ganggeschichten, Drogen, russisches Roulette mit entsichertem Revolver, alles auf zwei – oder wer weiß, vielleicht auch vier – Beinen gefickt. Wußten genau, daß der Wahnsinn sie das Leben kosten konnte und mich umbringen, aber das hat sie auch nicht abgehalten. War ihnen wohl egal. Mistkerle. Ich liebe sie so. Euch Scheißkerlen ist es ganz egal, was für einen Verhau ihr zurücklaßt, oder. Wer hinter euch aufwischen darf.

Nie wieder, ich werde mein Leben nie wieder so komplett in andere Hände legen. Nein-nein-nein-nein. Ich habe denen alles gegeben. Und sie bringen sich um. Mußten doch wissen, daß sie mich mit umbringen. Hätten sie fast geschafft. Tut mir leid, Jungs. Tut mir wirklich leid.

Nie wieder. Glaub ja nicht, auch nur eine umnachtete

Sekunde lang, daß ich mit dir noch mal so weit gehe. Ich bringe mir eine andere Art von Liebe bei. Liebe, in der ein bißchen Platz für mich ist. Ich mach für niemanden mehr die Engelmutter. Und wenn dir meine Art Liebe nicht gut genug ist, kann ich auch damit leben.

Hallo.

Ja, ich bin noch da. Ich höre.

Ich weiß. Das will ich auch meinen. Ach, übrigens. Ich bin noch mal in Mr. Mallorys Zimmer gegangen.

Ich dachte, du wolltest damit warten, bis ich da bin.

Will ich auch. Werd ich auch. Ich muß da mit dir zusammen rein, wenn ich seine Sachen durchgehe und entscheide, was damit geschehen soll, aber ich mußte auch noch mal allein reingehen. Ich glaube, er hätte das so gewollt, daß ich noch mal allein vorbeischaue und Lebwohl sage. Er hat mich ja am Ende gesucht. Also mußte ich da allein rein und Abschied nehmen. Sagen, Schon gut, Mr. Mallory. Verstehst du. Er hat ja wahrscheinlich gedacht, ich würde ihn wecken. Wenn er sich in meinem Bett nur kurz ein Nickerchen erlaubt, würde ich zurückkommen und ihn wecken und ihn wieder auf sein Zimmer zurückbringen. Er wollte ein bißchen Gesellschaft. Wir hatten ja angefangen, miteinander zu reden, weißt du. Ich weiß, daß ich dir das alles schon mal erzählt habe, aber es ist wichtig. Er war nicht niemand. Den hättest du mal reden hören sollen. Ich wollte so gern, daß wir uns alle drei besser kennenlernen. Wollte, daß ihr beide euch kennenlernt. Wieder eine kleine Familie. Eine, die mir nicht so schnell wegstirbt. Eine, die ich auf andere Weise lieben könnte. Bei der ich mir eine andere Art von Liebe beibringen könnte.

Ich glaube, ich werde langsam doch müde. Leid, mich selbst reden zu hören. Glaube, ich hab mich allmählich in Schlaf geredet. Bist du noch wach.

Voll da und ganz Ohr.

Gute Nacht, Baby.

Leg den Hörer nebens Telefon. Dann hör ich dir beim Schlafen zu.

Will aber nicht, daß du meinen Schlaf belauschst. Will nicht, daß du über mich herziehst, weil ich schnarche, so wie du über den armen Mr. Mallory hergezogen bist.

Ich lege jetzt wirklich auf, Mann. Danke fürs Zuhören. Wenn ich dich nicht lieben würde, hätte ich die Knöpfe an diesem verdammten Apparat gar nicht drücken können. Hätte nicht die Kraft gehabt. Gute Nacht …

Ruf mich gleich an, wenn du aufwachst. Hörst du … hey …

Sie war mit den nackten Zehen an das Kissen gekommen, das sie Mr. Mallory ins Zimmer getreten hatte. Wen meinst du denn, erschrecken zu können, alter Mann, dachte sie, denn noch während sie zurückzuckte, fiel ihr wieder ein, was da Weiches lag auf dem Boden, zu weich für einen Körper, und sie wußte im selben Moment, daß es nicht Mr. Mallory war, der ihr auflauerte, auch wenn das Kissen jetzt ihm gehörte. Warum mochte sie es nicht berühren. Warum hatte sie es den Flur hinabgetreten, die Treppe. Sie wußte es besser. So durfte man ihn, durfte man niemand behandeln. Wollte ihr das Kissen deshalb einen Schrecken einjagen. Sie war häßlich gewesen. Hatte dem Kissen nicht den nötigen Respekt entgegengebracht. Ihm nicht. Sie wußte es besser. Wußte, daß ein Kissen ihr nichts anhaben konnte, armes blutiges, zerkautes, vollgehustetes Ding, das letzte, was er umarmt hatte. Eigentlich sie, sie gesucht, sie umarmt.

Pop. Popcorn-Poppen. Verdammt. Daß es aber auch immer so kommen muß. Mit Macht. Da will sie bei Mr. Mallory Licht machen, und *pop*, ist die Glühbirne hin. Spielt keine Rolle, daß sie bei sich ständig Licht brennen läßt, während seins selten an ist. Trotzdem brennt ihr Licht oben munter weiter, und seins verabschiedet sich mit diesem Popcorn-Poppen. Aber was konnte man an so einem Tag schon erwarten. Würde sie nicht wundern, wenn als nächstes ein Erdbeben auf dem Programm steht, Feuersbrunst, Sintflut. Ganze gottverdammte Stadt. Pop.

Schluß jetzt, geh und hol gefälligst aus der Küche, wo du sie vermutest, aber nicht finden wirst, die Taschenlampe. Nach einer Glühbirne brauchst du gar nicht erst suchen. Oder auf den kippligen Schaukelstuhl steigen, um sie reinzudrehen, denn wann hast du zuletzt eine Glühbirne gekauft. Mist. Wann hast du zuletzt die Taschenlampe gesehen. Schluß jetzt, und mach dich auf den Weg.

Lauert ihr doch tatsächlich dieses quatschige Kissen auf, als sie in Mr. Mallorys Zimmer tritt. Ihr Kissen, jetzt seins. Überall im Haus Fallen. Zeug, das nur darauf wartet, daß du darüber stolperst, damit es dich an sie erinnern und dir das Herz brechen kann. Da gibst du dir alle Mühe, den Schmerz zu umgehen, den es bereitet, ausgerechnet dann etwas zu finden oder unerwartet darauf zu stoßen, wenn du am wenigsten damit rechnest und am wenigsten damit fertig wirst, irgend etwas, was sie zurückgelassen haben. Du räumst auf, machst sauber, sortierst, tütest ein, steckst weg, wirfst raus. Du putzt und schrubbst das ganze Haus von oben bis unten. Dann badest du, damit auch auf deiner Haut keine Spuren kleben bleiben, das Blut abgewaschen ist. Aber wie du es auch anstellst, du wirst nie fertig. Immer gibt es irgend etwas, das du übersehen hast. Springt dir irgend etwas, von dem du ganz vergessen hattest, daß es mit einem von ihnen zu tun hat, ins Gesicht. Das wußte sie. Wie schwer es war. Jemanden zu vermissen, näher als nah zu spüren, und doch niemand da. Spuren nicht nur in deinem Kopf, sondern plötzlich direkt vor deiner Nase, irgend etwas, das du berühren, riechen, hören, schmecken kannst. Ganzes Kissen voll jemand. Und eh du dich versiehst, setzt du daraus die ganze Person zusammen. Glaubst, sie lebt wieder. Fällst über sie, fällst, brichst dir den Hals, brichst dir das Herz.

Nein, dachte sie, das schafft sie nicht allein. Obwohl ihr Mr. Mallory die Hauptarbeit abgenommen hat. Sauber gestapelte Leihbücher. Zeitschriften, Zeitungen, Taschenbücher in Einkaufstüten. Paar armselige Kleider in einem Haufen auf dem Bett. Abfall in einer Abfalltüte neben der Tür hinter einer Reihe Kartons. Sie kauert sich hin, zieht einen Karton zu sich heran, klappt die Laschen um, leuchtet mit der Taschenlampe hinein.

In einer Küchenschublade hat sie zwei Kerzen gefunden, eine rote, eine grüne. Weihnachtsfarben, aber den Gedanken hat sie gleich abgewürgt. Die rote duftet nach Zimt. Die grüne ist kühle Minze zum Zimtbiß der roten. Viel Licht geben sie nicht, aber besser als gar nichts im dunklen Zimmer. Besser als eine gottverdammte Glühbirne, die, kaum daß sie den Lichtschalter berührt, den Abgang macht, pop. Kerzenflackern (wo kommt der Wind her, der die Flammen tanzen läßt) und der schwache Kegel der Taschenlampe. Batterien alt oder vielleicht einfach eine billige Taschenlampe, die nichts taugt, so wenig wie alles andere in Küche, Haus, Straße rauf und runter, der ganzen nichtsnützigen Nachbarschaft.

Sie ist gemein zu ihm gewesen. Seine Kissen durch die Gegend zu treten. Sie nicht mit spitzen Fingern anfassen zu wollen. Das eine, das Mr. Mallory umklammert und mit seinem Blut befleckt hat. Das andere, das er wahrscheinlich gar nicht berührt hat. Als könnte sein Kopf, könnten seine paar letzten Atemzüge mit dem Kissen was Schreckliches angerichtet haben, anders als ihre endlos vielen Nächten darauf. Oder der Matratze draußen in der Durchfahrt. Keine besondere Matratze, aber vollkommen ausreichend für einen nächsten Mieter. Matratzen waren teuer. Warum hatte sie ihn das Ding von ihrem Bett zerren lassen, die Treppe hinunter und zur Tür hinaus. Warum hatte sie ihn nicht aufgehalten. Warum hatte sie jeden Rums auf seinem Weg begrüßt, im stillen gesagt, *Right on*. Danke. Weg damit.

Zuoberst in einem von Mr. Mallorys Kartons eine plattgedrückte Schachtel voller Umschläge und Schreibpapier. Unter der zerdrückten Schachtel in einer Mappe lose Blätter, die mit einer kritzeligen Schrift bedeckt sind. Darunter ein dicker brauner Umschlag voller Negative. Darunter Fotos und darunter Werweißwas. Sie brauchte seine Hilfe, genau wie sie es ihm gesagt hatte. Aber sie wollte auch ausprobieren, wie es ohne ihn wäre. Wichtig zu wissen, daß sie es auch allein konnte, wenn es sein mußte. Entscheiden, was mit Mr. Mallorys Sachen geschehen sollte. Von ihm Abschied nehmen. Ihm versprechen, daß sie das Richtige tun würde, auch wenn sie noch nicht weiß, was das Richtige ist.

Negative in gelben Umschlägen, wie man sie aus dem Drugstore zurückbekam. Schachtelweise, genau, wie es ihr Mr. Mallory gesagt hatte. Sein unvollendetes Werk, hatte er gesagt und ihr das Versprechen abgenommen, alles zu verbrennen. Alles aus allen Schachteln zu verbrennen. Jetzt war nicht der rechte Zeitpunkt, das zu entscheiden. Geschweige denn tun. Erstmal hatte sie genug gesehen. Ein Karton voll Fotos und zwei mit Negativen, und ihr Versprechen schon gebrochen, weil sie nachgesehen hatte. Die Laschen umgeschlagen und im schwachen Strahl der Taschenlampe geguckt.

Negative schimmern wie Teer, wie nasse Straßen. Ihre Ränder sind so scharf, daß man sich schneidet, wenn man nicht aufpaßt, während man sie herausgleiten läßt, wieder reinschiebt, die verbogenen glättet. Vor eine Kerze gehalten, machen sie die Flamme zu einer winzigen Sonne hinter Wolken. Sie hat die Taschenlampe verkehrt herum in einen Karton geklemmt, so daß der Strahl an die Decke gerichtet ist. Versucht, einen Negativstreifen zu lesen, indem sie ihn vor dem Strahl vorbeizieht. Einige sehen aus, als hätte sie jemand mit Silbertinte bekritzelt. Eine verkehrte, von innen nach außen gewendete Welt, leuchtend wie die Knochen in Kwamis geröntgter Brust damals nachts in der Notaufnahme.

Sie löscht die beiden Kerzen mit den Fingern. Ein Trick, bei dem sie sich noch immer mächtig vorkommt, die Finger so mitten ins Feuer zu halten, Zaubertrick, den ihr mal jemand gezeigt hat, in den sie wiederum ihre stieläugigen Jungs eingeweiht hatte, beide anfangs Schiß, es zu probieren, weil sie doch schließlich gelernt hatten, Feuer zu fürchten, noch bevor sie überhaupt das Wort dafür kannten, gewarnt, einen Bogen zu machen, also hatte sie sie einzeln beiseite nehmen müssen, jeden für sich, bei verschiedenen Gelegenheiten, um dann, nachdem sie zuerst selbst noch mal die Hand durch die Flamme gezogen hatte, das jeweilige Kind am Handgelenk zu packen, seine kleine braune Hand an die Flamme heranzuführen und rasch mit den Fingerchen durchzuwischen.

Siehst du. Hat doch nicht weh getan, oder. Sag ich doch. Du weißt doch, daß deine Mama dir niemals weh tun würde.

Schnell rein und raus. Wusch. Daumen und Zeigefinger anlecken. Nur die Kuppen. Und dann zwickst du den Docht. Siehst du den kleinen Faden da. Den mußt du schnell zwicken, bis er keine Luft mehr kriegt. Schnell. So. Siehst du. Ich zünde sie noch mal an, und dann probierst du. So. Jetzt sei kein Angsthase. Schnell.

Als letztes zwickt sie die Kissen auf den Haufen auf dem Bett. Ihre Kissen, jetzt seine in diesem dunklen, nach Mr. Mallory riechenden Zimmer mit dem Zimtatem.

Philadelphia

Erst sehen, dann wird er sie hören, dann riechen, wenn sie ihn neugierig umzingeln, wimmeln, um noch größere Nähe drängeln, mit den Schnauzen stupsen, schnüffeln, schlecken, sofern ihm danach ist und er einer rauhen Zunge die Hand hinhält. Sind sie zuvor gerannt, werden Zungen zwischen tropfenden Lefzen hecheln, wird ihr Atem heftig gehen, werden sie vor rastloser Energie die Köpfe werfen, wird die ganze Meute wuseln und an ihrem Gewirr von Hundeleinen zerren – Kordeln, Ketten, Leder- und Seil-Roll-Leinen –, weiter, weiter. In dem Buch mit den antiken Sagen, das er als Junge zigtausendmal gelesen hat, Bild eines Gottessohnes, der den gestohlenen Sonnenwagen lenkt. Phaeton hieß der Dieb, heute morgen fällt es ihm endlich wieder ein. Phaeton war der Name des Sohnes, auf den er damals nicht gekommen war, als er ihn Dogman sagen wollte, und dann trotzdem das Bild aus dem Leihbüchereibuch beschrieb, das irgend jemand ausgeliehen und nie zurückgebracht hatte.

Als ich Sie auf Ihrer Hundewolke vorbeischweben sah, John Africa, mehr Hunde, als ich zählen konnte, sah es aus, als würden Sie auf den Tieren reiten. Konnte ja Ihre Füße nicht sehen, nur einen Wald trabender Hundebeine und

Sie von der Taille aufwärts nackt mit den Zügeln. Nun waren die Köter keine schneeweißen sprengenden Hengste und Sie kein strahlender junger Gott im Streitwagen mit fliegendem Flachshaar, das hinter Ihnen herwehte wie die hellen Mähnen und Schweife der Rösser, und die Sonne war noch nicht einmal richtig auf, als Sie vorbeikamen, aber ich mußte an die Illustration in einem Buch über griechische Götter und Göttinnen denken, das Bild vom allmorgendlichen Beginn der Welt.

Helios war natürlich der rechtmäßige Besitzer des Wagens, der Lichtbringer, aber bis eben hatte er nicht mehr sagen können, und auch jetzt nur zu sich, wie der Name des glücklosen, gesetzlosen Sohnes lautete, *Phaeton*, der es zu eilig hatte, sein Mannestum zu beweisen.

Er sieht Mann und Hunde schon von weitem und ist dankbar für die noch guten Augen bei sonst altem Eisen. Das heißt, vielleicht sah er sie. Vielleicht sah er sie deshalb, weil er nach ihnen Ausschau hielt, während das kleine Krickel Bewegung dort hinten am anderen Ende der Haverford Avenue in Wirklichkeit ganz was anderes war und gar nicht sie. Was er zu sehen erwartet, steht ihm so klar und deutlich vor Augen wie eine der Illustrationen in dem zerfledderten Buch der Sagen, einem Buch, das inzwischen wahrscheinlich Staub war, zerlesen, zurückgeblieben in einem anderen Leben, und das Krickel Bewegung hinten auf der Haverford konnte sonstwas sein.

Früh noch, also ist es still auf den Straßen von Powelton. Hell, aber noch nicht ganz Morgen, und alle, die unterwegs sind, sind es wahrscheinlich mit gutem Grund, und wenn du zu denen mit gutem Grund gehörst, regelmäßig so früh schon unterwegs zu sein, dann hast du eine ziemlich genaue Vorstellung davon, wen und was du zu sehen erwarten kannst oder nicht. Und du hast wahrscheinlich auch eine ziemlich genaue Vorstellung von den Gründen, die andere regelmäßig so früh aus den Federn treiben. Bis auf die Ausnahmen von der Regel sind es um diese Zeit auf den fast leeren Straßen in einem Stadtteil, der angeblich noch schläft, meist keine erfreulichen Gründe.

Der Hundemann auf seinen Runden mit den Hunden auf der Haverford. Schritt oder Laufschritt. Von hier aus schwer zu sagen. Schwer zu sagen auch, ob sie kommen oder gehen, aber zu dieser frühen Stunde kann er damit rechnen, ihnen bald zu begegnen, sie zu hören, zu riechen, in wenigen Minuten mittendrin zu sein, der Neugier, den hechelnden, tropfenden Zungen, den ungeduldig auf dem Gehweg wetzenden Krallen, ungefähr Ecke 39th und Haverford. Sie kommen ihm wohl doch entgegen, ja, bestimmt, es sei denn, der Wagen, der durch den Himmel rast, ist mal wieder entführt worden und rennt einer anderen Zeitrechnung hinterher.

Wenn er wie sonst der Haverford folgt, wird er den Ruf von Dogman hören und im selben Augenblick, da sie zerrissen wird, wieder wissen, daß auf den frühmorgendlichen Straßen von Powelton Village eine Stille herrscht, die der Stille in seinem Innern entspricht, und die Stimme von Dogman, so sehr er sich darauf freut, sie zu hören und den Gruß zu erwidern, läutet auch den Anfang vom Ende der Entsprechung dieser beiden Stillen ein, die fraglos zu den guten Gründen gehört, so frühmorgens unterwegs zu sein.

Wann haben sie angefangen, sich einen guten Morgen zu wünschen, kurz auf ein paar Worte stehenzubleiben oder gemeinsam ein Stück Weges zu gehen, und wessen Idee war es eigentlich gewesen, sich nachher bei O.D. im Diner zu treffen. Er müßte, kann sich aber nicht erinnern. Kann sich auch nicht immer an die Namen der lärmenden Clique im Diner erinnern. Die Zeit ist jetzt anders. Schon eine ganze Weile. Seine Tage sind jetzt dünner, rutschen noch so eben in der Zeit durch. Oder schon eben außerhalb. Noch ist das Gewicht der Namen, das Gewicht, sich von einem Augenblick zum nächsten zu erinnern, zu sortieren, zu speichern und über das Gewicht dessen, was ihm widerfährt, Rechenschaft abzulegen, nicht von seinen Schultern genommen – endlich, endlich frei –, aber es ist auch nicht mehr das, was es mal war. Irgendwie dünn geworden. Nicht mehr eierschalenhart, sondern weich und tückisch sickernd, durchlässig, so daß vieles verlorengeht. Lücken in dem, was gestern oder eben noch war, die er manchmal als Verlust und Verdruß empfindet, manchmal als Gleitflug in andere Verständnisse. Andere Rhythmen, Öffnen und Schließen anderer Türen.

Wer er gewesen war, wer er sein konnte, wer er jetzt war, ein vollkommen anderes Rätsel als das, an dessen Lösung er sein Leben lang zu arbeiten geglaubt hatte.

Es paßt alles. Darüber brauchst du dir nicht mehr den Kopf zu zerbrechen. Die vielen verschiedenen Teile, die dir solche Sorgen bereitet haben, die im Auge zu behalten und über die Rechenschaft abzulegen du dir zur Aufgabe gemacht hast, die Bruchstücke, die du als deinen kostbaren, einzigartigen Anteil betrachtet hast, sie fügen sich nach und nach oder lösen sich zu genau dem auf, was sie sein sollen, du und nicht du, wie sie es immer waren. Es paßt alles. Die dünnere Zeit, die fast aus der Zeit herausfällt, erlaubt dir, durch die endlosen Schichten hindurchzusehen, die Vielschichtigkeit endlich zu erkennen.

An manchen Tagen Staunen, an anderen Schrecken. Lernte er das Leben betrachten wie Giacometti seine Modelle. Köpfe, die jedesmal, wenn der schweifende Bildhauerblick zurückkehrte, fremder wurden. Mit jedem Blick jedesmal jeden Tag neu beginnen. Neuem Scheitern. Immer tabula rasa, gähnende Leere, eine Gelegenheit. Wiedergewonnene Klarheit. Das Gute, wenn sich alles fügte und vereinte. Das eine immer viele. Die Aufregung, ein neues Blatt zu wenden. Ein krabbelnder Teppich summender, wimmelnder Insekten auf der Seite, die du wendest, sie drohen jeden Moment aufzufliegen und dir die Augen zu zerstechen. Lernte er, das unsichtbare Gefängnis zu sehen. Stünde er drinnen oder draußen, wenn er es endlich erblickte. Käme es darauf an.

Ona Move, Mr. Mallory.

Ona Move, Mr. Africa.

Schon besser, Bruder Mallory. Wir gewinnen Sie doch noch dazu. Ona Move.

Ich fürchte, meine aktive Zeit ist vorbei, Mr. Africa. Sie kommen auch ohne mich gut zurecht. Ich gehöre endgültig auf die Reservebank.

Na na, wissen doch beide, daß das nicht stimmt. Sie haben Ihren letzten Einsatz noch nicht gesehen. Und an Kampfgeist fehlt es auch nicht. Guter Thirdbaseman, wie. Nerven wie Drahtseile.

Da räumen Sie mir einen ziemlichen Vertrauensvorschuß ein, Mr. Africa.

Vorschuß gibt es bei mir nicht, Mr. Mallory. Klare Verhältnisse, alles per Kasse. Verstehen Sie. Wenn die Lady sagt, Hier hast du meinen Fido. Führ ihn aus und ich gebe dir nachher einen Quarter. Läuft nicht. *No way*. Tut mir leid, Ma'am. Legen Sie mir den Quarter hier in die Pfote, und dann toben Fido und ich ein paarmal um den Block. Kein Vertrauensvorschuß. Nicht die andere Wange. Einmal gemacht, Mr. Mallory, *paff*, gibt keine Wangen zum Hinhalten mehr.

Ich habe nie daran gezweifelt, daß Sie ein guter Geschäftsmann sind, John Africa. Mit Köpfchen.

Köpfchen. Ha, das gefällt mir. Köpfchen, Sie sagen es. Darum geht es doch, oder. Neue Geschäfte, neue Kräfte. Neues Kräftespiel, neues Glück. Ona Move.

Ein herrlicher Morgen.

Sie sagen es. Gibt noch blauen Himmel, wetten. Blau, wie er hier überhaupt werden kann. Und warm, aber nicht zuviel Ehrfürchtigkeit. Klar mein ich Feuchtigkeit, Mr. Mallory. Aber Ehrfürchtigkeit klingt besser. Ehrfurcht ist hier leider Mangelware.

Da haben Sie recht.

Deshalb heißen die richtig heißen Tage Hundstage. Hunde vertragen das heiße, feuchte Wetter noch weniger als Menschen. An heißen Tagen wollen sie nur eins, einen schattigen Fleck finden und dösen. Hunde stehen auf Wetter wie heute morgen. Bißchen kühler, bißchen frisch. Da werden sie munter, kaum zu halten. Sehen Sie sich die Schwänze an, wie sie wedeln, die Ohren, gespitzt, hören jedes Wort. Steht nichts still an den treuen Gefährten. Während ich an sogenannten Hundstagen das Gefühl habe, als würde ich eine Fuhre Metzgerfleisch hinter mir herschleifen. Aber wenn es ist wie heute morgen, kann ich sie kaum halten.

Winselnde Hunde. Winselnder Film, als er weiterspult. Wörter. Um Freiheit erst winseln, dann heulen. Film, der zu lang in einem schwarzen Kasten eingesperrt ist, winselt wie ein ins Freie drängendes Tier. Kratzen, klickklackerndes Kratzen und Wetzen der Krallen auf dem Gehweg. Auf dem Sprung. Kaum zu halten. Wenn sich die Ketten an ihren Halsbändern in Luft auflösten, würden sie es merken. Würden sie losjagen. Könnten sie auch dann noch fliegen, wenn ihr rastagelockter Lenker, Zügel in der Hand, nicht inmitten der Meute schwebte und *No woman, no cry* in den Wind sänge, der ihre Ohren anlegt, der die Wimpel ihrer Schwänze aussteift.

Ihre Leute sind aber früh zu Gange heute morgen.

Aber ja. Wie jeden Morgen. Das wissen Sie doch.

Ein ziemlich hoher Zaun, den Sie da errichten. Soll er die Leute draußenhalten oder drinnen, Mr. Africa.

Sie wissen doch, wie das ist heutzutage. Zäune, die das System gegen uns errichtet hat, schnüren ab wie der zugenähte Bürzel vom Truthahn an Thanksgiving. Turmhoher, turmdicker Zaun, und sie haben den einzigen Schlüssel. Da sind doch so ein paar Streikpfosten, wie wir sie errichten, kaum mehr als ein Strich im Sand.

Ziemlich robuster, ziemlicher hoher Strich, will mir scheinen.

Wenn schon, denn schon, was sollen wir da lange fackeln. Da setzen wir doch gleich was Reelles hin, was ein bißchen Schutz bietet. Was ihnen wenigstens ein paar Knüppel zwischen die Ketten wirft, wenn sie mit dem Bulldozer kommen. Verstehen Sie, was ich meine. Wir wollen es den Cops auch nicht zu leicht machen, oder, Mr. Mallory.

Gutes Material haben Sie da. Brandneue, gerade, starke Bretter.

Nachtholz. Verstehen Sie. Holz, das nur im Dunkeln rauskommt. Importiert. *Midnight special.* Noch haufenweise hinterm Zaun, sieht man nur, wenn man auf den Hof geht. Wenn wir unten fertig sind, kommt noch eine Barrikade aufs Dach. Wenn es nach uns ginge, würden wir eine Wand ums ganze Viertel ziehen, um die Cops rauszuhalten.

Das gibt einen ganz ordentlichen Strich im Sand, wenn er fertig ist.

Aus Stahl wäre der, wenn es nach uns ginge. Wenn wir ein paar Nachtlieferungen Stahlblech und Masken und diese Niethämmer organisieren könnten. Ein Fort Apache aus Stahl würden wir uns in dieser Philly-Wildnis errichten. Hat doch der gute Elijah Mohammed gesagt, oder nicht. Wildnis.

Sie sind jederzeit gern willkommen, Spazierfreund. Kriegen eine Spezialführung. Lernen die ganze Move-

Familie kennen. Kluge alte Köpfchen wie Ihren könnten wir gut brauchen. Den Rat unserer Ältesten. Kommen Sie vorbei. Ich lasse nicht locker, bis Sie dabei sind: Ona Move.

Ihre Schutzbefohlenen zerren an den Leinen, als wären sie auch gern ona Move.

Ideales Laufwetter. Das wissen sie besser als wir. Hier wäre sowieso alles besser, wenn wir Zweibeiner unsere Sinne nur halb so gut beisammen hätten wie die Vierbeiner. Der Jammer ist, daß es ja möglich wäre, wenn wir wollten. Wozu haben wir unsere fünf Sinne. Werden uns genauso mitgegeben wie den Vierbeinern, Vögeln und Fischen. Unsere Herzen besitzen viel Weisheit, wenn wir nur endlich davon Gebrauch machen würden.

Wann wird das wohl sein, Mr. Mallory. Wann. Einen schönen Tag noch, passen Sie auf sich auf.

Sie auch, John Africa.

Los, ihr. Na los. Ona Move.

Als er zuvor am Move-Haus vorbeigekommen war, hatten die Männer die Arbeit schon aufgenommen. Durch eine Lücke, wo der Palisadenzaun noch nicht stand, sah er, daß Fenster vernagelt, Türen verstärkt worden waren. Vor der Veranda hatte man eine Barrikade errichtet. Zwei Dreadlock-Männer maßen ein Tor aus, das zum Einpassen an einem der Pfosten am Eingang lehnte. Einer mit Sonnenbrille und Stirnband um die Rastalocken pfiff vom Dach, als wollte er melden, Alter Kauz im Anmarsch.

Move-Haus und Move-Bewohner waren im Diner Dauerthema, ob John Africa, den andere Dogman nannten, zur Runde gehörte oder nicht. Entweder hielt John Africa Predigten über sich und seine kleine Schar, oder es wurde, wenn er nicht da war, über ihn geredet.

Nicht anwesend war John Africa, als Reverend Watt sagte, Geht mich nichts an, aber wo haben sie das Holz her.

Gutes Holz ist teuer, und die Leute müssen doch jeden Cent zweimal umdrehen. Hab selbst lange genug gesägt und gehämmert, bevor mich der Herr zu anderen Werken rief, aber Hämmern und Schnitzen sind geblieben, also versteh ich was von Holz.

Geht mich nichts an, aber ich seh keine Holzhändler bei denen vorfahren. Muß die Nase nicht in alles stecken, mir im Grunde egal, wo sie das Holz oder sonstwas herhaben, solange sich bei mir nichts selbständig macht. Gegenteil, wenn ich bißchen Holz hätte, würde es ihnen geben, wenn sie nett fragen.

Was kümmerts mich, was hinter meinem Rücken passiert, aber spielt sich alles direkt vor meinen Augen ab. So wahr ich auf meiner Veranda sitze. Was reinkommt. Was rausgeht. Was soll ich sonst auch machen, tauge ja zu nichts mehr als den Herrn preisen. Was soll ich da groß machen als zugucken. Wozu hat mir der Herr sonst Augen im Kopf gegeben. Wird doch gemeint haben, ich soll sie benutzen. Wäre glatt undankbar, nicht hingucken zu wollen. Blinder würde seinen rechten Arm dafür hergeben. Wenn also der Herrgott dich schon mit einem tadellosen Paar Augen segnet und ein bißchen Zeit hernieden, sie zu benutzen, da wäre es doch Sünde, wenn du ihm das ausschlagen wolltest.

Bedienen sich irgendwo, kann doch nicht anders sein. Holz wächst nicht an Bäumen. Jedenfalls nicht hier bei uns. Und hat sich ja niemand gemeldet. Niemand versucht, es sich zurückzuholen oder die Leute hinter Gitter zu bringen, also kommen sie wohl ungestraft davon. Nun verkünde ich ja fast mein Leben lang schon Gottes Wort, und ich lebe meist nach seinen Geboten. Bin gläubiger Christ und nicht dafür, an dich zu bringen, was dir nicht gehört, aber es wird allmählich Zeit, daß hier mal jemand ungestraft davonkommt. Allmählich Zeit für ein bißchen Heimzahlung. Bißchen Auszahlung. Gott möge mir vergeben, aber das würde ich gern noch erleben, daß hier ein paar mehr Leute ungestraft davonkommen.

Reverend Watt spricht also von dem Zaun, der um die Bruchbude Ecke 33rd und Powelton hochgezogen wird. Von Männern und Frauen, die Rastalocken tragen. Beim Reverend staunt man geradezu, wenn seine schweren Lider blinzeln, sein Mund sich öffnet und Worte ertönen. Sein Gesicht ist eine aus Holz geschnitzte Maske, alt wie Afrika, und den Stempel Afrikas tragen auch Mund und Nase, die Mahagonihaut, die so zerfklüftet ist, daß man ein Kameraobjektiv in die Furchen senken könnte. Was würde die Kamera wohl sehen.

Yes sir. So wahr ich hier sitze. Hätten sie mich gefragt, ich hätte mit Hand angelegt und aus dem guten Holz auch einen guten Zaun gebaut. Ordentlich, stabil und bombenfest. Werden natürlich einen Teufel tun, einen alten, halblahmen Gottesmann zu fragen. Was, der alte, dreibeinige Watt soll bei uns herumschlurfen und stochern, *no way*. Zeiten, wo der hätte hämmern und sägen und Zäune bauen können, sind längst vorbei, sagen die sich.

Gehe am Krückstock, stimmt schon, aber kein Grund zur Klage. *No sir.* Herrgott ist zum alten Watt immer gut gewesen. Gibt genug Jüngere, die nicht mehr gehen und stehen, reden und atmen. Genug, die in Rollstühlen sitzen. Genug, die wie die Schnecken mit ihren Gehwagen rumkrauchen. Vier Beine. Eines. Oder Räder. Sechs Beine wie die Spinnen. Danken muß man für die Beine, alle wie sie da sind, Amen.

Die Brüder viel zu beschäftigt, um mit einem alten Methusalem ein Schwätzchen zu halten, der am Krückstock vorbeihumpelt. Vollkommen in Ordnung. Hab auch zu tun, Namen des Herrn. Bete für die kleinen Kinderlein im Haus. Die ganze Bande, die da mit ungekämmtem Haar herumsaust, nackt, wie sie der Herrgott geschaffen hat.

Ganze Handvoll von denen bei Move sind ja selbst hier im Viertel großgeworden, *Yessir*. Hab ihre Daddys und Mamas gekannt. Und deren Daddys und Mamas. Bin Ururgestein. Gibt kaum noch älteres Urgestein hier in der Gegend. Ganze Handvoll von denen kannte ich schon, wo sie noch kniehoch waren. Geht so schnell, eh du dich versiehst, sind sie erwachsen und wackeln die eigenen Kleinen hinter ihnen her. Fast so, als wäre es immer die gleiche Horde Pikin, die kreischt und tobt und tollt, die gleichen jungen Eckensteher, gleichen gackernden Hühner und galligen alten Gockel, die im Staub picken. Das Viertel verändert sich nicht. Wenn ich mich umsehe, rückt heute genauso wie früher der nächste gleich nach, andere Namen, gleichen Lücken, die gefüllt werden. Eine läuft mit dickem Bauch durch die Gegend, andere arme Seele geht zum Herrn ein. Egal mit welchem Namen, rückt immer jemand nach. Kommt mir manchmal vor, als wär bloß ich alt geworden. Hab auch nicht gerastet, auch alle Stationen durchwandert, scheint mir aber, daß ich auf dem letzten Posten länger roste als andere. Erkenne beim einen im Sommersprossengesicht die Mama. Die Pik-As-Nase vom Daddy. Oder vielleicht ist es ja der Daddy. Oder der Daddy vom Daddy. Gestern die Mama gesehen und für die Tochter gehalten, heut weiß ich gar nicht mehr, was ich davon halten soll. Spielt auch keine Rolle, oder, weil es immer das gleiche ist. Hauptsache, es rückt immer jemand nach.

Jungen Männer haben nicht alle Sinne beisammen, die sie haben. War ziemlich frisch heute morgen, und die kein Hemd am Arsch. Ich hab schon beim Anblick gefroren. Frösteln sitzt mir jetzt noch in den Knochen. Muß der Saft sein, in dem sie stehen.

Müßte sie fast beim Namen rufen können. Familie nennen können, zu der sie gehören, wär da nicht dieser Nebel in meinem Hirn. Schließlich Kinder von jemand. Leute, deren Namen ich wissen müßte. Selbst noch halbe Kinder und schon einen Haufen eigenen Nachwuchs, der da krauswollen und halbnackt rumtobt, wie ihre Mamas und Daddys früher auch. Böse Zungen behaupten, sie würden ihre Hunde besser behandeln als die Pikin, aber, möge mir der Herrgott verzeihen, das ist eine gottverdammte Lüge. Mit eigenen Augen hab ich gesehen, wie sie mit ihren Kindern umgehen. Den eigenen Augen hier im eigenen Kopf. Sagen doch alle ständig, oder. Den eigenen Augen. Aus welchen Augen sollst du denn sonst rausgucken.

Ich rede mit den Kindern. Alles kleine Heiden, das wohl, aber niedlich und hellwach und hellbrabbelnd. Müßte den Eltern Prügel androhen, aber die Babys können ja nichts dafür, daß sie Gottes Wort nie gehört haben. Niedliche kleine Teufel, wenn ihr mich fragt. Und das habt ihr doch, oder nicht. Mich gefragt, was ich da oben an der Ecke mitkriege. Weil so wahr ich hier sitze, ich will Zeugnis ablegen alle Tage, die mir der Herrgott noch läßt.

Als Mr. Mallory an diesem Morgen ein zweites Mal am Move-Haus vorbeikommt, ist es früh, aber offenbar nicht zu früh für einen Cop in Zivil, der sich eine braune Papiertüte unter den Arm geklemmt hat, als wäre es das Normalste von der Welt, daß ein Weißer, den kein Mensch in der Gegend hier kennt, im Viertel im Morgengrauen einkaufen geht. Warum trägt er da nicht gleich seine blaue Uniform, poliert die Messingknöpfe und seinen Blechstern auf Hochglanz, schnallt sich seine Dienstwaffe um und stapft in seinen SA-Stiefeln umher. Für wie blöd hält man die Leute hier eigentlich, daß man glaubt, ein Spitzel könnte unbemerkt in der Nachbarschaft herumschleichen, selbst wenn ihn nicht schon seine Dienst-Treter mit den dicken Kreppsohlen verraten.

Seht nur, Brüder. Da kommt Officer Pork und bringt uns das Frühstück, ruft der auf dem Dach. Versteckt bloß den Stoff und die AK-47er, Genossen.

Der Cop tut ganz so, als hätte die Stimme von oben mit ihm nichts zu tun. Aber sein Nacken läuft rot an, das Blut schießt ihm in die Wangen, und an der nächsten Ecke macht er eine zackige Kehrtwendung, weg von der Zaunbauerei, als wäre *weg* von vornherein seine Richtung gewesen. Als interessierten ihn Schwarze, die an einer der größten Kreuzungen einer Wohngegend von West Philadelphia wie wild hämmern, sägen, nageln, Löcher für Pfosten graben und einen Befestigungsbunker errichten, nicht im geringsten. Nur mal eben im Morgengrauen schnell Brot holen, eine Tüte Milch, eine Packung Makkaroni.

Was haben Sie denn da in Ihrer Tüte, Mr. Officer Undercover. Wetten, es ist die Fotze von seiner Mama. Oder vielleicht hat er sein Ding da drin. Hey, Pork. Haben die Jungs auf der Hauptwache dir heute morgen einen Schwanz ausgehändigt. Und jetzt trägst ihn schnell nach Hause, damit du eine Runde rubbeln kannst, wie, Officer Pork.

Und dann bricht die reinste Farm-Arie los. Schweinegrunzen, Eselsschreie, Hühnergackern, Kikerikis und Muhen. Einer der Bunkertypen muß vom Land sein, denn er legt ein ziemlich überzeugendes Schweinsquieken hin, *k-wiiiiek, k-wiiiek*. Die Dreads brüllen vor Lachen, aber der Baulärm geht weiter, während sie den Cop mit ihrem Spott vertreiben. Fast könnte er einem leid tun, wie er da rund und rosig mit eingezogenem Korkenzieherschwanz in seinen schwarzen, waffelsohligen Tretern die 34th runterschleicht.

Das sind die Bilder, die er festhalten will. Bilder von dem, was nicht passiert, und dem, was passiert. Was heute morgen zum Beispiel die Luft dick macht. Was aus den Augen, aber besser nicht aus dem Sinn ist. Was passieren müßte oder könnte, auch wenn es nicht dazu kommt. Die stille, aschefarbene Stadtlandschaft, die sich in den nächsten Minuten den Blicken Tausender und aber Tausender Augenpaare darbieten wird, die sie in Millionen und aber Millionen aufsässige Stücke aufbrechen werden, die keine Kamera je wieder zusammensetzen kann.

Ein Bild von der blinden Miss Gillingham auf den Verandastufen. Auch blicklos weiß sie, wann jemand vorübergeht. Kennt die meisten mit Namen. Wirft andernfalls ein dünnes *Wer da* aus. Sie weiß, ob du winkst oder nicht. Kinder machen sich einen Sport aus dem Versuch, vorbeizuschleichen, ohne daß sie es merkt, bis sie alt genug werden zu begreifen, daß es kein Spaß ist. Und daß sie sowieso immer verlieren. Sie merkt es. Sie merkt es, und sie merkt es sich.

Bild von der Zeit, als sie beide noch Kinder waren und er dem häßlichen kleinen Mädchen auf der elterlichen Veranda, auf der es jeden Tag in einem frischen Kleidchen saß, das üppige Haar geölt und geflochten, mit diesen blöden schneeweißen Söckchen und makellosen weißen oder blanken schwarzen Lackschuhen, die glänzten wie Spiegel, die Zunge herausstreckte. Am liebsten hätte er, schmutzig und verschwitzt, wie er war vom Herumstromern mit seiner Bande, ihr Matsch in die rüschigen Röcke ihres gestärkten Kleidchens gerieben oder eines ihrer ordentlichen Zöpfchen aufgezogen, sie alle aufgezogen, bis ihr das krauswollene Haar abstand wie bei Alfalfa im Kino. Ja, auch er war mal ein verdreckter brauner Bengel gewesen, der sich mit den Fingern die Mundwinkel breitzog und der gezierten kleinen Miss Muffet, die wie ein schwarzes Püppchen auf ihrer Veranda thronte, eine schlackernde Zunge zeigte. Ein Bild, das er aufnehmen würde und am liebsten gleich verbrennen, sobald sich Licht und Schatten auf dem Papier abzeichneten, das durch die Entwicklerwannen wanderte.

Ich weiß, was du da machst, und es ist nicht nett. Du bist ekelhaft und gemein.

Während seine Clique von der Mitte der Straße aus zusah, war er auf den Kantstein getreten, möglichst weit von der Veranda entfernt und trotzdem noch auf dem Gehweg, weit weg vom Schaukelstuhl, in dem sie den ganzen Tag saß und nichts sah, ganz vorn auf der Schaukelstuhlkante, damit ihre Puppenfüße noch die Verandabretter erreichten. In der Stille, die auf ihre Worte folgte, dachte er kurz daran, sich mit den an den Mundwinkeln festgewachsenen Fingern das Gesicht runter- und sich die Augen auszureißen. Statt dessen ließ er die Hände sinken und vergrub sie in den Taschen seiner schmutzigen Kniehosen. Ließ sich von den schönsten Augen ertappen, die er je gesehen hatte und je sehen wird; keineswegs milchig, eitergrün beziehungsweise teuflisch blutrot beziehungsweise zugenäht, tot, tot hinter geschwollenen Lidern, Augen, die sich nie öffneten, wie in den Lügen über sie, die er geglaubt hatte, denn er hatte ja auch nie hingesehen, hatte sich gefürchtet oder geschämt oder einfach nicht die Mühe gemacht, weil er ja wußte, was er von den Augenhöhlen einer Blinden zu halten hatte.

Nachdem ihre verletzte Stimme ihn entblößt hatte, brachten ihn die Augen zum Schmelzen, bis er weich wurde wie warme Butter auf Toast. Nicht, daß es ihm leid tat, ihr die Zunge herausgestreckt zu haben. Damals nicht, als Herr der Straßen oder wo immer er sich sonst herumtrieb und schmutzig machte, auf alles gefaßt machte, mit seinen Jungs stark machte. Nicht, wo er mit den Händen in den Hüften dastand, Kopf trotzig erhoben, Kinn vorgereckt, den Blick wie zum Niederstarren scheinbar auf sie gerichtet, während er in Wirklichkeit den Briefkasten neben dem grüngestrichenen Rahmen der Fliegengittertür fixierte, alles, solang es nur außerhalb des Bannstrahls ihrer unglaublichen Augen lag. Hätte nicht behaupten können, daß es ihm leid tat, denn leid tat es ihm nicht. Nein. Leid war gar kein Ausdruck. Reue über den Fehler, dem blinden Mädchen gegenüber gemein und häßlich gewesen zu sein, war gar kein Ausdruck. Und jetzt fiel ihm nichts Schlaues oder Bedauerndes ein, das sich nicht rächen würde, sie erneut verletzen müßte und ihn doppelt, also balancierte er noch eine Weile auf dem Kantstein, so lange, wie er das Gleichgewicht halten konnte, was nicht sehr lang war oder aber ein Jahr, und ließ sich dann rückwärts zurückstolpern, Opfer der weichen Knie, die ihm die wunderschönen Augen gemacht hatten. Verteidigte die Stellung vielleicht noch drei Sekunden, ehe er so schnell er nur konnte die Straße runterflitzte, als würde er, wenn er nur schnell genug, nur weit genug rannte, mit Wörtern zusammenstoßen, die rücksichtsloser und reinigender wären als *Tut mir leid,* und könnte sie zurücktragen, von seinem eigenen Blut triefend, und sie ihr als Gabe vor die Füße legen.

Zu früh, als daß Miss Gillingham schon auf ihrer Veranda sitzen würde, zu früh für die leise Andeutung eines Nickens, mit dem sie regelmäßig sein Winken quittiert. Sie will niemand übermäßig viel darauf zugute halten, daß man ihm Manieren beigebracht hat und er sich wie ein Mensch verhält und einer blinden alten Dame zuwinkt, die auf ihren Verandastufen festsitzt und die überhaupt nichts mehr überraschen kann, denn es gibt nichts, was ihr nicht schon vor den Schaukelstuhl, vors Haus gekommen wäre, ihr, die zu Recht ein Winken oder ein Guten Morgen von Passanten erwartet, und sei es aus dem einzigen Grund, daß sie lebt und du auch, also seid ihr euch doch wenigstens soviel schuldig, auch wenn sie sehr wohl noch weiß, was du einmal getan hast, als du dir wie ein Held vorkamst, als du sie verspottet hast, dachtest, du kämst ungestraft davon, weil es ja niemand gesehen hatte außer deinen rotznasigen, wollköpfigen Kumpeln mit ihren dreckigen Hosenboden mitten auf der Straße, die auch längst alle fort sind, in die Leere dieses tiefhängenden grauen Morgens geflickt, die unbevölkerte Veranda, die du so aufnehmen würdest, daß niemand das Bild halten könnte ohne die Ränder hochziehen und unter der einen Szene nach der nächsten schielen zu wollen.

Sie nickt ihm recht kühl zu, wenn er sie begrüßt, so daß er nicht umhin kann sich zu fragen, ob sie sich genauso erinnert wie er. Aber er zählt auf ihr kurzes Nicken, zählt darauf, wie er darauf zählt, daß sie das Geräusch seines Winkens hört oder dessen Fehlen, sollte er je wieder versucht sein, ihr einen Streich zu spielen.

Ihre Veranda die letzte Veranda, das letzte Haus. Wärst du der böse Wolf, du hättest keine Schwierigkeiten, es umzupusten. Einmal tief Luft geholt, und das Stroh von Miss Gillinghams armseliger Hütte würde in alle vier Himmelsrichtungen fliegen. Na ja, nicht direkt Hütte, sondern Holzhaus in einer ganzen Zeile, letzte bewohnte Behausung der letzten der nach und nach, Monat für Monat mit Brettern zugenagelten Zeilen vor den endlosen Straßenzügen unbewohnter langer Lagerhausschuppen und gedrungener, fensterloser Zementbunker, in denen seiner festen Überzeugung nach Leichen eingelagert werden, oder das, was übrig ist, wenn sie mit ihrer Drecksarbeit fertig sind und die Spuren irgendwo beseitigen müssen, wo niemand nachforscht.

Östlich davon sind Collegewohnheime auf dem Schutt ähnlicher Abrißgrundstücke voll geheimer Abfälle und Gifte entstanden. Die riesigen Lagerhallen und Warenhäuser hat die Stadt abgerissen und statt dessen Leichtbausteinwohnheime hochgezogen, die über Nacht aus dem Boden zu sprießen schienen, spukhäßliche Klötze, die nach Regenfällen stanken, als wäre da was Erwürgtes, Untergepflügtes, Verscharrtes.

Einzige, wo du um diese Tageszeit hinkonntest und was essen, war O.D.s Diner auf der Haverford Avenue. Rund um die Uhr geöffnet. Hatte früher sogar mal rote Neonreklame auf dem Dach gehabt, *Always Open*, aber nach und nach – dauerte Jahre – waren die Buchstaben gestorben. Langsam. Ganz langsam gaben die Buchstaben einer nach dem anderen den Geist auf. Er gewöhnte sich an die fehlenden Lettern. Ihm fehlten sie gar nicht mal so besonders, weil er die blinkende Botschaft der Reklame weiterhin las, als wäre sie vollständig. *Always Open*. Überrascht, wenn ihm aus irgendeinem Grund das Fehlen eines Buchstabens ins Auge sprang und er sich dachte, Verdammt. Wieder einer weniger. Wie lange schon. Verdammt. Bloß noch eins-zwei-drei-vier-fünf übrig. So wie plötzlich in den Mündern von Leuten, die so alt waren, wie er es langsam wurde, eines Tages keine Zähne mehr waren, wo er doch hätte schwören können, daß es beim letzten Hinsehen mindestens noch drei oder vier Stümpfe gegeben hatte. Eines Tages keine roten Buchstaben mehr, bloß saftlose Röhren, dreckverschmiert stumpf und insektenverklebt dort oben auf dem Diner. Wer hatte die Reklame ausgeschaltet. Nicht mal der große Stromausfall, der ganz Philadelphia in Finsternis stürzte, hatte O.D.s Reklame was anhaben können. Nach so langen, hell erleuchteten Jahren, bei jedem Wetter, Tag und Nacht, warum sollte da jemand den Stecker rausziehen. Mußten erst alle Buchstaben weg sein, damit ihm wieder klar wurde, daß die Reklame längst auf das letzte halbe rote *e* runtergebrannt war und das schon seit Wochen.

Entschuldigen Sie, Mr. Mallory. Ich weiß ja, daß Sie Ihren Kaffee gern mit nach hinten nehmen, bevor die Jungs reinplatzen und hier morgens die große Quasselei losgeht. Aber ob Sie wohl einen Augenblick Zeit hätten.

Selbstverständlich, Mr. O.D. Ich habe in der Regel zwar ganz gern meine Ruhe, aber ich kann auch ein guter Zuhörer sein.

Also, wenn Sie mir einen Augenblick Ihr Ohr leihen wollen, würde ich Sie bitten, sich hier zu mir an den Tresen zu hocken, weil ich da eine Frage hätte, sofern mir Zeit bleibt, bevor hier wieder der Laden brummt.

Mr. Mallory, ist schon mal jemand aus Ihrer Familie oder jemand, der Ihnen nahesteht, vielleicht näher als die Familie, im Bau gewesen, ich meine im Gefängnis.

Ich habe meine Familie vor langer Zeit verloren, und wenn ich ehrlich sein soll, ist Nähe etwas, was ich seitdem meide. Aber das sind alte Geschichten, und Sie haben etwas anderes auf dem Herzen, oder. Nein, die Situation kenne ich nicht. Aber Sie, Mr. O.D.

Ein Mensch, den ich über alles liebe.

Muß gestehen, hier und da ist mir wohl mal was zu Ohren gekommen über ihren jungen Freund und seine Schwierigkeiten. Genug jedenfalls, um zu wissen, daß etwas Schlimmes passiert sein muß.

Ach, die Leute reden, Mr. Mallory. Die Leute reden, aber sie haben ja keine Ahnung. Erfinden Geschichten. Erzählen dicke Lügen über Dinge, von denen sie nichts verstehen. Ich bin auch ein guter Zuhörer, obwohl ich mich ja nicht lumpen lasse, wenn hier gelogen wird, daß sich die Balken biegen. Ich kriege ja vieles zu hören. Was die Leute über mich reden und über andere und über sich selbst.

Aber es spielt letztlich keine große Rolle, ob Sie schon jemand im Knast hatten oder nicht; Sie weilen ja schon ein paar Jährchen in diesem Jammertal und haben eine Menge vom Leben gesehen. Das ist mir gleich aufgefallen, als Sie das erste Mal hier zur Tür reinspaziert sind. Habe ich gleich an Ihren Augen gesehen, daß man mit Ihnen wenigstens vernünftig reden kann.

Ich bin ganz Ohr.

Ich danke Ihnen, Mr. Mallory. Darf ich Ihnen ein Frühstück herrichten, während ich rede. Da haben die Hände auch was zu tun, wenn die Zunge schon flattert. Wie wäre es mit Rührei. Besonderer Mix heute. Also Rührei und etwas Vollkornweizentoast, wie Sie und Dogman es mögen, und dazu einen O-Saft.

Ganze Batterie Drehhocker vorm Tresen, rote Kunststoffpolster mit Silberziernaht auf Silberfüßen. Alle Polster an mindestens einer Stelle geplatzt. Man sieht die Füllwatte, die möglicherweise mal weiß war, jetzt aber von einem schmuddeligen Gelbgrau. In einem oder zwei sind so tiefe Löcher, daß unter der Watte der grüne Schaumstoff vorguckt. Die Hocker quietschen. Manche wackeln. Ihre Wunden sind mit Plastikfolienband verarztet. Auf einem ganz am Ende der Reihe hätte man seine liebe Not, überhaupt noch Rot zu entdecken: ein einziges Karo- und Zickzackmuster aus schwarzen Klebstreifen. Die Hocker sind hoch. Eine Stange unten knapp über dem Fußboden dient denen mit kurzen Beinen als Tritt, ansonsten beim Sitzen als Stütze für müde Füße, oder aber du stößt dir mörderisch den Knöchel, wenn du nicht aufpaßt und die Stange vergißt, denn ob du rauf willst oder runter, sie ist immer da. Bei seinem ersten Besuch in O.D.s Diner juckte es ihn, die Hocker alle wie Kreisel zu drehen. Sie alle gleichzeitig in Gang zu halten wie ein Jongleur Teller auf Stangen. Wollte ein kleiner Junge mit Vanilleeiswaffel auf einem großen Hocker sein und herumwirbeln, immer schneller, der ganze Diner ein Karussell, das sich mitdrehte, wie die Tiger um den kleinen schwarzen Sambo. Bis alles schwindelerregend schnell vorbeizischte, während in seinem Mund die kalte schmelzende Süße zerrann, immer weiter und weiter, bis er die Bremse zog. Und hoffte, daß ihn an diesem ersten Morgen sein Gesichtsausdruck nicht verriet, hoffte, daß niemand den kleinen Jungen auslachte, der schwindelig, auf unsteten Beinen, das Kinn mit Eiskrem bekleckert, vom Karussell torkelte.

Irgendwie habe ich mir gleich gedacht, daß sich mit Ihnen besser reden läßt als mit anderen Leuten. Weiß auch nicht, warum. Trotzdem konnte ich mich nicht durchringen, Sie zu nerven, bis ich Sie heute morgen reinkommen sah. Danke fürs Zuhören. Bin aufrichtig dankbar.

Sehen Sie, Mr. Mallory, ich hab selbst mal gesessen. War ziemlich wild in meiner Jugend. Ein Glück eigentlich, daß sie mich geschnappt haben, weil mir mein Leben und das der anderen scheißegal war. Habe es richtiggehend darauf angelegt, hopszugehen, aber statt dessen haben sie mich hopsgenommen und eingesperrt. Und nicht zu knapp. Lange genug, daß ich kuriert war und da nie wieder rein wollte. Jeder Tag drinnen ist hart, Mann, hart, wer Ihnen was anderes erzählt, der lügt. Am härtesten für Schwarze, obwohl wir uns da drinnen ja weiß Gott nicht allein fühlen brauchen. Zeit absitzen ist schwer genug, aber ich will Ihnen sagen, wenn jemand sitzt, den du liebst wie deinen eigenen Sohn, dein eigen Fleisch und Blut, dann ist die Qual größer, als wenn du selbst brummen mußt. Jeder Tag Knast für dein Baby bedeutet wieder ein Stück sterben.

Du kannst ja nicht mit ihm tauschen. Würdest du sofort machen, geht aber nicht. Also leidest du tagein, tagaus, weil du machtlos bist. Ihm schlagen sie Wunden, er ist der, der blutet, möglicherweise wird er daran verrecken, aber sein Leid ist wenigstens greifbar, sichtbar. Er hat die Wunde. Du hast bloß die Schmerzen. Kein Loch, das du stopfen könntest. Was in dir zerbricht, läßt sich nicht richten. Gibt keine Besserung, so lange er da drin leidet. Ich würde ja sofort mit ihm tauschen, wenn das ginge.

O.D. kratzt mit seinem selbstgebauten Herdplattenkratzer die Grillplatte sauber, *Spätschicht muß besser saubermachen, verdammt,* Holzspatel, eckig, mit einer Stofftasche oben dran, in die er die ganze Hand schiebt wie in einen Handschuh, damit er mehr Druck ausüben kann. Zum Schrubben gibt es stachelige Metallborsten. Dann an einer Seite eine Art Bulldozerkante, mit der sich die verkohlten Reste in einen Schlitz hinter dem Grill schieben lassen. Speck sprotzt und zischt, als er die Streifen mit einem breiten, weichen Pinsel auf die heiße Platte drückt.

Mein Baby würde mich auslachen, wenn er wüßte, was ich Ihnen übers Tauschen gesagt habe. Ich höre sein heiseres Lachen, höre ihn sagen, Schön blöd. Höre ihn sagen, Hast wohl schon vergessen, wie es hier drin zugeht. Fünf Minuten, und es würde dir schon wieder einfallen. Würdest ganz schnell die Klappe halten. Das ganz schnell vergessen mit dem Tauschen. Mein Baby würde laut lachen, wenn er mich hören könnte, und das würde mich auch nicht wundern, aber trotzdem meine ich, was ich Ihnen sage, Mr. Mallory.

Warum heißt es eigentlich Zeit absitzen. Frage ich Sie. Sie sind ein kluger Mann. Reden wie ein gebildeter Mann. Sitzt denn nicht jeder auf Erden seine Zeit ab. Wie sollte man sie nicht absitzen. Außer man ist tot. Wie sollte dir jemand die Zeit erlassen können, ohne dich totzumachen. Und selbst wenn man dich totmacht, hat man dir trotzdem nicht die Zeit genommen. Deine Zeit ist um. Für jeden kommt die Zeit mit der Geburt, und geht zu Ende, wenn er stirbt, oder nicht. Die kann dir niemand geben oder nehmen. Zeit ist alles, was wir haben. Ein kleines Bündel Zeit, in dem wir rumlaufen. Wie eine Blase aus Blut und Knochen, Hitze und Gefühlen – bis sie platzt und wir futsch sind.

Verstehen Sie, was ich sagen will, Mr. Mallory. Hab ich nicht recht.

Also geht es beim Knast nicht wirklich um Zeit, die abgesessen oder dir genommen wird. Nein, wenn sie dich einlochen, wollen sie dir weismachen, daß du schon tot bist. Deine Zeit um ist. Sie versuchen, dir das Gefühl zu geben, daß du nichts bist. Niemand. Schlimmer als tot.

Ich hocke also tagein, tagaus hier draußen in der sogenannten freien Welt und weiß, daß sie versuchen, mein Baby umzubringen. Ich versuche, ihm Botschaften zukommen zu lassen. Du lebst, Baby. In meinem Herzen, in meinen Gedanken. Ich versuche, mit der ganzen Kraft meines gewaltigen Körpers die Botschaften durch die verdammten Knastwände zu pressen.

Ich weiß, daß du da bist, Baby. Weiß, daß du lebst. Laß nicht zu, daß sie dich das vergessen machen. Durchhalten, Baby. Halt durch.

Manchmal komme ich mir vor wie hinterblieben. Dann sage ich mir, Nichts da. Untersteh dich. Glaub ja nicht, daß er verloren ist, ja kein Selbstmitleid. Läuft nicht. Keine Trauer, verdammt. Wenn ich um ihn trauere, werde ich zum Feind. Wenn ich aufgebe und den Gedanken zulasse, daß er verloren ist, dann tue ich ihm genau das an, was diese Teufel ihm antun wollen.

Seine Zeit gehört ihm. Die können ihm diese Teufel nicht nehmen. Sie können sie ihm zwar auszählen, die Minuten und Stunden und Tage und Jahre, zählen und messen und mit soviel Kummer und Leid vollpacken, wie nur reingeht, aber seine Zeit bleibt seine. Sie können ihn in einen Käfig sperren, aber er gehört ihnen nicht. Ihnen gehört das Auszählen, aber nicht er. An manchen Tagen höre ich ihre Teufelsmäuler die Minuten auszählen, ich schwörs. Höre sie im Schlaf. Finde oft keinen Schlaf, so laut höre ich sie zählen. Höre die Teufel die Nägel in seinen kostbaren Leib treiben. Könnte ich doch bloß die Arme um ihn legen, daß der Nagel sich erst durch mich bohren muß. Und er weniger abkriegt.

Tut mir leid, Mr. Mallory. Weiß nicht, warum ich Ihnen so früh am Morgen mit diesen schrecklichen Dingen komme. Sie sind hier, weil Sie Kaffee und Ruhe wollen, und da überfalle ich Sie dann mit sowas.

Reverend Watt tastet sich tack, tack über die geflieste Schwelle des Diners, als wäre er blind wie Miss Gillingham. Das kleine Glöckchen bimmelt, als er die Tür aufdrückt, und bimmelt noch mal, als sie hinter ihm zuklappt. Er blinzelt und verzieht das gummibewegliche Gesicht, als kehrte er aus dem Tal der Schatten zurück, wieder sehend, aber nicht sicher, ob ihm gefällt, was er sieht.

Morgen, Reverend.

Guten Morgen, Reverend Watt.

Morgen, die Herren.

Kaffee, Reverend.

Aber ja, aber ja. Was sagen Sie zu dem wunderschönen Morgen, den uns der Herr schenkt.

Amen, Reverend. Kaffee und Ihr Doughnut kriegen Sie sofort. Sobald ich mit Mr. Mallory hier fertig bin.

Rührei wird Ihnen schmecken. Habe ein paar Chilischoten reingeschnitten. Weil Sie es doch sonst immer mit Tabasco besprenkeln, dachte ich, ich mach Ihnen mal ein Rührei, daß Sie den Tabasco glatt stehenlassen.

Ich bring dem Reverend eben seinen Kaffee, und das stell ich Ihnen warm. Danke, daß Sie mir heute morgen zuhören. Frühstück geht auf meine Kosten.

Bimmelt wieder. Zweimal. Dreimal. Dann bimmelt es ständig, Töne, die im Gewirr der vielen Gespräche am Tresen fast untergehen. O.D. hantiert auf seine bedächtige, geschäftige Art, was nicht heißt, daß er zu beschäftigt wäre, sich jederzeit in ein Gespräch einzumischen.

Ihr Jungs verdient meine Kochkünste gar nicht. So wie ihr alles mit eurem Salz und Pfeffer und Ketchup verkleistert, ohne auch nur einmal vorher zu kosten, müßte ich euch hochkant rausschmeißen.

Leckt euch die Lippen und grient mich an. Redet Blech, Mmm-hmmm, O.D., dein Rührei ist ein Gedicht. Ach was. Wo das arme Ei so im Ketchup schwimmt, daß es aussieht wie nach einem Blutsturz. Bei der Sauerei, die ihr euch da auf mein Gedicht haut, könnte ich euch genausogut Cornflakes mit Pomade vorsetzen, den Unterschied würdet ihr doch gar nicht merken.

Solltet euch an Mr. Mallory ein Beispiel nehmen. Mr. Mallory ist ein Gentleman. Der probiert erst. Zugegeben, Mr. Mallory gehört zur Tabasco-Fraktion. Tabasco muß sein. Aber das ist in Ordnung, weil er wenigstens probiert. Räumt meinen Eiern wenigstens eine Chance ein, bevor er ihnen mit seinem Tabasco kommt. Aber ihr Pappnasen, ihr verdient meine Kochkünste gar nicht.

O.D., sitzt deine Chefmütze heute zu stramm.

Leg dich bloß nicht an mit mir. Bin heute nicht zum Scherzen aufgelegt. Reicht, daß ich zusehen muß, was ihr mit meinem Essen anstellt.

Ich hab von dir noch nichts zu essen bekommen, Bruder O.D.

Ist auch nicht nötig. Kriege ich doch jeden Morgen zu sehen, euer Salz-und-Pfeffer-Massaker.

Jemand den Wetterbericht gehört.

Genug gehört, daß ich mehr gar nicht wissen wollte; das übliche.

Regen.

Von Regen war die Rede, von Besserung auch.

Soll meinetwegen ruhig regnen. Reinigt die Luft.

Luft hier ist doch lebensgefährlich. Fliegen ganze Gesteinsbrocken drin rum. Rennst ständig mit brennenden Augen durch die Gegend. Luft ist zum Davonlaufen. Wetter genauso.

Du, du bist hier geboren und wirst auch hier sterben. Da solltest du allmählich wissen, daß Philly das beschissenste Wetter auf der ganzen Welt hat. Im Sommer zu heiß. Im Winter kalt, klamm, daß es einem durch Mark und Bein geht. Nicht Süden. Nicht Norden. Dazwischen. Von beidem das Schlimmste.

Das kannst du laut sagen. Reinste Rednerckstadt, bloß daß die Rednecks sich nicht für Rednecks halten, weil die nächste Ausfahrt an der Turnpike New York City heißt.

Philly ist immer Provinz gewesen. Möchtegernstadt. Egal, wie groß sie wird, wird immer Provinz bleiben.

Und den Rednecks gehören. Cops wie Bull Connor, die gern Schädel aufschlagen, und als obersten Richter dem alten Niggerhasser Judge Lynch. Bumm. Hammer kommt runter, und wieder schickt der hammerharte Judge Lynch einen Bruder in die Todeszelle. Die Brüder in Ketten denken sich bloß, Und was gibts sonst Neues, Judge. Für uns ist das ganze Leben die Todeszelle.

Frischen Kaffee dazu.

Oh, besten Dank. Ich danke Ihnen, mein Freund. Chefmütze hat wohl doch nicht so aufs Hirn gedrückt, wie ich dachte. Bist ein wahrer Gentleman, auch wenn du zum Verrecken nicht kochen kannst.

Und was du kannst, weißt du.

Also Leute, hört her. Ihr wißt, wo der Kaffee steht. Drei Kannen frisch aufgebrüht. Schenkt euch selbst nach, aber denkt an den Quarter für den ersten Becher, ich hab hier was mit Mr. Mallory zu bereden. Jammer, daß er als einziger hier seine fünf Sinne beisammen hat.

Sinn salabim, aufgepaßt. O.D. hat gesprochen.

Ich werde mich auf den Hintern setzen und meinem Baby schreiben. Irgendwie habe ich das Gefühl, daß er einen Brief braucht. Ist schon zu lange. Dabei ist er in meinen Gedanken, Mr. Mallory, eigentlich die ganze Zeit. Aber dann fällt mir wieder ein, daß denken nicht schreiben ist und daß der letzte Brief Wochen her ist, vielleicht sogar Monate. Wie soll er denn wissen, daß ich an ihn denke, wenn ich es ihm nicht schreibe. Jeden Tag jage ich mit aller Kraft meine Botschaften raus, drücke, bis mir die Tränen kommen, aber Gefängnismauern sind nun mal aus Stein. Tonnenschwerem Stein, und was weiß ich, ob da mal ein Gedanke durchdringt.

Früher habe ich gebetet. Das Beten hat mir Grandmama beigebracht. Grandmama hat uns großgezogen. Mutter meiner Mutter. Big Mama hieß sie bei uns. Wenn ich zurückdenke, hat sie immer entweder gebetet oder geprügelt. Die Angewohnheit zu beten ist mir sogar geblieben, als ich auf der Straße gelebt habe, gesetzlos. Das Beten hat mir geholfen, das erste schlimme Jahr im Knast durchzustehen. Feste gebetet. Ganz feste. Dachte dabei an Big Mama auf den Knien oder mich auf den Knien und sie mit dem Lederriemen, während ich Gott anflehe, aus mir einen braven Jungen zu machen, damit sie bloß aufhört, mich zu schlagen. Ist im Schlaf gestorben. Friedlich wie eine Erdbeere, während ich weiter drum gebetet hab, ein braver Junge zu werden. Weiter Schläge eingesteckt und gebetet.

Eines Abends hatte ich in meiner Zelle gerade angefangen … Vater unser, der du bist, oder Herr, erbarme dich unser, oder womit ich auch immer angefangen habe, als ich jemand lachen hörte. War so schockiert, daß es mir das

Beten verschlug. Stocksauer, weil ich dachte, da liegt einer dieser verdammten Knast-Brüder genau wie ich mitten in der Nacht wach, aber das war es nicht. Grabesstille. Kein Mucks, nur mein eigener Atem. Als ich die Augen aufschlug und aufstand, rührte sich außer mir nichts. Da habe ich vergessen, worum es beim Beten ging. Wieder das Lachen. Lautes Gewieher, hämisch, höhnisch. Ist das etwa Gott, denk ich. Gott, der es satt hat, mich betteln zu hören, satt hat, mitansehen zu müssen, wie durch und durch schlecht ich bin und trotzdem so dreist, zu ihm zu beten. Jetzt zerklatscht mich Gott wie eine Fliege, denk ich. Er lacht, weil ich es nicht anders gewollt habe, und jetzt kriege ich von ihm eins in die Fresse. So einen Blödsinn reime ich mir in meiner dunklen Zelle zusammen, in der niemand ist als ich. Gott lacht, weil er mir kein Wort von dem glaubt, was ich bete. Weil weder er noch sonstwer mir das abkauft, erbärmliche, verlogene Heuchelei, da auf den Knien rumzurutschen. Wie komme ich dazu, Gott mit Fragen zu behelligen. War aber gar nicht Gott, der da lachte. War ich selbst. Lachte mich selbst aus. Und da war es endgültig vorbei mit dem Beten.

Bloß schicke ich, wie gesagt, immer noch Gedanken raus an mein Baby. Vielleicht bin ich auch jetzt wieder zum Lachen. Weil ich versuche, Gefühle durch Gefängnismauern zu drücken. Ist das denn anders als Botschaften durch zigtausend Meilen leere Luft in den Himmel hochzujagen. Was meinen Sie, Mr. Mallory.

Kann mir aber nicht helfen. Warte genauso auf ein Wunder wie alle anderen Idioten hier unten. Kommt ja hin und wieder vor, daß jemand in den Diner stürzt. Halleluja. Mann, Mann. Gebete erhört. Das große Los gezogen oder irgendein Kotzbrocken von Ehemann auf der Arbeit tot umgefallen und sie kassiert die Lebensversicherung. Straight Flush oder Krebs, der sich in Wohlgefallen auflöst. Ausnahmsweise mal Schwein gehabt, mehr nicht, und trotzdem glauben alle an Wunder. Erwarten Wunder. Warten auf Wunder.

Ich weiß ehrlich gesagt gar nicht mehr, was in meinem letzten Brief dringestanden hat. Schreibe einen Brief im Kopf. Einen einzigen langen Brief, da kommt das Neueste dazu, fliegt der Mottenkram raus, geschrieben wird er nicht, geschweige denn abgeschickt. Ich rede ja die ganze Zeit mit meinem Baby, aber nichts davon landet auf dem Papier. Wenn ich mich auf den Hintern setzen und einmal anfangen würde, ich glaube, ich würde von dem Stuhl nie mehr hochkommen.

Schande, wie sie die Jungs drinnen behandeln. Nächsten Monat am sechsten wird er einundzwanzig. Hat sich im Knast ganz allein zum Mann großziehen müssen. Dahinterkommen müssen, wie man in diesem Höllenloch Mann sein kann, wo doch genau das ein Verbrechen ist. Wo sie dich genau dafür fertigmachen. Den Mann in dir abtöten, darum geht es doch im Knast.

Da drinnen wirst du zum Rambo oder Arschkriecher. Lernst Prügel austeilen oder einstecken. Gibt nichts dazwischen. Wer anständig, wer menschlich bleiben will, ist bei allen unten durch. Nicht anders als draußen im Leben. Drogendeals, Sexdeals. Dickster Knüppel herrscht, und den regiert das Geld. Alles ist käuflich. Da mußt du wissen, was du willst und zu welchem Preis. Und selbst dann reißen sie dir das Herz raus. Fressen dich bei lebendigem Leibe. So schnell kannst du gar nicht gucken.

Wer soll das überleben. Vor allem, wer als halbes Kind eingelocht wird.

Warum ich ihn nicht besuche. Zwingen mich, laut zu sagen, was ich mir schon die ganzen Jahre sage. Ich schäme mich, darum. Ich besuche ihn nicht, weil ich mich schäme, dafür schäme, wie ich bin. Angst habe, ihn vor den Brüdern zu beschämen. Er hat drinnen von vorn anfangen müssen. Ein neues Leben. Wie hätte er mich erklären sollen, daß die draus schlau werden. Mann, ich werde doch aus mir selbst nicht schlau.

Die Leute glauben, ich würde ihn nicht besuchen, weil ich sauer bin. Nein. *No way*. Will gar nicht behaupten, daß ich nicht verletzt war, aber war doch gleich vergeben und vergessen. Nein. Ich *schäme* mich. Schämen, das hört sich schäbig an. Häßlich. Dumm. Aber so ist es.

Weswegen ich mich so schäme, Mr. Mallory. Ich bin ein fetter, halbschwarzer, krauswollener, unwissender Nigger. Klar, ist nicht verboten. Bin wahrscheinlich auch nicht besser oder schlechter als andere. Schlage mich durch wie alle anderen auch. Bin dankbar für jedes bißchen Hilfe und Zuspruch, wie alle anderen auch. Warum schäme ich mich, fürchte ich mich wegen der Liebe in mir. Das Beste in mir. Albern, oder. Schäme und fürchte mich zu sehr, um in den blöden Bus zu steigen, hinzufahren und zu sagen, Ich liebe dich, Baby. Von ganzem Herzen, mit ganzer Seele.

Würde er sich nicht für mich schämen. Würde ich ihm nicht schaden. Fetter, schlampiger, schmieriger Trampel, der da am Besuchstag aufkreuzt, soviel Liebe im Blick, im Herzen, daß ich mich wie der letzte Idiot benehme. Meinem Baby mit klatschnasser Hemdbrust gegenübersitze, wie so eine dämliche Kuh, der die Milch aus den Zitzen rinnt, für ihn, nur für ihn.

Wenn Sie mich jetzt entschuldigen, Mr. Mallory. Die Jungs nehmen mir den ganzen Laden auseinander, wenn ich nicht allmählich wieder nach vorn gehe. Danke fürs Zuhören. Konnte ich heute morgen brauchen. Bin dem Brief einen Schritt näher. Dem Bus einen Schritt näher. Lassen Sie Ihr Rührei nicht kalt werden. So viel Chilischoten kann man gar nicht reinschnippeln, daß es nicht doch irgendwann kalt wird, wenn Sie verstehen, was ich meine.

Also, guten Appetit. Geht auf meine Rechnung heut morgen.

Wissen Sie von der Geschichte bei O.D., John Africa.

Sie meinen den Raubüberfall, die Toten.

Ja. Und wie das mit seinem jungen Mann war. Ich versuche, mich an den Vorfall zu erinnern, ich weiß, daß etwas Schlimmes passiert ist, aber mit den Namen habe ich damals nichts verbunden. Einfach ein weiteres Gewaltverbrechen.

Richtige Wild-West-Schießerei. Muß jeder in der Stadt gehört oder in den Fernsehnachrichten gesehen haben. Zwei Typen am hellichten Tag niedergestreckt, einer davon ein Weißer, Cop noch dazu. Tagelang in den Schlagzeilen.

Richtiger Kugelhagel. Im Diner fing es an. Maurice Johnson. Allgemein Big Tu oder Tu-tu genannt, nach dem Motto *too much*. War einfach zuviel, der Bruder. Zu groß, zu schwarz, zu gemein, zu blöd, zu clever. Zu böse und zu verrückt. Tu-tu. Big Tu spaziert also eines Tages beim Diner zur Tür rein, eiskalt, macht sich nicht mal die Mühe, sich zu maskieren wie ein anständiger Bandit, sondern platzt bei O.D. rein – Her mit der Knete. So fing die Sache an, und es wurde schlimmer und schlimmer. Ein Wunder, daß nicht mehr Leute verletzt wurden. Die Kugeln pfiffen nur so durch den Diner, über die Straße. Fluchtwagen hatte am Ende mehr Einschüsse als der in *Bonnie und Clyde*.

O.D. dachte gar nicht daran, einem dahergelaufenen Bimbo wie Tu-tu einfach sein sauer verdientes Geld in die Hand zu drücken, taucht also kurz hinterm Tresen ab und ballert, kaum daß er wieder hochkommt, mit der 38er los, die immer unter der Kasse liegt. Tu hält auch drauf. Die Narben an Schulter und Brust beweisen, daß O.D. seinen

Mann stehen kann. Zeigt sie einem auch, wenn man ihn bittet. Und ein bißchen Blei muß er in Tus fetten Arsch gepumpt haben, denn vor der Kasse und an der Tür, aus der Tu-tu dann rausgerannt ist, war Blut auf dem Boden, sagen die Leute.

Und jetzt kommt der schlimme Teil. Der Teil, wegen dem sich O.D. heute wünscht, er hätte das bißchen Silber aus der Kasse gleich rausgerückt. Tu-tu platzt aus dem Diner und fällt fast über einen Streifenwagen. Wäre ihm wohl auch besser bekommen, wenn es ihn tatsächlich hingelegt hätte. Kleiner Sturz, gebrochene Knochen, ordentlich was aufgebrummt wegen bewaffnetem Raubüberfall, aber er wäre vielleicht noch am Leben. Obwohl. Bei Tutu eher fraglich. Jedenfalls, aus dem Diner knallt es wie beim Feuerwerk am Unabhängigkeitstag, und nun steht da mitten auf der Haverford Avenue dieser Riesennigger mit einer rauchenden Kanone, also latschen die Cops auf die Bremse, und Tu-tu denkt sich wohl, Dumm gelaufen, wenn er sich überhaupt groß was denkt, mit O.D.s Blei im Körper, aber scheiß drauf, was soll er schon machen, wo er mal so weit gegangen ist, da kann er sich genausogut einen großen Abgang verschaffen wie die glorreichen Desperados früherer Zeiten. Peng-peng-peng. Pumpt den Streifenwagen voll. Man könnte von einem Glückstreffer sprechen, denn als Schütze ist Tu eher eine Niete, schließlich hat er O.D. Aug in Aug hinter der Kasse verfehlt, während er jetzt schon den Schweinsgalopp eingelegt hat, der schwarzweiße Wagen hinter ihm steht, und er seine Salve rückwärts über die Schulter abfeuert, aber so unglaublich es klingt, ein Treffer reißt dem einen Cop den Hinterkopf weg.

Schlimm genug. Aber es wird von Minute zu Minute schlimmer. Oder vielmehr Sekunde, weil der ganze Schlamassel insgesamt nicht länger gebraucht hat als ein paar

Minuten. Der Cop verblutet im Streifenwagen, sein Kumpel ist draußen hinterm Kotflügel in Deckung und hält drauf. Tu geht zu Boden. Kriecht. Vielleicht beschwert ihn O.D.s Blei, vielleicht das vom Cop, jedenfalls ist er unten und fast ausgezählt, aber er schafft es trotzdem noch bis zum Fluchtwagen.

Und jetzt läuft wirklich nur noch O.K. Corral pur. Zweiter Streifenwagen kreischt am anderen Ende vom Block um die Ecke, und hinter dem mit dem toten Cop taucht noch einer auf. Richtige Schweinchenparade auf einmal. Als hätte der Sheriff mit einer ganze Posse hinter der Ecke nur auf Ärger gewartet. Mit Tu-tus Glückstreffer lächelt ihm das Glück an diesem Tag zum letzten Mal, wenn man bei einem niedergestreckten Cop von Glück reden will, denn am Schluß hat rund ein halbes Dutzend Cops nichts Besseres zu tun, als Fluchtwagen und Tu-tu im Rinnstein daneben zu zersieben. Erbärmlich sei das gewesen, sagen die Leute, auch wenn Tu ein klarer Fall von übelster Sorte war, und klar war das den meisten. Aber Fluchtgefahr bestand weder bei Tu noch beim Fluchtwagen, und trotzdem haben sich die Cops aufgeführt wie am Schießstand, bis sie genug hatten oder keine Munition mehr. Tu-tus Körper hätte gehüpft, sagen die Leute, als die dicken Spezialcopkaliber ihn zerfetzten. Weiß ja nicht, wer bei der Ballerei wirklich für einen Blick seinen Kopf riskiert haben will, aber die Leute sagen, der arme Tu-tu hätte getanzt, wo längst niemand mehr geglaubt hat, daß in dem Kerl noch soviel Leben steckt.

Da haben wir also bisher einen Cop zu beklagen und einen nur zu toten Bösewicht, aber das Schlimmste, jedenfalls aus O.D.s Sicht, sollte erst noch kommen. Waffenruhe, schließlich. Rauch verzieht sich. Tu-tu viel zu tot, jede weitere Kugel die reinste Verschwendung. Da denkst du doch, jetzt ist es vorbei. Aber es ist nie vorbei, stimmts.

Noch Leben im Fluchtwagen und einer, der losjault, Nicht schießen, nicht schießen.

Wunder, daß da überhaupt einer überlebt hat. Noch größeres Wunder, daß die Cops ihn nicht auf der Stelle alle gemacht haben, wo doch einer der ihren sein Hirn auf dem Vordersitz des Streifenwagens gelassen hat. Ein, zwei Schüsse wären noch gefallen, sagen die Leute, dann meldete sich die klägliche Stimme wieder, Nicht schießen, bitte nicht schießen. Ich bin unbewaffnet. Ich bin verletzt, ich blute. Bitte nicht schießen. So Waschlappenzeug, verstehen Sie. Irgendwer sitzt da im Wagen und bittet und bettelt. Sucht nach dem Zauberwort, damit ihn die Cops nicht abknallen.

Ein Wunder, wie gesagt. Die, Wirf deine Knarre aus dem Fenster, und er schwört, daß er keine hat, und die, Steig aus, und er heult, Ich kann nicht, ich bin verletzt, ich blute. So geht das eine Weile hin und her, und es ist immer noch kaum zu glauben, daß sie ihn nicht einfach wegpusten, aber aus irgendeinem Grund, vielleicht wegen der vielen Leute, die zusehen, erledigen die Cops den Bruder ausnahmsweise nicht. Und als sie schließlich den Wagen stürmen und ihn rauszerren, und zwar nicht gerade zartfühlend, sondern genau so, wie man es von ihnen erwarten würde, nämlich so, daß er wie am Spieß brüllt, als klemmten noch eine ganze Reihe Körperteile im zerschossenen Wagen, wen haben sie da als Fahrer des Fluchtwagens, niemand anders als den Jungen, der bei O.D. wohnt, den Jungen, den O.D. von der Straße geholt und mehr oder weniger großgezogen hat.

Können sich vorstellen, wie das O.D. treffen mußte. Für den war doch der Junge wie sein eigener Sohn. Hatte ihn im Müllcontainer hinterm Diner wühlen sehen. Der Junge hatte niemand. Lebte auf der Straße, und O.D. hat ihn aufgenommen, zu essen, Klamotten, ein Zuhause gegeben.

Gehörte seit zwei, drei Jahren mit zum Diner, half O.D. dort ein bißchen aus. Warum muß er dann so ein Ding abziehen. Wegen Stoff, was sonst. Was hat er sonst am Steuer eines Fluchtwagens zu suchen, während sein Partner O.D. eine Knarre unter die Nase hält und ihm sein Geld abknöpfen will. Geld, das O.D. dem Jungen doch gegeben hätte, wenn er es so dringend brauchte.

Ich will Ihnen mal was sagen, Mr. Mallory. Es heißt immer, die Menschen würden sich heutzutage benehmen wie die Tiere. Wenn Tiere Anwälte hätten, wozu sie natürlich viel zu schlau sind, müßten sie eigentlich die Leute verklagen, die so einen Scheiß reden. Den Prozeß würde der letzte Huey-Long-Winkeladvokat gewinnen. Kinderspiel zu beweisen, daß der Mensch sich von allen Tieren am schlimmsten aufführt. Obwohl man nie wissen kann, oder, wo sogenanntes Recht gesprochen wird. Ist doch Kacke. Anwälte, Richter, Gerichte, das, was das System Recht nennt, ist doch Humbug, sorgt bloß dafür, daß dieselben paar wenigen oben bleiben und wir anderen unten. Knüpfen die Leute auf, braten sie auf dem Stuhl, vergasen, erschießen, vergiften sie und finden sich noch gut, weil das Gesetz das gutheißt. Der helle Wahnsinn, so gesehen. Haben Sie schon mal von irgendeinem anderen Tier gehört, das sich einen elektrischen Stuhl ausgedacht hat. Irgendeinem Tier, das Zoos baut, um seinesgleichen einzusperren. Einem Tier, das sich so weit von seiner Natur entfernt hat, daß es Gesetze, die das Leben regeln, in Büchern nachschlagen muß.

Buch des Herzens ist doch das einzige, was wir brauchen. Alles, was wir wissen müssen, tragen wir in uns. Hier, Mann. Kommen mit dem Wissen zur Welt wie alle anderen Tiere. Aber mit seinen Gesetzen versaut der Mensch die ganze Welt. Keine Luft mehr zum Atmen, kein Wasser zum Trinken. Kein Platz, frei umherzustreifen. Die

Stadt ist krank. So können die Menschen nicht mehr lange überleben. Es muß sich was ändern. Wir müssen das System abschaffen, bevor es uns schafft. Wann schließen Sie sich an, Freund. Wir brauchen Sie, Mr. M. Ona Move.

Wie klein doch die Welt ist, sagt er sich, als er in Gedanken zu John Africa und dem Tag zurückkehrt, da er ihm O.D.s Geschichte erzählte. Muß dasselbe Jahr gewesen sein, in dem sie das Haus in Powelton Village stürmten, das letzte Jahr, in dem er John Africa überhaupt noch hin und wieder sah. Ob O.D.s junger Freund im Knast vielleicht ihren Mann gekannt hatte. Waren die beiden überhaupt annähernd im selben Alter gewesen. Er rechnet nach. Vor zehn, fünfzehn Jahren hatte John Africa Hunde ausgeführt. Ihr Mann wäre doch ungefähr so alt gewesen wie sie, paar Jahre mehr oder weniger. Dann wäre er jetzt wie alt. Jetzt war er tot. Wie alt war tot. Im Knast an Aids gestorben, hatte sie gesagt. Wie lange war das her. Dasselbe Jahr, in dem ihre beiden Söhne gestorben waren. Etwa vor einem Jahr. Aber der Vater hatte ja schon länger gesessen, als er starb. Ihr Ältester war ja nur ein paar Jahre alt, der zweite gerade unterwegs, als der Vater lebenslänglich bekam, also muß das wann gewesen sein. Wie alt war der zweite Junge, als er erschossen wurde. Und wann hatte es die Schießerei bei O.D. im Diner und davor auf der Haverford gegeben. Er braucht ein paar Daten. Dann kann er das andere ungefähr ausrechnen. Er hat Geschichten im Kopf, einzelne Szenen scharf wie Schnappschüsse vor Augen, aber würde man ihn nach konkreten Daten und Schauplätzen fragen, tauchten die in seinen Erinnerungen nicht auf. Also hat die Kleinheit der Welt nichts damit zu tun, daß der eine aus der einen Geschichte im Knast auf den aus der anderen Geschichte trifft, wenn das überhaupt der Fall gewesen war oder hatte sein können, sondern damit, wie wenig Platz immer für das ist, was passiert, egal wann, egal wo. Wie voll sein Kopf ist, voll wie die Bruchbuden am Cassina Way, wie erbittert der Kampf um etwas Ellbogenfreiheit, kein Platz für die Gefühle der Leute, kein Platz, um einfach der sterbende Träumer sein zu dürfen und gleichzeitig die Daten und Zeiten und Orte und Namen zu behalten, die vielleicht helfen würden, den Sinn des Ganzen zu erfassen, wenn Platz für den Sinn wäre, wenn du dich nicht damit herumschlagen müßtest, daß John Africas Herz ohne weiteres in den Klauen eines Krans durch die Luft geschwenkt werden konnte, während sein Kopf neben dir herspazierte und dir O.D.s Geschichte erzählte. John Africas Kopf, der feierlich nickte, dessen Lippen ein spuckenasses *ts, ts* zischten. Zwei Städte, Alter. Sie bringen alles durcheinander, mein Freund. Zwei Knäste in zwei verschiedenen Städten. Hunderte von Meilen voneinander entfernt. Jahre. Wie sollten sich die beiden begegnet sein.

Den ersten Angriff auf John Africas Leute starteten sie im heißen August. Walzten mit Bulldozern durch die Barrikade. Wie ein heißes Messer durch Butter. Ein Cop während der Aktion von irgend jemand erschossen und sämtliche erwachsene Bewohner des Hauses – acht, neun, ein Dutzend – vor Gericht gestellt und wegen Mordes an dem Cop zu lebenslang verurteilt. So wie die Nazis für jeden deutschen Soldaten, den die Partisanen erwischten, hundert Geiseln erschossen. Die Welt ist klein. Kleine Leben weniger wert als große. Das schien doch die Logik hinter Geiselnahme und Auslösung zu sein, der Rechnung der vielen Leben für ein Leben. John Africa hatten sie bei der Razzia nicht geschnappt, entweder war er entwischt, oder er war an dem Tag nicht zu Hause gewesen. War nie dazu gekommen, ihn zu fragen, wie es nun wirklich gewesen war. List oder Glück oder beides. Aber sie erwischten ihn ein paar Jahre später, als sie erneut zum Angriff bliesen, diesmal ein ganzes Heer von Cops auf die Osage Avenue losließen, die wild um sich ballerten und bombten, ganze Viertel in Rauch gehüllt, elf Männer, Frauen und Kinder verbrannt – diesmal für das Leben von nicht einmal einem einzigen Cop. Kleine Leben, die noch weniger wert waren. Noch weniger Platz für sie in einer noch kleineren Welt.

War mit elfen die Rechnung beglichen. Hört das nie auf. Wie lauteten die Daten. Würden all die jungen Männer, die ihm heute auf den Straßen der Stadt begegneten, die, deren Geschichten er zu fotografieren versuchte, deren Geschichten genauso seine waren, wie seine ihre war, dick oder dünn übereinander geschichtet, würden sie denn früher oder später alle als Daten, Statistik, im Knast enden, wenn nicht als Leichen. Junge Männer, und doch schien ihm mehr als nur die eine Generation in das ganze Elend verstrickt. Eine Spanne Jahre, eine Kolonne aus Gefangenen, die sich vor und zurück spannte, deren Wege sich vielleicht, vielleicht aber auch nicht, an bestimmten Orten, zu bestimmten Zeiten kreuzten, junge Männer, die älter und jünger waren als er, aber mit ihm verbunden und miteinander, ein Bogen aus Leid und Verlust, und die Welt für die ganzen Klagelieder zu klein.

Das letzte Foto, das er geschossen hatte, bevor er Philadelphia verließ, oder war es sein erstes gewesen, Trümmer des Hauses an der Osage Avenue, in dem John Africa und seine Leute ermordet worden waren. Genau elf ist die Zahl der Toten, ob es stimmt oder nicht, es ist die Zahl, die er mit sich herumträgt, selbst dann nicht vergessen könnte, wenn er es wollte, die amtliche Zahl, obwohl zur Zeit des Massakers niemand die Toten auch nur annähernd zählen konnte, weil die Körper in Stücke gerissen waren, zu Asche verbrannt und die Rümpfe am nächsten Tag zerhackt, die Knochen gebrochen, die Asche untergepflügt, zerstreut, geschaufelt, gebaggert, weil Glieder in Baggerlöffeln durch den Himmel geschwenkt wurden, wer kannte da, wer konnte überhaupt die Zahl der Toten kennen, wer glaubte den Zahlenangaben der Cops, die das Schießen und Plündern besorgt hatten, oder den Zahlen des Gerichts, den Zahlen des Leichenbeschauers, den Zeitungs- und Fernsehzahlen. Wer wußte es denn. Nur die, die im Move-Haus gewesen waren, wußten es, wußten, wer dort mit ihnen gelebt und an ihrer Seite in den Flammen umgekommen war, im gefluteten Keller ertrunken, unterm Dach bei lebendigem Leibe geröstet, da aber die Gefundenen tot aufgefunden wurden, wer konnte da wissen, wer die Wahrheit sagen, wer wußte, warum er elf im Kopf hatte, elf mit John Africa und den Kindern, und wer wußte, wozu er in Powelton Village die dreißig Blocks in westlicher Richtung zum Tatort gestapft war, wo er Maschinen die Überreste aufgraben, aufschaufeln, ausleeren und zerstreuen hört, den beißenden Rauch riecht, der noch in der Luft hängt, sie hört und riecht, ehe er sie sieht, ihre unsichtbare Anwesenheit in der Abrißlücke, von der er Foto über Foto schießt, immer weiterschießt, ohne nachzuspannen, schießt, bis der Film von der Spule springt, und auch dann noch zigmal.

Hatte O.D. alles gefragt, was er hatte fragen wollen. War gar nicht möglich. Gab endlose Fragen und nie eine Antwort. Das wußte O.D. auch. Ging mehr um das Bedürfnis zu reden als die Hoffnung auf Antwort. Beim Zuhören hatte er seine eigenen Fragen gehört, die, die er nie bei jemand loswerden kann. So kommt es ihm vor. In dieser anderen Stadt, *keine Angst, John Africa, ich weiß, wo ich bin, ich weiß, ich weiß,* hört er jetzt wieder zu. Hört das

Klappern der Löffel und Messer und Gabeln. Aneinanderreiben von O.D.s wulstigen Tassen und Untertassen. Zählt die Buchstaben des sterbenden Reklameschilds auf dem Dach oben. Versucht das Ding etwa, sich selbst zu reparieren, sich selbst wieder einzuschalten. Oder ist es sein Asthma, das einen Augenblick lang an zischendes rotes Gas in verdreckten Glasröhren erinnert, Gas, das sich zu Buchstaben windet, Gas, das durch die Lüftungsschlitze des Diners sickert, den Laden durchdringt, bis keiner mehr Luft kriegt.

Muttertag. Weiteres Detail, das er nicht vergessen wird, daß die Polizei am Muttertag anrückte, im Morgengrauen. Er hört die Megaphonwarnung, und plötzlich flimmert ein Datum über einen Fernsehbildschirm – *10. Mai 1985* – glockenrein, hell wie das Bimmeln bei Betreten und Verlassen von O.D.s Diner. Er sammelt andere Informationssplitter ein, Zahlen, Fakten, Ziffern, von denen er vergessen hatte, daß er sie kannte. In sauberen Lettern und Zeilen werden Informationen ausgedruckt wie damals die Nachrichten, die er als Kriegsheimkehrer über eine riesige, erleuchtete Tafel am Times Square rollen sah. Namen, Jahreszahlen, Orte schwirren ihm durch den Kopf, unnütz, ungefragt, unwillkommen, jetzt, wo sie da sind. Andere Stadt. Andere Zeit. Zehn Jahre sind seit den Morden vergangen, und das einzige, was er jetzt noch wissen muß, die einzige Frage, auf die es jetzt noch ankommt, Wo bist du. Wo bist du.

Das Glöckchen an O.D.s Dinertür steht seit zehn Jahren still. Kann es wirklich so lange her sein. Warum sitzt er hier in einer anderen Stadt und wartet auf das Bimmeln, wartet darauf, daß sich die billige Aluminiumtür, die sich nie mehr bündig schließen ließ, nachdem die alte hatte ersetzt werden müssen, die auch nie gepaßt hatte, sagten die Leute, auch vorher nicht, bevor sie von den Kugeln zerschrammt und verbeult und durchlöchert worden war, diese silberne Tür den Raum öffnet, in den vielleicht einer der Frühaufsteher tritt, vielleicht der Wettlistenmann oder der Postbote auf ihren Runden den Kopf reinstecken und einen Gruß brüllen. Er rechnet ja gar nicht damit, einen wiederhergestellten, unversehrten John Africa zu sehen, wenn die Tür aufgeht. So dumm ist er auch nicht. Aber worauf wartet er dann. Irgendeine flüchtige Übergangserscheinung, aber machtvoll genug, wie ein Windhauch vielleicht, die Tür aufzuzaubern, den Raum zu füllen und dann wieder den eigenen unsichtbaren Geschäften nachzugehen und ihm die Gewißheit zu lassen, daß der Diner, obwohl nur ein Traum, wirklich ist, wie dieses Zimmer im Cassina Way, wo er lebt, ein wirklicher Ort, der sich an die Spielregeln hält, deswegen aber einen kleinen Geisterstreich nicht unbedingt verhindern kann, die Geister also gegen die Regeln verstoßen und herein- und herausschlüpfen läßt, aus dem Augenwinkel, wie Giacomettis Gestalten, ehe er sich wieder Geltung verschafft, gelten läßt, was fest ist, bleibend, immer.

Warum wartet er darauf, daß die Welt wieder so einfach ist. Daß ein Glöckchen bimmelt und ein Geist eintritt und dann schneller, als du gucken kannst, wieder verschwindet, weil für Geister in der wirklichen Welt kein Platz ist. Alles Einbildung, oder. Dieses Philly-Diner-Bühnenbild von vor zehn Jahren, ein Schleier, den sein Verstand leicht wegreißen kann, durchschauen, durchdringen.

Bloß er, der horcht, der darauf wartet, daß die Tür sich öffnet, der sich vorstellt, daß im Türrahmen von damals sein Freund John Africa erschienen wäre, kein großes Geheimnis, Wunschdenken, weiter nichts. Nichts, niemand stößt die Tür auf. Seine alten Augen spielen ihm Streiche, seine Sehnsucht. So einfach ist das. Eine Stimme sagt ihm, daß es so einfach ist. Trotzdem wartet und horcht er. Hört das Glöckchen. Sieht die Tür langsam aufschwingen.

Hört sie hecheln, ihre rastlosen, auf dem Asphalt wetzenden Krallen, hört Jaulen, riecht den unverkennbaren muffigen Hundemief, der den Kaffeeduft wegschert, den kokeligen Fettdunst vom Grill. Hört den Hundemann lachen, obwohl er ihn in der halb offenen Tür noch nicht sieht.

Hey, O.D. Wieso dürfen meine Hunde nicht rein, Mann. Ich dachte, auf dem Schild steht, keine Hunde. Seh aber nichts als Hunde heute morgen bei dir hier am Tresen. Wuff-wuff. Wau-wau.

Dies wird mein letzter Brief sein. Ich werde Sie nicht mehr behelligen, Mr. G. Mein Foto-Projekt muß unvollendet bleiben, und damit wird auch mein Traum von einer Zusammenarbeit mit Ihnen gegenstandslos.

Obwohl es Zeit wird, diese Korrespondenz zu beenden – wenn *Korrespondenz* das richtige Wort ist für ein so einseitiges Gespräch wie das unsere –, sollen Sie wissen, daß ich sie mit Bedauern aufgebe. Für mich ist Ihr vorbildhaftes Werk und die Gelegenheit, die eine oder andere Frage an einen so großen Künstler zu richten, unendlich wertvoll gewesen. Da aber meine Fotografie die einzige Ausrede bot, Sie zu belästigen, und da mir Umstände, die unabänderlich sind, einen Strich durch die Rechnung machen, muß es bei dieser letzten Mitteilung bleiben.

Eines muß ich Ihnen über mich noch anvertrauen, und dann will ich schweigen. Ich bin auf Ihrer Seite des Atlantiks gewesen. In Italien, dem Land ihrer römischen Vorfahren. Dort, in den Hügeln Italiens, beschloß ich, Fotograf zu werden.

Wenn ich an diese italienische Landschaft denke, höre

ich den Lärm des Krieges, sehe Kolonnen von Fahrzeugen und Truppen sich über schlammige Straßen kämpfen, sehe die ausgebrannten Ruinen der Dörfer, in den Gräben verwesende Kadaver von Männern und Tieren, in der Luft kreisende Geier, ich sehe schwarz ausgebrannte Panzer und Lastwagen auf qualmenden Feldern, streunende Hundemeuten, ameisengleiche Züge von Flüchtlingen, gebeugt unter der Last ihrer gebündelten Habe. Brände, Rauch, das Stöhnen der Verwundeten, das Fauchen der Stukas, die die Flüchtlingsströme versprengten, den Donner großer Geschütze, das vereinzelte Krachen der Gewehre der Heckenschützen, gefolgt von der schlimmsten Art von Stille überhaupt, dem langen, stummen Augenblick, da du zu Boden gehst und dich fragst, ob du getroffen bist.

Doch selbst die ganze Häßlichkeit des Krieges konnte die Schönheit der Landschaft nicht verwischen, das Italien, das nach dem Krieg wiedererwachen würde, so blühend wie zuvor. Wie soll ich sagen. So viel Tod und Gefahr, so viel Unglück um mich herum. Dann aber eine winzige Blüte, ein Lufthauch, das erste Licht auf den Hügeln. Dinge, die ich nur in seltenen Augenblicken wahrnahm, und doch wußte ich, daß diese Momente, kleine verlockende Kostproben, Teil von etwas waren, das genauso groß war wie das gewaltige Grauen des Krieges. Ich begriff, daß meine Zeit in der Hölle, ob ich sie überlebte oder nicht, nur eine Zeit war, und ich versuchte, über sie hinaus an einen fernen Punkt zu blicken, wo jemand, vielleicht ich selbst, eine Möglichkeit, einen Weg, eine Kunst finden würde, mit der sich das Ringen, das Geben und Nehmen, der Tanz von Licht und Dunkel festhalten ließe, deren Zeuge ich geworden war.

Die schlimmsten Zeiten dieser Kriegsjahre habe ich aus meinem Gedächtnis zu tilgen versucht. Meinen Anteil am Töten und an der Zerstörung. Aber ich wollte Ihnen gegenüber wenigstens auch zugeben, daß es ebenso Zeiten gibt, da ich wünschte, ich hätte mehr tun können, den Stolz Europas zu brechen, das Böse aus dem Herzen Europas zu reißen, das Ungeheuer zu töten, das uns bis hierhin wie schon dort und überall auf der Welt, wohin wir uns auf der Suche nach Frieden auch wenden, verfolgt und einholt und schlachtet.

Diese Fußnote (oder ist es eine Beichte) eignet sich vielleicht ebensogut wie etwas anderes dazu, eine Unterhaltung zu beenden, zu der es nie kommen konnte.

Mallory, bist mein Kumpel, Mann, aber du mußt zugeben, Bruder, daß du ein verdammt feiger Nigger bist. Da schickt uns die Army hier mitten in die Pampa zum Gräbenausheben, gottverdammte Sklavenarbeit, tagein, tagaus, bis dir Hören und Sehen vergeht, und da steht uns ein freier Tag zu, und du willst kneifen. Da bequatsche ich seit Wochen zwei italienische Zuckerpuppen, die nur zu bereit sind, zu schmelzen, und da kommst du mir mit deinem aber dies, aber das. Dann sehen sie uns eben nicht gern mit weißen Frauen, na und. Dann knirschen die Schlappschwanz-Paddys eben mit den Zähnen, weil zwei braune Pfundskerle wie wir bei den Damen landen, na und.

Haben sie bei den Weibern ausgestochen, klarer Fall. Da erzählen diese Rednecks den Frauen was vor von Negern mit Teufelsschwänzen, Negern, die stinken, Negern, die ihnen schon krauswollene kleine Sambos machen, wenn sie ihnen nur unter den Rock gucken. Diesen ganzen verlogenen Scheiß, und die Weiber kommen trotzdem in Scharen angerannt. Yeah. Komm nur zu Daddio, Süße. Komm zu Daddycool. Bei mir ist dir immer eine Nummer sicher.

Gina sagt, oben in den Bergen gibt es an einem See eine leerstehende Hütte, nur ein paar Stunden Fußmarsch von hier. Das kriegen diese dumpfen GI Joes doch gar nicht mit. Wir verdrücken uns in der frühen Früh, und die Damen warten irgendwo auf uns. Verschwinden hier verdammt noch mal für einen Tag. Tag und eine Nacht, wenn wir Glück haben, verstehst du mich, Grünschabelich. Kann sein, daß der Sergeant uns drankriegt, Beim Appell gefehlt, gibt Arrest, na und. Was kann die Knallcharge schon machen. Strafdienst aufbrummen. Scheiß drauf. Kann mir keine schlimmere Strafe vorstellen als das, was wir sowieso den ganzen Tag machen, in der Bullenhitze Gräben ausheben. Da kratz ich doch lieber die Scheiße aus den Latrinen. Scheiße ist Scheiße. Aber wenigstens kein Scheiß. Und Arrest wär doch die reinste Erholung im Vergleich zu dem ewigen Strafkolonnenspitzhacken und -schaufeln. Straße verbreitern, sagen sie. Wozu. Für wen. Weißt genau, warum sie uns hier Löcher buddeln lassen. Weil sie Niggern keine Gewehre in die Hand drücken wollen. Hätte das gute alte heimische Pittsburgh nie verlassen, wenn ich geahnt hätte, daß ich hier Gräben und Gräber ausheben darf.

Wenn deine italienischen Mädchen von dieser Berghütte wissen, dann wissen das die italienischen Männer doch auch. Und die werden es bestimmt nicht gern sehen, daß wir mit ihren Frauen rummachen. Genausowenig wie die Paddys.

Die können mich mal. Alles Anhänger der weißen Sehweise. Na und. Seit wann ist Schwarzenhaß bei Weißen was Neues. Sind doch auf der ganzen Welt ein einig Volk von weißen Brüdern, wenn es um die Schwarze Gefahr geht. Können mich mal. Hier geht es um willige italienische Weiber. Kommst du mit oder nicht, ist die Frage. Wenn die Hähne krähen, hast du mich gesehen, Bruder. Werde morgen an dich hier unten bei den Dumpfbacken denken, braver Kamerad, wenn ich es Gina besorgt habe und mich über Francesca hermache. Also ja oder nein, Hasenarsch.

Heikle Sache, Gus. Du weißt doch, daß dicke Luft herrscht. Gewehre haben sie weggeschlossen. Sperrstunde eingeführt. Wir führen hier doch Krieg im Krieg. Edwards haben sie ziemlich aufgemischt neulich nachts.

Dafür haben ein paar von denen aber am nächsten Abend noch schlimmer ausgesehen. Mmm-hmmm. Scheißspiel nimmt doch sowieso nie ein Ende. Wir können uns schon wehren, solang wir zusammenhalten. Edwards hätte klar sein müssen, daß er sich in dem Viertel nach Anbruch der Dunkelheit lieber nicht allein rumtreibt.

Aber du redest davon, allein zu zweit in die Berge zu trapsen. Also nicht gerade von geschlossenen Reihen, wenn ich dich recht verstehe.

Du denkst zuviel, Mallory. Einen gottverdammten Tag. Einen Tag und die Nacht auch, weil wir nämlich Glückspilze sind, ich weiß es. Ach was, brauchen gar kein Glück, so eilig haben es die Weiber mit dem Ausziehen.

Für einen, der ungefähr soviel Italienisch spricht wie ich – nämlich gar keins –, kannst du dich jedenfalls prächtig verständigen.

Zeichensprache. Gibt Anzüglichzeichen, die sind international.

Also gut. Also gut. Volle Kraft voraus. Scheiß auf die Torpedos.

Was denn für Scheißtorpedos, verdammt.

Nur so ein Ausdruck. Hab ich in einem Buch gelesen. Admiral Dewey oder so jemand, als man ihm von einem Angriff abriet.

Scheiß auf Dewey und Louie und Huey. Diese quakenden Redneck-Donald-Duck-Dumpfbacken. Scheiß auf Uncle Sams Navy, Army, Air Corps und Marines. Und scheiß erst recht auf den Schlägertrupp der MPs. Morgen gewinnen wir den Krieg, Private Mallory. Bringen wir Frieden und Waffenstillstand und Fick auf Erden allen Weibersleuten. Amen.

Also los. Schlag ein, sag Amen, Philly-Bruder. Amen.

Der Frühnebel war rasch von den Hügelkuppen verdampft. Als es sich lichtet, ist der Himmel von einem blassen, entblätterten Blau. Tiefer und tiefer, je länger sie unterwegs sind und den beiden jungen Frauen den bewaldeten Hang hinauf folgen. Stummelige Bäumchen mit komischen Blättern, wie Brokkoli, überziehen die ganze Flanke, die sich allmählich zu einem sanft gewellten Wiesenplateau weitet, mit leuchtenden Wildblumen übersät, vereinzelten Ständen von Christbaumkiefern. Dann rücken die Kiefern zusammen, bis sie wieder Wald umschließt und der Weg ein kaum sichtbarer Pfad ist, der sich hier und da durch dorniges Dickicht windet, um übermannshohe Felsen herum. An manchen Weggabelungen zögern die Frauen, schnattern, gestikulieren, zeigen mit dem Finger, unsicher oder sich uneins, welches der richtige Weg ist. Während er folgt, staunt er, wie anders ihm die Frauen jetzt schon vorkommen, er kann sich gar nicht sattsehen am wippenden Spiel der Säume ihrer kurzen Kleider, am unvorhersagbaren Flattern dünner Baumwolle, das sie nackter erscheinen läßt, als wenn sie gar nichts am Leib hätten. Sie bahnen sich ihren Weg durch den Wald, und ihre dünnen bloßen Beine bewegen sich behende, mit einer trittsicheren Tüchtigkeit, die er eigentlich nur Berggemsen zugetraut hätte. Was hatten diese weißen, marmorglatten Beine mit den Barmädchen in Nylonstrümpfen zu tun, die sich Drinks erschmeichelten und an den GIs hingen wie die Fuchsstolas mit funkelnden Glasaugen, die sich die Philly-Huren um die Schultern schlangen.

Später, als sie alle nackt auf dem schmalen sichelförmigen, von Kieseln gesäumten Strand liegen, den sie unweit der Hütte, zu der sie im Morgengrauen aufgebrochen sind, am Seeufer entdeckt haben, wird er den Goldflaum an Ginas Armen und Beinen bemerken, die geraden schwarzen Haare, die sich an Francescas blaßweißem Körper deutlich abzeichnen. Und obwohl er sie kaum aus den Augen gelassen hatte, waren die Frauen unversehens wieder anders geworden.

An einer Weggabelung außerhalb des Orts hatten sie schon gewartet. Großes Hallo, Umarmungen und Küßchen für Gus, während er sich grinsend im Hintergrund hielt wie Gus' Sklave, auf der Schulter einen Jutesack voll Leckerbissen, die aus der Camp-Messe befreit worden waren. *Da. Jetzt du, Mallory. Ich hab das Zeug entführt, da kannst du es wenigstens schleppen.*

Was versteckst du dich, Mann. Nicht so schüchtern. Laß dich den Damen vorstellen. Er gab ihnen die Hand, sie ihm links und rechts Küßchen auf die Wangen, und er ihnen. Er hatte sie schon mal gesehen, da war er sich ziemlich sicher. Schwer zu sagen, immer so dunkel und verraucht in den Bars. Aber die Namen, die ihm Gus nannte, kamen ihm bekannt vor. Nannte seinen, *Martin,* weil Gus ihn bloß als seinen Kumpel Mallory vorgestellt hatte.

Gus hatte ihm den Sack abgenommen und auf den Boden gelegt. Seht, was wir gefunden haben, Ladys. Für euch. Für euch Zuckerpuppen. Als das angekommen war, hatten sie sich unter vielen Ohs und Ahs gleich im Gras niedergelassen, in die Hände geklatscht, viel Bein gezeigt, Höschen gezeigt, jede der Eß- und sonstigen Waren mit freudigem Quieken und Sprudeln begrüßt, vielleicht in ihrer Sprache mit den Namen für die Dinge, die sie aus dem Sack zogen und in ihren Strohkorb mit den Schulterriemen umpackten – Wein, Weinbrand, Zigaretten, Käse, Cracker, Würste, Dosenobst, Fleisch, Nüsse, Sardinen, Gläser mit Gelee, ein Brotfootball, Schokoladenriegel, mehr scheppernde Dosen und Flaschen, als er zählen konnte. Auf dem langen Fußmarsch wechselten er und Gus sich mit dem Schleppen ab, und jedesmal, wenn er wieder an die Reihe kam, war er der Army erstmals dankbar für die gründliche Ausbildung zum Lastenträger. Genug Proviant für Wochen, so schien es ihm. Mistkerl. Seit wann hortete Gus wohl schon dieses ganze Zeug. Und warum gleich soviel davon bei diesem einen Über-Nacht-Picknick verprassen.

Ideales Wetter für einen Ausflug. Zwar schweißtreibend mit dem Korb auf dem Buckel, aber eine kühle Brise findet immer zu ihm hin. Im schattigen Wald ist es noch am späten Vormittag frisch, auf offenem Gelände hingegen wärmt die Sonne. Keine Wolke am Himmel, die Sonne, auch als sie sich schließlich niederlassen, gefällig, heizt sanft die Haut auf, wirft einen funkelnden Glanz auf den See. Ein paar Stunden hatten sie gebraucht, um Hütte und See zu erreichen, rund eine halbe Stunde, um sich umzusehen, ehe sie sich für den Sandstrand entschieden. Links und rechts eine geschwungene Klammer üppigen Ufergrüns – Gestrüpp, Bäume, tief überm Wasser hängende Äste –, dann ein Kranz halb unter, halb über Wasser liegender Steine als Abschluß einer halbrunden Bucht, und ihr Strand das goldene Auge in der geschützten Mitte.

Die Frauen legten zuerst die Kleider ab, und er gab sich alle Mühe, beiläufig zu tun und nicht zu gaffen, als wäre es etwas ganz Alltägliches, Frauen mit nackten Brüsten in armseligen boxershortsähnlichen Schlüpfern dastehen zu sehen, die offenbar alles waren, was die hiesigen Frauen unter ihren Kleidern trugen. Mit einem Grinsen, das breiter war als sein Gesicht, zwinkerte ihm Gus ein *Sag ich doch* zu und ließ sich nicht lumpen, legte eine Striptease-Parodie hin, alberte herum und entledigte sich seiner Armeeuniform Stück für Stück mit einem Shimmy, während die Frauen gackerten, johlten, pfiffen und klatschten. Dann ein Wettlauf ins Wasser. Die anderen längst nackt und in wilde Wasserschlachten verwickelt, bevor er auch nur die Hose unten hat.

So einfach, und so einfach war alles gewesen auf ihrer schmalen Sichel Sand, jenseits von Krieg, Sprache und Kleidern. Jenseits offenbar auch von wer mit wem, denn es waren nicht bloß Gus und Gina, er und Francesca, die sich küßten und berührten, es war irgendwie jeder mit jedem, es waren alle zusammen, Gus rangelte auch mit ihm, packte und drückte ihn, als sie unabsichtlich zusammenstießen, zwei Männer auf allen vieren, die gleichzeitig im Picknickkorb wühlten und gleichzeitig hochkamen. Gus, alter Junge, Kragen gibts nicht zu packen und Arsch kriege ich nicht zu fassen, ich ergebe mich. Diesmal drück ich ein Auge zu, nennen wir es Gleichstand, und sie nahmen beide einen Schluck Brandy aus der Flasche, die Gus schwenkte, und tranken auf den makellosen Himmel.

Wenn mich die Nigger daheim jetzt sehen könnten, Mann, hier bei der weißen Zuckerpuppe beim Puscheltauchen. Sieh dir das an, Mann. Sieh dir bloß dieses weiche, seidige Haar an. Meinetwegen soll die Wolle wachsen und wachsen. Und wenn sie schön lang ist, dann sag ich ihr, Hey, Baby, strick Daddio doch mal einen Puschelschal und ein Paar Puschelsocken.

Sie strahlt, oder. Versteht kein Wort von dem, was ich sage, aber sie weiß ganz genau, wovon ich rede.

Die Nacktheit erst einmal ungewohnt. In diesem fremden Land und allem noch ferner, was er kennt. Irgendwie schwerer, sich an den nacktarschigen Gus zu gewöhnen als an die Frauen. Wie er auf den Körper einer Frau zu reagieren hatte, brauchte er nicht lange überlegen. Die Frauen waren ein Traum, oder nicht. Die hochgewachsene Gina mit dem flammenfarbenen Haar, das ihr bis auf die breiten Hüften stürzte, dem hübschen, festen Pudding der Extraportion Fleisch vor der langen Gleitpartie ihrer schlanken Beine. Francesca eine kleinere, schmalere Ausgabe von Gina, wie eine kleine Schwester, vielleicht zwei Jahre jünger, gerade über die Backfischjahre hinaus, die Brüste eben erst schwellend, Hüften, die sich eben erst wie die der großen Schwester rundeten. Beide waren jung, Mädchen noch, aber Mädchen, deren Gesichter gezeichnet sind mit dunklen Ringen unter den Augen, Sorgenfalten zu beiden Seiten der schmalen Münder, was dir aber nur auffiel, wenn sich in ihren Gesichtern nichts regte. Mädchen, die kicherten und immerfort strahlten, aber irgendwer, irgendwer hatte an den Drähten innen gefummelt, und wie auf Knopfdruck konnte das Blitzen in ihren Augen erlöschen, konnten ihre Gesichter zu leeren Masken erstarren. Diesen leeren Blick hatte er zu Hause zu oft schon in den Gesichtern von Kindern gesehen, und bei den dreckigen Stadtrattenwaisen hier. Kinder, die bis ins Mark getroffen waren. Schlagartig ohne Erinnerung. Ein kurzes Leben schon viel zu lang, zu schwer von zuviel, woran man besser nicht dachte.

Zum Glück besagt keine Regel, daß du in ihre Augen stolpern und in die Falle laufen mußt. Du kannst dich einfach an den Bewegungen ihrer Körper erfreuen, dem Rekeln der schlanken, straffen Partien, dem Hüpfen und Wackeln, über die schönen Augen lächeln, die sie dir machen, die dich abschätzen. Die mit zum gewöhnungsbedürftigen Gus ohne Kleider gehören, diese Frauenaugen, weil er sich fragt, was sie sehen. Ob sie seinen Körper mit dem des Freundes vergleichen. Und auf welche Unterschiede es einer Frau ankam. Er hatte bisher nie geglotzt und verglichen. Konnte aber jetzt gar nicht anders, als Gus anzustarren, vom ewigen Graben und Schleppen unter der heißen italienischen Sonne dunkel und durchtrainiert. Gus schon bei seiner Ankunft schwarz, und am schwärzesten der schlaffe Penis im Dickicht des Schambuschs. Kräftige Schenkel, dünne Waden. Dicke Stummelfinger. X-Großzehen, unten blaß umrandet, Fußsohlen hatten keine Farbe abgekriegt, als der Oberboss ihn an den Fußknöcheln hochgehalten und in den Kessel mit den garantiert lebenslang farbechten Pigmenten getaucht hatte.

Als würde er beim Spannen an fremden Fenstern erwischt, so kam er sich vor, als er merkte, wie er seinen Freund heimlich begaffte. Seine Augen die Augen einer Frau, die diesen unbekannten Körper begutachteten, in dem Gus steckte. War Gus umgekehrt auch auf ihn neugierig. Spiegel. Fenster. Erwischt. Einen Augenblick verlegen. Wer wurde hier vorgeführt. Waren andere Blicke seinem Blick gefolgt. Geht nicht um Gus, versicherte er sich noch mal. Geht um die Frage, was die Ladys sehen, wenn sie mich anschauen.

Und schauen tun sie. Wechseln Blicke, wechseln Worte. Ob Gina und Francesca miteinander witzeln, frotzeln in ihrer Rasch-rasch-Sprache, die singt und sich reimt. Sich anvertrauen, was sie diesen Schwarzschafsnasen nicht sagen können oder nie sagen würden. Was halten sie von unserer Farbe. Wie sagen sie hier dazu. Was ist das italienische Wort für Nigger. Gibt es das Wort. Brauchen sie eines.

Kinderleicht, die Mädchen anzusehen, leichter, ungezwungen miteinander umzugehen, als er gedacht hätte, wo er sie immerhin ohne Kleider sieht, und doch bleibt ein Reiz, ein Prickeln, etwas Neues, das er gar nicht leugnen will. Den Körper seiner Frau hatte er wie oft und doch nicht oft genug gesehen, nicht so. Er hatte sich ihren Körper eingeprägt, hatte sie als Landkarte mit über den Ozean gebracht, und im Dunkeln, in den seltenen ungestörten Momenten, entrollte er dieses Abbild, erregt, aber auch etwas beschämt, eine Spur enttäuscht, weil sie daheim allzuoft an dunklen, beengten, nicht wirklich privaten Orten zusammengewesen waren. Er mußte sich auf seine undeutliche Karte verlassen, wenn er sie sich jetzt vorstellte. Wollte jetzt mehr von ihr. Wollte bunte Schnappschüsse, auf denen sie strahlte, sich in ihrer nackten Haut wohlfühlte, wenn sie ein Zimmer durchquerte, in einem Stuhl ein Buch las. Warum hatte es nicht mehr Sonnenschein gegeben. Mehr Strahlen. Mehr nackte Zeit für Berührungen, für die Erkundung, Entdeckung ihres Körpers im hellen Glanz des Tageslichts, an langen, faulen Nachmittagen am glitzernden Wasser eines Bergsees. Er hatte die Karte zuckend und strampelnd bei angehaltenem Atem gezeichnet, wenn seine Liebe ihre Form aus dem unter ihm liegenden Schwarz erschuf, dem Körper, der sich an seinen drängte. Und dieser Sturz ins Nichts, sein Verlangen ohne Kenntnis, ohne Anblick, hatte sie beide vereinigt, gepaart, und war ihm mehr als genug gewesen, alles. Er hatte sich nach ihr gesehnt, dem Sturz, dem Aufprall, dem, was sie sich, im Dunkeln aneinandergepreßt, raubten. Hatte sie, ihre Stimme, ihr Herzschlag ihm denn nicht an jedem Tag dieses schrecklichen, trennenden Krieges gefehlt.

Aber hatte er sich nicht auch nach diesem Tag gesehnt, selbst wenn er erst jetzt hier auf einem kleinen Halbmond Sand am anderen Ende der Welt begriff, was gefehlt hatte, wenn sie sich im Dunkeln liebten. Hinterging er sie deshalb. Spähte er deshalb in fremde Fenster. War er schon auf der Suche gewesen, bevor er überhaupt ahnen konnte, wonach, geschweige denn die Sache beim Namen nennen, Namen für diesen hellichten Tag, den Raum und die Zeit, sie ebenso zu erkunden, zu befreien, wie sie ihn, sich gegenseitig zu zeigen, was im Dunkeln nicht gesehen noch gesagt werden konnte. Hatten sie die Chance vertan, neue Landkarten zu erschaffen.

Er sieht sie. Den Schnappschuß von ihr, den er über dem Herzen trägt. Sie auf den Stufen der hinteren Veranda des schiefen Hauses in D.C., das verschossene Hauskleid zwischen den Knien gespannt, die rasiermesserscharfen Schienbeine, verschattete Augen, das grenzenlose Wunder, das sich unter dem zeltartigen Altfrauenkleid verbirgt. Ein Bild von ihr in einem unsichtbaren Medaillon um den Hals, so wirklich, daß er es, *ping, ping,* am Ende der Goldkette, die er ebenfalls erfunden hat, klimpernd gegen seine Hundemarke schlagen hört.

Die anderen tollen im Wasser herum. Gus, der Hai, taucht und greift an. Die Mädchen schießen hoch und kreischen, schlagen mit der Handkante aufs Wasser, wehren den beißenden, kneifenden Teufelsfisch ab. Gina schwimmt um ihr Leben, wild rudernde Flügelschläge wirbeln Hahnenschwänze weißer Gischt auf. Francesca rettet sich ins Seichte, stürmt an Land. Verschlägt ihm den Atem, wie sie über den Strand hochhetzt, wildäugig, glitzernd, Sonne im Rücken, die die Konturen ihres Körpers verschlingt. Glänzende schwarze Haarpracht, am Schädel angeklatscht und über die Schultern hinabfließend, wie ein lebendes, sich windendes Geschöpf vom Seegrund, als Krone getragen.

Ihre Schenkel sind eisig an seinem warmen Bein. Er brüllt, als sie das Naß aus ihrem Haar tropfen läßt, ihm die kalten, klatschnassen Flechten über den Unterbauch zieht. Er packt sie, reißt den ganzen lauten, nassen Kälteschock auf sich herunter.

Auf einen Ellbogen gestützt, kann er den weiten Himmel absuchen oder den Blick senken und aus nächster Nähe die Landschaft von Francescas Körper mustern – Sommersprossen, Pickel, eine Narbe, ein einzelnes schwarzes Haar, das aus dem rötlichen, runzligen Hof um eine Brustwarze sprießt, den Huckel ihrer Scham, wie die Haare dort unten in winzigen Kratern verankert leben, wie sie sich ringeln und kleben und anschmiegen. Ein Flickwerk verschiedener Farben, Oberflächen, Hügel und Mulden, Makel und Unregelmäßigkeiten, die die fast vollkommene Summe des Mädchens ausmachen. Ihre zerkratzte, feuchte Kinderhaut, eine Perle Schweiß in der Senke des Nabels.

Wohlproportioniert. Die Einzelteile ihres schlanken Körpers perfekt zusammengefügt, wunderbar passend. Perfekt. Ausgewogen. Harmonisch. Nichts groß, wo klein genügt. Nie weniger als nötig. *Wohlproportioniert*. Er liebte die Wörter. Das Kunstvolle und Komische an ihnen. Sammelte sie beim Lesen. Mühte sich, aus dem zerfledderten Kanten des Taschenwörterbuchs, L-W, den er gefunden hatte und überallhin mitschleppte, jeden Tag ein neues zu lernen. Hatte seinen Spaß an der Fähigkeit der Worte, einen hereinzulegen und glauben zu machen, daß man genau das sagen könnte, was man meinte.

Eine gewaltige, purpurdunkle Wolke hatte sich über ein Ende des Sees geschoben und den Himmel zweigeteilt, auf der einen Seite gutes, auf der anderen unsicheres Wetter. Die Wolke färbte das Wasser darunter tintig blauschwarz, zog vor das gegenüberliegende Ufer einen grauen Nebelvorhang, der in Zeitlupe auf sie zuweht. Zum äußeren Ende des Sees hin meinte er am dunklen Rand der Wolke zwischen ihrer verschatteten Unterseite und dem Wasser einen Saum schräg gestrichelten Regens sehen zu können, ja, wenige Meilen weiter regnete es wahrscheinlich. Kurze, steile Wellen stürmten von dort heran, klatschten gegen die Steine am Eingang zur Bucht. Vor dem dunklen Gesicht der Wolke schweben ein paar kleinere, hellere Wolken, leuchtend weiß gesäumt und geädert, überraschend, weil er sich nicht erklären kann, woher sie noch Sonne abkriegen.

Rechts von der dräuenden Wolke liegt der See blank und still da. Er verfolgt, wie ein langes, schimmerndes Riff sich am gegenüberliegenden Ufer einem Balken gleich übers Wasser legt, verbreitert und dann, von einer Brise langsam angetrieben, als Lichtfeld über weite Wasserstrecken wächst und wandert, bis es die Öffnung zu ihrer Bucht findet und sich wenige Schritte entfernt als Sterngefunkel bricht. Er sieht einen dunklen Wall aus Bäumen das ferne Ufer säumen und dahinter einen helleren Zug grüner Kronen aufsteigen und dahinter wieder andere und noch andere bis zu einem letzten, diesigen Horizont in blauer Ferne. In diesem Reiseplakatpanorama gibt es keinen Schatten auf dem Wasser, keine Düsternis, keine Androhung von Regen. Nur hoch oben über dem letzten Hügelschleier ein paar wenige, zarte schneeige Wolken. Heitere Stille, so weit das Auge blickt, als wäre schlechtes Wetter nie erfunden worden.

Hätte er eine Kamera dabei, könnte er in verschiedene Richtungen fotografieren, und die Schnappschüsse würden aussehen, als wäre er an verschiedenen Tagen zu verschiedenen Zeiten bei ganz unterschiedlichem Wetter hiergewesen. Ein ganzes Album, und jedes Bild eine andere Geschichte, die er ihr schicken und mit denen er sie überreden könnte, ihm nachzureisen, ihr sagen könnte, Trau dich, Liebste, hier ist alles möglich, hier wandeln sich die Dinge direkt vor deinen Augen. Eine herrliche Insel, viele Inseln in einer. Wenn du bloß hier wärst, würde er auf die Rückseite eines der Bilder schreiben. Bitte komm, auf eine andere. Für immer Dein als letztes, bevor er seine Initialen hinkritzelte.

Er liegt flach auf dem Rücken im heißen Sand, mit schläfrig geschlossenen Augen. Fährt hoch, um nach einem im Tiefflug anschwirrenden Insekt zu schlagen, das es auf sein Bein abgesehen hat. Aber es ist kein Blutsauger, es ist Francescas Finger, der zart an seinem Innenschenkel entlangfährt. Träge kreist, mit seinen krausen Haaren spielt, in Kreisen, die enger und enger werden.

Ihre Blicke verschmelzen, und doch sehen sie beide den einäugigen Drachenkopf schwillen und sich aufrichten. In gespieltem Schrecken saugt sie scharf die Luft ein. Er grinst. Weiß, was sie als nächstes tun wird, was er möchte, von dem er möchte, daß sie es möchte. Er läßt sich in den grusigen Sand zurückfallen. Spürt, wie sich ihre Finger um seinen wiegenden Schwengel schließen, ihn stützen, ihn mit ihrer Zunge befeuchten, und dann gleiten ihre Lippen zum trägen aaligen Takt eines Blues von Big Bill Broonzy auf und ab, *been so lonesome / just on account of you,* und er fragt sich, wie sie den Song kennen kann, wie er über den Ozean in diesen entlegenen Winkel gelangt und heimisch geworden sein kann.

Was sagst du zum Wasser, Mann. Mmm-hmmm. Wie Eis mit heißer Schokolade. Liegst im Sand und wartest, bis dir ganz sirupheiß klebrig ist, dann wusch. Haust dich ins Wasser und fühlst dich wieder kühl wie eine Kugel Vanilleeiskrem. Noch nie so klares, sauberes Wasser gesehen.

Hast du dich schon mal gefragt, wie das in einem U-Boot ist. Muß wie ein Raketenflug zum Mars sein.

Mich würdest du da nicht für Geld reinkriegen. *No way.* Nicht, wo ein gottverdammter Krieg tobt. Die armen Schweine, die da unten in den U-Booten hocken, müssen verrückt sein.

Wenn er ganz still stand, knietief im See, und ins Wasser hinabstarrte, war es tatsächlich so klar und sauber wie Gus sagte, zu ihm sagte, aber auch zu den Mädchen, als könnten sie nach ein paar Stunden seine Schwarzschafnasensprache verstehen. Der Seegrund ist eine Wüste aus hartgebackenem Sand, geriffelt wie ein Waschbrett, mit schlafenden Steinen und Kieseln bespickt, zitternden goldenen Flecken, wo Sonnenlicht durch die unruhige Haut des Wassers dringt und auf dem Sand tanzt. Könnte man da unten die Geschichte des Sees ergründen, fängt dort alles an. Eine andere Welt unter Wasser. War sie älter, sauberer. Und wenn du dort unten angelangt warst, wo blieb dann diese hier oben.

Kommst du. Ich muß unbedingt noch ein letztes Mal rein.

Soll ich dir mal was verraten, Gus. Ich kann nicht schwimmen. Plansch gerne rum, tauche kurz unter, lasse mich auf dem Rücken treiben, aber wenn es tiefer ist als ich hoch, komme ich in Teufels Küche. Würde gern schwimmen können, habe es aber nie gelernt. Wo denn. Schwimmbäder in Philly waren für die Weißen. Das einzige städtische Schwimmbad, wo Schwarze hin konnten, war so dreckig und überfüllt, da hättest du deinen Hund nicht reinjagen wollen.

War doch bei uns in Pittsburgh das gleiche, aber scheiß drauf, wir sind halt im Fluß geschwommen. Wenn die großen Jungs dich da reingeworfen haben, Mann, da hast du das Schwimmen aber ganz schnell gelernt. Trotzdem. Drecks-Allegheny ist mit richtigem Wasser wie dem hier nicht zu vergleichen. Wie weit meinst du ist es bis zur anderen Seite.

Willst du etwa rüberschwimmen.

Bloß nicht. Nur eine Frage. Könnte ja ein anderes Land sein da drüben. Ist immerhin verdammt viel Wasser, oder nicht. Soviel Wasser hab ich noch nie auf einmal gesehen, außer am Meer.

Das Meer hab ich zum ersten Mal vom Truppenschiff auf dem Weg rüber gesehen. Philadelphia ist vom Meer umgeben, ist immerhin eine Hafenstadt, aber das Meer habe ich nie gesehen. Ein Wiedersehen wäre mir jederzeit willkommen. Je eher, je lieber. Und zwar auf dem Heimweg. Solang noch alles dran ist. Meinetwegen morgen.

Was redest du denn, Mann. Warum so eilig. Kämpfe haben wir doch kaum noch gesehen. Wir sind das Aufräumkommando. Wischeimer und Mop, Schaufel, Kehrbesen und Leichensäcke. Army ist nicht scharf drauf, daß Nigger sich angewöhnen, Weiße abzuknallen. Außerdem, wie kommst du darauf, daß dich drüben Besseres erwartet. Findst du zu Hause Frauen wie die hier. Findst du sauberes Wasser, blauen Himmel und Bäume. Was los mit dir, Bruder. Fehlt dir der Scheißweiße, der dir ins Gesicht brüllt, *Hände weg, Nigger. Erst komm ich.*

Sieh dir doch die hübschen weißen Weiber an, Mann. Die mögen uns. Nichts anderes im Sinn, als uns glücklich zu machen. Mal kurz zum Pinkeln in den Wald, und jetzt haben sie nichts anderes im Sinn, als was wir im Sinn haben könnten. Bringen ihre feuchten kleinen Punzelpelze wieder auf Touren. Und da redest du von Heimfahren. Mann. Hätte dir mehr Grips zugetraut, Mallory. Wozu die Eile. Was hast du auf der anderen Seite vom Teich schon vorzuweisen oder glaubst, eines schönen Tages vorweisen zu können, was mit dem hier mithalten könnte.

Ich hätte nichts dagegen, nie zurück zu müssen. Nie wäre für mich gerade früh genug. Und wer weiß, vielleicht bleibe ich einfach. Ach, vergiß das Wasser. Gina. Yeah, dich meine ich, Baby. Komm her zu mir, du und dein Mäuschen.

Sag mal, Kumpel. Du hast doch nichts dagegen, wenn

ich dir Francesca mal kurz ausspanne, oder. Kommt, kommt zu Poppa-do. Ihr beiden Hübschen. Mmm-hmmm. Du auch, schwarze Schöne. Gus hat eine Überraschung für euch beide.

Mann, Mann. My-oh-my. Wenn die Brüder an der Ecke den alten Gus jetzt bloß sehen könnten. Quatsch. Was red ich. Gibt keine Brüder an der Ecke. Sind ja alle hier drüben und asten sich für den Boss im Krieg ab.

Flieg, Käfer, flieg,
Dein Haus steht in Flammen, die Kinder verbrennen …

Würde er sie wirklich dabeihaben wollen. Was würde sie von alledem halten, wenn sie hier wäre. Nackte Körper in der grellen Sonne. Was würde sie denken, wenn er ihr einen Schnappschuß schickte. Würde sie denn wirklich glauben, daß er ihr einen Platz freihält, daß er auf seine Weise darauf wartet, daß sie dazustößt, damit diese Insel wirklich wird, die Insel, die gar keine Insel ist, aber für ihn eben doch, mit ihrem Plätschern, der Brise, dem Sand, eine Insel jenseits von Krieg, von Kleidern und von Sprache, jenseits ihres im Dunkeln in seinen Armen Verborgenseins. Ja. Ich sehne mich nach dir, will dir näher sein, wiederkehren, neu beginnen. Würde sie Worte wie diese auf der Rückseite einer Postkarte mit einer Briefmarke aus einem fremden Land verstehen.

Er blickt über die Schulter hoch zu Ginas glattem Rücken, der hohen Wespentaille, dem Knick über den Hüften. Sie sitzt hoch zu Roß, reitet das bockende Pferd, ihr Hintern klatscht auf Gus' Schenkel. Giddyup, Girl. Hi-ho, Silver. Sie hüpft, ihre Backen beben und spreizen sich mit jedem Stoß. Haarige Spalte ihres Hinterns tanzt über den blassen, sandigen Sohlen von Gus' Füßen, seinen gummiartigen Zehen. Francesca kniet, Oberkörper hinter Ginas

Rücken verborgen, und macht mit Gus' oberer Hälfte, die er nicht sehen kann, etwas, das ihm ebenfalls verborgen bleibt.

Er beschwört ihr Bild noch einmal herauf, wünscht sie auf seine Seite des Ozeans. Für eine schwarze Frau sehr hell. *Light, bright, almost white*. Weißer als diese italienischen Mädchen. Ihr steifes, mit Pomade frisiertes Haar rot in der hellen Sonne. Er besitzt von ihr keinen Schnappschuß, der paßt. Er muß ein Bild machen. Viele. Wie sie sich nackt mit einer Freundin und zwei farbigen Soldaten aalt. Sie und eine Freundin mit zwei deutschen Soldaten, die vor wenigen Monaten die Mädchen dafür bezahlten, sie an diese herrliche Stelle zu führen und sich im Sand vögeln zu lassen, als die Nazis noch im Begriff waren, den Krieg zu gewinnen.

Gus, eben zum Pinkeln in die dunkle sternlose Nacht getreten, muß Lichtnadeln durch den Wald stochern gesehen haben. An, aus, an, aus, an, aus – ein Code, den er sofort knackte, *Wir kommen, jetzt seid ihr dran, wir kommen, jetzt seid ihr dran*. Oder vielleicht hatte er das metallene Klirren von Hunden gehört, die angekettet oder von der Kette gelassen wurden, Geräusche, die in der stillen, reinen Luft meilenweit trugen.

Wach auf, wach auf. Rauhes, dringliches Flüstern im Ohr. Ist das schon wieder Francescas Zunge. Hat sie im Traum seine Sprache gelernt. Er riecht den Bergsee an ihrem Körper, ihre gemischten Säfte. Kitzeln der feinen Härchen an seinen Lippen, als er das tote Gewicht eines Arms hebt, um sich darunter hervorzuwälzen.

Pscht. Pscht. Kein Ton. Sie kommen. Nah. Verdammt nah. Schnapp dir dein Zeug, und nichts wie ab. Hinten raus. Los. Los. Los. Laß sie schlafen. Die wollen uns, nicht die Mädchen.

Jahre später wird er beim Anblick von Emmett Tills entstelltem Gesicht in der Ausgabe von *Jet* an Medusa denken müssen, aber auch an diesen Moment, die stockfinstere Hütte, das erschrockene Flüstern. Wie nah.

Neben der Hintertür kauernd, beschreibt Gus mit den Armen einen weiten Bogen, teilt ihre Wege und führt sie an einem Punkt weit unterhalb und außerhalb der Lichter zusammen, die er gesehen haben, oder der Hunde, die er im Wald gehört haben mußte.

Dann nur noch solo durch stockfinsteres Dunkel, stolpern, auf rauhem Terrain schlittern und rutschen, sich abwärts stürzen, nach wenigen Dutzend Schritten schon außer Atem, blind, bis er den Blick hebt und über den Baumwipfeln voraus einen schwachen, schimmernden Saum ausmachen kann, dem er folgt. Keine hundertfünfzig Meter, dreihundert, ist er von der Hütte entfernt, als Gewehrknallen *paff paff paff paff* aus der Richtung schallt, die Gus eingeschlagen hat. Er bleibt wie angewurzelt stehen. Macht kehrt. Die Absicht, dem Freund zu Hilfe zu eilen, läßt ihn erneut erstarren, und dieser idiotische Gedanke, diese Schnapsidee ist wahrscheinlich seine Rettung. Kugeln pfeifen ihm um die Ohren. Nah genug, daß er die Zunge ausstrecken und sie schmecken könnte. Schlagen eine Handbreit entfernt in einen Baumstamm ein, jagen ihm eine Salve Borkensplitter in die Fresse.

Schnellfeuergewehre werden jetzt auf die Hütte gerichtet. Sämtliche Züge vom Rangierbahnhof unterhalb der Station an der 30th Street Volldampf voraus, entgleisend, karambolierend. Nein, nein, wir sind nicht da drin, wollte er brüllen, aber wer hätte ihn schon bei dem Höllengetacker der Gewehre gehört, schneller als man hören konnte, Hunderte von Punkt-Dreißiger-Geschossen zerfetzen die Holzwände, heben die Hütte vom Fundament, werfen die zersiebten Körper drinnen wie Stoffpuppen umher.

Leuchtspurgeschosse. Kugelhagel, Salven wie Donner, Axthiebe, die ganze Stücke aus der Hütte hackten. Hörte er Flammen knistern. Schreie. Sie waren nicht gekommen, ihn und Gus festzusetzen, sie in die Zelle zu werfen. Nigger waren zum Abschuß freigegeben. Sie waren gekommen, um zu töten, alles und jeden zu töten, was immer ihnen in die Quere kam.

Weitere Runden sondieren die Dunkelheit um ihn herum. Er ist am Boden, krallt sich in die Erde, atmet unerwartet süßen Kiefernharzduft.

Niemand hat ihn gesehen, denkt er. Hofft er. Mann. Die pumpen den Wald einfach mit Blei voll. Warten auf einen Glückstreffer. SOP. *Standard operating procedure.* Unsere schießwütigen, munitionsverwöhnten Jungs ballern auf alles, was sich rührt, was sich gerührt haben könnte. Peng. Peng. Peng. Du bist tot. Alles tot. Fällen in ihrem Kugelhagel sogar Bäume.

Lichtstrahlen flackern, stochern, scheren über den Hang. Er kriecht, Knacken und Knistern und Krachen der Kiefernnadeln viel zu laut, unmöglich, daß es nicht jeder in der näheren Umgebung hört, selbst durch das Maschinengewehrrattern noch hört, auch wenn er in Zeitlupe kriecht, mit angehaltenem Atem. Wenn er atmet, ist das noch lauter als die knisternden Nadeln, lauter als das verräterische Hämmern seines Herzens.

Er zieht das Bein unter sich, um wieder eine Handbreit vom Feuersturm wegzurobben, in dem die Hütte versinkt, und spürt ein unglaubliches Gewicht, Sog wie Treibsand, wie einen eisernen Stiefel. Gleich darauf schlägt jedes vor Angst gelähmte, taube Nervenende Alarm. Schmerz schießt ihm vom Bein hoch in den Kiefer. Unterkiefer schnappt zu. Er glaubt, er hat sich die Zunge abgebissen. Mund voller Blut, von der Erkenntnis getränkt, daß er getroffen ist.

Kugeln und Lichtkegel streifen die Bäume, wandern langsam höher und weg von der Stelle, wo er sitzt. Hunde bellen. Er erwägt, sich vom Hemdschoß einen Streifen abzureißen und die Wunde zu verbinden. Erinnert sich dann, wie weit Geräusche tragen, würgt sich das Hemd über den Kopf und wickelt es im ganzen um den feuchten Matsch seines Oberschenkels. Ein Fleischlappen weg. Oder zu heißer Suppe geworden. Denkt er, als er ächzend die Hand zurückreißt.

Dann kriecht er weiter, auf dem Bauch, stemmt sich auf alle viere hoch, es soll schneller gehen, belastet, vornübergebeugt erst einmal, versuchsweise das Bein, aber das Bein schreit auf, knickt ein, und da kippt er seitlich weg, kann sich nicht halten, stürzt kopfüber in rutschige Nadelpolster, auf denen er seine Talfahrt ins Krankenhaus in Philadelphia beginnt. Fliegt über Wurzeln, Gestrüpp, Stock und strafende Steine, eine steile Böschung hinab, deren plötzliche Kuppe viel zu schnell da ist, einen glitschigen, matschigen Hang hinunter, der im triefenden schwarzen Schock ihres Haars endet, Traum und Alptraum und wundersame Rettung, da liegt er auf dem Rücken, nichts gebrochen, im Brausen und Reißen eines geschwollenen Bachs, in dem er das Hintergrundgeräusch wiedererkennt, das er den ganzen Tag lang gehört hat, ein Dauergeräusch, das er für das Seufzen des Windes in der Bucht gehalten hat, dabei war es dieses Wasser gewesen, das ihn jetzt unterkühlt, ihn fast ertränkt, ihm die Lungenentzündung beschert, die er nie wieder ganz loswerden wird, das aber zugleich seine Spur verschlingt und Schutz vor den Suchhunden bietet. Wasser, das ihn zur Besinnung bringt, seine Wunde reinigt, die Schnitte und Schürfungen des zerschindenden Sturzes mildert.

Als er sich aufrichtet, fällt ihm ein, was er von entlaufenen Sklaven gehört hat, und er bleibt über quälend weite Strecken im Wasser, mit klappernden Zähnen, die Wunde ein heißes Brandeisen an seinem Bein, dem Bein, auf das er sich nie wieder wird verlassen können, Quelle von viel Kummer und einer lebenslangen Beschädigtenrente. Er watet stromaufwärts, in die falsche Richtung, weg von einer möglichen Rettung, aber auch der Gefahr, bis er keinen Schritt weiter kann. Versucht, sich auszuruhen, dämmert vor sich hin, mal bei Bewußtsein, mal weggetreten, mit klappernden Zähnen, zu erschöpft, um schlafen zu können oder sich darum zu scheren, ob jemand nur darauf wartet, ihn umzulegen, oder nicht, also kehrt er um, macht sich auf den Rückweg Richtung Krieg.

Nicht seine Todesnacht. Irgendwie humpelt und robbt er an die Straße zurück, an der sein Trupp arbeitet, und seine Kumpel karren ihn im Laster zum Camp und schieben es auf einen hinterhältigen Hund von Nazi-Schützen. Eine ausreichend glatte Lüge, um niemanden in Schwierigkeiten zu bringen, sagt er John Africa. Verstehen Sie. Irgendwas von Feindbewegung um Null-eins-blabla Uhr im blabla Sektor. Bei zweierlei Zwischenfällen ein US-Soldat im Kampf getötet, einer verwundet, zwei Zivilisten Feindfeuer zum Opfer gefallen, bla, bla, bla.

Four dead in O-hi-o. Als er die schwarzen Brüder den Song zum erstenmal singen hörte, dachte er, es hieße: *All dead in O-hi-o.* Konnte nicht anders, mußte den Text abwandeln, so daß er im Kopf sang: *All dead in I-ta-ly.* Nicht witzig, aber er konnte nicht anders. Nicht witzig, aber wahr. Wahr und komisch. *All dead in I-ta-ly. All dead on O-sage-Ave.* Selbe Sterben. Selben Lügen, um es zu verschleiern. Selbe weiße Weste. So wahr, daß es jenseits von wahr ist, von Zeit, Ort und Hautfarbe. So weit jenseits, daß du lachen mußt, um nicht zu weinen. Tagelang war er mit dem Singsang im Kopf herumgelaufen. Ohrwurm, mußte zwangsläufig mitsingen. Dagegen ansingen, singen, um das *all dead* zu überleben. Das *all clear* der Entwarnung.

Etwa zur Zeit seiner Geburt spielt Bessie Smith, Empress of the Blues, in einem improvisierten Tonstudio ohne lange Vorbereitung einen Take von »Backwater Blues« ein, *Ima shoot em if he stands still / Cut em if he run,* als der Produzent, ein Weißer, der im Klappstuhl neben dem Klavierhocker sitzt, unterbricht. Du meinst doch wohl, *Cut em if he stands still / shoot em if he runs*. Eine Freundin von Bessie, die mit einem Gin in der Hand in einer Ecke lehnt, straft den Kerl mit einem bösen Blick und brüllt, Ruhe, Trottel. Laß Bessie den Mist-Nigger doch umbringen, wie sie will.

Good morning, blues, blues how do you do
Good morning, blues, say how do you do
My name's Martin Mallory, what do folks call you.

Pittsburgh

Das letzte Mal hatte sie es in die Reinigung gegeben, das schwarze Kleid mit den beruhigend blöd zu bügelnden Plisseefalten, und jetzt hängt es matt plastikverhüllt an der Innenseite der Tür zum begehbaren Kleiderschrank, zum Glück nicht Asche, obwohl sie sich beim letzten Mal geschworen hatte, es zu verbrennen; das Kleid hatte genug Leben überlebt, sie wollte es weg haben, aus den Augen, aus dem Sinn, Asche zur Asche der Leben, die sie darin betrauert hatte und zerstreut, das gute schwarze Kleid, seinerzeit für feine Restaurants und feine Herren erstanden, als sie noch glaubte, auch das werde wie ein jedes seine Zeit haben.

Siebensachen, die sie beabsichtigte, den Flammen zu übergeben, gab es von Tag zu Tag mehr. Mr. Mallorys Sachen. Ihre Kopfkissen. Das Kleid. Das Haus hier im Cassina Way. Wenn sie ernsthaft nachdachte, nicht einfach nur vor sich hinträumte, sondern allen Ernstes Listen der Dinge machte, die sie behalten und die sie wegwerfen wollte, stimmte es sie manchmal traurig und manchmal froh, wie wenig ihr bliebe, wenn sie erst das Schadenfeuer anzündete und begann, die Sachen hineinzuwerfen.

Mr. Mallorys Kartons und Tüten. Seine uralte Kamera.

Seine paar Kleidungsstücke, die allesamt in dem Armeemantel Platz hätten, wenn man ihn zum Sack band, wenn man Mr. Mallorys Körperkonturen da rausbekäme, den Mantel faltete und verdrehte und die alten, steifen Wollärmel zu einem Sack knotete. Er war ein alter, alter Mann gewesen, und die Kartons und Tüten und der eine Sack Sachen waren alles, was er hinterließ, alles, was er gesammelt und benötigt und aufbewahrt hatte, wo er doch so lange auf Erden gewandelt war. Warum sollte sie mehr haben. Wieviel Zeug brauchte man denn schon, um ein Leben zu beginnen, zu leben, zu beenden. Einen Augenblick bist du da, atmest und denkst, daß du Schuhe brauchst, Kartons, ein schwarzes Kleid, im nächsten bist du weg, und das, was du gegen die Einsamkeit gehortet hast, wird nichts, Rauch, der vergeht, wie du vergehst, bloß lästig, Rauch, der demjenigen in Nase und Augen steigt, der hinter dir herräumen muß.

Und wenn dich jemand zurückläßt, den du liebst, eine Mutter, Söhne, ein Mann wie der, den sie oder der sie an dem Abend bei Edgar's im Tanz gefunden hatte, kannst du sie ja nicht einfach auf den Haufen zum Behalten packen oder rauswerfen, denn sie bleiben bei dir, ob du es willst oder nicht, und wer will schon so lange mit einem geliebten und verlorenen Menschen eingesperrt bleiben. Du kannst sie nicht besitzen wie Dinge, aber sie besetzen dich. Sie würden wahrscheinlich sagen, Nein, du irrst, würden sagen, Es ist genau umgekehrt, ich liebe dich, Baby, und ich würde alles für dich tun, und das meinen sie vielleicht auch, aber wenn es hart auf hart geht, können sie weder am Leben bleiben noch dich in Ruhe lassen, egal auf welchen Haufen – behalten oder rauswerfen – du meinst, sie packen zu müssen.

Der Mann im Radio ist heute morgen aus irgendwelchen Gründen gut aufgelegt, eitel Sonnenschein, Lachen und dummes Zeug und heute neuer Tag, neues Glück, großartige Gewinne und Angebote, jede Menge Scheiben Nonstop ohne Werbung heute morgen, und ist es nicht ober-mega-hyper-gut oder dufte oder kraß oder Sahne oder abgefahren oder was immer er sich da zusammenreimt, kaum daß sie sie gehört hat, hat sie sie vergessen, die Wörter, die besagen, daß das, was jetzt kommt, dir die Schuhe auszieht, daß die Fetzen fliegen, mega-boogie-coole Nummer Top-of-the-Pops, einfach hyper, und wenn dir das nicht in die Glieder fährt, das Herz nährt oder was. Seine aufgedrehte, fröhliche Stimme nach den Nachrichten, die er beim Ablesen aber selbst nicht gehört haben kann, noch weniger gehört als sie, die kaum genau genug hingehört hat, um zu wissen, daß die Nachrichten so schlimm waren wie sonst auch und daß wie sonst auch ganz am Ende irgendein schwarzer Mann oder Jugendlicher einem anderen was angetan hatte. Kaum zu glauben, eigentlich, wie konnte es Tag für Tag für Tag in einer Stadt dieser Größe dieselbe Meldung geben und trotzdem überhaupt noch jemand am Leben sein, der schwarz, männlich und unter fünfundzwanzig war. Sie verstand es nicht. Wollte es gar nicht wissen, also hörte sie nur halb, nur mit einer Arschbacke hin. Kein Grund mehr, mit Herzrasen jeden Morgen auf die Namen der Toten zu warten, der Verletzten und, sofern sie geschnappt wurden, die Namen derjenigen, die für die Toten und Verletzen verantwortlich waren. Nichts mehr wie vorher, seit sie wußte, daß in den Meldungen die Namen ihrer Söhne nicht vorkommen konnten. Nachdem sie den Namen des einen Sohnes erst mit einem Tag Verspätung im Radio gehört hatte und sie den anderen gar nicht gebracht hatten, obwohl sie doch wußte, daß er niedergeschossen worden war und auch weg. Sie fragte sich, ob ihre Jungs zugehört hatten. Auf die Namen ihrer Freunde gewartet. Oder die eigenen Namen als Highlight am Ende des morgendlichen Nachrichtenblocks. Was dachte sich dieser Gute-Laune-Schwarze eigentlich, oder Weiße, der wie ein Schwarzer redete, wie es manche zum Verwechseln konnten, sofern du weiß warst oder eben nur halb, mit einer halben Arschbacke zuhörtest, was dachte sich dieser Kerl, der dich freudig begrüßte, mit sich und der Welt zufrieden, mit der Musik, die er für dich auflegt heute morgen, zufrieden, daß du bei ihm reinhörst in die Sendung, mit der es gleich weitergeht, nach einer Kurzmeldung über den neuesten Boogie Woogie, mit dem King Death mal wieder die Straßen von Radioland unsicher macht.

Wäre sie die Mutter dieses DJs, würde sie seinen dummen hohlen Kopf mit einem Brett bearbeiten, ihm ein bißchen Verstand einprügeln, ein bißchen Respekt vor den Toten, aber sie ist ja keine Mutter, sie hat ihre Söhne verloren, und seine Mutter ist wahrscheinlich eine nette, hellhäutige Dame, die irgendwo in einem friedlichen Teil der Stadt in einem anständigen Haus auf einem ordentlichen Sofa sitzt und ordentlich stolz ist auf ihren Sohn, der seinen Weg macht, wie sie den anderen Damen nach der Kirche versichert, ihr Prachtjunge, der dem Morden entkommen ist und sich alle Beine ausreißt, bei den Leuten trotz der schlimmen Nachrichten Stimmung zu verbreiten.

Laß doch den Kerl und seine Mama in Frieden, sagt sie sich. Sie will nicht verbittert sein. Was das genau heißt, bitter, weiß sie nicht, versucht aber, Bittersein zu vermeiden, seit Mr. Mallory eines Tages zu ihr gesagt hat, an einem der schlimmsten Tage, bis er es sagte, Was ich an Ihnen so sehr bewundere, ist, daß Sie nicht bitter sind. Allen Grund, verbittert zu sein, wenn überhaupt jemand Grund hat, bitter zu sein, dann Sie, aber Sie sind es nicht, und ich kann Ihnen gar nicht sagen, wie einzigartig Sie das macht. Sie lassen nicht zu, daß das schreckliche Schicksal, das Ihre

Familie getroffen hat, Sie erdrückt, Sie Ihrer Würde beraubt. Sie lassen nicht zu, daß das, was außerhalb Ihrer Macht liegt, sich in Ihnen häuslich einrichtet und Sie beherrscht. Sie sind eine verteufelt starke Person, Miss. Ich kann Ihnen gar nicht sagen, wie ich Sie und Ihre Haltung bewundere, Ihre Fähigkeit, die Kraft zum Weitermachen zu finden.

Sie hatte immer gedacht, verbittert sein hieße, daß man durch die Welt lief und innen ständig klagte, weil man fand, daß man in die Haut von jemand anders gehörte, jemand, dessen Lage besser war als die eigene Misere. Mr. Mallory meinte, das sei eine ganz treffende Beschreibung, ein Teil jedenfalls von dem, was er meine, und versprach, das Wort für sie beide nachzuschlagen, weil das, was sie gesagt hatte, ihm selbst auch wieder Grund gebe, darüber nachzudenken, was er eigentlich genau gemeint habe, also werde er *bitter* in seinem Wörterbuch nachschlagen und ihr auf einen Zettel schreiben, was dort stehe. Schon gut, hatte sie gesagt. Ich kann selbst nachschlagen. Ich habe selbst ein Wörterbuch. Aber ich tue es gern, hatte er erwidert, es ist ja auch für mich. Und dann hatte er es nie getan, oder vielleicht hatte er tatsächlich eine Erklärung auf einen Zettel gekritzelt und vergessen, ihr den zu geben, hatte es sich anders überlegt oder war vorher gestorben.

Dieser Austausch über bitter und auch die anderen Gespräche mit Mr. Mallory hatten ihr eindeutig geholfen. Da war sie sich ihrer Sache sicher, selbst wenn sie sich nicht sicher war, wie oder warum oder wieviel sie tatsächlich miteinander geredet hatten, wo doch so vieles von der schweren Zeit nach dem Tod ihrer Jungs ein Hinundherwenden von Dingen in ihrem eigenen Kopf war, die sie nie laut aussprach, nie mit einer Menschenseele besprach, Dinge, die wirklich waren und schmerzlich und schwer und ihr im Kopf herumschwirrten, während es zugleich ein Gespräch gegeben haben mochte oder nicht, die Gefühle waren so überwältigend, daß sie keinen Überblick hatte, was hier und jetzt, was nachher und vorher war, nichts davon gesichert, nichts davon in einer Weise geklärt oder getrennt, daß sie einen Sinn hätte erkennen und damit abschließen können.

Sie hievt den dicken Band im zerfledderten schwarzen Umschlag oben aus einem von Mr. Mallorys Kartons. Schlägt ihn ziemlich weit vorn auf, da, bei der ersten Daumenkerbe in den Seiten, die so dünn sind wie die ihrer Bibel. Blättert von *ba* zu *bi* weiter und findet bei *bitter* einen Bindfaden zwischen den Seiten, den sie nicht gesehen hat, als sie nach dem Buch griff, aber nun kann sie nicht mehr tun, als wäre er nicht da, für sie hinterlassen.

Viele Bedeutungen. Die erste betrifft Speisen und Getränke, *sehr herb (Geschmack)*. Sie läßt den Finger zu 3. hinabwandern: *etwas, was zu akzeptieren, sich einzugestehen, ertragen einem schwerfällt oder widerstrebt* und zurück zu 2., wo sie flüchtig die Wörter *streng, grimmig, schneidend* bemerkt hatte. Die bezifferte Bedeutung, die sie schließlich abzuschreiben beschließt, wie er es seiner Erzählung nach meist mit Definitionen getan hatte, um die Wörter nicht nur besser lernen, sondern behalten zu können, war 6. *von Groll oder Zynismus geprägt* (das Z-Wort würde sie ein andermal nachschlagen).

Sechs mußte die Bedeutung von bitter sein, die Mr. Mallory im Sinn gehabt hatte – *Damals war er bereits ein bitterer, alternder Mann mit einem grauem Gesicht (John Dos Passos)*, und es ist die, bei der sie erschrickt, die sie schaudern macht, ein Spiegel, aus dem ihr das eigene Gesicht entgegenstarrt, eine leblose Maske, ihre Züge mit denen von Mr. Mallory verschmolzen, weißhaarig wie er, die Haut trocken und faltig wie seine, aschgrau wie seine, als er tot in ihrem Bett lag.

Und das am Fuß der Seite mußte Mr. Mallorys Bleistiftgekritzel sein. Sie kriegt große Augen. Nicht vorbereitet auf dieses neuerliche Zeichen von ihm, diesen unerwarteten Beweis seiner An- und Abwesenheit in diesem Zimmer. Sie kann in dem Krikelkrakel die Wörter *Liebe, bitter* und *süß* entziffern, in einem Wortgestrüpp, das möglicherweise aus der Wiederholung dieser selben Wörter besteht, mit solchem Druck hingeschrieben, daß das Papier fast zerrissen ist, immer wieder nur diese drei Wörter, eins über dem anderen, ein Dornbusch, teerschwarzer Köder gezackter Striche und Schwünge wie das Tarbaby, das Brer Fox an den Wegrand setzte, so daß Brer Rabbit klebenblieb und sich in den Geschichten, die sie ihren Jungs vorgelesen hatte, erst losreißen konnte, als es seinen Austrickser austrickste.

Beide stehen sie da und blicken auf den geschlossenen Holzsarg hinunter, den Mr. Mallory sich ausgesucht und schon bezahlt hat. Geschlossen, darauf habe er bestanden, hatte er in einer ihrer Unterhaltungen gesagt, Damit mich auch niemand frech anglotzt, wenn ich nicht mehr zurückglotzen kann. Sie war überrascht, wie oft er offenbar von seinem Tod gesprochen hatte. Woher hätte sie sonst wissen sollen, daß sie alle erforderlichen Unterlagen in seiner Kommode finden würde – Bestattungsvertrag mit Police und Quittung, Beleg über den Erwerb einer Grabstätte auf dem Allegheny Cemetery, das Testament, in dem er ihr neunundsiebzig Dollar vermachte –, wie konnte sie sonst die vielen Details dessen kennen, was er nach seinem Tod geregelt haben wollte.

Überrascht, weil die Gespräche, die sie in Erinnerung hatte, sich ums Leben drehten, um Stationen in seinem langen Leben, dessen unerwartete Wechselfälle und Wendungen seine Art waren, ihr Mut zu ihrem eigenen zu machen. Und doch hatte er sie Schritt für Schritt auf sein Sterben vorbereitet, sah sie rückblickend. Seine Hand in allem, was bisher seit seinem Tod geschehen war, und es war seltsam, sich vorzustellen, daß diese unsichtbare Hand sie auch bei dem führen würde, was noch zu tun blieb.

Der Aufbahrungsraum war leer bis auf sie beide und dem, was in einem schnörkellosen Holzkasten von Mr. Martin Mallory übrig war. Sie sind bisher die ersten und letzten, die sich am Pult unter dem lächelnden Jesus mit Seidenhaar und blassen, ausgebreiteten Armen in das Kondolenzbuch eingetragen haben. Wieso stand Mr. Mallorys Name im ganzen Bestattungsinstitut Wardens nirgends angeschlagen, weder an der Tür noch im Foyer. Wie sollte ihn da jemand finden. Aber was erwartet sie auch bei einem Menschen ohne Kinder, Enkel, Urenkel, einem so alten Menschen wie Mr. Mallory, einem Mann, der so zurückgezogen gelebt hatte. Gut möglich, daß sie beide die ganze Trauergemeinschaft ausmachen. Er hatte bei der Zeitung angerufen und eine Todesanzeige aufgegeben, deren Wortlaut er mit jeder Frage der Person am anderen Ende der Leitung improvisieren mußte. Aber wer würde Mr. Mallory schon namentlich kennen, wer würde den Namen in der Zeitung mit dem komischen alten Kauz in Verbindung bringen, der eines Tages aufgetaucht und schon bald kein Fremder mehr war, weil er nach kurzer Zeit schon zum Stadtbild gehörte, großgewachsener, aufrechter alter Mann, der winters wie sommers, Frühjahr wie Herbst in einem großen Armeemantel herumlief.

Als ich den Karton mit den Fotos abgegeben habe, hat die Lady, die hier den Laden schmeißt, gesagt, sie kann nicht wie sonst draußen am Eingang Name und Raum angeben. Irgend jemand hat die Vitrine zerschlagen und die ganzen kleinen weißen Buchstaben geklaut. Sie sagt, sie hätte sowieso nicht die Absicht gehabt, die Namen anzuschlagen. In einem der anderen Säle liegt nämlich ein Gangbanger. Der Junge hat irgendeinen Oberchief einer verfeindeten Gang umgelegt und die daraufhin ihn, aber damit ist es nicht genug, die Homeys vom Oberchief sind nicht zufrieden. Wollen immer noch Blut sehen. Also ist es nicht vorbei, es ist nie vorbei. Braut sich *beaucoup* Trouble zusammen, lautet draußen auf der Straße die Parole. Sich gegenseitig kalt machen, du einen, ich einen, wie du mir, so ich dir, ist nicht genug. Tot ist nicht genug. Jetzt tragen sie den Krieg in die Bestattungshäuser hinein. Stören die Familien. Mißachten die verdammten sterblichen Überreste. Wollen noch mehr Blut sehen. Aber warum erzähle ich dir das alles überhaupt. Du kennst den ganzen Wahnsinn besser, als ein einzelner Mensch ihn je kennenlernen sollte. Tut mir leid. Kurzum, es werden keine Namen angeschlagen. Als wäre damit schon für Ruhe gesorgt. *Jeezus*. Lady sagt, sie wäre überhaupt nicht scharf darauf gewesen, wird aber den Jungen trotzdem bestatten, weil sie die Familie schon kannte, bevor er überhaupt auf der Welt war. Bestatten ja, aber bestimmt nicht an die große Glocke hängen. Mrs. Betts, eine Schwester der Witwe Wardens, glaub ich. Nette Frau. Kümmert sich, seit Reba Wardens krank ist. Arme Frau sitzt in der Falle. Meint, sie hätte Polizeischutz angefordert. Die haben ihr gesagt, da müßte sie sich schon einen Privatsheriff besorgen, nicht Sache der Polizei, letzten Geleitschutz zu geben. Also hat sie gefragt, ob sie denn nicht wüßten, daß hier die Hölle, ein Bandenkrieg losbrechen könnte, und da haben sie gesagt, Also gut, wir werden die Streife bitten, die Augen offenzuhalten.

Die Augen offenhalten. Da hat man eine ganze, bis an die Zähne bewaffnete Gangster-Armee, besser ausgerüstet, heißt es, als die Polizei, und da erzählt mir so ein Wichser hinter seinem Schreibtisch Downtown, daß die Cops, die hier herumschleichen, die du als Freund und Helfer komplett vergessen kannst und denen sowieso alles scheißegal ist, *die Augen offenhalten* werden. Das heißt, daß sie mit quietschenden Reifen, Sirenengeheul und blitzenden Lichtern angebraust kommen werden, wenn die Schießerei vorbei ist, Leichenwagen und ihre üblen Sprüche gleich mit dabei, damit sie in einem Aufwasch die Toten einsammeln und alles mitgehen lassen können, was nicht niet- und nagelfest ist.

Wir zahlen Steuern. Führen ordnungsgemäß ein Unternehmen. Haben hier schon der Community gedient, da war selbst Skippy, das Buschkänguruh, noch feucht hinter den Ohren. Wenn man dann die Polizei einmal um Hilfe bittet, kapiert man ganz schnell, daß man sich das Bitten in diesem Teil der Stadt gleich abschminken kann. Egal, wer man ist. Egal, ob man den Gangster-Lieutenant, der hier angeblich für Recht und Ordnung sorgt, schon gekannt hat, wo er noch als Rotznase in kurzen Hosen durch die Gegend gerannt ist.

Geht mir ganz ähnlich, Mrs. Betts. Mir kocht auch das Blut in den Adern, wenn ich sehe, wie die Stadt hier im Viertel mit den Dingen umgeht, nämlich gar nicht. Aber immerhin steht ein Streifenwagen an der Ecke Homewood Avenue. Ist mir aufgefallen, als wir vorbeigefahren sind. Vielleicht hilft das ja.

Die. Ha. Verbrecher. Ich weiß genau, wer in dem Wagen sitzt und wozu. Weiß genau, was für Geschäfte die an der speziellen Ecke da von dem speziellen Wagen aus abwickeln. Die kann man vergessen. Wenn es hier losgeht, kann man die beiden lange suchen. Die Ganoven haben ihre Schießeisen in ganz anderen Feuern stecken.

Wie auch immer, hat sie gesagt. Keine Namen. Sollen die Trauergäste im Büro nachfragen. Besser so, hat sie gemeint, weil sie das Kommen und Gehen dann im Blick hat. Will immer nur ein paar von den Kids auf einmal reinlassen, und das auch nur zwischen fünf und sechs. Eine Stunde gibt sie ihnen, und das finde ich ziemlich hart, weil die Kids ja auch trauern. Der tote Junge ist schließlich einer der ihren. Aber sie ist nervös. Und auf die Cops schlecht zu sprechen. Mit gutem Grund. Und deshalb, verstehst du, was Mr. Mallory angeht, wenn ihm jemand die letzte Ehre erweisen will, wird er vorn nach dem Raum fragen müssen.

Tut mir irgendwie leid für ihn. Wieder im Hintergrund versteckt, wie er es sein Leben lang war.

Wollte er es nicht so.

Wer will das schon wirklich. So sehr ich den Wunsch hatte, mich aus der Welt zu stehlen, ich weiß ja doch, daß ich darauf gewartet habe, daß mich jemand suchen kommt, und wenn ich es selbst wäre, ich alberne Gans, weil sich sonst niemand findet.

Möchtest du dich setzen oder gehen oder was.

Ich hasse diesen Ort. Schon durch die Tür zu kommen, tut höllisch weh. Aber jetzt bin ich schon hier, also laß uns noch einen Augenblick sitzenbleiben. Wir vertreten ja sozusagen die Familie. Wenn ich schon hier bin, will ich es nicht eilig haben. Will nicht, daß er meint, ich würde meinen, ich muß es möglichst schnell hinter mich bringen.

Den guten alten Mallory kümmert nicht mehr, was irgendwer denkt.

Glaubst du. Vielleicht glaube ich es auch. Aber das kann man doch unmöglich wirklich wissen.

Ich bin mir da so sicher, wie ich sein muß. Mehr noch, ich verlaß mich drauf. Habe es zwar wirklich nicht eilig, die Erfahrung am eigenen Leib zu machen, aber die Vorstellung von Ruhe und Frieden, von niemand gestört werden, niemand stören, ist ja auch nicht schlecht. Das wünsche ich jedenfalls Mr. Mallory. Und mir würde ich auch ein bißchen Frieden wünschen in ein paar hundert Jahren oder so, dann, wenn es Zeit ist, abzutreten. Meinst du, du hältst es so lange mit mir aus.

Was heißt schon lange. Egal, wie viele Jahre du hast. Er muß doch an die hundert Jahre gelebt haben, oder, aber mit der Zeit, selbst dem bißchen Zeit, das ich mit ihm hatte, verstehst du, nicht gerechnet die lange Zeit, bevor wir überhaupt ins Gespräch gekommen sind, wo wir einfach nur im selben Haus gelebt haben, selbst beim Nebeneinanderherleben habe ich begriffen, daß all seine Jahre ihn auch nicht viel anders machen als mich. In mancher Hinsicht jedenfalls. Erstens war er nicht einfach nur alt. Er hatte viele Alter. Wie ich. Kann dir gar nicht sagen, wie alt ich mich fühle, seit meine Söhne tot sind. So in der Art. Kommt darauf an, wie du dich innen drin fühlst. Sagt man doch auch, Man ist so alt, wie man sich fühlt.

Als ich eben auf die schäbige Kiste runtergesehen habe, in der er liegt, dachte ich an Mr. Mallory alt und Mr. Mallory jung, wie in manchen Geschichten, die er mir erzählt hat. Und da habe ich mich gefragt, was er wohl wäre, wenn ich ihn jetzt sehen könnte, durchs Holz sehen könnte. Ich hab nämlich gehört, daß bei manchen im Tod die Jahre abfallen. Hast du das auch schon gehört.

Ich habe tote Gesichter gesehen, die jünger aussahen als jemals im Leben. Und andere verfallen ganz schnell. Verwesen und fangen an zu stinken, und die Bestattungsleute sind machtlos dagegen. Frag mich nicht, wo ich das herhabe. Aber ich glaube, es ist wirklich so. Die Leute können nicht aus ihrer Haut, im Leben wie im Tod.

Hast du an deinen Tod gedacht, als wir eben vorm Sarg standen. Ich schon. Meinen, nicht deinen. Oder vielleicht auch ein bißchen an deinen. Ist das gleiche wie das, was ich eben schon gesagt habe. Das Leben ist kurz, egal wie lange du hast. Wie kurz, habe ich erst begriffen, als ich meine Jungs verloren habe.

Keine Ahnung, ob ein alter, kranker Mann wie Mr. Mallory auch das Gefühl hat, daß das Leben zu kurz ist. Der jeden Tag älter und kränker wird. Ob der sagen würde, das Leben ist kurz.

Manchmal mußte ich weinen. Wenn ich ihn sein steifes Bein hinterherschleifen sah. Hörte, wie er sich manche Nacht fast die Lunge raushustete. Dalag und erstickte. Um Luft rang. Schrecklich anzuhören. Ich weiß, daß ihm das zusetzte, aber das machte doch nicht den Menschen aus. Mir hat er mal gesagt, an mir mag er, daß ich nicht verbittert bin. Dabei ist er derjenige, der dafür einen Orden verdient hätte, daß er nicht verbittert war. Hab dir doch erzählt, daß er mich fotografiert hat, oder.

Ja, hast du.

Du sagst das so, als wolltest du nichts mehr davon hören. Du bist doch nicht etwa eifersüchtig.

Wer. Ich. Warum sollte ich.

Solltest du auch nicht. Oder vielleicht doch ein ganz klein bißchen.

Also, es ist ja nicht so, daß ich es einem alten Mann nicht gönne, besonders einem frisch verstorbenen alten Mann, der nur ein paar Schritte weiter liegt und der, wie du sagst, dein Freund war, mal eine hübsche Frau zu fotografieren. Aber wenn du findest, daß ich Grund hätte, wenigstens ein klein bißchen eifersüchtig zu sein, würde ich den selbstverständlich gern hören.

Du bist schließlich schuld, wenn ich langsam Geschmack an älteren Männern finde. Und vielleicht war er gar nicht so alt oder so anders, müßte eigentlich klar geworden sein, wenn du zugehört hast. Er hat sich vielleicht langsamer bewegt und ein bißchen genuschelt, wenn er müde war, aber das waren eigentlich Kleinigkeiten, unwichtig. Besonders, wenn du mehr nach innen geschaut hast und das Äußere mal gelassen.

Versteh mich nicht falsch. Behaupte nicht, daß ich drauf und dran war, mit Mr. Mallory ins Bett zu fallen oder auch nur annähernd irgend etwas in der Art. Andererseits weiß man nie, die alten Herren sind ja immer für eine Überraschung gut. Mit dir bin ich schließlich auch im Bett gelandet, oder.

Er hat mit mir geschäkert. Das habe ich dir doch erzählt, daß er mit mir geschäkert hat. Mir zugezwinkert. Tot bin ich noch nicht, hat er gesagt, und deshalb kann ich gar nicht anders, mit einer so hübschen Frau muß man einfach flirten. *My, my*. Sowas. War ja keine Aufforderung oder so. Einfach Spaß. Sich gegenseitig necken, aber nicht weitergehen müssen. Wünschte, wir hätten das öfter gehabt. Hat uns beiden gutgetan. Du warst ja nicht da. Mir fehlte das Lachen und gute Laune und einfach mit einem Mann herumalbern. Und wer weiß. Läßt sich ja nie ausschließen. Wer weiß, ob es nicht hätte weitergehen können. Mr. Mallory war zwar ziemlich schwach, mit dem Bein und seinem Asthma, und auch ziemlich zerknittert, aber für eine Überraschung war der bestimmt noch gut. Schalk in den Augen. Was meinst du. Bei den alten Herren kann man doch sein blaues Wunder erleben, oder.

Du schäkerst immer noch, wie. Er wünschte jetzt bestimmt, er könnte dich hören.

Vielleicht kann er es ja.

Ist das nicht respektlos, was wir hier reden.

Nichts läge mir ferner. In Gedanken. Im Herzen. Ich stelle mir nur vor, daß mehr an ihm war als auf den ersten Blick zu sehen. Viel, viel mehr. Er war mehr. Ich wünschte, ich hätte ihn besser kennenlernen können. Du hast ja die Fotos gesehen. Solche Fotos macht nicht jeder. So schöne Fotos. Und irgendwie auch so traurig. Nicht wehleidig.

Mehr so nach Glück und Glas. Als hätte er etwas fotografiert, was du dir immer schon sehnlichst gewünscht hast und plötzlich in Händen hältst, aber ehe du dich versiehst, ist es hin. Es waren schöne Fotos, oder.

Sind es noch.

Stimmt. Noch sind sie nirgends hin verschwunden, oder. Immer noch so frisch und lebendig wie am Tag, als er sie aufgenommen hat. Noch nie solche Fotos gesehen. Nicht jeder kann fotografieren, wie sich Menschen im Innersten fühlen. Er war schon besonders. Und ich fing doch gerade erst an mit dem Kennenlernen. Stand noch ganz am Anfang.

Amen zu allem, was du sagst. Schade eigentlich, daß die Fotos so ganz zwischen uns bleiben müssen. Die Leute sollten sie sehen, besonders die Leute hier im Viertel, weil er uns allesamt erwischt hat, wie wir leiben und leben, keine Frage. Gab vor seiner Kamera kein Entrinnen. Klack. Hatte Mr. Mallory den Beweis schwarz auf weiß. Auf frischer Tat ertappt. Wie die Gangbanger auf der Post.

Deswegen bin ich ja auch so fertig, so zerrissen. Ein Teil von mir sagt, Wehe, du rührst die Fotos an. Und der andere sagt, Du hast einem Sterbenden ein Versprechen gegeben, kommt nicht in die Tüte, daß du es brichst. Wäre doch schrecklich, nicht Wort zu halten. Macht mir angst, daß ich es wage, überhaupt daran zu denken. Er hat auf mich vertraut. Wie soll ich noch in den Spiegel sehen können, wenn ich sein Vertrauen mißbrauche. Wie soll man da noch in Ruhe sterben, wenn auf niemand Verlaß ist und die Wünsche eines Toten nichts mehr gelten.

Ist wirklich eine schwere Verantwortung. Was ich nicht verstehe, ist, wieso er sie dir auflädt.

Ich sollte ja nicht gucken. Einfach nach seinem Tod alles gleich verbrennen. Er hat gesagt, er hätte vor vielen Jahren so ein Projekt angefangen, es aber nicht zu Ende führen können, und es würde mehr schaden als nützen, wenn jemand die Arbeit sehen würde, bevor alles genau so wäre, wie er sich das vorstellt. Ich habe geschummelt und habe geguckt. Habe dich gucken lassen. Das eine Versprechen also schon nicht gehalten. Und deshalb fällt mir die Entscheidung jetzt so schwer. Gibt keine richtige Entscheidung mehr.

Warum er wohl die einen Fotos entwickelt hat und die anderen nicht.

Ich habe mir die anderen angesehen, bevor du gekommen bist. Soweit ich das beurteilen kann, könnte man die gar nicht entwickeln. Ist nichts zu sehen auf den Negativen. Nichts. Auf keinem von denen, die ich mir angesehen habe, und ich habe mir jede Menge aus jedem Karton angesehen. Einfach grau. Er muß sie verdorben haben. Aus Versehen oder mit Absicht. Wer weiß. Mir hat er erzählt, daß er Bilder über Bilder macht. Versteh ich nicht. Ich habe nie viel fotografiert, und ich verstehe überhaupt nichts davon, aber normalerweise, wenn man ein Bild macht, muß man den Film doch weiterspulen, oder. Er hat aber gesagt, er hätte seine Kamera so umgebaut, daß er ein Dutzend oder auch Hunderte von Bildern machen kann, ohne weiterzuspulen. Hat gesagt, es wäre alles da, alles festgehalten, und eines Tages würde er oder jemand anders eine Möglichkeit finden, die ganzen vielen Bilder, die er gemacht hat, zu entwickeln, damit die Leute sie auch sehen können. Aber als ich die Negative ans Licht gehalten habe, war nichts zu sehen als grau, grau, grau. Auf manchen ein fast weißes Grau, auf anderen mehr schwarzgrau, und manche hatten so silbrige Adern drauf oder verschiedene Graus.

Ein Jammer. Was kann Mr. Mallory wohl im Sinn gehabt haben. Was in den Negativen steckt, was nie jemand sehen wird. Wenn die grau gewordenen und weiß gewordenen ähnlich sind wie die aus dem Karton, die ich kenne ... ist es ein Jammer.

Hey. Seine Kamera, Baby. Sein Film. Seine Zeit, die für sein Projekt draufgegangen ist, was immer es war. Sein gutes Recht, Fotos zu machen und sie zu verderben oder verbrennen, wenn er das wollte.

No way. Sind auch Fotos von uns, also gehören sie uns irgendwie auch, oder. Du mußt es mal andersherum betrachten, die Menschen hier im Viertel haben ein Recht darauf, Fotos von sich zu sehen, selbst wenn er sie gemacht hat.

Jedenfalls kannst du nicht zwischen allen Stühlen fackeln. Paß auf, ich weiß was, damit du nicht immer hin und her mußt. Mach einfach die Augen zu, sieh durch die Finger, und ich husche schnell mal nach vorne, schnapp mir den Karton mit den Fotos und schmeiß ihn in den Kofferraum. Dann brauchst du dir über den Karton und die Fotos nicht mehr den Kopf zu zerbrechen. Wenn jemand fragt, sagst du, ich hätte sie einfach eingesackt, und wer soll schon fragen. Du hast den Karton hierher gebracht, genau so, wie du es versprochen hast. Ich habe Mrs. Betts gebeten, ihn mitzuverbrennen, wenn die Leiche eingeäschert wird, und genau so hat er es doch gewollt, sagst du. Der andere Krempel ist weg. Den hast du entsorgt, genau so, wie du es versprochen hast. Du hast alles getan, worum er dich gebeten hat, also bist du aus dem Schneider. Kannst ja du nichts dafür, wenn jemand den letzten Karton Fotos mitgehen läßt. Du brauchst nur durch die Finger zu sehen. Den Rest übernehme ich. Den Wortbruch gegenüber einem Toten, die ganze Last kannst du gern auf meine breiten Schultern abladen.

Und wem lüge ich das alles vor. Er hört mich doch nicht, oder. Und wenn doch, ja glaubst du denn, daß nicht gerade ein Toter eine Lüge sofort durchschaut.

Muß ja noch nichts entschieden werden bis zur Bestattung. Du hast also noch Zeit, darüber nachzudenken. Hier, wo er nur ein paar Schritte weiter liegt, ist vielleicht nicht der geeignete Ort zum Reden.

Du hast recht. Aber was du von Augen schließen oder durch die Finger sehen gesagt hast, das ist nicht in Ordnung.

Erzähl mir doch noch ein bißchen von den Aufnahmen von dir. Ich habe dein hübsches Gesicht in dem Haufen, den ich kenne, nicht gesehen. Warum hast du mir nicht gesagt, daß du dabei bist.

Gab einen dicken Umschlag mit Negativen, die nicht verdorben waren wie der Rest. Sie lagen bei den Abzügen. Ich habe sie aufgehoben. Wollte es für mich behalten, bis ich mich entschieden habe, was ich tun soll, aber da sind eben auch die von mir dabei. Ich glaube jedenfalls, daß ich es bin. Ich verkehrt herum. Kennst du doch. Weiß, wo es schwarz sein muß, so wie das bei Negativen eben ist. Die Negative sahen okay aus, waren jedenfalls Bilder drauf. Habe sie dringelassen. Wußte noch nicht, ob ich Mr. Mallorys Bilder aufheben soll oder nicht, aber ich dachte, am besten lege ich die guten Negative dazu. Wenn die Fotos mit ihm verbrannt werden, dann möchte ich, daß von mir auch was verbrennt. Und andererseits will ich dabeisein, wenn seine Bilder gerettet werden. So oder so. Wie auch immer. Ein Teil von mir ist in seinen Fotos bei ihm, und da will ich auch sein, da gehöre ich hin.

Lassen Sie mich nur eben schnell was anderes überwerfen als dieses schäbige alte Hauskleid, Mr. Mallory. Sehe aus wie meine eigene Großmutter. Möchte gut aussehen für Ihre Kamera. Geht ruckzuck, was Nettes überzuwerfen und mir schnell die Haare zu kämmen.

Sie schütteln den Kopf. Soll heißen, nein, nicht. Na,

wenn es Sie nicht stört, dann braucht es mich wohl auch nicht zu stören. Vielleicht wollen Sie nur das Gesicht. Vielleicht reicht Ihnen das, und es kommt nicht drauf an, was ich anhabe. Aber die Putzwolle schnell durchkämmen. Nein. Auch nicht. Was gibt es da zu grinsen. Was haben Sie vor, Mr. Mallory. Wohl einfach nur mich, so wie ich bin, wie. Das wird es sein, so wie Sie mich ansehen. Was für ein Bild wollen Sie denn von mir machen, Mr. Mallory.

Nanu, auf einmal so schüchtern. Zunge verschluckt, wie. Na, ich komme auch von alleine drauf. Jetzt grinsen Sie wie ein Honigkuchenpferd. So ein breites Grinsen habe ich zuletzt gesehen, als meine Jungs noch im Haus waren. Tut weh, Mr. Mallory. Weckt Erinnerungen, und das tut weh, aber ist auch gut so. Habe ihr Grinsen viel zu lange aus dem Haus verbannt. Habe sie so gern fröhlich gesehen. Was habe ich ihr Lachen geliebt. Schönste auf der Welt, wenn deine Kleinen zu dir hochsehen und du genau weißt, daß sie glauben, den schönsten, klügsten, besten Menschen auf der ganzen Welt vor sich zu haben. Ein Glück, daß Kinder oft so leicht zufriedenzustellen sind. Nichts Schöneres, als wenn einer von ihnen dir zu verstehen gibt, daß du die Größte bist. Daß es dem kleinen, strahlenden Gesicht vollkommen reicht, daß du bist, wie du bist.

Was für ein Bild also, Mr. Mallory. Ich weiß schon. Sie wollen mich ohne den Fetzen hier, wie. Einfach nur mich. Von Kopf bis Fuß einfach nur ich. Sonst nichts. Meinetwegen, soll mir auch recht sein. Schon in Ordnung. Mir macht das nichts. Schäme mich nicht. Warum sollte ich mich schämen. Ist doch nichts dabei. Zwei erwachsene Menschen. Geht niemand was an. Ich vertraue Ihnen, Mr. Mallory.

So. Ist es so besser. Und das auch noch weg. Also gut.

Soll ich stehen oder sitzen. Wie Sie wollen. Hier, auf dem Bett, sitzend. Gut. Ich werde mich einfach in die Kissen zurücklegen und an das Lachen denken, das mir fehlt, das Lachen, das ich wieder hereinlassen werde. Werde Kwami und Marcus ein bißchen kommen und gehen lassen, wenn sie wollen. Keine Angst. Ich fürchte mich nicht, ich bin nicht traurig. Wird mir unendlich gut tun, meine Jungs wieder lachen zu sehen.

Bin froh, daß Sie mich gefragt haben. Richtig froh, daß ich Ihnen den kleinen Gefallen tun kann. Bin ja bloß ich. Bloß Haut und Knochen und Haare, und es freut mich, wenn es Ihnen Freude macht, mich zu fotografieren.

Soll ich direkt in die Kamera sehen. Ist Ihnen egal. Dann tu ich das. Kuckuck. Wo sind Sie. Vor mir können Sie sich nicht verstecken. Ich weiß, daß Sie da sind, Mr. Mallory. Albern, nicht. Lümmel hier in meinem Alter arschnackt herum und spiele kuckuck, hier ist das Vögelchen.

Er kann sich gar nicht vorstellen, wie ihr zumute ist, wo sie jetzt wieder bei Wardens sitzt. Soll er sie fragen. Würde es was bringen, darüber zu reden. Sie war diejenige, die gesagt hatte, sie müßten Mr. Mallory von Wardens bestatten lassen. Wardens hat wahrscheinlich beide Söhne bestattet. Einen mit Sicherheit, den ersten, von Wardens war nämlich die Rede gewesen, als sie ihm davon erzählte, wie sie hinausgegangen war, weil sie hörte, daß draußen auf dem Kies hinter dem Gebäude der Gefängniswagen vorfuhr, in dem zwei bullige Hilfssheriffs ihren Mann brachten, in Ketten, damit er den aufgebahrten toten Sohn sehen könnte, und wie jeder der beiden kräftigen Männer sich ihren Mann locker samt Ketten hätte unter die Achsel klemmen können, so abgehärmt sei er gewesen. Erzählte, sie hätten also ihren armen, durch die Fußeisen behinderten, schlurfenden Mann reingeführt, mit gefesselten Händen und einer an einem dicken Gurt um die Taille befestigten Kette, an der sie ihn zur Hintertür, wo die Leichen zum Einbalsamieren angeliefert wurden, hereinzerrten wie einen Hund. Wie dunkel es selbst am hellichten Nachmittag auf dem Absatz unter der schmalen Aluminium-Markise war, von wo man entweder ein paar Stufen in die Aufbahrungs- und Büroräume hinaufstieg oder hinunter ins Labor im Souterrain, aus dem der Gestank dir entgegenschlug, selbst wenn du so getan hast, als gäbe es ihn nicht, und dir einzureden versucht hast, daß du keine Ahnung hättest, was sie da unten machen und woher der Gestank kommt. Erzählte, sie hätten ihm keine zehn Minuten am Sarg gelassen, bevor sie ihn wieder in die Mitte nahmen und abtransportierten. Zwanzig Minuten insgesamt für den Besuch bei Wardens. Sagte, sie hätte die Miete für den Wagen zahlen müssen, die Zeit der Hilfssheriffs und andere Gebühren, die man ihr aufgebrummt hatte, als sie das Gericht ersuchte, ihren Mann zu dieser letzten Besichtigung kommen zu lassen. Nicht, daß sie ihrem Mann das Geld, das sie borgen mußte, oder den ganzen Aufwand verübelte. Trotzdem ein Elend. Die zehn Minuten, teuer wie sie waren, zu spät, ganz und gar umsonst, zu spät für den Sohn, und was sie wohl für den Vater überhaupt bedeuten konnten, das hatte sie sich bei seinem Anblick allerdings fragen müssen, dünn wie ein Zwirnsfaden, Haut von der Krankheit schwarzgebrannt, selber halb tot und sich darüber sehr wohl im klaren, gefesselt wie ein wildes Tier, was konnte ihm dieser letzte Anblick schon bedeuten, zu spät und dann noch zu zehn der kürzesten und längsten Minuten runtergeschwindelt, die sie ihr Lebtag hätte verstreichen sehen. Vorschrift, hätten die Hilfssheriffs gesagt. Buchstabe des Gesetzes, rang sich der mit dem dünnen blonden Schnurrbart ab und gestattete sich, zwanzig Sekunden lang Mensch zu sein. Vorschrift, weil es sonst für alle Beteiligten zu schwierig würde. Zu emotional. Keine Kontrolle. Konnte entgleiten. Mußte also schnell gehen. Tut mir leid, Ma'am. Mein Beileid. Sie verstehen hoffentlich, Ma'am. Ich würde ihm ja länger Zeit lassen, wenn es nach mir ginge, tut es aber nicht.

Eine starke, starke Schwester. Woher nahm sie sonst die Kraft, Wardens überhaupt noch zu betreten. Auf einem der wackligen Klappstühle Platz zu nehmen. Den abgestandenen Duft des Raumsprays zu atmen. Der Orgel-Berieselung zu lauschen, die er gern abgewürgt und von allem Leid erlöst hätte. Er liebte sie um ihrer Stärke willen. Liebte den Kern, den diese Stärke schützte. Was war das für ein Kern. Nicht weich. Kern aus Geben. Kern aus Leid. Kern aus Sorgen. Aus Fürsorge. Kern aus Sehnsucht nach einer Welt, in der sie ohne die rauhe Schale leben könnte, die sie sich Faser für Faser zugelegt hatte, bis sie sie ganz umschloß. Kern, den er durch alle dunklen Schichten der Stärke zu sehen gelernt hatte, zu lieben, aber nicht verstehen, auch wenn er hier und da etwas benennen konnte, für den Kern wußte er kein anderes Wort als das Wort für das, was in ihm selbst war, für seinen Kern aus … dem, ohne das er nichts wäre.

Wissen Sie was, mein Freund. Aber wie sollten Sie das wissen, Freund, wenn ich es Ihnen nicht sage, und das will ich hiermit tun – ich bin der beste Bluessänger aller Zeiten. Solange ich den Mund nicht aufmache. Mein verborgenes Talent. Da staunen Sie, was.

Kann man sagen, Mr. Mallory. Ja, ich muß wirklich gestehen, daß mich das überrascht. Nie auch nur einen Halbton von Ihnen gehört.

Natürlich nicht. Und das werden Sie auch nicht, weil ich nämlich hübsch die Klappe halten werde, jedenfalls was den Blues angeht.

Aha.

Darin liegt der ganze Witz. Mich bedeckt halten. Ich komponiere einen Blues, begleite mich auf der Gitarre, dem Klavier, der Mundharmonika; wenn nötig, stelle ich eine komplette, besoffene, jedes letzte Loch von Honky-Tonk-Bar aufmischende Bluesband zusammen. Alles im Kopf natürlich. Und die ist unschlagbar, solange ich alles für mich behalte.

Sie meinen wie die Leute, die beim Duschen singen.

Nicht ganz. Da könnte ja jemand mithören. Auch wenn sonst niemand mithört, würde ich mich ja selbst hören. Nein nein. Von meinem Blues darf kein Ton zu hören sein. Darf nur in meinem Kopf spielen. Wo er nämlich vollkommen ist.

Nichts gegen zu sagen. So ähnlich, wie, daß alle glauben, nur ihre Scheiße stinkt nicht. Nichts für ungut, Mr. Mallory. Sie verstehen schon. Manche Leute mögen ja sogar irgendwie die Duftnote ihrer eigenen Kacke.

Genau. Mir einen Blues zu singen, ist wie der Hund, der am eigenen Haufen schnüffelt.

Hey, so hab ich das nicht gesagt.

Doch, haben Sie. Und es mußte mal gesagt werden. Sie haben den Nagel auf den Kopf getroffen. Wie sooft, John Africa. Weiter so.

Ich behaupte, Fotograf sein zu wollen, Bilder machen zu wollen, aber wie ich da herangehe, ist es genauso wie der Blues in meinem Kopf. Ich tue so, als wäre ich die Kamera, nicht der Mann dahinter. Bibbere, weil das Bild auf dem Film anders sein könnte als das im Kopf. Weiß verdammt noch mal ganz genau, daß es nicht dasselbe sein kann. Warum kann ich nicht einfach knipsen und knipsen und knipsen. Die Bilder freisetzen.

Ich kann Ihnen noch so gerade eben folgen, aber ein bißchen schnell sind Sie heute morgen schon für einen mit seinen Hunden die Runde drehenden Dogman. Ehrlich gesagt wußte ich bis eben gar nicht, daß Blues oder Bildermachen Ihnen so viel bedeuten. Habe Sie selten Ihre Kamera aus der Tüte ziehen sehen.

Das ist ja das Problem. Meins, nicht Ihres. Ich traue mich nicht, John Africa.

Tja, man kann sich selbst der ärgste Feind sein. Kann ich bezeugen.

Apropos Feinde. Ihr Zaun ist fast fertig, scheint mir.

Gibt auf dem Dach noch zu tun, aber sonst sieht es gut aus.

Glauben Sie nach wie vor, daß die Polizei kommt.

Muß sie doch. Wenn nicht, werden wir sie schon an ihre Pflicht erinnern. Konfrontation ist die einzige Möglichkeit, die Dinge in Bewegung zu bringen und dafür zu sorgen, daß es besser wird. Uns fällt es nun mal zu, den Leuten die Augen für das zu öffnen, was sie nicht sehen wollen. Was direkt vor ihrer Nase liegt. Wir müssen allen so penetrant auf den Geist gehen, daß niemand mehr wegsehen kann. Und das werden wir. Keine Sorge. Die Cops werden schon kommen. Und wir werden vorbereitet sein.

Aber wie wollen Sie sich auf das Aufgebot und die Feuerkraft vorbereiten, mit denen sie im Ernstfall anrücken werden.

Schöne an der Sache ist ja, daß wir gar keinen Sieg davontragen müssen. Anders gesagt, wir können gar nicht verlieren. Reicht, die Leute wissen zu lassen, daß Krieg ist. Die Menschen in Powelton, die ganze Stadt soll sehen, was das für Kräfteverhältnisse sind. Das System will ja einen unsichtbaren Krieg, System will nicht, daß man erkennt, wer der wahre Feind ist. Will dich lieber in Angst und Unwissenheit halten, will dich lieber verwirrt, damit es dir weiterhin täglich in den Arsch treten kann. Damit du nicht weiterkommst, damit du dich weiter mit den eigenen Leuten rumschlägst, mit den Drogen und Schießereien und

Stehlereien und dem Blues und den Kids, die sich gegenseitig umbringen. Der ganzen idiotischen Scheiße, statt es anzugehen. Deshalb sind wir ona Move. Packen es an. *Moving on, moving out,* setzen uns in Bewegung, raus aus der Scheiße, nach vorne. Die Leute sehen das, und dann sehen sie die Cops, die uns aufhalten wollen. Und plötzlich ist der Krieg nicht mehr unsichtbar. Zeit zu handeln. Zeit sich zu entscheiden, auf welcher Seite man steht.

Wußtest du, daß er im Zweiten Weltkrieg Soldat war.

Trug immer diesen riesigen alten Armeemantel, mehr weiß ich nicht.

Ist durchs ganze Land gereist. War auf dem College, bis ihm das Geld ausging. Gefiel ihm sowieso nicht besonders, das Studieren, hat er gesagt. Meinte, er hält mehr davon, sich die Dinge selbst beizubringen. Beste Art Bildung, hat er gesagt. Dauert, aber bleibt hängen. Er hat in einem Krankenhaus Leichen fotografiert. Wenn sie die aufgemacht haben, mußte er die einzelnen Teile fotografieren. Herzen, Lebern, Lungen. War im Krieg verletzt worden. Hast du dir sein Bein angesehen.

Verkümmert und voller Narben. Gestaunt, als ich es sah. Als er bei dir im Bett lag. Habe mich gefragt, wie er sich so gerade halten konnte, gehen, fast ohne zu hinken.

Mr. Mallory war auch verheiratet, hatte Kinder. Hat sie verlassen. Ist nach dem Krieg einfach nie zu seiner Familie zurückgekehrt. Zum Kriegsdienst hatte er sich eines Tages ganz plötzlich freiwillig gemeldet. Nicht mal gesagt, daß er geht. Fand selbst, daß das unrecht war. In alle Ewigkeit unrecht und bitter bereut, aber er meinte, es wäre ihm nichts anderes übriggeblieben. Nichts anderes übrig als zu gehen. Nur die Frage, wann. Er war eine Zeitlang Lehrer und lange am Krankenhaus. Ich kenne nur Bruchstücke seiner Geschichte, aber er hat viele Jobs gehabt, war an vielen verschiedenen Orten. Komisch, das bißchen, was ich von ihm weiß, ist mehr, als ich über dich weiß, und dabei liebe ich dich und bin mit dir immer enger, und trotzdem weiß ich von dir weniger als von Mr. Mallory. Komisch, oder. Und komisch, daß ich dich nicht ausgefragt habe, und du auch freiwillig nicht mehr von dir erzählt hast. Großer Schweiger, wie.

Was manches angeht.

Was dich angeht, würde ich sagen.

Gibt nicht viel zu erzählen. Und wahrscheinlich habe ich das Erzählen auch verlernt. Wen interessiert das schon.

Ein schwarzer Mann wird nicht über fünfzig, ohne eine Menge zu erzählen zu haben. Verrät er bloß nicht. Was ist mit Familie. Warst du mal verheiratet.

O ja. Früher mal. Sehr verheiratet.

Und ...

Sie ist weg.

Weg. Mehr hast du dazu nicht zu sagen. Mehr wirst du eines Tages zu mir auch nicht zu sagen haben, wie. Als weg.

Was soll ich sagen. Daß es immer noch weh tut. Ich habe eine Frau verloren, die ich sehr geliebt habe, es ist lange her und tut immer noch weh. Aber ich kenne niemand, der erwachsen ist und nicht jemand verloren hätte. Manchmal glaube ich, das ist überhaupt die Bedeutung von erwachsen. Daß erwachsen heißt, mindestens einmal tief verletzt worden zu sein. So gesehen bin ich sehr erwachsen. Ein erwachsener Mann, und das Erwachsenwerden teuer erkauft. Reicht das.

Fürs erste. Reicht, daß ich vorläufig weiter mit dir rede. Ich sag Bescheid, wenn ich mehr wissen will. Übrigens ändert ein Haufen Lebenstatsachen nichts an der Liebe, liebe dich deswegen nicht weniger.

Bist du dir sicher. Wenn du dir sicher bist, bin ich froh,

weil das heißt, daß wir eine verdammt gute Basis haben. Gleichauf. Für den Anfang schon mal gut.

Den Anfang haben wir längst hinter uns, Sugar, meinst du nicht.

Nur zwei, hatte sie gesagt. Zur Zeit nur zwei Verstorbene in ihrer Obhut. Gottseidank, hatte sie gesagt. Da kann ich nämlich den Jungen in A tun, in den vordersten Raum, der liegt dem Eingang am nächsten, und ich kann die Dinge besser im Auge behalten. Ihr Mr. Mallory hat D, am Ende des Gangs, so weit vom jungen Truesdale entfernt wie möglich. Ihr Mr. Mallory war anders, es ist ungewöhnlich, daß jemand alles vorher regelt, so wie er das getan hat, herkommt und sich aussucht, was er will, lange vor seinem Hinscheiden.

Ungewöhnlich oder nicht, sah nicht so aus, als wäre bisher jemand dagewesen, um ihm die letzte Ehre zu erweisen. Keine Eintragungen im Kondolenzbuch, und ihn würde es nicht wundern, wenn sich überhaupt niemand blicken ließ. Nicht einmal mehr ein voller Tag bis zur Trauerfeier. Mr. Mallory so alt. Und keine Angehörigen hier in der Gegend, hatte sie gesagt. Er ist erst gegen Ende seines Lebens nach Pittsburgh gezogen. War zwar in der ganzen Stadt unterwegs, aber zu allem anderen eine Art Eigenbrötler. Stimmengewirr, das jetzt von vorne zu ihnen drang, war bestimmt nicht von Menschenschlangen, die wegen Mr. Mallory anstanden, mußten Kids sein, die hereinströmten, um den toten Jungen zu sehen. Wer war er gewesen. Kannte keine Truesdales. Aber der Gedanke an tote Kinder an sich schon schrecklich. Hatte eigentlich vor, kurz vorbeizuschauen. Oder nicht mal nur kurz. In gewisser Weise war auch er Trauernder. Er trauerte um all die jungen Männer, die auf den Straßen getötet oder zu Krüppeln zerschossen wurden, trauerte um die Mörder, um die

Hinterbliebenen, die heute ins Bestattungsinstitut kämen und sich wieder einmal ausgesperrt finden würden, ihre Trauer verhöhnt, mit einer mageren Stunde abgespeist, von Mrs. Betts scharfer Zunge und scharfem argwöhnischen Blick gefilzt. Die sich wahrscheinlich wünschte, sie besäße einen Metalldetektor. Oder einen Nebenraum für Leibesvisitationen. Würde sie glatt machen, wenn sie dürfte. Und vielleicht zu Recht. Die Angehörigen des Toten hatten einen Anspruch darauf, unbehelligt und in aller Ruhe ein wenig Trost und Frieden zu finden hier beim Abschied, wenn das Kind, das großzuziehen sie sich abgestrampelt und viel versagt hatten, ihnen endgültig Zoll für Zoll entglitt. Er nahm sich fest vor, im Raum A vorbeizuschauen und dem jungen Mann zu sagen, was er empfand. Daß unerwartet die Art Tränen, die brennen, aber nicht fallen, seine Augen füllen konnten, wenn er daran dachte, was das Leben alles für einen jungen Menschen bereithielt und wie wenig die Jungen, die so früh hingerafft wurden, von ihrem Teil abbekamen.

Wer schuldete ihnen diesen Teil. Wer schuldete den Kids die Chance, die ihm gewährt worden war, die Chance, die er ergriffen und der er ein Leben abgemolken hatte. Wen interessierte es, ob diese nachwachsenden Kids eine Chance bekamen. Nicht die Weißen, die das Sagen hatten. Nicht die Schwarzen, die zu ein bißchen was gekommen waren und sagten, Scheiß auf die Nigger, die zu blöd sind dazu. Gab ja keine Versprechen. Keine gemeißelten Steintafeln. Wußte er auch. Wußte, daß es im Leben Schlimmeres gab, als jung zu sterben. Aber nicht viel. Auch das wußte er.

Auf der Straße fragte er sich beim Anblick eines Jungen oft, Dieser hier, wird dieser Junge morgen niedergestreckt, oder wird er derjenige sein, der abdrückt. Wird er sinnlos sterben, von Kugeln getroffen, die einem anderen gelten. Auf dem Gehweg verbluten, den sie in diesem Moment teilen, auf der Straße in ihrem Viertel, über die der Junge schwengelt, als gehörte sie ihm. Würde er allein dafür sterben müssen, den Wunsch zu besitzen. Blau und Rot waren nicht die Farben, für die sie starben. Sie starben wegen der Farbe ihrer Haut, der Farbe, die auch die seine ist. Der Farbe, deren Stempel auch er ihnen aufdrückt. Der Farbe, die sie alle hier hält, wo sie sich auf dem Gehweg begegnen. Ist der Typ in den Park unterwegs, oder wird er aufs Postamt schlendern, alle übergehen und schließlich in die Mündung einer Waffe starren, die einer schneller aus einer XXL-Jacke ziehen kann als er seine.

Seitdem die jungen Männer starben wie die Fliegen, schob die Zeitung die Meldungen auf die hinteren Seiten, aber das Opfer eines Drive-by in der letzten Woche war ihnen doch ein bißchen mehr Druckerschwärze wert gewesen, war nämlich erst neun. Erbärmlich. Da saßen die Tränen locker. Zu locker. Jedem, einschließlich denen, die einen Scheiß drum geben, kommen bei einem Neunjährigen, der vor der eigenen Haustür im Kugelhagel stirbt, die Tränen, aber was ist mit den Zehn-, Elf-, Zwölf-, Dreizehnjährigen, den Sechzehn- und Zwanzigjährigen. Nicht einem, sondern vielen. Den Menschen in Homewood widerfährt Tag für Tag Schreckliches.

Als er die Geschichte von dem neunjährigen Kind las, war plötzlich als Flaschback Emmett Till wieder da. Nur wenige Jahre jünger als der ermordete Emmett Till, und vielleicht hatte er sich deshalb vor Angst fast in die Hose gemacht, als er in der Ausgabe von *Jet* Tills totes Gesicht sah. Schwarze Jungen wie Emmett Till, wie er selbst, konnten sterben. Plötzlich sterben, keine Hoffnung, kein Erbarmen. Gesichter weggerissen. Rümpfe ins Flußwasser geworfen. Er konnte das Foto in *Jet* nicht angucken. Las die Geschichte mit zusammengekniffenen Augen, um Tills zerhauenes Gesicht nicht sehen zu müssen.

Er hatte nur einmal kurz hingeschaut. Blick riskiert und sich davongemacht. Aber nie vergessen. Ein paar Monate später sah er Emmett Tills Mutter in einem Dokumentarfilm im Fernsehen, sie zeigte mit dem Finger in den offenen Sarg ihres Sohnes. *Was sie meinem Jungen angetan haben, soll die ganze Welt sehen.* Müßte nicht irgend jemand, er selbst, jeder in Homewood, vor dem Sarg in A stehen und dasselbe rufen, was sie gerufen hatte. Würde aber hier nie passieren, oder.

Er trauerte um sie alle. Wollte etwas Zeit bei dem Jungen in A verbringen. Sich wieder in Erinnerung rufen, wie wütend ihn die Vergeudung machte. Wie zornig und betroffen, aber vor allem hatte er sich, jenseits dieser Empfindungen, etwas vorzuhalten, was schwerer war und wichtiger als Empfindungen, die kamen und gingen, nämlich wieviel er diesen Kids schuldete, Schuld, die immer größer gewesen war, als er sich hatte eingestehen wollen. Sich meist gar nicht eingestehen konnte, weil er im tiefsten Herzen wußte, daß er das Töten ja zuließ. Nichts unternahm. Mitschuldig war an dem Schlachten. Täter. Opfer. Ihre Söhne. Seine. Er war es doch. Er schuldete ihnen mehr Leben, als sie kriegten, und in der Stille, allein in Raum A, würde er vielleicht eine Möglichkeit finden, von alledem, diesem Unaussprechlichen, ein bißchen zu reden. Anfangen, sich zu stellen, mehr zu versprechen.

Erhobene Stimmen und Aufregung im Foyer. Mrs. Betts' Büro blockiert. Von ihr selbst im lauten, randalierenden Pulk Jugendlicher nichts zu sehen. Von denen nur wenige Trauerkleidung tragen. Genausogut könnte Wardens ein Park sein, ein Picknick, bei dem, was die Kids tragen. Was soll man auch noch zu Beerdigungen tragen, verdammt, wenn Beerdigungen alltäglich geworden sind. Also tragen die Leute Alltagssachen. Leuchtende Farben. Jeans. Sweatshirts. Er ist derjenige, der aus dem Rahmen fällt. In seinem dunkelblauen Blazer, Hemd und Krawatte, Bügelfaltenhose, blank gewienerten Schuhen nicht ins Bild paßt. Muß für die Kids ein Dinosaurier sein. Clown. Onkel Tom. Aber wahrscheinlich ist er für sie einfach nichts. Einer, den sie ansehen, ohne ihn zu sehen, durch den sie einfach hindurchsehen und sich Wichtigerem zuwenden. So kommt er sich jedenfalls vor, fehl am Platz, falsches Alter, falsche Ära, gekleidet, wie man die Toten kleidet, ehe man sie in die Särge legt, unsichtbar im Gewühl der jungen Gesichter, jungen Augen, jungen Klamotten.

Überall rot. Ihre Farbe. Irgend jemand hat einen roten Schal an den Türsturz von Raum A gepinnt. Sarg ist mit roten Bändern behängt.

Junger Mann in einem bis zum Nabel aufgeknöpften roten Hemd, Knarre im Hosenbund. Blitzender Silbergriff vor rotseidenem Unterhemd.

Am Haupteingang alles dicht. Türen bersten nach außen auf, ein Pulk platzt hinaus. Dahinter, in Raum A und Foyer, dichtes Gedränge. Kein Vorwärtskommen. Im Weg, aus dem Weg. Ein paar von den Jungen, ein, zwei ältere Männer in Bimboklamotten wie er versuchen, ihre Kinder, ihre Mädchen und Frauen sicher durchs Tohuwabohu zu lotsen. Hin- und Herrufen. Hier und da jetzt gezückte Kanonen. Leute fangen an, ihre Köpfe mit den Händen zu schützen. Leute wollen sich ducken, in Ecken verdrücken. Rollende Augen. Erschrockene Augen. Kriegeraugen, die Streit suchen, Zielscheiben, Schutzbedürftige, Todeskandidaten. Ein Schrei. Noch lauteres Schreien, mit dem jemand versucht, ein hysterisch schluchzendes Mädchen zum Schweigen zu bringen. Wardens scheint sich auf einen Schlag leeren und füllen zu wollen. Das Gedränge verängstigter Körper nimmt zu. Foyer gleicht einer tickenden Zeitbombe.

Sollten sehen, daß wir wegkommen. Los, zum Hintereingang raus. Vorn ist die Hölle los. Selbst Mrs. Betts hat sich verkrümelt. Weiß nicht, was da im Busch ist, aber bestimmt nichts Gutes. Der dritte Weltkrieg, so wie es aussieht, aber auf die Auflösung des Rätsels wollen wir lieber nicht warten.

O nein. O nein.

Ganz ruhig. Wir hauen einfach schnell ab. Schnell hinten raus.

Bitte. Die Fotos. Wir können doch Mr. Mallorys Fotos nicht dalassen. Wir müssen die Fotos holen.

Ich weiß wirklich nicht, ob ich an den Karton jetzt noch rankomme. Habe ihn in Mrs. Betts' Büro in der Ecke abgestellt. Und eben konnte ich in dem Gewühl nicht mal bis zur Bürotür sehen.

Wir müssen es versuchen, bitte. Ich gehe. Es ist meine Sache, sie zu holen.

Du gehst nach draußen zum Auto. Hier, nimm die Schlüssel. Ich werde schon an den Karton rankommen.

Nein. Nein. Nein. Ich komme mit. Ich sehe doch nicht tatenlos zu, wie du dein Leben aufs Spiel setzt. Oder laß du schon mal den Wagen an. Ich hol inzwischen die Bilder. Mir tut keiner was.

Darauf würde ich nicht zählen, Mädchen. Da draußen tobt der Wahnsinn. Ein Mob. Da ist alles möglich. Ich gehe.

Dann gehen wir beide. Du läßt mich nicht gehen, und ich lasse dich nicht gehen, und ohne die Fotos können wir nicht gehen.

Ein Schuß. Draußen, drinnen. Wieder Schreie. Berstendes Glas. Schwer umstürzendes Zeug. Hängt die Eingangstür von Wardens noch in den Angeln. Bricht der Mob durch die Fenster, die Wände. Trampelt in seiner Hast, rein oder raus zu kommen, alles nieder.

Er hatte sie runtergedrückt, sich auf sie geworfen. Ihr Herz wie ein Schlaghammer. Fäuste, die schieben. Unklar, ob sie sich ganz hochkämpfen will oder nur in die obere Lage. Gerangel, dann liegen sie reglos und klammern sich aneinander fest. Auf dem Fußboden wie Teenies, die auf die Schnelle in einem Raum, wo Tote aufgebahrt werden, einen Quickie riskieren. Ja, auch das schießt ihm durch den Kopf, Wange an ihrer Wange, an ihrem weichen Haar, ihrem warmen Atem, ihrem jagenden Puls und den drängenden Händen. Duft ihres Parfüms, der bestimmt in seinen Kleidern hängenbleiben wird.

Der ganze Laden fliegt auseinander. Dutzende von Körpern branden gegen eine Öffnung, durch die nur eine Handvoll auf einmal paßt. Innerhalb von Minuten, die sich dehnen wie Stunden, ist alles vorbei. Plötzlich totenstill im Gebäude. Dumm kommen sie sich da vor auf dem Fußboden. Rappeln sich hoch. Gong. Pause. Schritt weg, Schritt zurück. Sie taumeln wie Boxer, die sich in ihre Ecken zurückziehen. Pause, verdammt.

Sie glättet ihr schwarzes Kleid, ihr Haar. Auch er ordnet seine Kleidung, wenigstens irgendwelche normalen Handgriffe. Dann kracht draußen wieder ein Schuß, und die Menschenmenge wird in einem letzten wilden Sturm gegen Wardens geworfen, hämmernd, blind wütend, verwüstend, als wollten alle wieder rein. Dann erneut Stille. Mrs. Betts Stimme. Hilfe. Hilfe. *Jesus Lord,* hilft mir denn keiner.

Ihr Stuhl liegt gekippt auf dem Schreibtisch, und die graue Stützspange sieht aus wie das aus den Eingeweiden ragende Rückgrat eines gebrochenen Tieres. Gestürzte Aktenschränke. Scherben, Bilderrahmen, Zertifikate, Papiere, Kaffeebecher, Bleistifte, Kugelschreiber bedecken den Fußboden. Auf dem Schreibtisch langstielige gelbe Blumen wie Mikado um eine zertrümmerte blaue Vase.

Wasserrinnsale. Mrs. Betts unter dem Schreibtisch. Hatte sie den Stuhl selbst als Barrikade dort hingepackt.

Sind Sie verletzt, Mrs. Betts. Wir sind es, Mrs. Betts. Die von Mr. Mallory. Die Luft ist rein. Alle weg. Sie können jetzt rauskommen.

Nein. Sie kommen wieder. Sie kommen den Truesdale-Jungen holen. Das ist es doch. Stürzt einer hier rein und brüllt, *Blau kommt. Blau kommt.* Und der Himmel stehe uns bei, aber Blau regiert. Regiert uns alle. Haben sich angekündigt, und soll sich ihnen bloß keiner in den Weg stellen.

Dann schließen Sie schnell alles ab und kommen Sie, Mrs. Betts. Wir wollten nur den Karton holen, den ich hier bei Ihnen abgestellt habe. Da in der Ecke. Ich schnapp ihn mir, und dann nichts wie weg. Kommen Sie, Mrs. Betts. Lassen Sie das Absperren. Gibt nichts abzusperren. Wer hier rein will, kommt hier rein. Wo sind bloß die verdammten Cops, wenn man sie wirklich mal braucht.

Wo die Cops sind. Ich habe sie gerufen, die Cops. Gestern schon. Und vor einer halben Stunde gefleht, es möchte bitte, bitte jemand kommen. Vor einer halben Stunde, als ich sah, daß mir die Sache hier komplett aus dem Ruder läuft. Die kleinen Ganoven alle mit ihren Knarren auftauchten. Wie soll ich sie denn aufhalten. Ich tue, was ich kann. Ich stehe den Familien bei. In der Hälfte der Fälle zahle ich die Bestattungen aus meiner eigenen Tasche, und nun sehen Sie sich das an. Sehen Sie sich doch um. Sehen Sie, was sie hier angerichtet haben. Vierzig Jahre sind wir hier in diesem Haus. Mein Gott. Mein Gott. Wie weit muß es denn noch kommen.

Bitte, Mrs. Betts. Reichen Sie mir die Hand. Los jetzt.

Hilf ihr, Babe. Ich hol den Karton.

Sweet Lord Jesus. Sehen Sie sich das an. Sehen Sie sich uns an. Laufen vor unseren eigenen Kindern davon.

Bevor ich das Glück hatte, Ihre Bekanntschaft zu machen, John Africa, bin ich meist allein herumgezogen. Komische Angewohnheit für einen Kerl mit nur einem Lungenflügel, nur einem guten Bein, aber das Gehen hob meine Stimmung, kräftigte das Bein vielleicht sogar. Bin durch die ganze Stadt marschiert. Einmal bin ich in einer hübschen Straße gelandet, mit großen Ulmen und gepflegten, weit vom Gehweg zurückgesetzten Häusern, jedes mit einem Stück grünen Rasen, die Art Straße, bei deren Anblick man sich fragt, ob es wirklich nur wenige Blocks weiter einen kleinen blutenden Zipfel der Stadt wie den unseren geben kann. Ich sah auf den Boden, und da lag was Dunkles, Entstelltes, Totes am Grasrand. Vielleicht ein Vogel oder ein kleines Nagetier, was immer es mal gewesen sein mochte, es war längst auf dem besten Wege, etwas anderes zu werden. Kaum hatte ich dieses Etwas entdeckt, wußte ich, daß ich es schon mal gesehen hatte, daß ich schon mal diese Straße entlang gegangen war und das dunkle formlose Etwas bemerkt hatte und mir einige der Fragen gestellt hatte, die ich mir jetzt stellte – wie und warum und was dieses Aas gewesen war, ehe es zum Fleck im Gras wurde. Aber keine dieser Fragen war die wirklich interessante. Was mich wirklich interessierte, war, ob ich mich erinnert und dann gesehen hatte oder gesehen und dann erinnert. Hatte ich mich daran erinnert, daß da ein totes Etwas war, und hatte diese Erinnerung mich dann veranlaßt, es zu suchen und zu finden, oder hatte ich zufällig eine dunkle Form aus dem Augenwinkel bemerkt, so daß der Anblick die Erinnerung heraufbeschwor, sie schon einmal gesehen zu haben.

Auf meinen langen einsamen Streifzügen konnte ich mich stundenlang mit solchen Fragen aufhalten. Und das, obwohl das ganze Nachdenken mich einer Antwort keinen Schritt näher brachte. Obwohl ich wußte, daß eine

Antwort, sollte ich tatsächlich eine finden, eigentlich nicht von Bedeutung war, verstehen Sie.

Weiß genau, was Sie meinen, Mr. Mallory. Geht mir auch so. Schleicht sich so eine Frage in den Kopf ein und besetzt ihn. Sagt, Na, hast du auf mich eine Antwort. Läßt dir keine Ruhe, das Luder, bis du lieferst. Oft gar nicht mal so eine große Frage. Kaum der Mühe wert. Läßt mich trotzdem nicht los. Wie so ein paar dämliche Takte Musik, die ich mir dauernd vorsummen muß. Nadel geht in derselben Rille rum und rum, und ich weiß, das hört einfach nicht auf.

Andererseits, erinnern Sie sich noch, was Sie mir vom Bluessingen und vom Bildermachen erzählt haben. Sie wissen schon. Davon, irgendwas im Kopf unter Verschluß zu halten, damit es genauso bleibt, wie man es sich vorstellt. Davon, daß sie der genialste Bluesinterpret aller Zeiten sind, solange Sie den Mund nicht aufmachen. Ich habe lange nachgedacht über das, was Sie da gesagt haben, und diesmal war das viele Nachdenken sehr wohl der Mühe wert. Mir kam nämlich, daß das System ... also gut, meinetwegen nicht System, ich weiß, Sie können den Ausdruck nicht leiden, kam mir also, daß die Weißen ... jetzt schütteln Sie schon wieder den Kopf ... na gut, na gut, die *überwiegend* weißen Menschen, in deren Besitz und Macht diese Stadt liegt, sich eine Vorstellung machen von uns Afrikanern und anderen, die nicht weiß sind und in deren Besitz und Macht ein Scheißdreck liegt. Die Weißen haben eine ganz bestimmte Vorstellung von uns und wollen nicht von ihr lassen. Können sie nicht loslassen. Haben Angst, sie loszulassen.

Verstehen Sie, was ich meine. Zu dem Schluß bin ich gekommen, als ich über Ihre Worte noch mal nachgedacht habe. Diese Leute halten im Kopf ihre Vorstellung von afrikanischen Menschen unter Verschluß, und daran wird sich nie was ändern. Weil sie es nicht anders wollen. Sitzen da, drehen Däumchen und glauben, was sie glauben wollen. Warum sollen sie auch was ändern. Dasitzen und Däumchendrehen ist verdammt viel einfacher, als mit der Realität hier draußen fertigzuwerden. Als mit uns fertigzuwerden.

Ergibt das, was ich sage, einigermaßen Sinn, mein Freund. Will ich doch schwer hoffen, weil Sie mich ja drauf gebracht haben. Daß die Leute sich alle im Kreis herumdrehen. Sich einsperren und den Schlüssel schlucken. Die ganz oben halten sich für die besten Menschen auf der Welt, und alles bestens, genau, wie es sein soll. Das Traurige ist bloß, wie viele von uns hier ganz unten deren Scheiß auch noch glauben. Schande, wie viele von uns immer noch beim System mit am Tisch sitzen und verhungern. Oder uns krummlegen, da hinzukommen. Schande, daß wir genauso hier hocken, wie sie es sich in den Kopf gesetzt haben. Sollten uns schämen. Wir sind doch genauso krank wie die, hier hockenzubleiben, wo sie uns hingesetzt haben. Vergessen ganz, daß wir selbst denken können. Vergessen, daß wir nicht denken müssen, was sie denken.

Bei Move geht es darum, nicht stehenzubleiben. Ona Move heißt, beißt die verdammte Hand, die euch speist, angeblich speist.

Hoffentlich erlebe ich das noch.

Durchhalten, mein Freund. Lange kann es nicht mehr dauern. Allen steht die Idiotie der anderen bis obenhin, also muß es knallen. Wird Krieg geben hier draußen auf den Straßen. Wird auch kein langsamer, schwelender, unsichtbarer Krieg sein, glauben Sie mir. Bald muß sich jeder entscheiden, auf welcher Seite er steht. Da mach ich mir nichts mehr vor, seit dieser Verräter Wilson aufgetaucht ist. Habe ich Ihnen von dem schon erzählt. Haben Sie noch einen Augenblick Zeit. Das ist vielleicht eine Marke. Richtige Marke.

Habe auf den ersten Blick gewußt, daß uns Wilson verrät. Vielleicht heute, vielleicht in ein paar Jahren. Nur eine Frage der Zeit. Wußte, daß ihm nicht über den Weg zu trauen ist, weil er hohl ist. Behauptet, er will den Schwarzen helfen. Ha. Wie will er denn den Bewohnern von Powelton Village helfen, wenn er sich nicht mal selbst helfen kann, bloß in seinen zerlumpten Jeans und seinem verwarzten T-Shirt rumhängt, aussieht wie der wiederaufgewärmte Tod und nichts zu bieten als Mundgeruch.

Wenn dieser Loser typisch ist für die, die das System aufs College schickt und durch die Uni schleust immerhin, damit sie später mal die Macht übernehmen, dann gute Nacht. Dann ist es nicht mehr eine Frage der Zeit, bis das System zusammenklappt, dann liegt das verdammte Ding schon längst auf dem Kreuz, alle viere leichensteif von sich gestreckt, und dieser weiße Penner eine der Maden, die rauskriechen.

Frage mich manchmal, ob der nicht anfangs wirklich geglaubt hat, er hilft. Aber wem hätte der helfen sollen. Seinesgleichen konnte er nicht leiden. Hat sich gegen sie gewandt, nur dummerweise festgestellt, daß ihm die Schwarzen auch nicht lieber waren. Problem war im Grunde, daß er sich selbst nicht ausstehen konnte. Vielleicht hat er sich zusammengesponnen, Menschen afrikanischer Abstammung wären besser. Vielleicht hat er gehofft, wir würden ihn besser leiden können als seine eigenen Leute. Ihn besser behandeln. Gedacht, er könnte hier im kleinen Teich bei uns dankbaren kleinen Fischen ein großer Fisch sein. Was immer er sich gedacht hat, sobald er häufiger aufkreuzte, war klar, daß dem nicht zu trauen war. Grinsemann. Glasmensch. Durchsichtig. Nervenbündel. Der wäre doch in tausend Stücke zersprungen, wenn einer bloß mal ordentlich laut *Buh* gemacht hätte.

So ein langer Dünner, weiche Hände, abfälliges Grienen, helles Haar, Fischaugen, kalte, immer gleich, egal, was der Rest vom Gesicht gerade machte. Augen, die dich mit einem kalten Fischblick mustern, als würden sie Nummern auf Kisten kontrollieren, scheißegal, kann seinetwegen seine verhackstückte Mutter drinliegen.

Hat mich eingeseimt. Mir erzählt, ich wäre was Besonderes. Gemeint, die Welt wartet auf meine Botschaft. Als hätte ich das Zeug, die Edelstute in seinem Stall zu werden. Hab ihm nicht eine Sekunde geglaubt, ihn aber glauben lassen, daß er mich benutzen kann, habe seinen Honigseim geschlürft, als würde mir das alles runtergehen wie sonstwas, und ich so dahinterher, daß ich blind in die Falle tappe, die ich aber doch ganz genau sehe. Und selbst wenn er mich erwischte, kriegen würde er mich nie.

Meinte, er würde aus dem, was ich sagte, ein Buch machen wollen. Wir haben stundenlang zusammengesessen, ich geredet, er gefragt und fleißig mitgeschrieben, jedes Wort, hat er behauptet. Buch wurde immer dicker. Großartig, hat er gesagt. Phantastisch. Profund. Von seinen Profs an der Uni hätte er sowas nie zu hören gekriegt. Sowas steht eben nicht in den Lehrbüchern. So auf die Art, verstehen Sie, lauter Scheiße. Nannte mich ein Genie. Den Erlöser. Und die Augen dabei immer kalt und fischig, egal, was er blubberte.

Dachte zuerst, läuft letztlich darauf hinaus, daß er mir den Schwanz lutschen will. Muß doch einen Grund geben, dachte ich, daß er ständig aufkreuzt, immer wieder. Die Weiber waren es nicht. Das kriege ich nach den Jahren auf der Straße ziemlich schnell mit, ob jemand auf Frauen steht oder nicht. Eindeutig nicht Frauen bei dem Spinner, auch keine Männer, wurde mir nach kurzer Zeit klar. Bis zum heutigen Tag weiß ich nicht, worauf der eigentlich abfuhr. Es sei denn, seine Droge waren die Lügengeschichten.

Wir hockten also da auf seinem Zimmer, zweiter Stock in einem der großen Kästen am Rande von Powelton, wo die Studenten wohnen. Saßen da bis zwei oder drei morgens, Kerze in der Mitte zwischen uns auf dem Tisch, für mich eine Pulle Rotwein am Stuhlbein, er wie eine verdammte Eule hinter seinen dicken Brillengläsern. Ich rede Scheiß, er kritzelt emsig, schreibt angeblich wortwörtlich mit. Hin und wieder wischt laut aufgedrehte Autoradiomusik unten vorbei, zieht ein Pulk besoffener Studenten lachend und gröhlend unterm Fenster vorüber, Kühlschrank brummt, brummt nicht, irgendwo im Haus dreht jemand bei seinem Lieblingssong die Anlage voll auf, aber ich erinnere mich eigentlich vor allem an die Stille, eine lange, leere Stille wie nachts auf dem Friedhof und du die einzige lebende Menschenseele weit und breit, und der Wind heult, aber es ist gleichzeitig still – still, stiller, am stillsten. Gab mir das Gefühl, ich kann mich richtig auskotzen. Meine ganzen finsteren Geheimnisse und geheimsten Sehnsüchte preisgeben, richtig auspacken, weil mir ja niemand zuhört. Weil es niemand interessiert. Alles, was ich sage, ist einfach Lärm, den die Stille gleich wegfrißt. Gelegenheit, alle die um Verzeihung zu bitten, die ich verletzt habe. Gelegenheit, allen zu vergeben, die mich verletzt haben. Gelegenheit zu versprechen, es nächstes Mal besser zu machen.

Ich habe natürlich nichts dergleichen getan. Ich habe dem Idioten einfach erzählt, was er hören wollte.

Wie ich das wußte, was er hören wollte. Ganz einfach. Sagte Ihnen doch, daß er ein Glasmensch war. Solange er irgendwas zu hören kriegte, war egal, was. Alles recht. Alles besser als der Haufen nichts in ihm drin. Sagte Ihnen doch, daß er ein weißer Hohlmann war. Also habe ich ihn mit Scheiße vollgeschaufelt. Alte Scheiße, neue Scheiße, was mir gerade so einfiel. War nicht alles Mist, verstehen

Sie. Spielt sich im Dunkeln ab, fast schon Morgen, ich leicht im Kopf und lege einfach los. Gebe Zeug von mir, von dem ich gar nicht weiß, daß ich es weiß. Zeug, das selbst in meinen Ohren ziemlich hip klingt. Mache mir einen Spaß daraus. Abgefahrener Scheiß. War nicht für ihn, die Vorstellung, weil ich ja weiß, er kann damit sowieso nichts anfangen. Einfach Gerede. Abgefahrenes Niggergerede zur allgemeinen Verbreitung zwischen seinen angeblichen Buchdeckeln.

Er war ganz versessen drauf, Mann, so gierig, daß er sich auf alles stürzte, was ich ihm vorwarf. Wollte innen drin was spüren, wußte aber nicht, wie. Schiß. Zuviel Schiß, was passieren könnte, wenn er eines Morgens aufwacht und mit Menschen aus Fleisch und Blut zu tun hat. Nicht Wörtern, nicht Büchern. Sondern mit mir und dir.

Er war immerhin schlau genug zu wissen, daß Bücher sein Loch nicht stopfen konnten. Und sitzt da und will mich zum Buch machen. Ansatz und Ansichten John Africas. Was soll der Scheiß. Vielleicht wollte er mir doch den Schwanz lutschen. Und vielleicht gefiel mir ja die Vorstellung, daß er vor mir auf den Knien liegt und mich anfleht, ihn anzutörnen. Hielt sich ja für so gerissen, der Typ, mir um den Bart zu gehen, mich die halbe Nacht reden zu lassen, weil ich mich gern reden höre. Bald hätte ich ihm noch geglaubt, daß ich eine Art Prophet bin, ein Weiser oder Heiliger. Brachte Geschenke mit. Ließ mich bei sich auf der Couch pennen, wenn ich sonst nirgends hin konnte. Eine Zeitlang hat er sich, glaube ich, vielleicht wirklich eingeredet, ich wäre Jesus oder Johannes der Täufer. Als würde er, wenn er nur genau genug hinhörte, die Wahrheit hören. Würde vielleicht einmal im Leben satt werden.

Mußte mich doch verraten, der Typ, die Bewegung verraten, ob er nun satt wurde oder nicht. Weil er den Unterschied gar nicht erkannt hätte, Leben selbst dann nicht von Tod hätte unterscheiden können, wenn das Leben einen Satz gemacht und ihn gebissen hätte. Zu hohl. Kam mit dem Leibt-und-Lebt nicht klar. Verdammtes Gespenst in Jeans und verlotterten T-Shirts. Gespenst mit Mundgeruch.

Arbeitete schon lange für die Cops, lange bevor sie ihm die Daumenschrauben angelegt und ihn dazu gebracht haben, uns zu verpfeifen. So einer kommt doch schon als Polizeispitzel zur Welt. Geborener Verräter und Informant. System bringt sie zu Tausenden hervor. Und einer reicht ja schon, um alles hochgehen zu lassen. Dieser eine ist der Grund, weshalb die Leute Angst haben, offen zu reden. Immer die Sorge, daß der eine dabei ist. Mithört. Bereit ist, deine Angelegenheiten genau dahin zu tragen, wo du sie gerade nicht haben willst. Vielleicht der, dem du dein Herz ausschüttest. Vielleicht der, der dich aufs System fluchen hört. Der lauscht, der dein Geständnis in seinem Notizbuch festhält. Der immer im Weg ist, bis du gar nicht mehr redest. Der sich in deinem Kopf einnistet, daß du nicht mal mehr mit dir selbst ein offenes Wort reden kannst. Nicht sagen kannst, daß es dir leid tut. Nicht sagen kannst, was du wirklich fühlst. Bis alle mit versiegelten Lippen und Herzen herumlaufen. Und das System mit seiner Scheiße alle erstickt.

Sie hantiert im Halblicht des Zimmers im Haus im Cassina Way; wenn das ein Geschichtenbuch wäre, denkt sie, und Geschichten wirklich mit einem Happy-End endeten, dann könnte die Geschichte eigentlich hier enden, mit ihr, die sich guter Hoffnung vorstellt, wie schön es wäre, eine Geschichte mit gutem Ende einem Kind vorzulesen. Eine Geschichte, die einem kleinen Robert oder einer Roberta, einem kleinen Martin oder einer Martina ein Lächeln auf die Lippen zaubern würde. Ist aber nichts Kleines unterwegs. Nein. Nein. Nein. Gute Hoffnung kann nicht Kinder heißen. Jedenfalls nicht Kinder, die in mir wachsen. Vielleicht eines Tages ein Baby, dem wir einen Namen geben und das wir großziehen können. Zu früh für Namen, zu früh, als daß ein so kleines und leichtes neues Leben das Gewicht eines Namens tragen könnte, wo es noch gar keine Füße hat. Oder Arme oder Augen. Wenn wir erst soweit sind, daß ernste Entscheidungen aller Art anstehen, dann werden wir uns vielleicht auch über Namen Gedanken machen, ausprobieren, wie sie klingen, er würde wahrscheinlich meinen Namen wollen, zu *Kassim* abgeändert bei einem Jungen oder bei einem Mädchen eben so wie ich, *Kassima,* und fertig, aber es ist zu früh, außer auszuprobieren, wie sich die Namen im stillen innen drin anhören. Namen mit ihrem Gewicht und ihrem Lärm viel zuviel für die Schultern von etwas Kleinem, das noch keine Schultern hat. Zuerst nur Flossen und Kiemen, sagen die Leute. Im Bauch kam es dir manchmal vor wie Fisch, manchmal wie Vogel, schwimmen, fliegen, schwer zu sagen, beides, Vogel, Fisch, je nachdem, wie du gerade auf das Muster aus Braun und Schwarz und Beige auf der afrikanischen Kalebasse guckst, die er mir zum Geburtstag geschenkt hat.

Fünfunddreißig Jahre alt und in einem knappen Jahr einen Mann im Knast und zwei Söhne auf den Mörderstraßen verloren, und da bin ich doch glatt wieder an einem Punkt angelangt, den ich nie für möglich gehalten hätte, geschworen hätte ich, darauf gewettet, daß ich dort nie wieder sein werde, nämlich wo ich einen Mann liebe und die Aussicht auf neues Leben in mir trage.

Sah ja nicht mehr danach aus. Sah schlecht aus an dem Nachmittag bei Wardens, eher nach Weltuntergang. Wir hatten die arme Frau, Betty oder Betts oder wie immer sie hieß, in ihr Auto verfrachtet, und sie war losgefahren, und wir wollten auch gerade abfahren und hatten das Ende der kurzen Schotterstraße erreicht, die hinter Wardens vom Parkplatz auf die Homewood Avenue führt. Waren gerade an der Stelle angekommen, wo die Zufahrt an dem selbstgemachten SLOW-Schild auf die Straße stößt, da kamen sie, legten den Verkehr lahm, blockierten die Kreuzung, ein ganzer Zug junger Typen im Anmarsch, mitten auf der Homewood Avenue. Blau, soweit du gucken konntest. Alle in Blau. Eine blaue Welle schwappte uns entgegen. Konnten nirgends hin als im Rückwärtsgang zurück. Konnten nichts tun als zusehen, wie die Jungs über die Gehwege schwärmten und die Stufen zu Wardens hinauf.

Machte mir angst, geb ich gern zu. Das Geschrei. Knarren. Angst und kalte Wut. Eiskalt, und hätte jemand in mich hineingegriffen und mir das Herz herausgerissen, hätte es ihm die Finger abgebrannt. War genauso, als würden die wilden blauen Jungs meine Söhne an den Fersen hinter sich herschleifen. Das hatte ich vor Augen, als sie Wardens stürmten. In meiner eiskalten Wut wäre ich am liebsten aus dem Wagen gesprungen und hätte mich mit dem ganzen Haufen angelegt.

Alle vertrieben. Selbst Rot vertrieben, obwohl der Wardens-Tote doch ein Roter war und die normalerweise zu ihren Leuten halten. Blau in voller Stärke im Anmarsch, lautete die Botschaft der Buschtrommeln, und Tatsache, da kamen sie, in ihrer Farbe ausstaffiert, blau, blau und blau. Hatten sich bei dieser Mrs. Betts sogar telefonisch angekündigt. Ganz dreist. Ihre Dreikäsehoch-Melder verbreiteten die Nachricht auf den Straßen wie Lauffeuer. Blau im Anmarsch. Festtag, hätte man meinen können. Straße wimmelte von Kids, die dem blauen Festumzug folgten.

Die roten Jungs zogen es vor, nicht zu sterben. Jedes Kind weiß, daß hier nicht etwa die Erwachsenen das Sagen haben, nicht etwa die Cops und auch nicht Gott. Sondern Blau. Rot ist eine Fliege, die Blau zerklatscht, wenn Blau das blöde Gebrumme von Rot mal wieder leid wird. Und an diesem Tag hielt Blau eine kleine Machtdemonstration für erforderlich. Kleine Lektion, die man so schnell nicht vergißt. Blau war eben in Fliegenklatsch-Laune. Zog im Marschtempo, dann Laufschritt, aber bei geschlossenen Reihen durch die Straßen wie eine siegreiche Armee. Rot nirgends zu sehen. Von den Cops keine Spur. Straße gehörte Blau. *Blue rules*.

Sie kamen, um sich bei Wardens den toten Jungen zu holen. Er hatte nun mal den Falschen erschossen. Also war nichts mit Ruhe in Frieden. Und wir konnten durchs Autofenster zuschauen. Wie Fernsehen oder Kino.

Schwärmen bei Wardens rein, schwärmen mit dem Sarg wieder raus. Tragen ihn hoch über den Köpfen. Auf vielen gestreckten Armen. Lassen ihn auf den Asphalt krachen. Direkt hinter dem ersten wankt ein zweiter Sarg hervor, und auch den lassen sie aufplatzen.

Manche behaupten, ein paar Jungs hätten den Toten bespuckt und vollgepinkelt, aber das glaube ich nicht. Manche behaupten, der Gangleader hätte den Toten noch ein bißchen erschossen. Schüsse habe ich allerdings gehört. Im Sarg wären große, klaffende Löcher gewesen, wie zerfetzte Pappe, behaupten manche. Haben das, was vom Gesicht des armen Kindes überhaupt noch übrig war, vollends zerschossen. Wie kann jemand so gemein sein. So voller Haß und Bösartigkeit. Ich habe nicht viel gesehen, als die Särge erst auf der Straße lagen, von Blauen umringt, die mit ihnen das Schlimmste anstellten, was ihnen so einfiel. Hat mich zwangsläufig daran erinnert, daß sie ja meinen Jungen auch getreten haben, als er schon tot auf dem

Boden lag. Mußte auch zwangsläufig daran denken, wie einige zu mir kamen und beteuerten, wie sehr sie meine Söhne geliebt hätten, mir diesen Mist vorsäuselten, Kwami hätte sich beim russischen Roulette mit dem entsicherten Revolver selbst erschossen, wo ich genau wußte, daß das gelogen war. Nannten mich Mom und gaben sich quer über Marcus' Sarg hinweg Zeichen.

Ich bin so aufgewühlt und wütend, und mir ist so elend da in dem Auto mit diesen Flashbacks aus alten Horrortrips und dem neuen vor meinen Augen, daß ich langsam nicht mehr weiß, was in meinem Kopf abläuft und was draußen, ich zittere, kalt ist mir, die Bilder in meinem Kopf reißen mich zurück, weit zurück, tief ins Leid, in den Zorn und den Schmerz. Dauert, ehe ich mir die Tränen weggewischt, mich mit einem seiner Kleenexe geschneuzt habe, ehe ich aufhöre zu zittern und begreife, daß es Mr. Mallory ist, den sie da draußen auf der Straße haben.

Mußte er ja sein. Wer denn sonst. Einer in A, einer in D, hatte er doch gesagt.

Ich sagte, Bring die Fotos. Warum, weiß ich nicht, aber das habe ich gesagt. Bring die Fotos, und er hat mich verdammt gut verstanden und den Ton in meiner Stimme verdammt gut verstanden, und ehe wir uns versehen, sind wir auch schon aus dem Wagen und fegen schnurstracks auf den Ärger da auf der Homewood Avenue zu.

Ein paar kannte ich. Ein paar waren bei uns im Haus gewesen. Anderen mußte klar sein, wer ich bin. Klar sein, was meinen Jungs passiert war, mir passiert war. Ein paar jedenfalls. Sie vergessen die ihren nicht, und sie hatten mich ja beide Male bei Wardens gesehen. Mich angesprochen. Versucht zu helfen. Mich zu trösten. Mir die Hand getätschelt. Mom. Es tut mir so leid, Mom. Wir haben ihn so geliebt, Mom. Das werden sie uns büßen. Keine Angst, irgend jemand wird es büßen, Mom. Sie wußten genau, was sie mir zweimal getan hatten, kannten den bescheidenen Ruhm, den ich mir mit der doppelt gezogenen Arschkarte erworben hatte, also machten sie mir Platz. Ein paar. Auf die anderen mußte ich einfach weiter zuwalzen in meinem schwarzen Kleid, ihre Mutter, ihre große Schwester, Frau, Kusine, Tante, bis einer nachgab, sie oder ich, und ich machte durch meinen Blick, meinen Gang, aufrecht, energisch und unaufhaltsam, ganz klar, daß ich an diesem Tag auf dem Weg zu Mr. Mallorys Sarg nicht diejenige sein würde, die nachgab. Manche wichen zurück, um uns durchzulassen, ich einfach immer weiter, ein *Danke* oder *Verzeihung* oder ein lauteres *Aus dem Weg bitte* auf den Lippen, er mit dem Fotokarton auf den Armen mir nach.

Schluß damit. Schluß, verdammt noch mal. Schluß. Jetzt brülle ich aus Leibeskräften die Typen von der Lachnummer mit Mr. Mallory an. Zurück, Platz da. Wißt ihr nicht, wer das ist. Platz da, sage ich. Rührt ihn ja nicht an. Laßt ihn in Ruhe, laßt den Sarg in Ruhe. Schämen solltet ihr euch. Den alten Mann zu belästigen. Seht ihr nicht, wer das ist. Das seid ihr selbst.

Jetzt ist er wieder neben mir, und wir starren auf Mr. Mallory runter, und zwar diesmal nicht durch den Holzdeckel einer Kiste, sondern direkt auf sein graues Greisengesicht, ein Gesicht, das kein Stück jünger aussieht, sondern alt, älter als er je gewesen ist, älter als überhaupt jemand aussehen sollte, weil leider sein Sarg aufgebrochen worden ist, das grelle Tageslicht reinscheint und er halb drinnen, halb draußen liegt, sein schlimmes Bein über die eine Seite gehakt, als hätte er sich aus dem Sarg hieven wollen, es aber nicht geschafft, das schlimme Bein zu schwach, um es über den geborstenen Rand zu heben. Und nackt, wie Gott ihn geschaffen hat, weil sie keinen guten Anzug verschwenden, wenn man nicht darum bittet und extra bezahlt, und das hat er wohl nicht, also hat er nur ein Tuch gekriegt, eigentlich einfach ein altes Laken, das wurde mir da klar, daß das alles ist, was sie dir anstandshalber lassen, weil ja der Sarg normalerweise zu bleibt, wie er es auch angeordnet und worauf er sich verlassen hatte. Er also halb nackt, halb in dem geborstenen Sarg, halb auf der Straße, wobei es ihm wohl egal sein konnte, hoffte ich jedenfalls, und ich davor und vollkommen ratlos.

Da sehe ich mich nach ihm um, wie er da mit dem Karton steht und fast Tränen in den Augen. Was sollen wir jetzt machen. Was zum Teufel sollen wir jetzt tun.

Es heißt, ich hätte die Hände ausgestreckt und den Karton gepackt und mich zu einer Größe aufgerichtet, die alles übertraf, was man bei einer so kleinen Person wie mir erwarten kann, hätte den Karton, der ja nicht gerade leicht war, über den Kopf hochgestemmt und die Fotos Mr. Mallory vor die Füße gekippt. Es heißt, die Fotos wären wie Schneeflocken um den Sarg heruntergerieselt. Ich meine, ich hätte geschüttelt, damit sie alle möglichst schnell herausfallen, aber beschwören kann ich es nicht. Sonst erinnere ich mich nicht an viel. Es heißt, ich hätte wieder losgebrüllt, während die Fotos fielen.

Seht. Seht, was ihr mit ihm gemacht habt. Seht, was ihr mit euch gemacht habt. Seht. Seht.

Ich weiß noch, daß ich mir den braunen Umschlag mit den Negativen geschnappt habe. Sonst weiß ich nicht viel.

Es heißt, ich hätte geredet, regelrecht gepredigt, heißt es, aber ich erinnere mich an kein einziges Wort, ich erinnere mich bloß, daß ich mich neben ihn hingekniet habe, seine rauhe, eisige Wange geküßt habe und mich über den stinkenden Sarg geworfen, damit niemand Mr. Mallory was zuleide tun kann, und daß er sich neben mich gekauert hat und mich festgehalten, und an ein Raunen im Ohr, Beruhige dich, es wird alles gut.

Schon möglich, daß ich gepredigt habe. Aus dem Zorn heraus. Meinem Schmerz. Meiner Liebe zu diesen Jungs. Zu ihm und zu Mr. Mallory und ich weiß nicht was noch. Ich erinnere mich kaum, was ich geredet habe, aber ich weiß, als ich erst angefangen hatte, konnte ich nicht mehr aufhören, bis ich leergeredet war. Und da kamen die ersten dann an, sahen zu uns hinunter dort neben dem Sarg, auf die Fotos überall, hoben hier und da welche auf, besahen sie sich, wechselten Blicke, reichten sie weiter, fingen an zu reden, entfernten sich mit ihren Bildern. Wer weiß, was sie sahen. Was sie sagten. Wer weiß, was sie dachten. Es war der Anfang vom Ende des schlimmsten Teils des Tages.

Zugunruhe: ein Nachtrag

(Ein letzter Schnappschuß, den irgend jemand unterirdisch am Busbahnhof unter dem Stadtzentrum von Mr. Mallorys Hinterkopf gemacht hat, als Antwort auf die Frage: Warum hat er in seinem vorgerückten Alter Philadelphia verlassen und ist nach Pittsburgh gegangen …)

eine Stadt, die wie Rom auf Hügeln erbaut wurde, im zerfransten Zwickel dreier Flüsse, Allegheny, Ohio und Monongahela. Warum in seinem vorgerückten Alter nicht. Was hatte er schon zu verlieren. Uncle Sams Schecks gelten überall. Die eine Stadt so gut oder schlecht wie die andere. Oder keine. Ein Stück Wildnis, wo er seine alten Knochen hinbetten kann. Bop-bop-a-loo-bop. *Been so lonesome / just on account of you.* Warum kann man, wenn es soweit ist, nicht einfach in einen Song kriechen. Sich von Kopf bis Fuß in einen Song mummen, in den Schlaf fahren, niemandem eine Last, statt unter irgendeiner Brücke zu enden oder auf einem Rost oder in einem Pappkarton. Und es wüßte kein Mensch, daß du in diesem Lieblingssong steckst, wenn ihn wer singt.

Pittsburgh war eine Stadt, in der er einen Toten kannte. Das war auch ein guter Grund. Somit hatte auch er dort eine Geschichte. Er wäre kein Fremder, kein Neuer, kein Johnny-come-lately. Hey, Gus. *You come lately*. Wie geht es, alte Seele.

Hey, Mann. Wenn das nicht Private First-Class Martin Mallory ist. Hey. Das wußtest du nicht, wie, daß ich deinen Vornamen kenne. Aber vielleicht muß es inzwischen General Mallory heißen, so lang, wie es her ist, seit wir uns gesehen haben. Ewigkeit. Weiße Ewigkeit. Schlag ein, sag dein Amen, General Private.

Und Gus entführt ihn zum Jazz in den Crawford Grill, zu teuflischen Runden Seagrams und Iron City in Birdy Dunlaps Hurricane, sie schauen beim Spiel vorbei, um die Homestead Grays anzufeuern, die mit Josh Gibson und Cool Papa Bell den besten Basketball aller Zeiten spielen, und hängen bis in die Puppen im Loendi Club auf dem Hill ab, gehen sonntags zum Tanzen in die schweißtreibende Barn in South Park, überfallen im Gangsterstil Gus Greenlee (außer der Namensverwandtschaft keine Verbindung) und sprengen die Bank, genießen Nachmittagstees mit den eingebildeten *light, bright* Frogs, all die herrlichen Dinge, die Gus sich in Italien zusammengelogen hatte, im Krieg, der auch erfunden war, es sei denn, es sei denn, man war dabei, kapiert, man mußte dabei gewesen sein, dann war es nur zu wahr, zu schön tödlich, in alle Ewigkeit nur zu wahr, zu zu *too too Tootsy goodbye, too too Tootsy don't cry*, ich komme, Gus, halte mir einen Platz frei, bald da, sobald es dieser Greyhound durch die Krater, die sie in die Hänge gesprengt haben, über die Berge schafft. *Home again, home again. Jiggedy-jig.*

Sonntag, am 10. August 1997 – Naples, Maine